八犬传·贰

妖猫退治

はっけんでん

Hakkenden

Kyokutei Bakin
きょくてい ばきん

［日］曲亭马琴

李树果 —— 译

浙江出版联合集团
浙江文艺出版社

犬坂毛野（智）— 犬田小文吾（悌）— 对牛楼毛野廛仇（三代目歌川丰国／绘）

犬饲现八 — 庚申山现八射妖猫（歌川芳虎／绘）

目　录

第四辑　卷之一

第三十一回　水阁扁舟助两雄
　　　　　　江村钓翁认双犬 ………………………… 3

第三十二回　除秒楞少年得号
　　　　　　试角抵修验解争 ………………………… 14

第四辑　卷之二

第三十三回　小文吾夜丧麻衣
　　　　　　现八郎远求良药 ………………………… 23

第三十四回　房八刊崎消宿恨
　　　　　　犬田薰冢缓危难 ………………………… 36

第四辑　卷之三

第三十五回　念玉戏借笛
　　　　　　妙真哀返媳 ……………………………… 47

第三十六回　犬田破忍战山林
　　　　　　沼蔺含怨伤四大 ………………………… 60

第四辑　卷之四

第三十七回　病客辞药延龄
　　　　　　侠者杀身得仁 …………………………… 71

第三十八回　戍户外一犬捉奸细
　　　　　　退聘书四彦辞来使 ………………………… 84

第四辑　卷之五

第三十九回　殓二箱良俦葬夫妻
　　　　　　浮一叶壮士送两友 ………………………… 93

第四十回　　诘密葬暴风挑妙真
　　　　　　起云雾神灵夺幼儿 ………………………… 104

第五辑　卷之一

第四十一回　树荫下妙真诒依介
　　　　　　神宫渡信乃遇稭平 ………………………… 119

第四十二回　拾剪刀犬田决进退
　　　　　　诬额藏奸党逞残毒 ………………………… 130

第五辑　卷之二

第四十三回　射群小豪杰闹法场
　　　　　　渡义士侠辅投河水 ………………………… 141

第四十四回　雷电社前四隽会语
　　　　　　白井郊外孤忠窥仇 ………………………… 153

第五辑　卷之三

第四十五回　卖弄名刀道节复仇
　　　　　　追失穷寇助友换敌 ………………………… 165

| 第四十六回 | 地藏祠庄助争首级
山脚村音音拒旧夫 | …… 176 |

第五辑　卷之四

| 第四十七回 | 庄助三试道节
双珠各归其主 | …… 187 |
| 第四十八回 | 驮马暗导两夫妻
兄弟悲全二老亲 | …… 201 |

第五辑　卷之五

| 第四十九回 | 阴鬼阳人始判然
节义贞操互苦谏 | …… 213 |
| 第 五 十 回 | 白头情人遂合卺
青年孀妇入菩提 | …… 226 |

第六辑　卷之一

| 第五十一回 | 兵燹烧山走五彦
鬼磷助马导两孀 | …… 239 |
| 第五十二回 | 高屋啜悌顺搏野猪
朝谷村船虫赠古管 | …… 248 |

第六辑　卷之二

| 第五十三回 | 畑上误捕犬田
马加窃夺船虫 | …… 259 |
| 第五十四回 | 常武疑囚一犬士
品七漫话说奸臣 | …… 269 |

第六辑　卷之三

第五十五回　马大记诳言笼山穷途
　　　　　　粟饭原灭族犬坂留乡 …………………… 279

第五十六回　朝开野歌舞暗遗钗儿
　　　　　　小文吾讽谏高论身水 …………………… 287

第六辑　卷之四

第五十七回　对牛楼毛野麆仇
　　　　　　墨田河文吾逐舟 ………………………… 299

第五十八回　厄难初解更逢故人
　　　　　　忠仆继主详告旧忧 …………………… 308

第六辑　卷之五上

第五十九回　京镰仓二犬士忆念四友
　　　　　　下野州鹉平翁细话赤岩 ………………… 319

第六辑　卷之五下

第六十回　　狭岩洞现八射妖怪
　　　　　　申山窟冤鬼托骷髅 …………………… 335

第六十一回　敲柴门雏衣诉冤枉
　　　　　　辩往事礼仪表薄命 …………………… 346

《八犬传》第四辑序

狗之守夜也,性矣,敬主识主也,亦性矣。谚曰:"跖犬吠尧",此非其狗之罪。臣子之于乱朝,善守其职而无私者,亦当若是。何者,殷三贤不忠于西伯,然周不敢罪之。故孔氏曰:"君虽不君,臣不可以不臣。父虽不父,子不可以不子。"盖比干、箕子等之谓欤?由是观之,其性所捷,虽狗无以异人也。呜呼!与夫食君之禄,而令父母愁、夫妻相虐、兄弟为仇、远旧迎新,猎猎呀呀走利者,大有径庭。国有贤相,则无奸佞之宾;家有良狗,则无窥窬之客。于是四邻可不勉而卫,比屋可高枕而睡也。是余之为《八犬传》,所以瘠蒙昧,抑取义于兹。其书若干卷,既刊布于世,顷又继编至于第四辑。刊刻之际,书肆山青堂屡来,而征序甚急。每编有自序,今不可辞。因附增数行,以塞遣云。

文政三年庚辰冬十月端四,书于著作堂西厢,山茶花开处。

饭台 曲亭蝉史

第四辑 卷之一

第三十一回 水阁扁舟助两雄
江村钓翁认双犬

古人云,"祸福如绳缠"。人间许多往事,无不是塞翁失马,祸里有福,福里有祸。因祸而得福,或因福而得祸。但孰能知其究竟?可怜犬冢对父亲的遗言和遗留的名刀,日日记在心上,带在腰间。经历了多少艰苦岁月,终于得到时机,遥遥来到浒我,想从此兴家立业,不料事与愿违,福变成祸。村雨刀竟不是原物,而成了杀身的祸根。事情的发生又十分意外,有冤难申。仅为避开眼前的耻辱,才杀出重围,攀登到芳流阁的屋顶,举目四顾,附近无一条可逃脱的去路,只好在此决一死战,其心境的凄凉是可想而知的。

再说犬饲见八信道,本未犯罪却被监禁数月。他因被恩赦而化祸为福,被解开捆绑的绳索后,又被迫去执行捆人的任务,要他去捉拿犬冢信乃。把施加于别人身心上的痛苦,当作自己的荣宠,这种事虽不愿做,而君命难违,不容推辞。那座三层楼阁,巍峨高耸,爬到二层的房檐上,就有如置身云雾之中。居高下望,地远云近,烈日当头，实难忍受。时值六月二十一日，这两天酷暑如蒸，灼热的房瓦，凸凹起伏宛如波涛，下面大河滔滔，流向生死之海①，果然是名不虚传的坂东太郎。敌人犹如水边的无楫小舟，已进退两难，心想怎样才能将他擒拿。于是见八就如同鼯鼠在树间跳跃一般，往上攀登。在三层楼顶上的信乃也瞪大眼睛，彼此都在窥伺机会，就像巨蛇盯着浮图上的鹳巢一般。

再说宽阔的院中，成氏朝臣在横堀史在村等老少臣仆的严密保卫下，坐在椅子上观看这场战斗的胜负如何。同时在楼阁的东西两侧，身着甲胄的许多士卒，或手拿长枪长刀，或背箭挂弓，一个个仰首观望，如果信乃在厮打中滚落下来，就立即射杀。不仅如此，而且外面有蜿蜒浩渺的河水紧紧绕着城墙，即使信乃的武艺高强，膂力过人，战胜了见八，如果没有墨翟的飞鸢或鲁班的云梯，也难以安然落地。他虽非禽鸟但得落网，不是野兽也必被猎获。一死则万事皆休，毫无逃脱的希望。

当下，信乃边战边想："追到一二层的士兵被我砍落后，以为不会再有人靠近。现只有一人上来，定是个有经验的力士。这个家伙，不是有膳臣巴提便打虎之勇②，便是有富田三郎撕裂鹿角之力。既是个劲敌，与他交锋拼个死活，给他们见识见识。"他用裙子边擦擦血刀，站在房脊上等着靠近的敌人。这边见八也在想："犬冢信乃武艺高强，原是万夫难当之敌。然而我如借助他人之力才将他捉住，不是就白白将我从狱中放出来，担当此任么？是把他捉住，或是

---

① 生死之海是从"生死の界"这个词转化而来，暗喻人物的处境。
② 膳臣巴提便是古之勇将，钦明天皇六年出使百济。据说其子被虎吃了，他便入虎穴刺虎之舌，将其杀死，剥了虎皮。

第三十一回　水阁扁舟助两雄　江村钓翁认双犬...005

被他杀死,就决一雌雄吧!"心里这样想着。他毫不犹豫地大喝一声:"奉将军之命前来拿你。"说罢手握捕棍,飞也似地从屋脊的左侧窜了上去,想立即交锋。但是信乃的刀如旋风一般使他不得近身。他一棍劈头打去,却被刀接住。拨开后,刀尖又飞快地刺了过来,他急忙再用棍挡住。忽上忽下,你来我往。二人站在溜滑的房顶上,一个施展绝技,频频进攻,另一个也不甘示弱,运用精湛的武艺,熟练的刀法,左躲右闪,虚虚实实,一时胜负难分。在院内观看的主仆和士兵无不手捏一把冷汗,目不转睛地倒吸着冷气,看得目眩神迷。此时,信乃已知见八是不可轻视之敌,自己在武功上遇到了强劲的对手,于是抖擞精神,一进一退,刀尖火花四溅。太刀声、喊杀声,声声震耳,犹如两虎在深山搏斗,陡然风起,二龙于清潭鏖战,沛然云兴。你来我往,好似春季山峦上的彩霞,夏季傍晚的霓虹。芳流阁上的生死搏斗,不只是一场空前精彩的大比武。见八穿的连环甲和护臂虽被砍破,但仍未拔刀,信乃的刀刃崩毁,方才受的轻伤益感疼痛,却仍注意着脚下,毫不退缩。对信乃接连砍过去的太刀,见八用右手迎击,趁其变招之际,"哇呀!"的一声怒吼,抡起捕棍便往信乃的眉间打去。信乃接住来势凶猛的捕棍,刀从护手附近被震断,飞出很远,不知去向。见八一看这回得手,想空手进行打斗,就势用左手把对方拉过来,互相紧紧攥住右手,均想把对方摔倒。正在拼死较量之际,彼此脚下一滑,两个人就如同翻车的米袋从山坡上滚落一般,向河边叽里咕噜地滚下去。在高低不平的险峻栈阁上,陡峭的房脊,无任何阻挡,但两人还是互相紧紧攥住手,从数十寻的房顶上,没有落到河底,而是一同落在水边系着的小船上。扑通一声,浪花四溅,船舷一斜,缆绳已被扯断,小船如飞箭一般在奔腾的河水中急驰而去。此时正是顺风退潮,水泛顺流之舟,转瞬不知去向。

在士卒们嘈嚷着"在这！"或是"在那！"之际，只有阁中的哨兵从窗口看得清楚，急忙禀报。成氏听了且怒且疑，立即进阁亲自从窗口往外观望，近日为捕鱼在外面拴的一艘快船确实不见了，只剩下扯断的缆绳头和岸边的桩子，然而岂能就此罢休？他立即让横堀在村传旨，推开闸门，在准备好的四五艘快船上，分乘士兵，横堀自己也上船，连橹操楫飞也似地追了出去。然而已为时过久，追了二十多里也未见踪影。这条大河连着他国领土，不能随便过境捕人，就连大权在握的在村也无计可施。他只好把一腔怒火转移到士卒身上，一一责骂着从那里返航。他对成氏禀告说："虽未追上信乃、见八坠落的那条船，但是他们经过长时间的苦战都已疲劳，而且从高阁的屋脊，扭在一起滚下去，肉伤骨折定死无疑。然而未看到他们的生死下落，实感遗憾。那条河的下游通葛饰的行德之浦。从那里往南是安房上总，往北是武藏的江户、芝滨、水户浦与铫子口，一半是我方领地，便于寻找。可再遣士卒，水陆共同搜索，或许会找到。"成氏听了点头道："你的想法正合吾意。但是仅为一个歹徒不可打扰邻郡，以免引起自取其辱的事端。只可悄悄进入他人领地寻觅踪迹，如信乃未死，则应设计妥善捉拿。速去，速去！"在村领命急速退下，选本藩的武士头新织帆太夫敦光为追捕的大将，传达君命说："歹徒信乃的相貌你很熟识，其武艺和狡诈伎俩你也知道，不是轻而易举就可擒获的猎物。与其以力征，莫如以智取。他纵然死在船上，也要献上他的首级，这比千金市骨还重要。要日夜兼程，火速前往，迟了要治罪的。"这君命颇严厉。帆太夫领命，不容分说，立即整装出发。薄暮时分，他带领三十余名兵丁，出浒我城，沿坂东河的下游，往葛饰方向而去。

这且不提，在下总国葛饰郡行德岸边的桥头，住着个叫古那屋文五兵卫的人。他是在这里开业多年的旅店主人,妻子前年去世,只有两个孩子。第一个孩子名叫小文吾,今年已二十岁,身高五尺九寸,肌肉发达,体格魁梧,有百夫难当的膂力,且聪敏过人,性好武艺,从总角时就背亲离友从师学艺。剑术、拳法、相扑无所不学。第二个孩子是女孩,已十九岁,名曰沼蔺。她在二八之春便嫁给邻乡市川的舟长名叫山林房八郎的年轻人。在当年的岁末生了个男孩,取名大八,今已四岁。却说这个文五兵卫,虽不擅长理财,家业并不昌盛,但他颇知足,衣食寡欲,有暇便去海滨垂钓,以此为乐。

时值文明十年六月二十一日,这里的海滨举办请牛头天王的庙会。日落以后,村民和海滨的渔人,把神舆装在船上,泛舟海滨,吹打歌舞,驱逐瘟神,祈祷渔产丰盛和盐业繁盛。作为当地的惯例,每户置酒,终日游乐。但文五兵卫对此并不感兴趣。庙会在晚间举行,旅店日间无事,因此也不必午睡来养精蓄锐。他依然以钓鱼为乐,即使时间短点也好。于是便一个人带着钓竿去海滨,折点芦苇垫着坐下,串上鱼饵垂下钓钩。这时已接近未时,正在退潮,他连条小鱼都没钓着。但由于他喜好这种消遣,还是不肯回去。凉爽的海风使他忘记了盛夏。芦叶摇动,日影迷离,在水天一色中白帆掠过,沙鸟飞上海山的云间,他踞石临海,万事皆置之度外。举竿垂钓其乐无穷,虽三公也不换。古人之言确有道理:

  一波动而万波皆从,细鳞踊而知大鱼动。

他正在兴犹未尽之际,只见一艘无人驾驶的小舟随波逐流从上游漂来,被标桩挡住,停靠到岸边。船中有两个武士,倒在那里如死人一般。他想,把这样的人留下一定会给当地添麻烦,于是想用钓竿把船一推了之。但仔细又一看，倒着的一个武士身穿深褐色麻衣，浅蓝色麻裙，掖着裙襟露着小腿，头髻蓬乱，紧咬牙关。在左右胳膊肘上有两处轻伤。另一个倒着的武士身着细连环甲和腹甲，扎着用银丝编的竹护臂和镶着龟甲的护腿，处处都是裂痕。这个人也在左肩头有处轻伤，前额剃的月牙头长出很长的头发，发髻断了，鬓毛蓬乱，遮着半个脸。但见右脸上部有块痣，状似牡丹花。这个人不是认识么！岂能不管？

　　意外的震惊使他稍微镇静下来，用钓钩勾住落在水里的船缆，把船轻轻拉到身边，系在岸边的石头上，跳上船去，又将两人仔细看看，似乎都已经断了气，但又未发现有致命的重伤。是在船上和别人打仗，两人同被砍倒，还是在哪里战斗，一同倒下的？不使他们苏醒过来，怎能知道其中的原因？于是他将脸上有痣的那个抱起来，大声呼唤救护，还是没有气息。没办法，又让他躺下，想回家去取药，起身时不觉将躺着的另一个武士的侧腹使劲踢了一脚。也许是巧合了，那人忽然哼了一声，坐起来四下张望，惊问道："这是哪国的海滨？你又是何人？"文五兵卫跪着仔细看看他的脸说："我有意救护的那个没活，不认识的你倒活了，这是下总葛饰行德的海岸。我是村里开旅店的，叫文五兵卫。在这里的苇塘钓鱼时，这条船漂到身边，那个脸上有痣的人，是浒我将军府的走卒，犬饲见兵卫的独子见八信道，早就认识，因此不能置之不理，便将船拉过来，进行种种救护，不料你却先活过来了。那位是你的伙伴吗？倒在船上漂到这里，定有缘故。能把经过告诉我吗？"这个武士听了，频频叹息说："一时畏惧后患而隐瞒不说，不是武士的本色。好吧，将实情告诉你吧。我家住武藏江户附近的大冢村，是有来历的乡下武士，名叫犬冢信乃戍孝。祖父匠作三戍，是侍奉成氏朝臣之兄，春王、安王两位亲王,在结城战殁。父犬冢番作因受重伤不能行走,成了废人,故隐居在旧领大冢村,在文明二年四十五岁时去世。我那时仅十一岁,寄居在心地险恶的姑父母家多年。这次是根据父亲的遗言去浒我。那位亲王殿下的遗物村雨宝刀,由祖父匠作传到我手已有三代。待时机一到就将宝刀献给浒我将军,这是家父的遗志,我岂能有违父命。多年来宝刀未离身边,如今总算时机到来,便不顾路途遥远将它带到浒我。不料那口宝刀被人调换,在参见那天才发现,已无法事先禀告,因而被怀疑是敌方的奸细。由于我的薄命,一时虚实难辨,将军狐疑益深。遵照横堀史的命令,当时有数十名力士把我团团围住,想将我生擒。我如果乖乖地束手就擒,被投入牢狱,则定死于无实之罪。这不仅是个人的耻辱,而且也毁坏了父祖的名声。为了脱离险境,不得已而浴血奋战,便走到庭院顺着房檐登上高阁的屋顶,喘息未定,你所认识的这个叫犬饲见八的,只身登上高楼追了过来。恶战了一个时辰,我的太刀折断,二人扭打厮杀之际,脚下一滑,两人搂抱着掉到外面大河岸边的船上,以后便失去知觉。可能他和我都断了气漂流到这里,现在回想掉下来的时候,船缆被扯断了,我们似乎是让潮水给冲到这里的。还有个奇怪的事情,在起初交战时未曾留意,今见见八面部的痣与牡丹花相似。这倒令我想起一件事来,不知是否就是他。我的家乡大冢有个穷百姓叫糠助,我父在世时我们是近邻,交往密切。父亲去世后,可怜我孤苦伶仃,他实心实意,我也诚恳地与之交往,建立了深厚的情谊。这位糠助去年七月某日因得瘟疫死去。在他患病时我时常赠给他药费。也许是感激我扶老救贫之恩,在其弥留时说了这样一番话:糠助过去被驱逐到安房时,在行德的海岸桥抱着婴儿准备投海,被一位武家的信使拦住,根据那个人的开导和请求,糠助便将年仅两岁的独生子赠给他抚养。当时听那位武士说,他是成氏朝臣的臣仆,但没问姓名。糠助也未自报名姓就分手了。这样好似父子从此就再也没有见面的机会了。糠助的儿子乳名叫玄吉,生下来在其右脸上有块痣,好似牡丹花。现在这个犬饲见八脸上的痣,与糠助说的完全一致。不仅如此,而且收养糠助之子的那个信使,是奉命去见安房的里见,因不是回程难以私带婴儿。在这附近有他常住的旅店,听说同那家旅店的主人商量暂且寄养在那里,待回来时再接走。你是此地开客店的,又说认识这个见八,似乎也不无因由。其他证据,不是他本人,孰能知晓?我祖父是镰仓持氏朝臣的旧臣,糠助知道这一点,希望我在时机到来去参见浒我将军时,探听其子是否在将军门下。鉴于临终嘱托者的深厚情义,我便牢记于心,把它当作自己分内之事,想此次去到那里实现父亲和朋友的遗言。没想到宝刀成了祸害,怀璧一变,反成了有名无实之罪。我岂能仅只虑及于此?我看他也许就是我要找的那个人。不料彼此互相厮杀,只有我活着,他却死了。这就使我对亲不孝,对友失信,我的命运竟如此悲惨!你把我送到讼堂去吧!我甘愿任凭当地的法律处置。"信乃已将生死置之度外,语言豪爽,泰然自若,那毫不含糊的勇士神态,使文五兵卫感叹不迭,不觉拍着膝盖说:"啊!你真是个孝义之士。我怎能送你去讼堂按当地法律处置!现在你说的事情和我知道的也完全吻合。糠助这个人的名字虽然连做梦也没听说过,但是浒我府信差犬饲见兵卫,每次去里见将军处,往返都住在我家,是常住的客人。现在算来已有十七八年,快十九年了。你看!当年那个见兵卫就是在那个桥边,碰到一个饥饿不堪的行人抱着个婴儿想要投海,他将那人制止。给了那个人一点路费,买了那个孩子,又回到我家,把孩子寄放在我那儿。那是在我的孩子小文吾出生的次年之事。我的

第三十一回　水阁扁舟助两雄　江村钓翁认双犬...011

妻子奶水充足，分给那个孩子一点，所以也长得很胖。过了一个多月，见兵卫又来把他抱走了，从此交往较密，每当新年便交换贺礼，问候孩子安否，一直未断绝音信。过了很多年，去年秋天，见兵卫又去里见将军处，回程领着他的养子住在我家。曾这样说：'我已经老了，不能久干这个职务。因此想让小儿见八见习，请求横堀大人收他做个仆从，所以把他领来了。他已长成大人，也是为了让你们夫妇见见。他从总角时就很喜好武艺，早就受教于二阶松山城介，虽很年轻，却被称之为出类拔萃的高徒，尤其是擒拿之术，据说是藩中无双的力士。是否徒有虚名尚不得而知，似乎多少有些手段。在收养这个孩子的时候，分得令阃之奶，有养育之恩。因此和你的儿子小文吾，大概正如世俗所言是一奶同胞。他们的年龄大体相近，而且小文吾也很爱武艺，从其健壮的筋骨和膂力就可以知道。看来彼此的爱好相似。他没兄，我们这个无弟。为了不忘当初，就让小文吾和见八结为兄弟，日后彼此好有个照应。尊意以为如何？'对他的提议我完全赞同，于是就告知妻子和儿子，按照他的美意，聊备酒宴，举杯祝贺。见八生于长禄三年十月下旬，在护身囊上明确写着。吾子小文吾生于同年十一月，虽仅晚生一个月，长幼之序却应分明。次日早晨，犬饲父子回浒我，我们恋恋不舍地分别了。我的妻子在他们走后不久，多年的老病发作，可怜地去世了。听说见兵卫在去年夏天患病十余天后，也成了黄泉之客。现在死的那个便是我儿子小文吾的结拜兄长。小文吾好善尚义，有豪侠气概，是乡里年轻人的榜样，他听了一定很悲痛，我已经知道事情的原委，你当然不是心存恶意才杀害他，他也并非与你有仇而想抓住你。他和你搏斗是受了君命，你只是想杀出重围脱离危难。按私情而论，你对死者的生父糠助有恩。因此他若是通过你知道了其生父的详情，即使是君命也定然推辞,绝不会承当这捉拿你的差事。你们若是一开始就相互报名,岂能相互扭打从高楼上滚落下来?因为不明真相才互相厮杀,事已至此,只能说是前世的因果报应。我先呼唤抢救的见八没活过来,你却苏醒了,这也是命里注定,还能怨恨谁呢?幸好没被别人发现,赶快从陆地逃走,不要让别人看见,以免日后惹麻烦。这具尸体不要让别人发现,我告诉儿子小文吾,他会设法埋葬的。快走吧!"信乃听了摇头说:"您的教导句句在理,虽然好似辜负了您的好意,但是由于我的疏忽,村雨宝刀已被人调换,想解释而又无证据,以致酿成这样的大祸。现在再跑回大冢的姑父母家,比在浒我的将军府束手就擒还感到耻辱。人之所以为人,是以仁为本,仗义知耻。再者,根据您所说的,这个犬饲见八是糠助之子,虽未各自报名,但业已确知。不知道没有办法,既已知道,我一个人活命便违背了曾经许诺糠助的临终嘱托,是不义。即使有百年之寿,也会被称作不义之人,那还有何面目立于人世?身为男子,于国于民无功无德,壮志未遂,十九岁就白白死去,虽然遗恨终生,但此乃命薄所致,也无可奈何。我本无可依恃的亲属,只有大冢庄头家的小厮额藏这个多年来私自结拜的异姓兄弟,其本名叫犬川庄助义任。您如有情,请将我的如此下场悄悄告诉他。我的腰刀放在浒我,拿着的刀方才又断了,今借见八的刀自杀,庶几可一表我没有欺骗死者的诚心。"说着伸出右手想去拔见八腰间插着的刀。文五兵卫急忙制止说:"你说得虽然有理,但这样明理尚义难得的好青年,我怎能坐视其死而不顾呢?且把刀放下!""碍难从命,您说的虽似合乎情理,而实又有悖情理。我若与见八都苏醒过来,就不劳您分说了。是再决雌雄,还是结成莫逆之交,要看那时的机宜。但现在既已如此,则毫无其他选择。我也是条汉子,岂能任人摆布?请闪开!"信乃便将他推开,重新举起刀来,将待往肚子上刺,这时被认为已死的见八,忽然起身说:"请等一等,犬冢君!且慢动手。"说着拉住了信乃的右手,信乃闻听,急忙回头一看,他和文五兵卫都大吃一惊,睁大眼睛,伸开胳膊,长吁了一口气,胜似吹来的海风。

第三十二回　除枒楞少年得号　试角抵修验解争

　　当下信乃一改方才的态度说："真没想到,我们以为犬饲君已经断气,什么时候你又苏醒过来了？你是否听到我们两个的谈话,才制止我自杀的？"文五兵卫也回身松口气说："适才我连连呼唤你,抱起来抢救,未能奏效,正在十分惋惜之际,你却如同酒醉一般,不必医治就自动苏醒过来,这样我就放心了。你不觉难受吗？"见八听了,向信乃点头说："你说得对,我听到了你们的谈话,这使我一时想起了不少事。你的确是个忠实可靠的旧识良友,今日才在漂流到芦苇荡的小船中相见,岂非出人意料？贤德的犬冢君,你的每句话都饱含大义,从而得知你发自肺腑的真情,所以我才坚决加以制止。请先将刀收起来！"说着拿过刀来纳入刀鞘,"啊,犬冢君和古那屋大伯,你们见我突然坐起来,一定感到十分惊异。适才从芳流阁的房顶上滚落下来时,知道掉在岸边的船上,以后我便昏迷过去,流到这个岸边。觉得似乎有人在枕边喊我,并听到我父亲和我的名字,使我深感惊诧。这时虽稍有点知觉,但还像在梦里一般。于是沉静地详细听你们的谈话。犬冢君的孝心义胆和古那屋大伯的忠告与议论,我都听见了。因此才知道我和你被这条船载到行德的岸边,被相识多年的乡里大伯认出来,又死而复生。受到别人的真诚救助,怎能不泪满胸怀?但又不便突然开口,打断你们的谈话,心想等你们说完再相见,便一直装着未醒。待看到犬冢君明理仗义,想要自杀时,这才大惊,急忙起来,毫不客气地将你制止。犬冢君,通过你,我才知道生父的情况,但是请不要把我看作是将君命置之度外只顾个人的蠢货。让我先详细说说我的身世吧!我父见兵卫虽官卑职小,平素却好施阴德,不尚虚伪,因此从小收养我,向人家要奶喂我,其恩无异于亲生父母。但是从我懂事时他就毫不隐讳地告诉我,我是他的养子。有时双亲对坐将我唤到膝边,将当时收养的情况讲给我听。他说你生父的遗物就只有现在腰间所戴的这个护身囊。那里有几样东西,在包脐带的纸端有字,上写着:'长禄三年十月二十日生。安房居民糠助之独子玄吉的胎毛脐带等等'。是女人之笔迹,想是你母亲书写的。然而你的生父当初被驱逐出安房到处流浪,不知投奔何方,只听说你的生母在那一年死去,你的生身父母,都是如此薄命的。为了你的父母和你个人,长大后永远不得有歹心!听了他这样的谆谆教导,当时我幼小的心灵感到非常悲伤、羞惭和凄凉,只是以袖掩面痛哭流涕,整天心情苦闷,郁郁不乐。从那以后我就立志,为了父母不能虚度时光,如不能扬名声兴家业,则何以报答养育之恩和为生父雪耻。因此习字、读书和学习武艺都不甘落在别人后面。夏夜囊萤,冬季映雪,忍饥不眠,心里只想着这一切都是为了父母。这样努力了几年,去年春夏之交的三月间父母双亡,人的悲伤莫过于失去父母。哀伤的眼泪还未干,服丧将满就被召去继承父亲的职务。今年春天换调职务当了典监长。当时我想:亡父很慈悲,只做放生之事,不无故杀生。可做的职务很多,我是其子竟做典监长,此职实令人讨厌。况且执权横堀史在村,弄权跋扈,蹂躏百姓,许多无辜百姓被关进监狱,悲惨殒命。我又不能救他们,纵然是奉行职务,但将无辜之人治罪,执严刑峻法,我不忍为!我父官卑职小,不是世代恩顾的家臣。我想辞去这个职务,不允便隐退,既非不忠,又非不义。养父母在世时,我如随便外出去寻找生父,那是不义,养父母既已去世,再不顾生父的生死存亡则是不孝。如能辞职做个浪人,实属幸甚。因此就写了份辞呈,想辞去典监长的职务。不料触怒横堀史,被他拒绝,既不允许辞职,也不准离去,并以犯上之重罪而锒铛入狱,已约有百余日。那时只把这个留念的护身囊当作是父母,从未让别人知道,一时也未曾离身。心想即使将我斩首,也要把它吞到肚子里再死。方才不知为何突然被赦免,让我去捉歹徒信乃,命令非常严厉。我胡乱猜想,是否是在村的奸计,想借信乃之手杀我。然而又无逃脱之路,无论捉住对手,或是被对手杀死,只求速决胜负。如幸得立功,也只求允许我请假作为恩赏就此离去。竟不知你就是生父的恩人,而频频向你挑战。倘若我被杀,或你被擒拿,我们都将悔恨莫及。多么危险啊!因有你我父亲的亡灵加护和神佛的冥助,所以才扭在一起掉到船中,你脱离了危难,我也因此得以脱身。不仅如此,而且掉下来时我们都未觉疼痛,安然无恙,并得以结成莫逆之交,实乃幸甚。方才只是从旁大体上听了父母之事,犬冢君,还想请你再详细说说。"信乃被让到上座,地方狭窄也不便推辞。芦苇在海风中摇动,倍感凉爽。因在船中不会被外边听见,见八先倾诉了自己的壮怀,信乃听了深深感叹,抬起倾听着的头说:"犬饲君,你实在令人钦佩!有志之士都应像你这样,你生父的所作所为,非一朝所能尽述。他的人品老实木讷近于仁,是位绝无邪恶之心的老人。去年七月二十二日拂晓,得到善终,据说享年六十一岁。大概是在长禄四年,他流浪到安房的洲崎,做了武藏大冢的土著居民,孀妇籾七的入赘丈夫,已有十八年。那个妇人身下无子,已在前年秋季比他早一年去世。他既无亲戚又无财产,无所牵挂,在弥留时,对我悄悄托付的只是有关你的事情。早在安房的洲崎生你的第七天夜晚,糠助老人捞了一条鲷鱼,用刀切开,鱼腹中有颗珠子,上边好像有字。就拿去让产妇认,是个信字。因此其妻用笔在纸端写下了你的生辰八字和乳名以及得珠之事,同胎毛脐带一起装进护身囊。后来你和养父随同主君从镰仓到了浒我。护身囊如没丢失,一定还在你手中,它就是证据,不会有差错的。现在那颗珠子还有吧?"见八急忙将贴身戴着的护身囊的带子解开,说:"若非有缘与你互通了姓名,怎会这么详细地知道生父之事。几个月虽被关在监中,护身囊却从未离开身边,珠子怎么丢失。连点尘土都没有,请看,在这儿呢!"说着轻轻将珠子托在掌上给他们看。信乃接过来仔细看看说:"虽没见过隋珠和夜光,但这颗珠子大概十五连城也难以换来,真是无价之宝。"他的话引起了见八的不胜怀旧之情,眨眨眼皮说:"虽然它微不足道,我的养父名叫隆道,因此我就被命名为信道,道是养父的一个字,信则表示珠子上的文字。听你说才知道,它是生父的遗物,珠子的出处就更离奇了。这都是恩公犬冢君赐教的。"信乃听了不觉若有所思地抚额道:"过分地赞许珠子未免欠妥,但说来你我也真是巧合。见了这颗珠子使我想起家父也有一段值得怀念的奇遇。我也有一颗一模一样的珠子,那颗珠子上有个孝字。原是母亲得而复失的,后来母亲去世了,在父亲去世时,有只叫与四郎的家犬,从其伤口出现这颗珠子,到了我的手中。不仅这一点奇异,而且在获珠时,忽然在我的左腕出现一块状如牡丹花的痣。其后经过八年,糠助老人又在遗言中详细说明了在鱼腹中得了你的这颗珠子和痣的事情。我想,你我的珠子和痣都相似,这不是前世的因果所致么?我的挚友犬川庄助也有颗珠子与此相同,珠子上有个义字,因此名叫义任,暂用别名额藏。他的颈窝到右胛下有块痣,其形状也相同。因此就知道糠助老人之子也是我的异姓兄弟,心里早就思念这位没见过面的朋友。今见其人和珠子,更领悟到了前世的缘分。请看看我的珠子,便可立即释疑。"说着先把珠子还给见八,又把自己挂在颈上的怀囊解开拿出珠子来给他们看,然后又袒开左肩,给他们看了腕上的痣。见八仔细看了珠子和痣,连说:"奇哉!妙哉!"与信乃面面相觑,只恨相见甚晚。他们各自把珠子收入囊中,挂在颈上、腰间,共同叩拜天地,盟誓结为桃园兄弟。

文五兵卫一直默默地袖手细心听着他们俩的谈话,又从旁看了两颗珠子,更加惊叹不已,于是嗫嚅着对二人道:"这样说虽然有点冒昧,吾子小文吾过去曾与见八君结为兄弟,方才已经说过了。然而不像犬冢这样是自愿结拜,而是依照见八之父见兵卫的请求才那样做的。现在想来小文吾也许和犬冢君有前世的缘分。他也有颗珠子与这两颗珠子相似,因此似乎也可列于你们的盟席之末。他那颗珠子上的文字不同,是孝悌的悌字。他自己起了个世人罕见的名字,取珠上之字叫悌顺。说起那颗珠子的出处,大抵与犬饲君的鱼肚之珠相似。那是小文吾在襁褓时,为祝贺他初次吃饭,按一般惯例做的红豆饭和菜蔬、鱼汤等装在食盘上放在婴儿身前。在喂饭粒时,往盛得满满的饭碗里一伸筷子,有个东西滚落出来,我一看是颗珠子。原来碗中之饭并没那个东西,出现珠子不是怪事么?而且那颗珠子非常精美可爱,是难得的宝物。于是就把它藏在小文吾的护身囊中,现在还由他秘藏着。不但如此,而且小文吾与世人之子不同,从小就背着父母喜好武艺和相扑等角力之事。因此八岁时与十五岁孩子相扑,虽把对方摔倒,自己也摔了个屁股蹲儿,摔在长满葛藤的石头上,长出块大痣,过了几年也不消失,反而更深了,其状似牡丹花。然而这些事十分离奇不便告人,连见八恐怕也不知道。不过你们马上就要见到小文吾,请看看他那颗珠子和痣。"他一本正经地小声说。这两人不知不觉地频频往前凑。见八回头看看信乃说:"我过去见过小文吾,知道他的为人,一点也没想到有这样前世的缘分。虽然我和额藏庄助还没见过面,加上他我们就有四个人,往世的因果是一样的,实令人鼓舞。"信乃听了点头道:"这太好了。文五兵卫大伯!令郎不仅武艺高强,志向也胜过世人。希望给我们详细说说。"老人听了微笑着说:"不敢当!说来他嗜好武艺,也算有点缘分。请莫见笑,说起我的身世,我原是安房的半国之主神余长狭介光弘朝臣的近侍之臣,那古七郎由武之弟。当初因为山下栅左卫门定包叛乱,光弘惨遭意外时,家兄七郎和金碗八郎孝吉的旧仆杣木朴平、洲崎无垢三等战斗,虽冷不防砍死无垢三,自己也受了重伤,被朴平杀死。当时我才十八岁,年方弱冠尚未仕事。又因体弱多病,所以想杀定包也力不从心,于是就流落到母亲的家乡行德,后来在此开了个客栈,字号叫古那屋,是将那古的姓颠倒过来了。我虽做了商人,父祖却都是领主的家臣。小文吾大概因血缘关系,天生嗜好武艺。他身高五尺九寸,膂力究竟有多大,即使他是吾子,我也不大清楚。以前这个村有个叫梣椤犬太的恶棍,他的长相如落蹲舞①中所戴的假脸,青面獠牙,手足如伊势大虾的虾壳。其膂力颇大,心地却不正,好酗酒赌博,多年来在海边各乡横行霸道。常到有

---

① 落蹲舞是雅乐之一,属高丽壹越调,戴着绿色假面的独舞。

钱人家去借钱或借衣裳,从不归还。如果有人向他讨债,便蛮不讲理地将债主打倒。即便是这样的歹徒,因领主千叶大人武道衰微,不理政务,也不予追究治罪。因此乡人惧之如毒蛇,不敢触犯他,皆避而远之。犬太有时喝醉酒,在乡里的路上拉一条桫椤绳,上系个纸牌,用粗笔浓墨写着:欲从此路过,须出钱百文。如有不付钱而强行通过者,可得犬太之头,犬太死而无恨。他坐在旁边的石头上守候。因此人们都不敢走这条道,多叫苦不迭。这年小文吾年已十六,深恨犬太的罪行。为了众人,背着父母,自己到那里去,拉断了那条绳索,想让人过去。犬太暴跳如雷,起身加以拦阻。他攥起海螺般的拳头,往小文吾的眉间打来。小文吾将其拉开,飞起一脚踢去。犬太翻身跌倒,未等他爬起来,小文吾立即纵身上前,猛踢其胸部。虽是那般凶悍的恶棍,肋骨也被踢断,手脚挣扎着,吐血如注,一句话没说就死了。当下在那里观看的乡里们,见小文吾这种无与伦比的行为,且惊且喜,都赞不绝口。却说这个桫椤犬太当初是被逐出镰仓来到我乡的,既没同伙又无妻子,杀了他之后也未遭祸,于是世人便送我儿一个绰号,唤做犬田小文吾,'太'与'田'字同音。踢死恶棍犬太为乡里除害,使众人笑逐颜开,我是次日听人说的,大吃一惊,将他叫来,严词训诫不得再逞血气之勇。小文吾十分后悔,发誓今后即使带刀也不拔出来,与人争吵也绝不伤人。他很有孝心,发誓改过,完全是为体贴父亲。另外最近在镰仓有两个头陀叫大先导①念玉和修验道观得,都是傲慢的恶僧,嗜好武艺和相扑。其祖先本是兄弟而分作两支,虽然现在也是近族,近年因争夺先导的职务而发生纠纷。双方都有证件,两管领也无法判断是非,劝他们

---

① 原文叫"先达",是信士入奈良大峰山修行时,伴同入山的先导僧人。

协商解决。因此念玉便同观得停止争执进行磋商说:'有个很好的例子,从前惟高和惟仁两亲王是同胞,据说在争王位时就是通过相扑以决胜负的。争夺王位尚且如此,你我都喜好相扑,莫如根据相扑的胜负,胜者增加收入,败者甘当徒弟。你看如何?'经过仔细商讨,互相立了字据。于是便各自四处寻找有名的相扑力士。这时念玉和尚听到小文吾之事,便亲自到行德来与他商谈。观得和尚听说小文吾的妹夫是市川乡的人,叫山林房八郎,膂力过人,擅长拳法和相扑,便到他那里去商请。山林房八今年二十八岁,有河船数艘,靠此为生。他也是从年幼时便嗜好拳法和相扑,而且在这方面很擅长,身高五尺八寸,膂力足可拔山,连邻国也知其大名。然而壮士的容貌却十分秀美。他颇像犬冢君,这样说未免很失礼,二人相貌相似,好似同胞兄弟。本月十八日黎明,在八幡神社摆了擂台。在东西的看台上,念玉和观得这两个修验道的和尚与其从者共同观看。同时也让附近的村民们看,裁判由两家各出一名,先由小文吾和房八的徒弟角逐。弟子们较量九个回合,第十个回合才由大轴的山林和犬田角逐。两边看台自不待言,观看的乡人们都咽着唾沫,卷起袖子,等待决定胜负的那一瞬间。裁判看着双方都摆好了架势,一收团扇,双方一同起立,扭在一起又分开;想摔对方又被躲开,技艺和膂力不相上下。较量了半晌,山林伸过来的左胳膊,被小文吾拨开,又想用脚下绊时,小文吾猛扑其后背,房八往前急走两三步,扑伏跌倒。就连妒忌我儿子的人,都不觉高声喝彩,经久不息。从此小文吾和房八失和,我早就料到会有此事,虽不时禁止,但他们好逞能,不愿推却别人的请求,怕人家说胆怯,便做了那样冒失的事情。"文五兵卫正一边比划一边讲着,这时就如同相扑散了场,突然从海边传来笛子和敲鼓的声音。文五兵卫回头看看说:"你们见笑啦,听我说了些没用的闲话,不顾二位的疲劳,忘了已经天黑。那边的俚乐来自洗牛头天王神舆的船上。这个渔村的祇园会每年虽在六月十五日举行,如十四日有雨,不好渡海就顺延。我家只有两个奴婢,祇园会放他们三天假,是此地的规矩。不仅我不在家,小文吾也跟着看神舆去了,他们一定已等得不耐烦了。咱们趁着黄昏回去,以免被别人看见。走吧!"说着便起身先行,弃舟登陆。这时有个人拨开岸边的芦苇露出上半身,忽然开口说:"你们好大胆子,这是千叶家的领地,与浒我将军关系密切。如果报官,你们就该遭殃,难道不怕危险吗?"听到有人拦阻,文五兵卫心慌意乱,前进不得。心想悔不该与信乃和见八谈得时间太长,被别人发现了。从芦苇荡中忽然搭话的究竟是谁?且待下卷分解。

第四辑　卷之二

第三十三回　小文吾夜丧麻衣　现八郎远求良药

却说信乃、见八和文五兵卫刚想离船，不料在芦苇荡中竟有人呵斥他们。三人一齐面面相觑，正踌躇该如何脱身之际，那个人已下水走近船头，把抱着的包袱移到左边夹在肋旁，解开蒙脸的手巾擦擦额头上的汗，手抓住船舷，一看不是别人，竟是犬田小文吾。文五兵卫既惊讶，又有点恼火，提高嗓门说："你这个不知深浅的浑小子，吃祭神酒喝醉了吗？也不分场合就随意开玩笑，险些将我吓坏了。你竟然将义理都忘了，是否对这两个人怀有敌意，才这样脱口而出的？"他这样怒气不息地责问。见八在后边拉他袖子劝阻道："大伯不要这样发火，如被别人窃听到，咱们的生死存亡就又难卜了。话说长了容易泄露，他婉言规谏也是好意。"他如此劝解着走到船头说："犬田兄一向可好？饱尝着苦乐悲欢，那幸与不幸的长谈，你都听见了吗？你近在咫尺，也不告诉我们，却躲在那里，难道其中有什么缘故吗？宿缘未尽，不料再度相逢，我们又得重生，都是令尊的恩惠。"说着急忙回顾信乃，引见说："这是小文吾兄。"信乃走上前去见礼说:"兄长请到这边来。我叫犬冢信乃戍孝。令尊大人的话使我知道了往世的因果,并不觉得我们是初次见面。如无因缘怎会邂逅令尊又得重生,更何况又与你相遇呢?且请上船略谈片刻。"小文吾没有上船,开口道:"我随便搭话,戏弄父亲,使二位受惊,非常失礼。我虽看着像喝醉了,而谚语有云:'隔墙有耳。'他一高兴就纵声高谈,虽然我知道这是家父的习性,但一着急就不知不觉那样说了。可是说我忘掉了义理,想与你们为仇等等,虽说出自父亲之口,也未免太过分了。"他抱怨地搓着膝盖,轰赶袖子上落的蚊虫。信乃和见八劝解说:"委屈你了,这里有蚊子,衣服也湿了,船虽狭还是上去谈。"小文吾听了说:"不,你们不能老在这里待着。我是中途回来迎接父亲的,父亲请您听我说:我方才从临时停放神舆的地方回去一看,大人不在。听到女婢们闷闷不乐地在暗中发牢骚,说您又去钓鱼,不会早回来。她们这些天就等待今天出去除百病,现在还出不去,让她们看家,很不高兴。知道您常在这钓鱼,心想我去看看告诉您一声,就找到这里来了。遥望芦苇荡中您常站着垂钓的地方,见您在一条不常见的船上,往外边连看都不看在和一位壮士谈话,心想一定有事,不能贸然呼唤,就走近窃听。这时又有个人起身,原来是见八。因此你们彼此的危难奇遇和那颗珠子与痣之事,以及你们的义胆孝心、奇闻异事我都听见了。真是十分惊奇、庆幸!也知道了我和那些人的前世因缘,不胜欣喜!本想早点去同你们会面,可是又想如不把女婢们打发出去,和你们一同回去,就有诸多不便。心想回家做好准备,再来相迎,那时见面亦不为晚。于是就又回家给女婢们放了假,打发她们去了,趁着日暮之便,锁上门从后门出来再到这里一看,父亲还没谈完,言过其实地在夸奖我,听得很不耐烦,所以就说出了那些心里话。"文五兵卫笑着摸摸秃头说:"你年纪虽小,却比老父我想得还周到。因不知是你而吃惊发火,错怪了你,是父亲的不是。你快带领客人在前边先走吧。"他说着就要动身。小文吾暂且阻止说:"虽然已经黄昏,街里正举办祇园会,往来行人甚多,且家家门上挂着灯笼。人们看见犬饲兄与众不同的打扮,一定奇怪。再说犬冢兄的衣服上还有血迹。考虑到这些,我拿来两件单衣服,也许不大合体,脱了换换吧!"说着他将那个包袱放在船板上,打开后里边还有两口刀。当下小文吾又对信乃和见八说:"这两件单衣是布料的,穿着可能不大舒适,就请二位换上吧!在衣服内有两三个布条,里面用贝壳装着膏药。对相扑的擦伤、撞伤都颇有效。擦在各位的金疮伤口上用那个布条缠上。尤其是犬冢兄擦上,腰间可能轻松些。这两口刀是从别人手中买来的。我虽没有佩带双刀的资格,但因价钱便宜,虽未刻着字号,但见刀锋很锐利,所以便将它随便买下,被父亲痛斥了一顿。即使暂请信乃兄佩带也感到非常荣幸。"他诚心实意地向信乃赠送了那两口刀。信乃趋膝向前,跪着恭敬地受领道:"适才在浒我将军府,不意受敌,也来不及取刀,一边抵挡一边窥伺机会,夺取了先靠近的一个人的刀,但连那把刀也折了,现在是手无寸铁。兄长不仅帮助我更换了衣服,还这样热心周到以刀相赠,如此礼物,实在千金难买。你的侠义气概和英勇精神,听老伯详细讲了。不仅义勇,你的才干和韬略也是我效法的楷模。即便是结拜兄弟,对你的恩义也当深谢,难以忘怀。"信乃异常高兴。见八也对小文吾在仓猝之间如此细心地照料深深感谢,便和信乃赶快换好衣服,互相帮助包扎好伤口。文五兵卫对儿子值得称赞的才智甚感满意,喜形于色。小文吾将信乃和见八脱下的衣裙和护臂、护腿,卷成一团包好系上,回头四下看看说:"大人您领着客人回去吧,我将这条船推走就回去。将包袱留下,拿着钓竿走吧,别忘了东西。"文五兵卫点点头回顾信乃和见八说:"走吧!"迈步刚跨在船舷上,小文吾便急将父亲拦腰抱住,怕腿脚被水浸湿了。文五兵卫说:"小文吾! 不要管我,没关系。放开! 放开!"说话间小文吾已扶着他到了岸边。信乃和见八跟在后面,也敏捷地跳到岸上,二人对小文吾说:"那么我们就悉听兄长的妥排,同老伯回去等候了。将船留在这里确实如同野鸡将头藏在草里而不顾尾巴,只好有劳兄长,实在过意不去。"小文吾听了说:"不必客气,我知道了。就请放心,赶快去吧!"二人弯腰施礼与小文吾告别,跟在文五兵卫身后,奔古那屋而去。

小文吾目送到看不见背影,把带子往上系系,披上衣襟,高高露出小腿,把腰刀往身后推推,解开了缆绳。然后把放在船上的包袱紧紧背好,用肩头推着搁浅的船头,到没过小腿的河中,调转船头,用力一推,船尾摇摇摆摆地向大海流去。小文吾这才放心,慢慢回到原来的岸边,擦擦湿腿。

这时天色已黑,左右芦苇茂密,一片漆黑,能见度很低,只得摸着找到脱在石头上的草鞋穿在脚上,放下卷起来的袖子,用手巾掸掸尘土。好在是走惯了的熟路,哪怕夜黑也迷失不了方向。他不慌不忙地往家走着,约莫走了十几米远,突然从芦苇荡边闪出一个歹徒,身穿深浅交织的蓝色大方格浴衣,腰间系着宽宽的唐织黑色带子,一边的下摆高高掖起,挎着一口腰刀,用蓝色花纹的手巾遮着脸,蹑手蹑脚地跟在小文吾的身后,走着走着,忽然握住小文吾的刀鞘,将他拉回两三步。小文吾毫不慌张,将身摇晃几下,那人便松了刀鞘,想回身看看,却被一只手按住肩头不让他转身,另一只手抓住自己背着的包袱想把自己拉倒。包袱被扯破,从中掉出件麻衣,天黑也未察觉。小文吾更加焦躁,转身猛扑过去,狠狠抓住那个歹徒的右胳膊。那人毫不怯懦地甩开了，一拳击过来，被他熟练的拳法挡住。你扑过来，我就闪开，二人的拳法不相上下。看不清脸，脚下也进退不便，双方便乱打乱踢。他们被踢开的小石头滑了一下，各自闪向两旁，都往后趔趄了几步，行将栽倒又勉强站住。二人急忙摸着黑看看，又上前厮打。小文吾猛击过去的一拳正好打在歹徒的侧腹上，击得很重，他一时忍受不了，惨叫一声后退三四步，扑通坐下倒在地上。小文吾虽听到叫声，但却顾不得观看，便把松开的包袱使劲系，赶快离开此地回家。过了片刻，歹徒苏醒过来，爬起来想去追，一抬脚踩到了麻衣，赶忙拿起来，在黑暗中摸摸看看，会心地点头莞尔一笑，将麻衣一卷揣在怀里，叉着手又歪头想想，换条路，朝海滨走去。

　　却说文五兵卫带着信乃和见八回到桥旁的家外，从后门进去，点上灯，把他们安置在里边的耳房。亲自安排酒菜，亲切地劝道："每年虽然暑期都很热，可是今年六月比往年少雨，人们出门旅行受不了暑热，所以在这里借宿的人较少。因此方才说的从镰仓来的大先导念玉和尚把随从都打发回去了，在我这个旅店只剩一个人，连他也去海滨参拜洗神舆，从中午就出去了。他说今晚住在那里，明天才能回来，这很好。女婢们也都不在，虽然不大方便，但是家里无外人，可一切放心。有事就请鼓掌，不要因怕惊动老人便客气。"他诚心诚意地叮嘱着。信乃和见八赶忙把筷子放在饭盘内，将手恭恭敬敬地放在膝盖上说："您老这样地亲切款待，对您的厚爱不胜感谢。纵然是亲戚朋友，没落后都无人肯理，何况是有罪之人，谁不怕连累，哪还有人肯留住一宿？凡为人之父母，虽也多为其子之友行方便，但像老伯这样，见义勇为不怕牵连，是很少见的。因此如果长期住下，连累了你们则将追悔莫及。所以待令郎回来，欢叙谢恩、畅谈一宵后，明晨天未明就动身。"老翁听了说："这是哪里话？我虽是市井商人，但却是武士之后。况且犬子若与各位结拜为兄弟，他的兄弟就无异于我的儿子。无论你们住到哪一天，都要设法掩护你们。请快拿起筷子吃菜！"文五兵卫亲切地劝慰，又忙着添饭、斟酒，款待得颇为殷勤。信乃和见八十分感佩，一同称赞道："儿子是豪杰，其父自然也非同一般。此乃吾等之幸，实令人欣慰。"

刚吃罢酒饭，小文吾由外边回来，他没料到被歹徒截住寻衅时包袱被扯破，遗失了信乃的麻衣，在仓猝间又是黑夜，竟未曾留意，心想："那个歹徒似乎不是掏兜的小偷。推测其动机，不是躲在芦苇荡中，窃听了船中的密谈，便是与我有仇，想暗算我而埋伏在那里的。不管怎样，密谈之事倘若泄露出去，都将是我们主客之害。绝不能掉以轻心。"心虽这样想，但未露声色。把背着的包袱解开，卸下来原样装到柜橱里，关上门去到耳房。信乃和见八让座相迎，团团落座后，再次感谢他们的恩情。小文吾听了说："二位不必介意，这点小事何足挂齿。如其志相同，虽远在千里，也十分亲热，若其志相异，虽近在比邻，也非常疏远。以前我和犬饲君结拜为兄弟，他的珠子和痣的事都同我有缘，即使没这个关系，也应遇事共同分忧解愁。不仅对犬饲君如此，对犬冢君也不能抛弃，他也有两件奇异的东西，我已在芦苇荡大体上听到了。但还没见到珠子，请先看看我的珠子吧！"说着从怀里装纸的旧锦囊中，取出颗珠子给信乃和见八看。二人也把珠子拿出来，三颗合在一起，大家共同观看，珠子完全一样，很难分辨。只有通过珠子上的孝、悌、信三个字，才能辨认出各是谁的。他们就像初次才见到似地拿到灯下细看，无不赞叹，然后各自将珠子又照旧收起来。文五兵卫高兴地对小文吾说："他们已经知道我方才说的珠子之事不假，顺便把你的痣给他们看吧！"小文吾听了微笑道："我的痣生的地方不好，不便相示，然而父言难违，请原谅。"说着解开带子，褪下衣服，背着身子给他们看。文五兵卫把座灯的灯口移向二人那边，当下信乃和见八侧目观看，见他肌肤洁白如雪，后背无一处灸迹，只臀部有块黑痣，其状似牡丹，二人绝口称赞。小文吾穿好脱掉的单衣，系好带子。信乃回头看看说："昔日异国周朝之时，晋献公之公子重耳，被驱逐流亡到曹国。曹共公〔名襄〕闻重耳有骈胁，欲窃视，不听其臣僖负羁之谏，在重耳入浴时偷偷窃视〔《淮南子》又云：曹君欲见重耳之骈胁，令重耳袒而捕鱼。〕，重耳察觉而深恨之。重耳回国即位，遂起兵伐曹，虏共公，雪此辱。重耳就是晋文公，在《国语》、《史记》诸书中有所记载，读书人都知道。但犬田君与此不同，多年喜好相扑，大概不怕被看到肌肤，然而出示不便给他人看之处，如非莫逆之交，则会怪罪是相辱。我的痣在此。"说着偏袒出示，小文吾见痣更加称奇。当下信乃放下衣服，不觉叹息说："不只我们三友，那个犬川庄助义任，暂叫额藏的，也有同样的珠子和痣。在座的缺他一人，实感遗憾。"他将那额藏庄助的为人如此这般介绍一番后，又接着说："此珠和痣之事是什么因果虽不得而知，从前我母亲的一只爱犬叫与四郎，死后我将其埋在庭内的一棵梅树之下。当年那棵梅树每枝结了八个果，其梅子上共有八个字是：仁义礼智孝悌忠信，感到非常奇怪，便将其果收藏起来，其核现在还有，字和枯干的皮肉一起消失了。其核滚圆微小，与我们秘藏之珠相似，当初发现那梅树结了八个果的只有我和额藏，那时我二人在想：'这个梅子上所出现的字和形状大小都与我们的珠子相同，那么你我之外一定还有藏珠之人。如果有的话，他们就该是我们的异姓兄弟。'所想的果然不差，现在又得了犬饲和犬田，已经是四位。如果再有，日后就更能相互倚重了，令人深感欣慰。"

见八和小文吾对这种奇异之事也感慨满怀,领悟了前世的缘分,更加思念额藏庄助。于是见八重新推杯换盏,为信乃和小文吾斟酒。二人非常高兴,结为兄弟,虽未能同乐,但愿互相分忧,发誓虽没有同生,却但愿同死。文五兵卫也格外高兴,添肴劝酒。信乃和见八因有刀伤,接过酒杯而不饮酒,说:"老伯是我们的再生父母,和令郎又是异姓兄弟,理应是我们的义父,就把这只酒杯赐给我们吧!"文五兵卫听到他们的请求,异常欢乐,自愧不才,更加喜爱信乃等。

当下小文吾对父亲说:"我想起一点事来,当然不说您也会想到。我不在的时候要特别小心,现在住宿的客人虽然不多,但是那头陀念玉和尚,明天一定回来。不仅要小心那个人,而且自从那天在八幡相扑,房八也很恨我,不要以为他是我妹夫就不加提防。也许祸端就由他那里引起,不可大意。鉴于当今的世风,我想:如有不放心之事就将二位转移到别处。只要随机应变,就不会惊慌失措,只是为了思想有所准备,我才这样说的。"他是担心夜间在芦苇荡跑出来袭击他的那个歹徒。文五兵卫虽不知此事,也顺口答道:"你说得极是。"见八听了说道:"千叶是浒我将军的领地,还有权臣横堰在村又善于猜疑。如果他听到见八无恙,已同犬冢君结为兄弟逃跑了,那就一定恨我甚于犬冢兄。为了避开他人的耳目,最好是改名换姓。见八的见字是养父别号的一个字,不能丢掉,因有这颗珠子,不料才得知生父。因此就在见字旁边加个玉字(玉音たま,是珠的日文汉字),我想从今天起就叫现八,你们看如何?"信乃和小文吾对见八在这时还不忘养父,深感钦佩,回答说:"改得好!"因此见八从今晚就改名为现八郎。信乃也暂且改了个假名字,以避人耳目。

这时已经夜深,大约在子时半前后,有人频频敲门。小文吾到

第三十三回　小文吾夜丧麻衣　现八郎远求良药...031

门口问道:"是谁?"那人听了大声说:"是盐滨的咸四郎。洗神舆回来在海滨有年轻人大肆斗殴,有不少人受伤,其中有你相扑的徒弟,也有市川的山林房八的徒弟。从晚间就有人给说和调停,但对方是外地人,又是夜间,没有调停好,请关取①去设法处理吧!伙伴们在等着你呢,快去,快去!"小文吾听了咋舌道:"这些家伙!到这时候还打架斗殴,真拿他们没办法。我父亲中了暑,女婢们去除百病,家里没人出不去。纵然不是平常日子,也未能去陪神舆。然而对手是市川的人、山林的徒弟,就不能听到不管了。你赶快先走,我随后就来。真是讨厌的家伙!"咸四郎听了说:"那么我们等着你,请关取快来!"又嘱咐了一句,啪嗒啪嗒地跑了。

小文吾就势又到耳房中,说:"二位,对不起。大人!方才在门边说的事情,您都听到了吧?他是海边人,说话的声音很高。每年祇园会我没有不去的,从晚间就躲起来,现在还不去他们会怀疑。夜很短,天亮恐怕回不来。大人让客人们睡下后,请锁上门再睡。"文五兵卫听了,双眉紧皱,歪着头说:"年轻人喝醉了打架斗殴,虽非新鲜事,但对手是市川人,又是关系不好的房八的徒弟,是否借故寻衅?要当心,不可带头打架。"小文吾听了微笑说:"这个我知道,即使因吃了败仗而恼火的房八蛮不讲理,我是走正道的,也知道该怎么办。"他对父亲的话似乎没有听进去。文五兵卫拿出一块手纸,撕成一长条、一短条,把它搓成纸绳拿在左手对小文吾说:"你在这里的心境,同到那里发火时是不一样的。你在十六岁时结果了桫椤犬太,那时曾发过誓,即使与人相争也不打人,带着刀也不拔出来。此后虽未和别人争吵过,但对这次的纠纷我不放心。把那把短刀递给

---

① 关取是相扑力士的级别,仅次于横纲,这里是指小文吾。

我！"他把递过来的刀放在膝上，将那纸绳从护手环穿过和刀鞘连在一起紧紧系住。又把小文吾的右手拉到胸前，用另一条纸绳将其大拇指和小拇指系成个圈，然后把多余的纸绳切断。小文吾吃惊地问道："这是做什么？"文五兵卫攥着刀把，将刀拄在膝上说："做儿子的难道不知为父的心意吗？纸绳虽然易断，但系在刀上绳不断刀就拔不出来，这个纸绳如同国家法度和父亲的教训，想撕毁它很容易，如撕毁了就是犯法和不孝。刀是男子的灵魂，是防身的武器，不是为了杀人才佩带的。手是有用的至宝，可以干许多事情，而不是打人的。即使遇到忍无可忍之事要发怒，也要想着这个纸绳易断，断了就再接不上，一定要忍让着点，不要让老人为你伤心。"他比平素语重心长，谆谆教诲。小文吾诚惶诚恐地答应着，垂首站立。

信乃和现八听着，不觉赞叹说："教导得好！心这个字好似把锁，刃（即刀之意）用心锁住，则是忍字。忍无可忍也要忍，就没有悔恨，有益而无害。如非父母谁能这样谆谆教导。护身的神佛，也没父母如此关心。我们已无双亲，是最大的不幸。听到这样的教诲，实在羡慕。"小文吾听了，抬起头来说："无远虑则难以成功，虽常在唇边，也不能忘记这一点。切莫因一旦发怒而丧身！告诫之恩，我一定铭刻在心，请大人放心。我已名列三四位豪杰之下，知道有前世的缘分，此身价值千金，焉能贸然发怒而忘记父亲，背叛朋友，酿成大错？倘若这个纸条断了，就该被断绝父子关系，也被二位抛弃，那还算什么男子汉？如同那为不使我忘记而系的指圈一样，一定使纠纷圆满和解。夜已深，我去了。请安歇吧！"他说着挎好腰刀。文五兵卫点头说："这样就放心了，不拿着灯笼去吗？"又将他留住。小文吾说："有二十几的月光，夜还不太黑，提着灯笼多麻烦。天亮回来晚些，也不要过虑。"又安慰一下父亲，与信乃、现八告别后走出去。二人一同起身,目送到门口。文五兵卫将大门锁上,收拾杯盘,在耳房放下蚊帐,让信乃和现八休息。自己回到里间躺下,还未入睡,枕边就响起了丑时三刻的钟声。

次日清晨文五兵卫早早起来,点火提水,准备早饭。他在等着信乃和现八起来,太阳高高升起,已是巳时时分。但是小文吾还未回来,二位客人也没醒。是否昨天累了还在熟睡?他又待了一会儿,觉得也该起来了,到耳房的窗外高声呼唤道:"客人们还没醒吗?太阳已经高照了。"现八急忙从蚊帐出来,拉开拉门说:"我天亮就醒了,然而犬冢兄从天未亮就金疮肿疼,非常痛苦,可如何是好?幸好伤不在要害处。尽管我想很快会好的,可是突然肿疼,大概昨天被河风吹的,得了破伤风。我虽想尽心护理,但腰间没带药,想赶快告诉老伯商量办法,但您又没帮手,在忙着做早饭,所以就没呼唤您。您也不是医生,看了也没办法。犬冢兄也说挺挺看吧,就没吱声。"文五兵卫听了吃惊道:"真是想不到的事情,昨天在一起谈话还好好的,想不到病了。恐怕不仅是破伤风,也可能是从高阁上掉下来的内伤疼痛。可是你身体却无恙,这也就使我稍微放点心了。先看看他的病情。"于是走进室内用头推开垂着的蚊帐问:"犬冢君你感觉怎样?想要点什么呀!"信乃睁开眼睛,抬不起头来,呼吸十分困难地说:"小文吾从昨晚出去还没回来吗?这就够您操心的了。躲在您这里又得了重病,给您添了这样的麻烦,实感不安。生死由命,请不要管我!"他说着又闭上眼睛。文五兵卫退了出去,叹息着对现八使了个眼色,一同到隔壁的房间,对面坐下,小声说:"看样子病得不轻。烧得很厉害,摸着烫手,脸上的血色不好,是虚热有恶寒。如不立即找医生治疗,很难恢复。这里是农村,虽缺医少药,但是内科针灸、外科女医、按摩之类的,左近倒有,但他躲在这里,不便让当地医生诊治。我的哥哥那古七郎有传世治破伤风的奇方。据他所传授的医法说,破伤风肿疼,伤口日久不愈,或血流如线,经久不止,在将死时,取年轻男女的血各五合,融合冲洗伤口,可止痛、消肿,其伤口立即愈合,气力也只有一天就恢复,犹如用笤帚扫除灰尘一般。我在弱冠时,亡兄口传给我,想再口传给家人,所以最近传授给小文吾。然而取鲜血五合,被取血者必死。即使其人不死,非有钱有势也是取不到的。以你的身份怎办得到?"现八听了,沉思片刻道:"用血洗之法虽好,医疗却是仁术,害人取药是不仁之术,怎么忍心那样做。在我已故的武艺业师二阶松氏的笔记上,战场药饵的一条中,也记有这个方法,但我没有接受,因而也未试过。但在武藏的志婆浦(即芝浦)有卖破伤风的有效良药,我年轻时有同藩的某甲,在中田战役中身受重伤,是破伤风。医治无效,试用了志婆的良药,立即痊愈。从这里到志婆约有四五十里,现在天长,马上就动身快走,大概今晚四更可以回来。虽忘了药铺的名字,也会打听到的。"他悄悄告诉给文五兵卫。老人点头道:"那个药很好。然而你也有伤,冒着暑热赶去,即使于身体没影响,如被人发觉,在路上出了事,我也要追悔莫及。不如我去海滨将小文吾唤回来,让他去志婆或是我去,总会有办法的。"他说着就要走。现八急忙阻拦说:"兄长去后到现在还没回来,大概难以脱身吧? 如若不然,不去唤他,也不会待在那里。因此即使劳您的驾去那里,他也回不来,岂非白费时间,难救辙鲋之危? 我只是一点擦伤,路上有斗笠掩着。途中即使有事也进退自如,老伯请看!"他说着挥手抬足给老人看。文五兵卫感其义勇和善良心地,便不阻拦。让他吃过早饭,赠他盘缠和药钱。现八急忙漱洗梳头,吃过饭后即上路。文五兵卫给他带上吃的并备好了斗笠、绑腿和草鞋。现八接过去说:"我不想和信乃告别了。如果告诉他为何去志婆，他一定推辞不让去。拒绝他的阻拦，会增加他的病痛。一会儿犬冢问到我，您就这样如实告诉他。"一边悄悄说着，一边坐在走廊上系草鞋带。然后取刀挎在腰间，辞别文五兵卫，将斗笠深深戴在头上，悄悄从后门出去。

第三十四回　房八刊崎消宿恨
　　　　　　　犬田粟冢缓危难

　　文五兵卫送现八出了后门,进到屋内,对他出去放心不下,同时对眼前信乃的病也十分担心,不知如何是好。老人既劳身又劳神,天气很热为病人熬粥煎药,可是信乃说自己毫无食欲,筷子不拿,药也不喝。见现八久不在身边,奇怪地问:"他到哪去了?"文五兵卫不便隐瞒,就如实地告诉他。信乃听了叹息说:"他也有伤,都是不宜露面的人,去那么远出了事儿可如何是好? 在盛夏这样的酷暑天里,让您老人家如此操劳,实在于心不忍,怎能又让他去干这样冒险的事情!"自己暗自担心。老人看着他那忧伤的样子,十分难过,一个人枕前枕后地照料看护。夏日的骄阳已经西斜,约莫已是未时下刻,文五兵卫也顾不得拧拧浸透麻衣的汗水,想暂且出去到外边透透风、袒肩擦擦背,在穿衣服时心想:"小文吾怎么还不回来,在做什么呢? 年轻人岁数大点就变成慢性子了。"他自言自语地想到门外去看看,这时有脚步声传来,心想也许是他,一看走来的却是庄头派来的人,到店前用嘶哑的声音喊道:"古那屋老板在吗? 庄头有要紧事找你,赶快去!"文五兵卫心想,这时候来找,真讨厌。但他不慌不忙地回头看看说:"真是个多嘴的人。即使是庄头找,他也该知道女婢们按例放假去除百病一个也不在,儿子去海滨调停纠纷,昨晚出去尚未回来,没人看门。就说我晚些时再去!"那人听了,瞪着眼睛说:"不管有没有人看门,不是可以随便拖延的。如果你不在家,就让我把你找到立即带去,跟我一同走吧!"他坐在门槛上催促。文五兵卫心里甚感焦灼,心想:"庄头找有什么事儿?难道是那件事吗?"沉思了一会儿,便毫不犹豫地说:"稍等一会儿,就来。"老人不能让他看到里面,急忙拉开外间屋子的拉门,到信乃躺着的耳房,对他小声说:"现有人找,我到庄头那里去,大约有四五里路,速去速来,天不黑就会回来。在此期间小文吾也一定会回来,药和水都在枕边埋着的炭火上。没什么不方便的,暂且一个人在家吧。"信乃躺在床上倾耳听着,紧皱眉头说:"不便倒没什么关系。村长找您,是否为我之事?我现已身染重病,命不足惜,如今现八不在,实属万幸。如果关系到我的事情,使您有什么为难处,我就剖腹一死,您拿着我的人头去报案,以免受连累。"文五兵卫听了说:"莫出此不吉利之言。在村里庄头找是常事。我是经营客店的,每月有两三次要查对旅客的名簿。今天找我不是这件事,就是为海滨斗殴受到牵连。没大不了的事情,安心养病吧!"他匆忙地安慰后就又出去了。左手拿着叠好的自染的绸礼裤,右手提着竹底革带的草屦往走廊下一扔,说:"请吧!"那个跑腿儿的揉揉惺忪的眼睛,打个哈欠,搓搓胳膊,先走出去。文五兵卫把店前的三个帘子放下,把旁边的门拉上,跟在后边急忙奔向庄头家。

　　却说犬田小文吾,那夜去到盐浜,询问斗殴的情况,立即派人去市川找山林房八商量和解之事。那人回来说:"房八不在家,不知到哪里去了。"因此便劝说双方暂且罢手。次日又派人去市川,然而房八还没有来。于是只好将和解之事往后推推，先将受伤的市川人抬上竹筐，由这边跟了不少村民送回去。这时已接近日暮的申时，眼看二十二日就这样过去了。小文吾生怕父亲等得着急，又不知客人们怎样，一时也放心不下。这样处理完毕后，就辞别乡亲们，往家里来。当他走过名叫刊崎的松林时，忽然后边有人喊道："犬田你等等！"小文吾回头一看，不是别人，正是山林房八，身穿越国产的绉纹麻衣，下缠鲜艳的猩红色绉绸兜裆布，透过上衣的前襟可以看到他随便插着一把镶着银箍的长刀，将一件黑罗的单外衣叠得很整齐，掖在腰带上，似乎是为了遮阳光，头上缠着白布手巾，在前额上打个结，脚下穿着桐木朱带的木屐。虽不知其性情善恶，而仪表却不凡，诚如文五兵卫所比喻的那样，颇似犬冢信乃。小文吾见了微笑道："我以为是谁，原来是市川兄。在洗神舆的纠纷中，本乡和贵乡之人互有受伤的，昨晚和今天都派人去找您，却未见您，既不是外人我就代劳，总算暂时和解了。"没等他说完，房八冷笑道："劳您驾了。可是方才在途中听说，对方受的是轻伤，而市川的人有三个受重伤。为何说两边都一样，未经谈判就给拉开了？你和我是一个锅里的鱼，别以为盖着盖儿别人就嗅不到了。那样调停纯粹是偏向，让人家说房八怕他老婆的哥哥，我听到也佯装未闻得忍受了。这使我们一乡都蒙受了耻辱，逼得我没有退路，死了丢脸，活着可耻。现在已播下这颗发生争端的种子，如再不赢得一点光彩，我就没法见人了，所以决心来要你给我道歉。"虽然他这样大声吼叫，小文吾却不慌不忙地说："房八，这是你的偏见。如果已判定对方理亏，还可以说我偏袒己方。但等了一夜一天你却没来，为尊重对方，由这边派人送去还不光彩？"房八听了全当耳旁风，卷起袖子说："这能成为理由吗？你大概欺侮我是没有骨气的男人，以为怎样对待都可以。那些往事即使不说你也知道,过去在八幡比赛相扑,我输给了你,所以决定一生再不登相扑场。你看看这里!"他说着把手巾一揭,用手摸着剃的月牙头说:"我不听老人的劝告,剃掉了一直没肯剃的额发。倘若是武士我就有心抛弃弓箭,出家入道。如果让人家说我今天认输,是因从相扑那天起就被吓怕了,那就不但没给家乡增光,还让我把家乡的名誉败坏了。那岂不连释迦牟尼佛都得还俗?我同你妹妹的夫妻关系,自然是捏合在一起的,把老婆离了,你也就不再是阿舅。咱俩一定见个高低。"他益发肆意挑衅,小文吾也不与他争辩,说道:"你大概发昏了,把额发也剃了,看样子是要出家。但是你的表现和内心是矛盾的。相扑场上的遗恨,要用拳术来消除,你现在的作为,不是男子汉气概。我今天事情太多,有话改日再说,今晚先保留一宿。"他想劝慰两句就离开。房八紧紧拉住他的袖子说:"你不要煞有介事,想溜走!这办不到!现在就要你道歉。"怒气冲冲地把衣襟向后一踢用手抓住,掖得高高的。小文吾不知如何是好,沉思一会儿说:"那么怎样道歉才能恢复你的面子呢?"房八听了,把袖子一松说:"就这样要面子。"转身就要拔刀。小文吾按住他的胳膊不让他拔出来,仔细看着他的脸说:"难道你喝醉了酒,疯了吗?不辨是非,不明道理。杀人是要偿命的。就不想想你的父亲和孩子吗?"他耐心地劝说房八,把抓住的胳膊推开。房八更加紧逼,脱下木屐说:"小文吾你害怕了吗?说我喝醉了酒,是不怀好意。你看我什么时候喝醉过?父亲的悲伤和孩子的事情都早已想过了,赶快决一胜负吧!"他声嘶力竭地叫阵,流着汗珠又要拔刀冲过来。小文吾忍无可忍,也想拔刀,一摸刀把,有父亲系的纸绳,便忍怒把手收回来说:"我有一个父亲,也没第二条命,不能同你斗。"房八愣住了,不觉哈哈大笑说:"想动刀可是又拔不出来,我知道了,有纸绳封着呢。

那样怕动刀,就挥拳较量较量。快过来,动手吧!"他脱去衣裳袒胸露怀,站稳脚跟摆好架势。可是小文吾因为手指上的纸圈,难以动手。就站在那里袖手低着头,连看也不看。房八上下打量一下又呵呵地笑了,说:"小文吾!你为何站着?与相扑不同,有生命危险的搏斗你就害怕吗?看着你是条汉子,但却好像带叶的橙子,银色的甜瓜,看着好看竟没有味道。这样的胆小鬼,把你当作人打,会脏了我的拳头。你尝尝这个!"说着便飞起一脚踢在小文吾小腿上,使他来了个臀蹲儿,然后用脚踏在他肩上。小文吾支起一条腿,用手擎住房八踏上的那只脚,涨红着脸抬头望着。对他那怒目紧逼之势,小文吾实在怒不可抑,但若违背忍怒的庭训就是对父亲的不孝,对朋友的不信。昨夜立的誓言不能违背,纸绳不能弄断这一点他做到了。可是忍不住窝心愤恨的泪水,又不能让房八看到,就和汗水混在一起,将头一甩,蓬乱的鬓发耷拉着,将脸背过去在那跪着。

这时有人躲在树荫下,看得清清楚楚。他便是镰仓的头陀观得。他满脸堆笑地大步走上前来,对房八扇着扇子,抚摸着后背说:"好啦!好啦!这回总算出气啦。已经洗除过去相扑之耻,好极了!"观得挤鼻子弄眼儿地夸奖,房八傲气十足地说:"在八幡的那次相扑也不是真正败给他,而是突然腿肚子抽筋受了点伤,让这小子出了名。你也消消上次之恨踩踩他。"说着把踏上的那只脚拿下来。观得战战兢兢地看看小文吾的脸,退回两三步摇头说:"不行,不行!这使不得,吃一口会烫嘴,有道是穷寇莫追。你已经惩治够了,比我踢一百脚还厉害。一只丧家之犬就不必再打了。请您高抬贵手,咱们去酒肆喝一盅!"在他的劝说下,房八理理衣服,穿上脱掉的木屐,又到小文吾身旁怒目而视说:"犬田,这不算完。虽然我还有话讲,今晚却没工夫同你讲。如果想报复的话,你磨好了刀等着我。那时可不要说不在家哟!"他十分自信,令人深恨地叮问,看看先走的观得,便从容不迫地一同向市中的酒肆走去。

过了一会儿,小文吾抬起头来,袖着手,左思右想也难以平息内心的委屈和愤懑。忍了又忍,这才起身掸掸身上的泥土,系上衣襟,心想:"房八的蛮横举动不同寻常,定是对在八幡的那次相扑失利怀恨在心,便不顾自己的性命和老人的悲伤。虽然自己知道好强逞胜会引起争端,然而扬名饮誉本是世之常情。即使自己这样看,也不能怪房八。因为原是他人之争自己却承揽过来,所以才与妹夫结下怨仇,这都是自己的错误。他无论怎样蛮横,打倒他也不难,但是不能同他交手是父亲的教诲,也是为兄对不明真相的妹妹的爱护。彼此都相安无事是大家的幸事,并非只限于我个人之事。但别人不了解我的心,也许会讥笑我,藐视我。我虽然相扑赢了,但无法真正制服这个不可理喻的浑人。"他这样嗟叹着,理理蓬乱的鬓发,又急忙赶路。

走了只有三百多米,从薁冢那边有八九个捕快气势汹汹地跑过来,将他围住,怕他跑了。这完全是意想不到的事情,小文吾吃惊地躲在开满红花的一棵百日红的树后边说:"我没有犯罪,不要看错人,随便捕错了。"他急忙陈词辩解。一个身着戎装的武士高声喝道:"小文吾,不得动手!"前边走着的是当地的庄头千鞆檀内,由士卒们牵着五花大绑的文五兵卫从背阴处走了过来。小文吾一看吃了一惊,为何竟将父亲绑来?不觉在那里呆住了。那个武士走上前来对他说:"喂!小文吾!可认得我吗?我是浒我将军的家臣,武士之长,新织帆太夫敦光。有个歹徒犬冢信乃,昨天大闹了将军府,将军命令捕快中的强手犬饲见八捉拿,从芳流阁的屋顶滚落到拴在岸边的船上,逃得无影无踪。因此,某奉命追捕,昨晚便连夜追赶,水陆搜索，方才到达这里的海滨。因长途劳顿，想在庄上暂且休息。经与庄头商议如何寻找信乃，总算发现那条船漂到这里的葛浦。但是有船而无人。心想信乃将见八推落水中，绝不会从陆路逃跑，那就一定潜藏在这海滨一带。让庄头根据这个线索，悄悄对市内和村落详细探查，只有你父古那屋文五兵卫的旅店，昨晚住了两名旅客。一个今早走了，另一个还在那里。两个都是武士，已详细了解。因此将店主人文五兵卫叫到庄头那里，严加询问了那个旅客的相貌身材，及其逗留的情况，他百般支吾其词，所以更加怀疑那个旅客一定是犬冢信乃。文五兵卫不说实话也该同罪，因而将他绑起来，由士兵押着让他领路，我亲自去古那屋搜查。庄头老远发现你，说你是小文吾，是他的儿子，所以我这才知道。不能放过你去，便命令士兵将你截住。想让我把你父亲松绑，那你就领我们去捉拿那个旅客。不然的话，不但你父亲，连你也得捆起来。你如实地说，那个旅客什么模样？"他连威吓带劝诱地说。庄头也出面说："小文吾你可能知道，这里的领主千叶大人，与浒我将军是站在一起的。不能因为没有领主的命令便敷衍了事，那样以后是逃脱不了罪责的。即使将军说不要打扰邻郡，悄悄进行搜索将信乃抓住，也不能明知他是歹徒还留宿他。如能及早自首，就会免罪受赏。当然，听说信乃的武艺超群，膂力无双，如能用计逮捕他或出其不备将他刺死献上首级，那就不仅你父亲获释，也会得到将军的赏识。这既有关你自身的名誉，又是对领主的尽忠。你不是以拳法和相扑名扬乡里么？那样你的武艺和膂力就会被传扬出去，也有益于国家。你就下定决心，答应了吧！这是大事。"他花言巧语地晓以名利，同时也暴露了他是捕快的走狗。

小文吾耳闻目睹这种境况，看着自己的父亲，想到结义的朋友，心里十分难过。生死存亡就在此时了。心中像被压上块大石头，喘不过气来。但他没露神色，抬起头来说："您说的我都领情，但昨天是祇园会，我到海滨去玩儿了，昨晚和今天都没在家。现在正回家，不料父亲蒙罪被缚，甚感吃惊。因此那个旅客是武士还是百姓，既未看见，也未听说。不管怎样，如能先将父亲放了，那我就在前边带路，领着你们去搜。这虽是求之不得的事，但若是谎言，昨夜并没住过那个旅客，我的家就白白被搜了，传扬出去岂不让人笑话？即使薄门低檐的茅草屋也总是穷人的家。既然没什么证据，那点家私被你们大搜一遍就是莫大耻辱！我虽名不足道，也是条汉子，使我的名声扫地未免太过分了。再说，即使那个歹徒还在那里，他武艺高强，勇力无敌，太刀锐不可当，因此人多也说不定让他跑了。三十六计诈为上策，你们带兵离得远点，把这件事交给我，为了父亲，我不惜一切。我一个人先回家，如果那个旅客还在，就设计将他捉住。如不得便，就用酒把他灌醉了，献上他的首级，您看如何？"他编造了一通脱身之辞，显示了能言善辩的本领。帆太夫被他这一劝说，点头道："你说得有理。信乃有万夫难当之勇。我带的这几个人如被杀败，这次还捉不住他，弄巧成拙，则是我的过失，罪责难逃。那么就把他暂且交给你了，但不得有误！"说着回顾庄头，让他拿来画像，慢慢打开说："小文吾！这就是那个歹徒犬冢信乃的画像。不管是武士还是百姓，如果那个旅客的年纪、相貌都和这个画像有些相似的话，你就用计将他捉住。认错了、抓错了人，决不追究。市中的路口和江河码头都派兵严加把守，跑不了，但不得延误。以今晚一夜为限，明天就得呈报结果。听清了吗？"说罢，帆太夫让士兵把画像递给他。小文吾接过来看看，卷起揣在怀里，理理衣服说："既已领命，就拼死去为您效劳。请将父亲放了，交给我吧！"帆太夫听了，昂首大声道:"不行,这绝对办不到!既不能父亲保儿子,也不能儿子保父亲,这是法律。你们也许是一丘之貉,不能疏忽大意。是把歹徒信乃抓来,还是拿他脑袋来见我,无二者必居其一之功,文五兵卫就是人质。是救你父亲,还是愿受株连领罪,就在你的心了。你的请求绝不能答应!"他厉声地回绝了。霎时间小文吾大失所望,叹息着把头低下,并不搭言。当下庄头对帆太夫说:"天快黑了,不要让那个歹徒趁着黑夜逃跑了。请放小文吾回去,要注意把好路口。"帆太夫回头看看小文吾说:"太阳是快要落了,那就先把你放了。如果你说的不是谎话,大功告成后立即禀报庄头,赶快去吧!"说罢士兵牵着文五兵卫一起动身往庄头家去。小文吾答应一声,眼望着父亲,一时难以动身。父亲也好像有话要对他说,几次回头看他。虽然天还没黑,眼前却逐渐暗淡。文五兵卫身后被绳索牵着,心里有话也没法讲,站住不走就被轰赶,老人一跌一拐的背影,消失在阡陌上的树丛中,看不见了。

　　小文吾悲伤地捶着胸暗自叫苦:"老父亲已年近六十,解开他的绑绳容易,难的是义字重如千钧。暂且忍耐着,总会有法救的。自己不仅希望父亲,尤其渴望那两个人也安然无恙。"他袖着手仔细想着,耳边传来的钟声也觉得异乎寻常,于是仰天长叹:"自己怎么竟软弱得像个女子。家里的事情刻不容缓,不能再犹豫啦!"他自我开导后,唯恐有人跟踪,便又环顾了四周,急忙往家中奔去。虽然晚风送爽,却流着汗、喘息着回到家里。到房檐下一看,店前帘子低垂,冷冷清清的,里面漆黑。走进门去,想先把灯点着,走到厨房摸着打火石悄悄点着火,好歹点燃了两三盏座灯。一盏放在店前,一盏提着到耳房一看,现八不在,信乃还病卧在床上。他吃惊地想:"这是怎么回事?"只得先去问问信乃。信乃挣扎着坐起来说:"疮伤从拂晓起就突然疼肿,十分痛苦。现八为去买药偷偷去武藏的志婆浦。这是我后来才知道的。另外文五兵卫伯父说庄头找他,也出去了。"他声音微弱,呼吸十分困难地回答着。小文吾听后愁上加愁,心里更加焦急。父亲和房八的事都不便同他说,好似若无其事的样子,加以安慰。急忙生火,热粥劝他喝。信乃好像疼痛稍好一点,才拿起筷子。这时店前有人揭开帘子进来说:"里边有人吗?"这是何人?且看下卷分解。

第四辑　卷之三

第三十五回　念玉戏借笛　妙真哀返媳

正当小文吾热好粥劝信乃喝点儿时,忽听到有人大声叫着门进入院内。他赶忙答应,走出去后回手关上拉门,来到店前。一看不是别人,却是镰仓修验道的行者念玉。左手拿着个大海螺,右手拿着涂有柿漆的扇子,扇着胸脯,坐在店堂挂灯的旁边,看见小文吾,微笑着说:"关取,你回来了。听说昨夜洗神舆挺热闹,然而在将完时,有些小伙子打架斗殴太使人扫兴了。本想今朝回去,可是海滨凉爽,又没有跳蚤、蚊子,尤其是罕见的熬盐风光,那是一生不可错过的,所以在那待到今天。借助你的威望,赢了那场争执,心情很痛快。因此想顺便看看这里的古迹真间、国府台①等,多逗留几天,想明天或后天回去,暂时还得打扰两天。"小文吾听了,觉得真讨厌,但又不能撵他走,沉思一会儿说:"这么说我们就快分手了。今晚本应

---

① 真间在下总国葛饰郡,相传古代那里有个叫手儿奈的美女,因许多男人都爱慕她,便苦恼得投水自尽,见之于《万叶集》。国府台亦在下总国。

好好款待一下,怎奈当地习惯,女婢们从昨天就去除百病,一个人也不在。父亲也被人请到邻村去了,只有我一个人看门。虽对厨房之事不大熟习,但您想吃什么,我给您去准备晚饭。"念玉听了摇头说:"不,在路上用过酒饭来的,即使有美味佳肴,今晚肚子也装不下了。那个房间大概没人住,请借个蚊帐想去睡觉。"他挂着那个大海螺想站起来,小文吾急忙将他拦住说:"那里没灯,里间很黑需点灯,请等等。"说着便看他那个罕见的大海螺,问他是在哪买的?念玉把它拿在右手说:"是方才从海滨的一家中用几个酒钱换来的,装水可以盛一升多到二升,请看!"小文吾拿在手中看看,微笑地说:"真是个大海螺,我在海边住都没看过这么大的。物归所爱者,所以这样的大海螺才让您这个修验道的行者看见。"念玉也笑着看看旁边,并用手指着说:"那边墙下放着的是尺八①吧?我没看错吧。你喜爱吹尺八吗?"小文吾也在暗淡的灯光下看看说:"正是尺八。前些年被称为好汉的无不腰间佩带一个小药盒和竖笛。现在似乎少见了。过去不知是谁扔在那里的。"他正说着,念玉往前凑身,伸手把那支竖笛拿在手中,用袖子擦擦,润润吹口,试着吹了吹说:"这是很好的尺八。虽不知其本主,但今晚且请借我一用。在旅店除了睡觉别无他事,从天黑就进蚊帐喂跳蚤,太没意思。况且今晚又是庚申之夜,虽然吹得不好,却正好用它解闷儿。何不消磨时光等待月出?走啊!"说着带上竖笛就待起身。小文吾说:"请您随便用来消遣,反正这个尺八也没用。"赶忙点上灯提着带念玉去另一个房间,将寄存的行李给他,又回到原处,不觉叹息着心想:"那个行者又来了,今晚这个旅

---

① 中国的箫在室町时代传到日本,被称为尺八,后来又称之为竖笛,因其长度以一尺八寸为准,似乎比中国的短些,是近乎箫与管之间的乐器。

第三十五回　念玉戏借笛　妙真哀返媳...049

店就更令人担心了。可是又没办法赶他走,若编造点假话,让他到别处去,则容易使他生疑。他说吹着尺八等待月出是别有用心吧!他虽然不像坏人,但是如果秘密被他知道,就是敌人,莫如杀了他灭口。总之,只要随机应变就可以对付他。但对屋里病着的那个人依然毫无办法。虽说他是一时有病,生命没有危险,可是已经答应稻家的帆太夫擒拿他,明天到期不能延误,这真是紧迫的难题。当时给我那张画像使我十分生气,方才慌里慌张地打开也没顾得看,再仔细看看。"于是他把手伸进怀里,一摸没有,又摸左右袖子也没有,打开领子抖了抖,除了鼻涕纸什么也没有。大概是在途中掉了吧。夏季的衣服很单薄,又是黄昏时候,匆忙从那里跑回来,也就疏忽了。没有就没有吧,也无关紧要。虽然没什么值得可惜的,但倘若途中被别人拾到,报告官府就更怀疑我了。是否掉在院内? 出去找了一阵,不觉脚下踩着大海螺,打了个趔趄,好歹站住了。"这是什么?"他拿起来看看,又回头看看里边说:"真逍遥自在,那个行者爱上竖笛就把这个海螺忘了。这只海螺活在海里时,只能任其运动,却听不见它的声音,把它的肉去掉,只留个壳,变成死物,一吹,其声音却可及于数百米之外。人也是如此,无家可归流落他乡就犹如鳞介之离水,更何况获罪逃亡,虽然一时隐藏起来,但很快就被人发觉,这如同无声之贝,一吹就能听到它的声音。尽管是莫须有的罪名,传扬开来却好像罪恶很大,无罪也得受刑,以势压人乃是世之常情。祈祷上苍也毫无效验,行者也徒有虚名,正邪难辨,是非不分,不知如何是好?"他把拿着的海螺扔了,瞪着眼睛,满腔郁闷,想说又无处去说,只好将愤恨埋在心里。可这样恨又有何用? 想再去找找画像,便急忙点起纸烛,准备到门边去找。

这时听到外面喧闹着喊道:"都快来!"说着有人推开门问:"关

取在吗?"走在前面首先露面的是盐滨的咸四郎,后边紧跟着板扱均太、牛根孟六等,都是当地有名的无赖。三人一同站在店前的板席上。小文吾一看,把纸烛吹了说:"你们三个人慌里慌张地一同来此何事?先安静坐下,地板都要踩坏了。"咸四郎没等他说完,把手巾往肩上一撇说:"关取,今天有点事想同你说,所以三尊佛爷才离开宝座来到这里,还不叩拜迎接!"均太从旁阻挡道:"咸四别开玩笑。您夜间练功,我们三人是来助兴的。"说着他回头看看。这时孟六也上前说:"关取,我们哥仨同来不为他故。这些年虽说是您的弟子,功夫好,膂力强,在路旁的相扑场上没有输过。谁不夸犬田有好徒弟,这对您也很光彩。可是昨天这一整天使我们大失所望。在这个世上,事情往往是颠倒的,徒弟开除师父,我们三个人是作为代表来宣布这件事的。从今天起,在这葛饰,你没有一个徒弟。知道了吗!再不要那么趾高气扬了,也不要装傻充愣说我忘了。"他们异口同声地大吵大嚷,好像拍蚊子似地一同拍着大腿,气势汹汹。小文吾冷笑说:"你们不要吵了,安静点说不行吗?我从小就喜好相扑,虽被称为关取,但并不想靠此谋生。实是乡下的外行摔法,有没有徒弟对我来说都无所谓。你们说的只要有道理,就立即同意你们不要我这个师父。说说理由吧!"三个人又重新坐下来一同说道:"不说你也知道,昨夜你一个人调停海滨的纠纷,不像个有骨气的好汉,让山林报了仇。在刊崎的那种惨样,有人从路旁远处看到,一个传一个,丑事传得可快了,谁不知道。让人家抬起泥腿踏在脚下,这样的师父给徒弟丢脸。因此才不要你这个师父,你不觉得懊悔吗?对手是你的妹夫,欠他的钱吗?被他那样欺侮!你是脓包,原来在八幡那次相扑你赢了,是趁人家受伤你得了点便宜,到紧要关头,你对山林连手都不敢伸,如同水壶里边煮的章鱼,脸红了都不知道羞耻。要是个有阴囊的汉子,就该跟他拼。拼不过他就把舌头咬掉。"三个人嘶哑着嗓子,指手画脚地一起向他开炮。小文吾不慌不忙,镇静地说:"又吵起来了。你们不知扶摇展翅的大鹏之志,而像一群尺鷃,唧唧喳喳。在刊崎没和房八斗,是为了父亲、为了我,也是为了他们夫妇。败了比胜了好。对不可理喻的蠢人躲着点走,并不可耻。不知道的以为我是胆怯?被他们蔑视那就随其尊便吧!我并不难过。让你们知道这些道理就够了,快走吧!"三人一同起身说:"不赶我们也不会不走。今后虽然不再是师徒关系,你给全乡丢了脸,人的嘴是封不住的。为了日后留点记号,给你打个烙印吧!"咸四郎挥过来一拳,被小文吾抄起腿来摔了个跟头,接着把扑过来的孟六和均太的胳膊拧过去,咸四郎想爬起来,被小文吾使劲踏住后背。那两个人踮着脚,皱着鼻子,仰着脸疼得连连苦叫说:"胳膊要掉了,赶快放开吧!"咸四郎也服输了,伸开四肢躺在那里,瞪着眼睛叫喊说:"饶命吧!眼珠子要冒出来,骨头也要折了。"嘴贴在地板上喘着粗气。小文吾说:"让你们尝尝厉害。"为了好好惩治他们一下,他并没有松手,"你们也知道骨头疼了,要忍怒是我父亲的告诫,只挡住别人的拳头而不动手打人。看在以往的交情份上,饶了你们这次,去吧!"把孟六和均太拧在一起,使劲推到外边,他们跟跟跄跄地跌出一丈五六尺远,滚倒在地上,小文吾又把咸四郎提起来,抓住脖子往外一扔,使他七扭八歪地用脚尖跑了几步也跌到一处,一时都起不来,像狐狸似地频频回头看看,猫起腰好歹爬起来。有的自己在摸脉,有的揉腰,或舔膝盖,歪嘴皱眉,都大喘了口粗气,这才互相扶着,"哎哟!"地叫着站立起来。咸四郎像圈在笼中蟋蟀的叫声,咋着舌头说:"你们不疼了吗?好汉要经得起磨炼,虽遭点罪也死不了,怨我们不走运!"一个人嘟哝着,那二人一同唉声叹气,均太说:"运气不好,受点灾难是世间常有的,虽说输力不能输嘴,有话也还是少说为佳。喝两杯酒振作下精神,不能泄劲儿。"均太这样安慰着别人,一面弯着腰慌忙地四处寻找着,说:"等等!丢钱了。"说话间孟六踢到个东西,摸着黑一看说:"在这呢!"便递给他一串钱,约二百文。均太用手拎着走在前边,有的扭着腰,有的弯着腰,狼狈地一同奔向常去的酒馆。

他们去远了,又恢复了寂静。小文吾不放心地拿着灯往门外照照,然后才把门关上。这时已打过五更,好似村里打更的梆子也比往常早了。自己默默数着,自言自语地点头道:"时下夜真短,觉得好像天刚黑不久似的。被这几个坏蛋缠住,耽误了不少宝贵时间。他们那样地大声喧嚣,一定被里边听见了。家里、外头都使人放心不下。"他支着条腿抱着膝盖仔细想:"父亲真可怜,今晚在哪里过夜呢?如在黑暗的地方,就睡不成觉还得被蚊子咬。虽然很惨,但只此一宿,忍耐点吧!我想纵然把地和房子卖了,如果还不够就把我搭上,也会有办法将您救出来。救不了的是屋里那个人。治破伤风的妙药,伯父遗留的秘方上有记载,然而药难弄到手。现在刺开我的大腿虽可挤出鲜血来,但没有女人的生血合在一起,把我毁了也不济于事。把他放在船上,连夜让他逃走如何?不行,不行!村里的水陆出口听说都有兵把守。要是杀开条血路,放他逃走,父亲的性命就危险了。怎么天日就不照照这样的好人呢?他是孝子,我父亲是义士。我也颇懂得点孝和义,可是为善而无福,仗义而有祸。这也并不足以为恨。因为世间本有幸与不幸,并非取决于人之善恶。如果知道那是天命决定的,就会哪怕掉头也不移其志。但这样思来想去就是到天明也无计可施,一切都将成为画饼。浒我的那个人〔指现八〕如果不出去,还可一同商量商量。去了有诸多不便,可是在这里也为难。真不知如何是好?"他自问自答,满怀愁绪,难以自遣。

这时,他听到里间吹奏尺八的声音,旋律优美,十分动听,但也无意欣赏。离得很近躲藏的那个人,一定会听见,不但得不到安慰,无疑会增添忧愁。一个人的心事虽难对人言,但人生在世各有苦衷。耳房内的信乃强挣扎着坐起来,面对孤灯,想到自己的过去和未来,他更想到:"不能因为我而连累了逆旅的恩人。犬饲带着伤出去为我买药,实在令人放心不下。店家的老翁又被庄头叫去,一夜未归,来了几个人大声吵闹,莫非是为了我吗?自从丢失了村雨宝刀,就如同背阴里的花日益凋零。现身染重病,已知死期将至。到迫不得已时就伏刃自杀。岂能让如此好心的父子受难?自己并不惜命,但不愿让在栗桥分手的额藏庄助知道。滨路也十分可怜,想永远等着我。女人的心经受不住意外的打击,她知道以后一定更加悔恨和悲伤。还有现八和小文吾一定会怨我尚有希望就过早地自寻短见。虎死留皮,人死留名。当该死而不死时,即会被人轻蔑,那将是莫大的耻辱!那个尺八似乎是为我吹奏的弥陀的慈航棹歌,大概是歌舞菩萨的音乐。我再听听看看,到时候握住这把刀也有力量。这样做好最后打算,但又想到只有一件悔恨莫及之事是难以弥补的,就是没脸见先父在天之灵。虽然自己没有忘记遗言,但由于一时疏忽,被怀疑是有野心的刺客,落得个逃亡者的下场而死于非命,将永远玷辱父祖之名,不孝之罪九世托生也难以抵偿。这是我临终的一大憾事。如果说这是前世的恶报,那么就按照佛家的说法,迷惑只能增添烦恼,离开有无便生死由命了。请原谅我吧!"这内心的痛苦对谁去倾诉?他肝肠欲断,眼泪都要哭干了。信乃虽是善于处世、有泪不轻弹的男子汉,也难以抑止无限的悲伤。有谁知道他的苦衷？尺八奏着各种动听的曲调，在消愁解闷。

夜阑人静，已经是五更天了，提灯代替消失的半轮月光照着轿子的竹帘，从中走出一个人来。是个年龄四十开外的孀妇。她漆黑的头发，竟剪了个男子的短发，穿着淡雅的素色罗衫，内衬白色的薄袍，系着在前面打结的缎带和韩织的细带子。腰肢袅娜，前发高高突起，如同野鸡翎似的。她抬起头来走近门前，叫了声："开门！"便走了进去。小文吾抬头看看这位来客，吃惊地说："真没想到，这不是户山的妙真吗？黑夜里就你一个人吗？有何贵干？"那人听了点头粲然一笑说："不仅我一个人，还把沼蔺和大八也带来了。考虑到途中天就黑了，让她们坐轿子，我因有血晕病，坐轿子晃得厉害，夜间凉快，走着来的。我来也没什么好事儿，带仆人来会给你们增添麻烦，来的都是自家人。你一定会想为何黉夜前来，先把大门开开吧！"小文吾心想："今天晚间怎么有这么多人来？"虽然心中颇为不悦，但又不好明说，就若无其事地款待，说："您来得太好了，我很高兴，请到里边坐。"他把妙真让进来后就去把大门打开。轿夫进来，把轿子横在进门的板席边上。他揭开帘子一看，沼蔺把熟睡着的大八放在大腿上，穿了件绉纱罗的单衣和深红色的衬衫，深茶色的缎带子打了个偏扣，头上插着光泽耀眼的玳瑁簪，颇有镰仓人的城市风度，而非同农村打扮。虽然她穿着很漂亮，因为已生过孩子，说是十九却显得老成一些，脸上稍显出一点忧郁的神色，从轿子里出来，重新抱抱被晃醒而哭着的大八，轻轻地拍着孩子，对小文吾说："哥哥！您一向可好？父亲身体好吗？"她低着头似有难言之苦，为了不使人看到流下来的泪水，将头扭过去，躲在婆婆的身后。

当下户山的妙真回头对轿夫们说："虽然亥中已过，今晚我还要回去，把轿子歇在对面的墙下，向着南面凉快些，暂且等等我。"众人听了,抬着轿子出去,又把门关上了。稍过片刻,妙真对小文吾说:"舅爷!你父亲在屋里睡着吗?天气这么热,他身体好吗?以往媳妇和孙子每年都来看洗神舆,昨天事情太多,未能抽出工夫来看。女婢们都不在吗?"虽然她话说得很得体,但总让人觉得有点奇怪。小文吾皱着眉头说:"家父被别人找到真间去还没回来。女婢们去除百病,里边的旅客只有行者一人。您来得不凑巧,没人很好地款待。里间不通风,暂且在这里说话吧。妇女不愿意夜间出门,把沼蔺也带来了,是否有什么事情?"被他这么一问,妙真松松衣领,跪着往前凑身,说:"正如你猜到的,实在难以开口。不论贵贱,男女的亲事都是由父母做主的。几年来他们夫妇和睦,很快抱了孙子,左近的人无不羡慕我老来有福。可是现在让人家笑话。由于夫妻吵了两句嘴,房八就非要把这么好的媳妇离了不可。我是来挨骂的,这种心情除了神佛谁会知道?起因是那次在八幡相扑输给了你,回去后就闷闷不乐,因为对手是沼蔺的哥哥,怎么劝说也无效,过了一两天,不知为何,房八竟决定一生不再相扑,并且把额发也剃了。昨晚突然在海滨发生纠纷,你进行调停,是否一时疏忽处理得不大妥当,我不得而知,但似乎又触动了他的心头之恨,使他非常恼火,要把老婆休了,对这次纠纷也要辨个谁是谁非。我劝他也不听,媒人于去秋已经作古,找谁去商量?但又不能打发个人把她送回来也不说明个原因,所以只好我同她来。本来是好好的夫妻,由于一时的怨恨说离就离。这就是当今的世道。女人拗不过男人,可怜的沼蔺除了哭毫无办法。虽然我知道她的心地好,但是难以使他们美满相处。只好劝她,扶着她上了轿。这时大八从后面哭着追来,似乎预感到这是母子分离,拉住袖子非留下不可。虽说已经四岁,可是是那年腊月生的,年纪小,还吃着母亲的奶,离开大人怎么成?不得已也让他一同乘轿子来了。他高兴得不得了,说到外公家,给外公看他穿的好衣服,外公会给他好东西,蹦蹦跳跳的,幼小心灵多么天真!坐在他母亲的腿上就睡着了。怎知这将给他留下终生的遗憾?你就把离婚的原因好好向令尊说说吧!"婆婆说着鼻子一酸落下泪来,沼蔺也呜咽地哭起来。小文吾仔细听着,叹息说:"您说的情况我大体明白了。沼蔺还有什么话想说吗?除了你婆婆所说的,还有什么进一步的原因吗?"沼蔺听了,抬起头来说:"听说女人有五障①和三从,丈夫说的没理也不能反抗,四年来他没有大声斥责过我。我竭尽全力不使家庭发生风波,心想一辈子也不离开那个家。可是不料却突然把我送回娘家,娘家这个门也是难进的。但愿两下和解能言归旧好,暂且使人痛心的泪雨愁云是会过去的,泪水浸湿的襟袖也立即能干。即使他打我、骂我,让我受多大的苦,我也不怕羞,不怀恨。若能好好相待,我就如同饥肠辘辘了十天又得果腹一样,比延寿千年还不胜喜欢!"她说着泪如雨下,打湿了膝上抱着的孩子和自己的衣袖。

当下小文吾放下袖着的手,态度严肃地注视着妙真说:"伯母,离异之事我虽然大体听懂了,但是现在有个难题。沼蔺是父亲的女儿,不是我把她许给房八的,同时这个家也是父亲的家。父亲不在家,我答应离异之事,是有悖情理的,何况大八虽小也不能跟着她妈妈。老父今晚回来,还是明天、后天回来,时间难定。他不在家,妹妹一宿也不能留。今晚请立即回去,父亲在家时你们再来。"他怒气冲冲地说完就想站起来。妙真使劲拉着袖子说:"舅爷,你这话就错

---

① 佛经上说五障是女人生来就有的五种障碍,即不能成为梵天王、帝释天、魔王、转轮王和佛身。

了,消消气,好好听着。"拉他坐下后,她擦擦鼻涕说:"虽然人们都说婆媳和睦是世间的奇迹。但是沼蔺事事勤快,比房八孝行,又比房八招人疼爱,这样的好媳妇怎能往外推?离异是因她丈夫太固执,一条道跑到黑,谁说也不听。纵然令尊外出也不能说这不是她父亲的家吧?把女儿带到她父亲的家又让带回去,还要你这个看家的做什么?再说大八生下来左手就同别人不一样,不能拿东西,对他这点残废使人很伤脑筋。也许你认为是因此而让他跟着妈妈来了。其实我们都很疼爱这个残废的孙子。所以让他跟着妈妈来,是想到房八舍不得孩子,也许会回心转意,和孙子一起把媳妇也接回去。这个孩子就如同头上插的鲜花、掌上明珠,房八一天也离不开身边,怎会把他留在这里,我这个做奶奶的就不来了?不管那只手怎样,智力却远远超过他的年龄,身材也长得非同一般,不亚于六七岁的孩子。村里的孩子们给他起个绰号叫大八,我们全家也这样叫熟了,都不叫他祖父给起的大名。他的绰号原是大八车①之意。'残废'用汉字就写作'片轮(独轮)',内中含有这样的歇后之谜。事后知道了,很讨厌这个名字,想不叫,可是我们叫熟了,很难改口。真是名诠自性。也曾一心地想方设法,怎样才能使他的手和别的孩子一样。治疗、祈祷,向神佛许愿都不见效,已经四岁了。我竟说了些没用的,无非是想表示我的一片诚心。如执意不肯将大八留下,就当他是旅客,请你行个方便,我们出房钱租房住下。他不是独行人,是母子同行,总不该推辞了吧?"她的嘴巧,能言善辩,对答如流,真不愧是船长的母亲。小文吾因信乃之事,今晚感到特别为难。虽是自己妹妹,留下也会暴露秘密,起初就打算编点词儿将她们打发回

---

① 是可顶八个人脚力的两轮大排子车。

去,可是妙真据理力争,不肯放松。小文吾冷笑着说:"你的嘴可真巧。开客店当然应该留旅客住宿,然而夜深客已住满,将住不下的客人推出去,也是常有之事。因此,希望奶奶把大八带回去。这样您或许会说把沼蘭留下吧?她虽说是回父亲的家,但却没有离婚书。没有离婚书就是我把她留下的。即便是同胞兄妹,也男女有别。没有别人只有我在家,若把年轻的妹妹留下过夜,瓜田纳履,就会使我这个做兄长的感到不安。今晚就请你将她领回去,带着离婚书再来。"妙真听了哈哈大笑说:"原来是想要离婚书才加以拒绝。我真不理解,虽是一字不识的丈夫,要休妻也不能没离婚书。没拿出来是我们的情谊,拿出来就彻底决裂了。离婚书在这呢。"从带子中掏出封信递给他。小文吾接过去打开一看,竟不是离婚书,而是方才在途中失落的犬冢信乃的画像,大吃一惊,感到事态更加严重了,但他并不慌张,将画像卷起来,放到身旁说:"这个写法真奇怪,离婚书一般都是三行半的官样文章,却变成了画像。是房八干的,还是你自己所为?"妙真看着他的脸说:"你别装糊涂了,犬田君!这个你自己知道。浒我将军正在火速追查,如有掩藏犬冢信乃者,其亲族就同罪论处。不仅我们市川乡,这里也严令通告了。因此,房八把老婆休了不是没道理的,你如收下那个离婚书,把沼蘭和大八留下,我也就没白来一趟。如果不收,咱们就到庄头那去评个理,你愿意那样吗?要是不愿意就把沼蘭收下。若感到为难,就拿着那个离婚书去讼堂说理。"小文吾被问得左右为难,不住点头道:"伯母不要那么着急嘛!离婚书我收下。沼蘭和大八今晚也可留在这里。是否同意离异,等家父回来再告诉房八。天也不早了,赶快回去吧!"他言语多少和缓了一些,妙真擦了擦眼泪说:"那么你同意了?虽然我说了些不中听的话,却都是为了我们大家好,不要恨我,都是

第三十五回　念玉戏借笛　妙真哀返媳...059

这个世道不好。三年前的秋天我丈夫死后,我就削发为尼,起了个妙真的戒名,同时也拜了师在家修行。但是仍然放心不下他们年轻夫妇,虽然每天叩拜佛像,但无暇念经,要与来往船只的船夫们打交道,帮助卸货。既然我是一家之主,人们也还管我叫那个旧名户山。我说已经改名妙真了,他们也记不住。有的叫户山,有的叫妙真,于是就俗道合一管我叫户山的妙真,真是乱弹琴。世上无论夫妻或婆媳都有缘分,未能善始善终都是由结缘的神所决定的。人心有善有恶,用眼睛是分不出来的。人们一定会说这个狠毒的老婆子,把好好的媳妇撵出去了。我又说了些多余的话,该走了。沼蔺,你不要心路太狭小,愁病了会给你父亲和哥哥增添麻烦。夏夜易贪睡,不要让大八蹬了衣裳,看着了凉。"沼蔺擦擦哭肿了的眼睛,抬起头来说:"几年来您待我恩高情厚,未能尽孝就突然分别了。在这般黑夜里,不是一个村,大老远地送我回来,真使人难过!"说着又在人前落下泪来,婆媳二人感到难舍难分。

　　这时又传来了吹尺八的声音,妙真侧耳听着说:"那箫声使雌雄相爱和有爱子之心的禽兽,甚至一切有生之物,都不能忘记夫妻的分离和母子的恩爱。有聚会就有分别,有欢乐焉能没有悲伤?"她又劝慰了沼蔺一番,忍住眼泪与小文吾告别,哥哥只是看着,什么话也没说,妹妹哽咽着哭出声来。妙真推门出去,召唤轿子,轿夫们赶忙抬过来请她上轿,她头也不回摇摇头说:"天色已晚,不能再回市川,早就想好,今晚在这附近的旅店过夜。跟我来!"她悄悄告诉他们,抬着轿子忙向东街走去。但她脚下十分沉重,如同登山一般,心里难过,暗自掩袖落泪,一个人歪着头,默默地想着,静静而去。

第三十六回 犬田破忍战山林
              沼蔺含怨伤四大

　　人各有志，择路不同。均太、孟六和咸四郎等为报晚间之恨，悄悄来到古那屋门前。有的把耳朵贴在门上，有的从门缝往里看，只见门内灯光明亮，听到有说话声音。因为时尚早，稍离开点正互相耳语，从后边走来一个人。三人心想不要被他看见，慌忙从夹道向后门躲去。山林房八虽让母亲妙真把老婆沼蔺送回娘家，但对方怎样答复却有些担心，另外想找小文吾谈谈昨晚纠纷之事，虽已夜阑更尽，一个人却悄悄来到门前，往里边偷偷看着，见小文吾和沼蔺在廊下坐着，清晰地听到叹息和告诫的声音，心想听个究竟再进去，手扶着门柱侧身窃听，里边哪里知道？沼蔺好歹忍住眼泪，心想：“由于意想不到之事身逢厄运，父亲回来怎么对老人家讲呢？女人真是没有用。”于是对小文吾说：“你有什么办法说给我听听。与其这样闷闷坐着，不如先将大八送到里间睡下，再等着爹爹。啊！我真难过。”起身要去，小文吾急忙上前拦住说："沼蔺！你往哪里去？"沼蔺惊讶地看着他说："这未免太过分了！虽然我被赶回来，也是父亲的家，去里间有何不可？"小文吾听了摇头说："纵然是父亲的家，父亲不在也得听我的。不知道今夜是守庚申吗？我有祈祷之事，正在斋戒，虽是亲戚，从别人家来也不能留，里边更是一步也不能去，想开开门使我的心愿落空吗？"其实小文吾内心并非如此，只是为了不让她看见在耳房病卧的信乃，才这样随便蒙骗加以斥责。沼蔺含着眼泪说："你说谎。今晚有情人偷偷来了吗？对别人躲躲藏藏，对妹妹何必如此！"她抱怨着想进去，小文吾瞪着眼睛说："对你这种卑劣的猜测，实在感到意外。除了祈祷之外别无他故。如果执意进去，将破坏我的斋戒，这是魔鬼的行为，就不能让你在这里了。即便很对不起，也请你们母子到檐下站到天亮吧。这是我由衷的话。"他这样责骂着往外拉，蛮横无理地把她推到门口，母亲的叫声把幼儿也惊醒了，母子一同啼哭。

　　这时，有人从外边伸手扶着沼蔺的肩头闯了进来。小文吾一看，说："这不是房八吗？为何深夜到这里来？""不问你也知道，为了处理这次纠纷的善后，另外还有事对你讲。想与你完全成为陌路人来彻底解决纠纷，所以才在夜间到这里来。""为这个来的？""正是！"两个人一问一答，互相谨慎地提防着。答着话，房八突然把门关上。当下小文吾退到原来的席上，操起一把刀。房八也不急慢地抽出腰间插着的长刀，撩起衣襟走到小文吾身旁，跪下一条腿，狠狠瞪着小文吾。沼蔺没想到自己丈夫气势汹汹地黉夜闯来，小文吾也杀气腾腾，心里没底儿，吓得浑身发抖，也没法劝解。她把抽泣哭着的大八横抱着，将乳头给他含在嘴里，往后退。一只手很不方便，把座灯往墙边挪挪，挑挑快着完的灯芯，悲叹着说："我也该死了！"房八头也没回，挽起袖子厉声道："小文吾！你若是个男子汉，对在刊崎被我踩在脚下，不感到羞耻吗？把你这任凭百般侮辱都无动于衷的胆小鬼当作对手，好像我也没有男子汉气概。但有需你耳闻目睹之事：

我和老婆离了，如不把她的衣服和东西还给她，别人会说三道四，说我贪心太重，所以把它拿来了，你把它收下。"小文吾听了说："深夜里吵吵闹闹的，必得今天晚上办吗？方才已同妙真伯母说了。父亲虽未回来，把妹妹暂且留下，是看在伯母的情面。必须等父亲回来，才能答复你是否同意离婚，还没听到吗？"房八听了冷笑说："明天回来，后天回来，也许文五兵卫一辈子也回不来，让我等到什么时候？我也是男子汉，现在就想还给你，不收事情就能完吗？花色流行的斑纹布，美浓的八丈绸，饰磨的丈蓝布，在沼蔺秘藏的衣服里有你想要的东西，这个你见过吗？"说着从怀里掏出一件带血的麻衣说："这个你看怎样？"他递过去，小文吾一看，大吃一惊，这不是……刚要伸手去拿，被房八拨开，又拿在左手说："你一定想要它吧？昨晚在海边的芦苇荡中……"小文吾听了往前凑身，二人展开了一段戏剧性的对白：

"天黑夜暗，伸手不见五指。有人……"

"背着个包袱想往回走。"

"不知是谁从后面……"

"本想抓住它，可是……"

"可是被我甩开了。"

"二人的招数在黑夜看不清楚。"

"从扯破的包袱中掉出一件衣裳。"

"不知道就往家奔，回家后事情多，也未发觉。"

"看见它不感到心惊吗？"

"原来那个坏蛋就是你房八！方才读了离婚书。"

"那个三行半（离婚书）也是夜眼看不清，黄昏时偶在路上拾的。它是信乃的画像，我交给了母亲。"

"那么说机密你全都知道了?"

房八接着说:"把老婆休了是怕受连累。在这儿藏着逃犯犬冢,泄露出去你就全完了!看在以往的交情上,让我得点赏钱好喝几杯。若想你父亲从庄头那里放出来,就把信乃绑上交给我。"

"你别自作聪明了。我可不是隐藏罪人的。"

房八听了紧握刀把,把刀鞘立起来说:"到这个时候,你还不说痛快话,想拒绝,我就冲进去,将他捆起来。"沼蔺看着他们两个起蜗角之争就要厮打起来,心里十分难过,慌忙把哥哥和丈夫隔开说:"这真没想到,可千万不能泄露出去。哥哥你很精明,可不要做错事。我才知道,父亲是为了别人而被缚的。还有什么人比父亲更可亲的?我的丈夫你也太狠心啦!幸灾乐祸,想捉了罪人做什么?拍打岸边的惊涛骇浪碰到岩石便散作零珠碎玉而消失,只有下的细雨才能滋润土壤,使它更加坚固。你心里有什么郁结,说出来火也就消了。你们和睦地谈谈,能把父亲救出来比什么都好!"她焦急地劝说双方,哭得连话都说不清楚,地板下边的蟋蟀也好像暂且息声不叫了。

小文吾虽然不想在这时惹是生非,但被执意寻衅的房八知道了这件机密大事,所以就再也顾不得父亲的告诫和刀上的纸绳了。心想:"只要我有口气,怎能把他交出去?"所以他毫不退让,站起来准备还击,攥着刀把的手指上的汗水,把护手都浸湿了。房八更加急躁地说:"你这个不要脸的女人,这里用不着你来调停,哭啊说呀都没用。进了宝山岂能空手回去?你在这里会被碰着,还不赶快闪开。"他怒气冲冲地站起来就是一脚,正踢在大八的侧腹上,只听惨叫一声,孩子就断气了。沼蔺也随着怀抱中的孩子滚倒在地,呜咽地哭了起来。房八毫不理睬地说:"信乃一定在耳房里。"说着便往里闯,被小文吾挡住。房八拔刀便砍,被小文吾用刀护手接住,纸绳被扯断,这时忍耐二字已被抛开,于是仇恨满腔地拔出刀来叮当地进行交锋。太刀飞舞,脚下猛踢,展开激烈的搏斗。

沼蔺挣扎着爬起来,看看自己的孩子已经断气。太悲惨了,她大哭着回头一看,哥哥和丈夫正在一上一下地拼个你死我活。她十分痛惜孩子,但那里的厮杀也极其危险。自己被丈夫休了,孩子也被杀害了,还活个什么劲儿,索性死在刀下算了。下定决心后,她把抱着的大八一放,站立起来,由于过分悲伤,便不顾一切地说:"你们也太不分好歹了,难道疯了吗?赶快住手!"这样喊着便要冲到白刃之中。小文吾说:"危险,快退下去!"瞪着她不让她靠前。可是女人的那股拧劲儿,这边挡那边拦,扑过去抓住丈夫的袖子。被抖开后,房八侧目瞪着她说:"不要妨碍我!"一脚踢过来,簪子被踢落折断,发髻松开了。她蓬乱着头发在地上连爬带滚,想抓大腿又被踢了回来。正想站起来,丈夫在她头上挥舞着太刀想去砍小文吾,一下失手砍进了沼蔺的乳房之下。这是要害处的重伤,她惨叫一声就倒下了。房八一惊,稍露破绽,小文吾乘机进招,刀光闪处,房八的右肩头被砍了一刀。他手中的刀立即脱落,扑通坐到地下。小文吾再度挥起刀来,房八说:"且慢,犬田!我有话说。"赶忙制止小文吾,然后撑着左手,抬起头来。因受的是重伤,疼得他连呼吸都很困难。小文吾甚感怪异,所以不敢大意,手握着血刀,跪着一条腿,怒目注视着他说:"山林!你真卑鄙。有事为何不早说。到了这个时候,已没工夫听了。"房八痛苦地睁大眼睛说:"你的怀疑虽有道理,但假如一开始就说出我的本意,你是重义气的,怎肯砍我?你先把这个伤口……"说着把手举起来。小文吾还不大明白,擦擦刀上的血,急忙收入鞘中。撕下一截单衣的袖子,与手巾接在一起,使劲把房八的伤口包扎好说:"喂,房八!你的伤不重。有事说吧!我听着呢。"房八困难地喘息着说:"内兄,犬田君!先前我在刊崎做下的非理之事,是想激怒你,让你杀了我以解除危难,但愿望落空了。父亲的告诫和你那忍辱负重的大智大勇,使我惭愧得只好暂且告退。但又不能因此罢手不管。我早就和母亲商量好,假装与沼蔺离婚,昨晚就来试探你的神色。今朝我再来,总算实现了愿望。"小文吾听了紧皱眉头,还是不大明白,说:"山林!我虽是沼蔺之兄,但对你并无大恩。你为何要杀身以偿宿志?这是疑点之一。纵然你有此心,牺牲了你可惜的性命,事到如今也解救不了我的危难,此为疑点之二。大概还有其他缘故吧?"房八听了提高嗓音说:"那么就听我说说吧!话可能长一些。轮回之说,因果之理,虽是真诠,但我并不认为都是由我自己造成的。这是我临终的忏悔,说起来很惭愧,家父在前年秋天逝世,在弥留之际把母亲和我悄悄叫到枕边。他说:'我从这家的小厮成了这家的主人,独子房八也长大成人。我已年过五十,一生的愿望都实现了。但我心中有愧,所以对户山和房八都没说明我的身世。心里有事不说而死,也是去冥土的障碍,因此偷偷告诉你们。我的父亲叫杣木朴平,是安房青海巷村的百姓。他性嗜武艺,颇有侠气,因此十分仰慕已故领主神余长狭介光弘朝臣的世代忠臣金碗八郎孝吉的武艺,为了学得他的剑法而在他家当差。又过些年,佞臣山下定包做了神余的执权,劝主君耽淫、嗜酒、虐民,虽然他谋逆已露端倪,但光弘并未察觉,不仅拒听金碗八郎的诤谏,还将忠谏之臣全都驱逐出去,金碗家中也因此遭祸。我父是个重义气之人,为了乡里和金碗氏,他义愤填膺,与志同道合之友洲崎无垢三等勇士商量设法除掉定包。于是探悉定包于某日游山,便埋伏在落羽畷,以他所乘之马为目标,但被射落马的并不是仇人,而是领主光弘。无垢三当场被击毙,我父与领主的近臣那古七郎血战,七郎虽被砍倒,但父亲终于被虏,不久被处以极刑。这个错误都是因中了定包的奸计造成的。我父不明究竟,以为是冒犯了领主。金碗氏辅佐里见将军功成名就后,辞禄自杀,据说也是因我父误杀领主的缘故。当时我仅十四岁,母亲早逝,独身亡命到安房国,在此地流浪,经乡里引见做了这家的小厮。此后多年来一心侍奉,得到先主人的欢心。主人没有继承家业的男儿,就招我做女婿。然而今年才略闻去年结亲的房八的岳父文五兵卫,是那古七郎的弟弟。如果他知道自己的女婿就是仇人枞木朴平的孙子,怎能让他女儿低三下四地跟着房八?一定要把女儿接回去,虽然不能告诉他以免生口舌,但是隐怨结亲,终会遗患于子孙。沼蔺是个聪明伶俐、让人羡慕的好媳妇,又生了个孙子,怎能忍心让孩子过早地离开母乳?不知道她父亲是那古的弟弟,而与她结亲,是个坏因缘。孙子的手与别人不一样,大概是他们几位〔指神余、那古、金碗〕在作祟,使仇恨及于三代之后,因而积忧成疾,现已死期将近。若想解除人怨,只有多积阴德。房八你如能代替父亲,为祖父洗掉污名,解除旧怨,实是最大的孝行。况且房八颇似其祖父,游侠尚武,为义而不惜命。户山也有雄心壮志,要好好教育和鼓励我儿。'他悄悄留下这个遗言。父亲如此明理尚义,我虽不如父亲,但作为其子,应继承其志。因此,为昭雪祖父的污名,去掉枞木的木字旁,与下个字的木合起来,自己起名叫山林,就是从那时改的。虽然心想为岳父文五兵卫父子做点别人所办不到的事情,然后再将父亲的遗言告诉他们,但没有机会,无法表达我的心意。前在八幡的那场相扑,你我成了对手,虽然接受了修验道行者的邀请,但我不想取胜。无论武功和膂力我都不如你,即使负伤也决不想胜你,果然输了,我很高兴,怎会恨你呢?这都是

第三十六回　犬田破忍战山林　沼蔺含怨伤四大...067

妒忌我们的人编造的。昨天想看祇园会的洗神舆到海滨玩,顺便拜访一下岳父。在走过海岸桥时,岳父在远处海岸芦苇荡中的小船上,和两个陌生的壮士谈话。呼唤恐怕也听不到,就走到船边,不料偷听到犬冢和犬饲兄的奇遇之谈,你也有与他们相似的珠子和痣。我听后很受感动,躲在芦苇荡中独自想,我若有与你们相似的珠子和痣,加入你们一伙,被称为豪杰,该多好。我前世的因果不好,想与你们结义,怕也不会同意。即使不能同你们结拜为兄弟,这里是千叶大人的领地,他与浒我将军是站在一起的,现正在搜捕犬冢和犬饲,如有危难就暗中助岳父一臂之力,即使牺牲性命,也要救他们脱离险境。这样为实现父亲的遗言,便决定等待这个时机。那一天很快就天黑了,他们随同岳父回古那屋,你一个人留在那里,把船推走,背着血衣也待回去。我就这样走开未免太遗憾,想同你打个招呼。从芦苇荡出来又一时难以开口,便想把你拦住。可是你把我认成歹徒,想摆脱我,这就更不便开口了。暂且挑斗了一会儿,我的肋骨被你击中,在倒下之际,你很快就跑了,但留下一件麻衣。这件麻衣倘被别人拾去,将因此而引起大祸。我便拾起来带回家去,连母亲也没告诉。但很快便发生了庄头通知要搜捕犬冢兄之事。当下我想,岳父那里是客店,即使将他们隐藏起来,因出入人多,没多久也会暴露。不用说犬冢和犬饲,就是他们父子也会被判刑。但内兄又决不能把结义的人交出去。我如不牺牲性命救其危难,将难以脱险。昨日在海岸的芦苇荡仔细窥伺,犬冢的面貌与我相似,那么若以我的头谎称是犬冢的首级,交给浒我的来人,不但岳父父子可平安无事,犬冢兄也可脱逃,没有比这个办法更好的了。然而也还有不大相似之处,如不将额发剃掉,虽面貌相似也难以蒙骗过去。我爱好相扑,于是就谎称在八幡相扑输了,今生再不踏上相扑场,便于今晨突然让人剃掉额发，拿着镜子照照，年纪和面貌都与犬冢兄相似。这才下定决心告诉了母亲。母亲流着眼泪不答应。我看哀求不成，便写了自杀的遗书，母亲一看，觉得难以制止，便哭着答应了我的请求。我母亲深明大义，有男子汉气概，与母亲告别了今生，把想说的话都说了。于是就突然谎称与沼蔺离婚，让母亲把她送回娘家。我就赶快来到海滨，不料在刊崎与你在回家的路上相遇，恰好左右无人，是我被杀的方便地点。你即使并未想到用我做替身，但谁都看得出我的面貌与犬冢兄相似，在我死后定会想到以我的头去代替他，所以就毫不犹豫，假借在海滨的纠纷，蛮横地漫骂、侮辱你。但是你被踢倒也不争执，一心想着父亲的告诫，忍受百般耻辱，对这种孝心我毫无办法，未能实现自己的心愿。说是到途中去喝一杯，其实是瞒着邀我喝酒的观得，让他先走。我赶回稻冢附近，看到你已经遇到危难，被从浒我来追捕犬冢的大将新织帆太夫及其士兵包围，连岳父文五兵卫也被捉走，心里虽十分焦急，但也无法搭救。我躲在树丛后面，一切都耳闻目睹了。后来你暂且脱离虎口，急忙回家了。在你走过的路上好像有封书信，拾起来一看，却是信乃的画像，奇怪的是麻衣和画像都没被别人拾去，而落到我手，实属大幸。心想今晚无论如何也得实现心愿，便鼓起勇气到预先约好的中途驿站，悄悄等着母亲，把画像交给她。为使你着急，以便今晚将我杀死。我于是从晚间就来到后门一带，犬冢兄得了重病和你的苦心我都知道了。望内兄犬田君取下我的头，以解救岳父和犬冢兄之危吧！如能借此解除旧怨，那将是我一生的大功。过去杣木朴平为了刺杀定包误伤了领主，并杀害了那古七郎，既是其师又是其故主的金碗氏也因此而剖腹，然而其孙房八以如此义烈，解救了孝子义男和被捕的岳父。如能留此美名而广为流传，则祖父的污名得雪，父亲的遗训得以实现,虽死犹荣。远胜寿高百岁的富贵之人,实不胜欣慰!最可怜的是沼蔺和大八,父子三人同时同地死于非命,恐怕也是祖父的恶报吧?我对她丝毫没有透露胸中的秘密,她一定会恨我是因迁怒于人而将她抛弃的。我必死无疑,沼蔺还不到二十岁。我死后便让她孀居未免太可怜了!托词离婚,将她送回娘家也是为了她,但噬脐莫及,不该这样冷酷地对待她。然而事先告诉她,又怎能送她回来呢?把大八也带来是本想有赖于外祖父的教育,让他长大成人。这一切都成了泡影,虽然是因我一时失手,但亲手杀妻灭子自己也死于非命,岂不是轮回报应,命该如此么?犬田兄,因结此恶缘,沼蔺才遭横死,这都是她丈夫的余殃所致。想到岳父的悲伤,你的怨恨,真使我没脸见人,乞望你们原谅。"他举起沾满血污的左手作揖以示真诚,如此无与伦比的孝义,忍受着沉重的伤痛,作了这番长谈。

小文吾侧耳听着,抚胸慨叹,流着泪眼说:"想不到山林你遵守父亲的遗训,为释旧怨而杀身成仁,这种心地十分难得!你祖父误犯重罪,子孙三世今日污名得雪,此等孝顺和汉少有。即使是为主君而杀身替死的世代忠臣,都十分难得,而你与犬冢兄虽然面貌相似,但与他素不相识。你我虽是姻戚,自八幡相扑之后,你似乎便不大愉快。所以今宵即使有此危难,也不想告诉他人,以求得帮助。何况替死之事,更是连想都没有想。不料现在得到你的帮助,不但借此可以救出父亲,并可解救我的盟友,对这样的好办法真是喜出望外,但我又感到十分悲伤!本来杀身救人非我所愿,犬冢兄也定会这样想。然而事到如今拒不从命,岂不是惩羹吹齑,使你徒然丧生而无益于事?再说沼蔺和大八的横死,更是意外的灾殃。哀伤之泪满怀,使我肝肠痛断,但这都是薄命所致,又为之奈何?然而妹妹触刃身亡并未白死。我家有世传的治破伤风奇方,取年轻男女的鲜血各五合合之,注于伤处一洗,可起死回生,其伤立即愈合,如同以帚拂尘,养由基百步穿杨,百发百中。这是我伯父那古七郎的家传秘方,虽口授给我父亲,但得不到药剂也无法医治。犬冢兄拂晓因得破伤风而生命垂危,因此今朝犬饲悄悄赴武藏的志婆浦去求良药,因路远至今未归。纵然用你的方法摆脱了今夜的危难,他若生命不保,也就徒劳而无益。不料因沼蔺横死,竟获得了男女的鲜血,岂非不幸中之幸?是天意呢,还是人为呢?看来,欲有所求者,颇似塞翁失马。这不是犬冢兄的孝心义胆使神佛见怜的冥助吗?山林,请你放心。你我前世哪怕是不共戴天的仇敌,今旧怨也已冰解,而恩义重如泰山。你的功德将永远流传,是义烈的龟鉴。像你这样有志气的汉子,虽没有珠子和痣,如能同我们结为一伙,那么死后也会对你有所借重。你们父子三人在此同时遇难实是恨中之恨。你深明大义,而且满怀壮志。这番话如被伯母听到,定会悲痛欲绝。唉!让我怎么办呢?"他的话充满深厚的情义而又饱含着无限悲哀。已过丑时三刻,远处传来的钟声,更增添难以言状的哀思。

第四辑　卷之四

第三十七回　病客辞药延龄　侠者杀身得仁

房八听了微微笑道："有识之人常说：'积善之家必有余庆。'这实在是金玉良言。犬冢兄父祖三世忠信孝义，盖世无双。这是窃听他在船中自述时知道的。不意我妻竟如此丧生，所流的鲜血自然成了他的良药，定是天助。因此，我的过失似乎也聊增光彩。我们本是恩爱夫妻，此时此刻使我倍感悲痛，实非千言万语所能尽述。不要白白浪费时间，赶快取血吧！即使一刀杀死，全身不凉也会取出血来，赶快，赶快！"小文吾只得勉为其难地听从他的话，虽然痛心地站起来，但四下无取血的器皿。怎么办呢？看了看有念玉和尚留下的大海螺壳，在座灯的旁边放着。此物正好，他用左手拿着，把躺着的妹妹扶起来，只听得惨叫一声，鲜血迸出，小文吾忙把海螺壳对准伤口，连连念着："南无阿弥陀佛！南无阿弥陀佛！"血已经流了半海螺。小文吾只觉得瘫软无力，勉强挣扎着喊叫："沼蔺，沼蔺！"她眼睛睁开点缝儿，用微弱的声音说："哥哥，我丈夫还活着吗？他说的那些表明心迹的话，我犹如在梦中都听到了。想说话出不来声，想起身又动不得，只有在心里一边哭一边高兴。既已消除我的困惑，一同身死在所不惜。而深感遗憾的是想同他再说上句话。但身子动不了，无可奈何！"说话的声音比初冬早晨的草虫叫声还微弱，只剩了一点儿气息。小文吾心里非常难过，就是铁石心肠也不得不落下眼泪，他说："沼蔺！原来你大体上都听到了，这样你就可以瞑目去九泉之下了。山林就在那边。"他让妹妹向丈夫那边看看，房八眨眨眼睛说："沼蔺，没料想失手使你丧命，儿子横死，这都是前世的恶报。向你道歉也无法挽回了，然而我们夫妻的鲜血，是救活盖世无双的豪杰的良药，功德莫过于此。心虽有所怅惘，但正念不能乱。"沼蔺听了点头道："这一点我明白。最令人难过的是大八之事！他已经死了，你不再看他一眼吗？"房八摇头道："不必了，只会增加悲伤。若像女人一样说些没用的话，还有何脸面？赶快把这块布解开取我的血吧，犬田兄！"

正在解布之际，听到有人在外面悄声说："且慢，和我也告告别吧！"原来是户山的妙真。她进来一头就扑到房八和沼蔺身边，抽抽搭搭地哭了起来，过了一会儿擦擦泪眼说："房八！你同媳妇和孙子就这样一同走了，这样的悲伤实在远远超出事先我所料想的。只剩下我一个人了，从明天起我再依靠谁？儿子先死的不幸，虽是世间的常事，但我从今天就得忍受这种悲伤，与其一个人痛苦地在客店等到天亮，莫如来看一看你的英勇牺牲。于是我便悄悄出了客店来到这里的檐下，但又怕你责怪我，说明明知道你儿子必死又跟来哭哭啼啼，意欲何为？你临终所说的话，我都偷听到了。虽想不再见你就回去，但是抬不动腿，倚在门外默默不出声地暗自哭泣。早知如此，就不把沼蔺送来，更不该把大八也带来了。真是千言万语也说不尽我的无限悔恨。但是与犬田君和他父亲的悲伤比起来，又算得了什么？你们有什么话就说出来吧！喂，沼蔺！我未将此事预先告诉你，你一定会恨我狠心。你就像棵小草，未经过寒霜便被割倒，令人可惜，十分不幸！大八的丧命更使人心疼。孩子呀！我是你的奶奶，怎么不说话呀！"她抱着尸首摇晃着，哽咽着，泪水千行，肝肠欲断，哪里能排遣这满怀悲伤？沼蔺虽然听到是婆婆的声音，但是由于悲伤和剧痛，已连气都喘不过来了。房八也强打精神说："母亲！不要如此悲伤，万望保重身体！为实现父亲的遗训而杀身，对母亲是不孝，对儿子是不慈，此为一是二非，想尽孝道真不容易。也就只好把无依无靠的母亲，托付给内兄犬田君了。我多活一会儿只能多增苦恼，赶快将这块布解开吧！"小文吾再已无话可以安慰，叹息说："由于我的过失杀了妹夫，又错上加错，妹妹被她丈夫误杀。我父亲又能怨恨谁呢？伯母！悲痛是很自然的，但事到如今，说多少也没用了，还是为他们祈祷后世吧！"他说着走近房八身边解开布，鲜血迸出，流入接着的海螺壳中。妙真心里默默念道："夫妻携手，背着儿子共赴十万亿佛土的莲台，切莫走错路哟！"嘴里不住地念着，早已泪眼模糊了。

却说犬冢信乃先在耳房听到小文吾和房八交锋的刀声，心想一定出了什么事情。镇定一下内心的不安，忍着痛苦打算站起来，但腰不管用。便拿起枕边的刀，挂着它坐着往前蹭。他喘息着，没多宽的屋子却慢得如同虫子爬一般，好歹来到拉门附近，房八已经受伤，听到他表白赤诚的心地，及其妻、子丧生之事，既惊讶，又悲伤，甚至忘记自己的病痛，感动得热泪横流。他四肢无力，仅隔着一层拉门，也未能到里边，便忍不住阵阵疼痛，趴在那里。等到小文吾为信乃往海螺壳中接房八夫妇的鲜血时，信乃才凄然抬起头来，心想："好生恶死是人的天性，因此君子才远离庖厨。现在我纵然丧生，怎能用义士节妇之血做药剂？他们的心地十分可贵，令人钦敬，但只能谢绝，不能接受。房八的孝和义古今少有。我难以活到明天，在尚未咽气的时候，何不与他相见，尽述衷肠？"他忍痛坐起来往前蹭，手虽碰到了拉门，但连把门拉开的力气都没有，太使人难过了。

这时，小文吾已在螺壳内接好鲜血，房八频频用下颚示意，让他快到里边去。小文吾点头表示明白他的意思，心想："从入夜以来就不断出现意外之事，一次也没工夫去看他的病，十分放心不下。怎能让好不容易弄到的良药白白浪费了？"于是轻轻起身，用右手拿着满盛鲜血的海螺壳想到耳房去。急忙拉开拉门想往前走，不料踩到信乃，跌了一跤。拿着的螺壳突然失手，正落到信乃身上。从肩头到小腿上都洒满了鲜血。衣裳很薄，渗透到肌肤，流进了他的伤口，信乃惊叫一声仰面倒下。小文吾更加惊慌，一看却是信乃："犬冢什么时候到这里来的呢？好不容易弄到的良药都洒了，多么可惜！这可怎么办？"他后悔莫及，把手伸到颈项和腋下，想把信乃扶起来，可是已经气绝。他想大声召唤，又怕念玉在里边听见，急得他不知如何是好？正在慌忙抢救时，妙真在旁边看到了，便把座灯的灯口朝向这边，问道："怎么啦？"这时信乃如梦方醒，身体一抖，睁开眼睛长出口气坐了起来，面色忽然回阳，如枯树开花，赤肿的金疮转瞬结痂，邪热祛退，神清气爽，康复得如同平时一样，神志完全清醒了。小文吾见此光景，又惊又喜，这才知道误将药血洒了，已经发生神效，抬起头来向他说明了事情的经过，妙真也替自己的儿子和媳妇表明，这是他们的心意等等。当下信乃重新端坐，对小文吾说："适才听到刀声，心下甚是不安，忍痛坐行，虽来到这里，但无力开门，趴着听了，深受感动。然而实不忍心用他们夫妇的血来治我的破伤风，想加以拒绝。由于吾兄跌倒失手，使鲜血淋在我身上，竟有了殊效,病情立即消除,现今也没必要再推辞了。"他再三感恩称谢,并安慰妙真,然后同大家一起来到房八身边,报名相见,称赞他的义勇,感谢其恩德,同时对他的死表示不胜悲悼,恨今生相交过晚。他说:"我不料深受贵夫妇的恩德,治愈了难治的金疮,但恨无良药使你们夫妇起死回生。如有幸脱难得志,我就把这件染满了鲜血的衣服,长久珍存而传至后代,以志永世不忘你们的恩德。义士遵守父亲的遗训,为解除旧怨而杀身,然而可惜又并非只是义士一人,连妻、子也一同殒命,似乎天道太黑暗了,岂不知这是命啊!令堂殊贤惠,夫人十分贞烈,其子长大也一定像其父那样忠孝义勇,成为盖世的豪杰,而竟断了后,太令人痛惜了!再说犬田父子也是忠信孝义之人,这样的好人竟全家遭受祸难,都是为了救我。因此,虽把我的难治之病奇迹般地治好了,但我并不感到高兴。念经祭灵,祈冥福,做佛事,这都是和尚所做之事。我用什么酬谢他们的恩情呢?"他感激涕零,说得情深义重,表明了他的纯洁心地。小文吾和妙真都感到他的真挚,除愁叹外,实在无话可以慰藉他。

这时,房八鼓起临终前的最后一点力气,欣慰地注视着他们说:"犬冢兄真是一位君子,有信有义。您的赞美言辞和富有卓识的教导,胜过千万高僧的法事。您的难治之伤既已康复,可以行动自如了。因此赶快用我的头,去蒙混帆太夫等人,撤退水陆守兵,好让您安全地逃走,并使岳父也能放回来。这就拜托犬田兄了,赶快取下我的头来吧!"小文吾不住嗟叹道:"这还为时尚早,山林兄!你忍受了这么长时间的伤痛,说了那么多的话,如不是你这样勇悍,谁能办得到?然而伤中要害,纵有名医也难以医治,我怎能不从命?令人担心的却是今夜不得已留住的那个修验道的行者念玉。他住在另一间屋子里,深夜还吹着尺八消遣,后来便没有动静了。他未必熟睡丝毫不知这里的事情,当今人心叵测,多是笑里藏刀,我只是对他不大放心。但我既非三头六臂,也无暇顾及他是否睡了,现在先去其卧室看看,如有可疑之事,便赶快铲除这个祸根。此事容易泄露而难以告成,不尽快防患于未然,虽费尽苦心也会终成泡影。"他小声告诉大家后,便站起身来。信乃听了点头道:"听了你的话,我想起了点情况。我在耳房时,听到别的屋子有人在窃窃私语。不仅如此,方才我在拉门外边时还不断听到地板响。我想回头看看,但正处在病体剧痛之时,力不从心。又因是在暗中,是人是猫或是老鼠所为,听不清楚,是否就是那个修验道的行者不得而知。"小文吾听了,吃惊道:"一定是念玉。窃窃私语的声音,可能是其同伙偷偷从后门进来。这些事泄露出去被告密的话,就跑不了啦。千万不可麻痹大意,我真蠢!几乎误了大事。"他深感惭愧,后悔不迭。手握着腰刀怒气冲冲地往外走。妙真赶忙阻拦说:"那个人如有同伙,则敌人多寡莫测,不可莽撞从事。"这样一嘱咐,房八着急,再加上临终的痛苦,催着说:"赶快,赶快!"信乃也着了急,拿刀站起身来,跟着小文吾同去另一间小屋。

这时,过道的拉门那边有人突然高声喊道:"喂!请你们稍待,安房国主里见治部大辅义实朝臣的创业功臣金碗八郎孝吉的独子金碗大辅孝德法师,及其同藩武士、伺候已故伏姬公主的蜑崎十郎辉武的长子蜑崎十一郎照文在此。待见面后说明来由,请稍待。"他们推开拉门并肩走进来。一看其中一人不是别人,正是大先导念玉。多年在外云游,面容憔悴,墨黑的麻布法衣下襟掖在腰间,扎着白色的绑腿,背着个褡裢,左手拿着竹斗笠,右手拄着禅杖,慢慢地向前,坐在上座,这个人就是、大。另一个修验道的行者观得,梳着四方发,穿着带有横条纹的麻衣,下边穿着淡雅的和服裙子,镶着缎子边，插着朱红鞘的双刀。他恭恭敬敬地捧着小白木盒，上面放着四五封书信，坐到丶大的旁边。这位即是蜑崎照文。事情来得十分突然，谁不感到奇怪？吉凶莫卜，小文吾等人都忐忑不安。

当下丶大仔细环顾一下在座的众人，开口道："诸位无须惊讶，起初没有如实告诉你们，是有缘故的。多年来，我因故寻找带有仁义礼智忠信孝悌八个字的八颗珠子，虽云游了六十几国，但没发现一颗珠子。今年五月初走到镰仓时，遇到昔日的竹马之交蜑崎十一郎照文奉君命暗中招募贤良武勇的浪人，潜来关东各国。那时听说在行德有个相扑的力士，臀部有块大黑痣，像朵牡丹花。其痣似牡丹给我提供了一点线索，想去试试他的膂力，看看痣，便偷偷和十一郎商量，我取个假名是镰仓的修验道行者念玉，他也取个假名是镰仓的修验道行者观得。途中雇了几个随从，衣服和行李也装扮得酷肖，佯装是修验道的行者，同来这里的海滨。以争夺先导职务所发生的纠纷为借口，在八幡神社前试探了犬田和山林相扑的本领。你们的技艺和膂力不相上下，只是山林较犬田在技巧上稍逊一筹。那时也亲眼看见了犬田的痣，于是更抛弃不下。然而有力无谋如同牛马，若为人凶勇残暴则等于虎狼。纵然犬田和山林有超人的技艺和膂力，如心术不正，也不足以荐给主君。要仔细观察其行，而后再做决定。所以就诡称游山玩水与十一郎逗留到今晚。昨夜我从海边回来，叫门不应，便想从后门进来，转到树篱笆附近，不料听到店主人父子在耳房和犬冢、犬饲等团团围坐，谈那珠子和痣的事情，并谈到了额藏庄助的一些情况。我们都偷听到，也看到了。多年来的宿愿总算有了垂成的时日，我高兴得胜似饿鬼得到了地藏的宝珠。然而那天晚上没有住在这里，又从后门的院子出去，到了十一郎的客店，悄悄告诉他后，商量好今晚又住到这里。关东一带地面辽阔，哪国也没有房八这样孝顺义死之事。犬田父子善良信义,犬冢贤明而薄命,犬饲为友去志婆浦,历经了许多艰难困苦。我悄悄听到见到后,既深受感动,又为之悲痛,不禁也落下了眼泪。同在浮世之上,这里的人也同样在受苦受难。因还不便出面说明身世,想看看再说。等到现在,已是见面的大好时机,便打开行李,改变装束。我是个常年在各处云游的老僧,可作为房八及其妻、子临终正念①、解脱幽魂的导师。所以就露出隐瞒二十多年的本来面目。我从前也由于万分悲伤而弃世出家,听到这四个义士的不幸和薄命——不是丧失慈父,便是失去贤母,或贞妇和小儿一同丧生——再想起我从前的薄命,实不足挂齿。"又念了声:"南无阿弥陀佛!"他概括地作了这样的介绍。

当下蜑崎照文把扇子插在腿上说:"列位贤者不知听到过没有?我的主君里见将军,能文善武,是当代无双的良将。非仁义不动,非礼智不起,非忠信不用,非孝悌不赏。然而安房上总是南岛的尽处,未能广泛招贤。因此某奉主君密令,走出疆土广募英杰,同时寻访二十余年存亡均杳无音信的孝德入道、大法师。今年遍历关东八国,不期在镰仓与法师再会,方才已由、大法师说过。于是我和、大法师乔装打扮来到此地。表面虽然彼此不和,暗中却如鱼得水,形影不离。因此,我夜间从后门偷偷进来,同他在一个房间里。当、大吹尺八时,我出来探察诸位的情况。我返回房内,大法师又出来观察。这里的一切我们都听到看到了,感动得热泪滚滚,浸湿了衣袖。犬冢、犬饲和犬田等已和我的主家有宿缘。山林虽尚未结缘,但也是难得的豪杰。我本想同大家一齐商量,解救犬冢今晚的

---

① 临终前一心不乱,向往极乐世界的信念。

危难。但是早已由房八替死,挽救了他的生命,对此深感遗憾!我主君里见将军与其父季基朝臣在结城被围之际,由于忠勇奋战,虽与成氏朝臣同属一方,但是近来浒我的执权是横堀史在村,据说此人奸诈枉法,自然与浒我疏远,交往不如从前了。因此犬冢遇难,我想助他一臂之力,杀退追兵,同他回归本国。请诸位放心。"照文恳切地安慰着,并说明了来意。众人骇然,惊疑不定,犹如做梦一般。其中信乃和小文吾共同向前对、大和照文说:"想不到二位告诉我们本名和由来,使疑虑忽然冰解。然而高僧为何要寻找八颗带有仁义礼智等八个字的八颗珠子?又为何对身上形似牡丹的痣那样默默关注呢?请您惠教!"、大频频点头道:"你们这样想是有道理的,那么就把原因说给你们吧!"于是他就将有关八房那只狗之事,伏姬的情况和役行者现灵,以及白玉念珠之事,还有自己出家云游二十二年所经历的情况等一一讲明,又对从安西、景连的灭亡到伏姬自杀这一段,略加说明。然后他接着说:"伏姬性情贤惠,行为勇敢,既孝顺而又温柔,是个才貌无双的少女。因此,她虽然跟着八房进入富山,但身子没有被污。由于诵读《法华经》的功德,那只狗也成了佛。然而大概是因果难逃,不料因感八房之气而怀胎达六个月,为此她羞愧难当,正想自杀时,从刀口忽然升起一道白气,那串念珠也一同飞上天空,光芒四射,其中的八颗带有仁义八行文字的大珠子向八方飞散消失,其他珠子坠地。我误用鸟枪射杀了那只狗,连伏姬也受了伤。然而仁慈的主君没让我当时自杀,亲手为我剪掉发髻,允许我出家。因此我发誓一定要把失去的八颗珠子找回来,与原来的其他珠子再串到一起,就离开了家乡。你们和现八以及那个犬川庄助不仅得到了珠子,而且珠子上的字也和原来这串念珠上的相同。另外八房这只狗,其毛白中杂黑,黑毛与牡丹花相似,因有这八撮斑毛，取八朵花之义而名叫八房。你们和庄助等四个人身上不是都有形同牡丹花的痣么？因此你们虽各有父母，但其前身大概是伏姬胎内放出的白气所生。推因思果，你们都是伏姬之子，义实朝臣之外孙。而且你们的姓，不是犬冢，就是犬川，或是犬饲、犬田，皆以犬为姓，也深藏着玄妙的缘分。所以在你们四人之外，一定还有四个犬士，也有同样的珠子和痣。现在虽还没找到，早晚会聚会到一起的。我的宿愿至此总算完成了一半，尚有另外一半。对以上我说的这些，你们如若不信，就请仔细看看这个。"说着，他取出伏姬留下的念珠给大家看。信乃和小文吾豁然领悟珠子的来由，急忙接过念珠仔细观看。这串念珠只剩下百颗珠子，缺少带字的八颗大珠子，这时二犬士心里暗想："我们所持有的珠子，原是这串念珠上的大珠子。"但他们还是对自己的现状和前生感到奇怪。妙真也跟着感叹不已。幸好那对夫妇还没断气，也听到耳里。房八痛苦地喘了口气，挣扎着睁开眼睛说："你们真令人羡慕啊！我子虽然遭受不幸，但并不可惜。我未能和你们相与为伍，死后也一心向往，太令人遗憾啦！"他嗟叹不已。、大可怜他，便站到他的身边说："房八，不要那么遗憾。你虽不是犬士，其义烈将与犬士们一起流传后世。我就是你祖父枘木朴平在安房时的武术师和主人金碗八郎之独子。八郎大人的自杀，是在灭亡定包功成名就后，不慕利禄而死，虽死犹荣是忠臣的心愿。尽管如此，朴平的过失当然也使我父心有所憾，谁能说那不是过失呢？只有你这个孝顺的孙子房八才能一雪祖父的恶名。因此我今为你祷告亡父，望他饶恕朴平的疏忽之罪，以便得到善果。"房八得到这些话的鼓励，眼往上看，举起右手频频向、大礼拜，十分欣慰。妙真又哽咽着哭了起来。

过了一会儿，、大法师左右端详躺在妙真旁边的大八的尸体，叹息说："这个孩子真可怜！虽死了一个时辰,血色未变,如同活着一般。是否有什么缘故？真奇怪！"他这样自言自语地跪下将孩子抱起来放在腿上,握住左手的脉窝想摸摸脉。大八忽然苏醒,"哇"地哭了起来。不仅如此,从生下来就紧握着的左拳也开始伸开,掌中有颗珠子,与信乃、小文吾等人的珠子形状无异,有个仁字。另外在大八的侧腹出现块痣,从单衣的开裉看到黑糊糊的,形如牡丹花。这是他父亲踢他时出现的,人们都没注意。在座的无不对这等怪事惊叹。惊叹复变成喜悦,胜似久旱逢甘霖,使枯槁的秧苗又活过来。妙真高兴得擦擦眼泪,同小文吾一起安慰行将死去的房八夫妇,在他们的耳边说："房八！喂,沼蔺！大八醒了。有这等怪事,你们看看！"她把孩子抱过去给他们看,并让孙子把珠子给爸爸妈妈看看。房八微微点头说："原来我儿也有前世的缘分,他一落生左拳就伸不开,被人家看作是残废,所以得了个诨名叫大八。但还是没白生你,你有珠子和痣,谁能说你不是犬士之一。有此即使我身赴九泉,为父也算得了好报应,你母亲也一定称心如意了。我生了个好儿子！"他这样夸赞,沼蔺也睁开眼睛说："啊！太让我高兴了！"只说了这一句话,她就咽气了。妙真悲痛地把手放在尸体上,怎么召唤也醒不过来了。大八不知道母亲已死,还在向妈妈要奶。小文吾想从后边把他抱过来,面对生离死别的场面,自己也忍不住背过脸去,泫然泪下。

当下户山的妙真抬起头来,揩揩涕泪,对、大等说："孙子大八从生下来左拳就张不开,大概从胎内就攥着这颗珠子。高僧为伏姬祈祷过冥福,所以您一碰他的手就张开了。即使明白了也还是感到奇怪。这个孙子被人家取了个诨名叫大八,是缺个轮的排子车之意。其实他名叫真平,房八的父亲别名真兵卫,取其父的真字又以祖父之名的平字而命名。姓犬江,家叫犬江屋。现在想起来,都冠以犬字,也有着玄妙莫测的缘分。今后孙子的名字就叫犬江真平吧。虽然他微不足道,能忝居犬士之后就是对死去的父母最大的孝行了。"她流着眼泪这样说。ゝ大听了莞尔一笑说:"善哉,善哉!祖母的心愿极是。姓和家号都是为了识主,叫犬江也很稀奇。而且其父房八杀身成仁,因此其子就得了颗有仁字的珠子。仁乃五常之最,即天之心,虽贤者居仁亦难。今真平替其父加入犬士之列,若将真(しん)字改作同音的亲(しん)字,叫作犬江亲兵卫仁,则可以说是其子代替其父再生,而加入犬士之列。况且房八二字颠倒过来是八房。沼蔺(ぬい)颠倒过来是犬(いぬ)。妙真的俗名户山(とやま)与富山(とやま)同音。都是名诠自性,与八房之犬和富山有关联。另外,以妙真为名,根据真俗二谛、一念三千的妙旨,是其夫、其子、其媳都得正果之意。推究其祸,都是由于房八的祖父朴平的过失而引起的。他杀害了光弘主君,方使主君宠妾玉梓趁机帮助逆臣定包霸占了主家。而另推其福,则是朴平的独子犬江屋真兵卫性情耿直,欲为其子孙解除旧怨,虽发善良之愿而未果,其子房八遵守遗命,杀身成仁。于是便产生二世的功德。摆脱因果之难,犹如鸟喜集林,虫爱聚草,不易领悟改变。因此房八夫妇死不可悲,而应以大八之生为乐。"经他这样加以解释后,众人如醉方醒,都若有所悟。

当下小文吾趋膝向前对ゝ大说:"对高僧的指教实深感谢,但还有一件奇谈。关于外甥大八亲兵卫握珠而生之事,现在想起件事似乎与此有关。我小时候听父母夜谈,从前在宽正三年时,这一带海湾的河水中,每夜发光,人们都感到奇怪,不敢打捞水底之物。我父文五兵卫多年嗜好捕鱼,一夕携网去海边的河滩,对着放光之处多次下网,一无所获,因此才断念,拂晓时还家,次日把网挂到檐下晒时,觉得网中有物掉出,铮铮有声。这年沼蔺方二岁,见父亲晒网,便爬到旁边,把掉下之物抓起来,放入口中。父亲大惊,伸手指便往口中去掏,也许是咽下去了,什么也未掏着,也就不了了之。究竟吞的是什么东西,他总是放心不下。过了些天,沼蔺安然无恙,父亲心里也就一块石头落地了。对那水中发光之物,他以为是一口刀剑,然而冒着黑夜撒网,毫无所获。以后这个海湾的河里便不再放光,他说过这段故事。我想妹妹小时候吞的从网里掉下的东西,一定是那颗珠了。这样那颗珠子在其腹中十五年,沼蔺十六岁的春天嫁给房八,不久就怀了孕。那年冬天生了这个孩子,虽然在左掌握着那颗珠子,但时机未到,手却不能张开。至今四年,那颗珠子才出现,难道这不是怪事吗?"大家侧耳听着,益发感到惊奇。

第三十八回　戌户外一犬捉奸细
　　　　　　　退聘书四彦辞来使

　　信乃听了这段故事，深为赞许，他说："我幼时在家养狗之事，昨晚已说给文五兵卫老伯和小文吾兄。高僧如到过我家，就可能听说过。那只巨犬叫与四郎，全身有黑白八撮斑毛，其足皆白，本应叫'四白（よつしろ）'而讹音称之为'与四郎（よしらう）'。狗死后埋在庭中，翌年春天，它旁边的梅树上，结了异果，一个花蕊结八个果子，世人称之为八房梅。而且在梅子上有仁义等八个文字，清晰可读。过些天文字虽然消失，而其核尚在。那个与四郎吞了我母亲得到的珠子，当时不知，过了些年珠子突然在狗的伤口中发现，落入我手。梅的异名叫木母，即母树。今此子和我的珠子都是各来自其母。况且那棵梅树一蕊结八果，和与四郎有八撮斑毛都自有其因缘，今日才略有所悟。或许梅子上出现的八行文字也是伏姬显灵告诉我和庄助，此外还有六位豪杰都有相似的珠子和痣。若无颠倒了八房之犬的房八和沼蔺的鲜血，那么纵然浴于男女之血，恐怕我的伤也不会好得那么快。何况盛血的螺壳又是修验的法器，恐怕内中也有役行者的恩惠。总之这对夫妇是我再生的恩人。实在可惜！

实在可惜！房八兄！你未能进入犬士之列，而让于汝子，所以才过早地逝世了。现在那梅子上的八个字虽已消失，八房之梅（译者注：前称每枝结八果，后又称一蕊结八果，前后不一致。）和房八夫妻，也是名诠自性的。将梅核种在夫妻的墓旁，以便标识其功德，流传后世。其子大八亲兵卫，就如同我的亲骨肉。将来侍奉里见将军，共赴战场，我一定帮助他，奋战立功。倘遇危难，便争先御敌，遇飞箭则抵挡飞箭，替他身死以报答今晚的再生之恩。今山林中途夭折，我感到莫大的遗憾，殊深轸念！"他痛陈怀念挚友之情，一片赤诚，亲密无间，掏出装在护身袋中的梅核，打开纸包给房八看。这个梅核后来就种在他们夫妻的墓旁，长出八棵小树，过了几年也一蕊结了八果，村人把这棵梅树叫作房八梅，或八房梅。

　　闲话休提，房八对信乃的真诚至感欣慰，忍着痛苦看看梅核，跪起来说："贤德的犬冢兄！话中洋溢着你的博爱。我因前世无缘，虽未能成为犬士，但邂逅了金碗将军的公子、大高僧，饶恕了祖父之罪，了却难以实现的宿愿。不仅如此，对年仅四岁的大八真平，还为他取了代替父亲之意的名字叫亲兵卫，并加了个仁字，实是意外的莫大荣幸，其乐何过于此！这样，我子已是犬士。又有其舅父犬田做监护人，再恳请犬冢兄做他的师父，有你们照顾，虽无父母又有何忧？我的面貌很像犬冢兄，恐怕也有一定因果。另外我夫妻有象征珠子的八房梅做坟墓的标志，等于是额外的犬士，于愿足矣！"说话之间已雄鸡报晓。房八侧耳听着说："已经鸡叫，东方欲晓，这样悲叹若误了时间，也就白死了。阿舅！就请你代劳了。要快，要快！"他焦急地催促。小文吾这时虽已无法推辞，但鼓足了劲儿还是下不得手，只是答应却站不起来。

　　当下蜑崎照文对房八和小文吾等说："你们且听我说，无论怎么催促和惋惜,生死乃自然的天理,我们都无可奈何。昔日我父十郎在伏姬进入富山之日,奉命跟随伺候,一再打马追赶,正当抢渡山溪的急流时,连人带马被冲走,在那里丧命。然而我这次奉君命招募关东八州的贤良武勇豪杰,碰到了、大法师,在他的引导下,见到了犹如伏姬之子的四位犬士,达到了招贤的目的。山林房八郎其义其勇都不亚于犬士。虽今将丧命,但也应是里见的家臣。这里有主君的聘书,请拜受以后再进坟墓。其子虽尚年幼,却是二世蒙受君恩了。为了死后的荣誉和子孙后代,这样做岂不更好?"他表示了推荐和褒扬之意,然后从小方盒子里取出封信递给他。房八把它举到头上,然后回头看着小文吾说:"犬田兄你懂得我的心意吗?房八郎今天虽然已是里见将军的家臣,但已负了必死的重伤。因此已无尽忠之日。如能为自己的僚友犬冢信乃解危救死,也就犹如报效了君主,是莫大的忠义。既知伤重难救,又何必如此忍受着痛苦?请你代劳也是你的恻隐之心。"他这样以武士精神予以激励。小文吾也认为他言之有理,这才提刀起身。房八微微笑道:"谚语说:'人莫过武士,世莫过人情。'多谢蜑崎大人的厚意。本是卑贱的船夫之子,有幸能入武门,是死得其所。那就请阿舅代劳,麻烦你了。"双掌合十引颈等待,小文吾拔刀向前,刀光一闪,其母妙真"哎呀!"地叫了一声,比砍到她的身上还痛苦,但已无法使儿子复生了,便咬紧牙关不出声地掩袖痛哭,悲痛得肝肠欲断。信乃也悲痛万状地在旁边看着。、大法师站在房八的对面诵经示偈,静静地念了十声佛号,这时已经破晓,在鸡鸣声中,山林结束了他的壮烈生命。妙真虽早有思想准备,但还是忍受不了,不禁放声痛哭,因而惊醒了膝上熟睡的幼儿,他回头张望,嘴里喊着"爸爸!"起身向前。小文吾急忙将血刀纳入鞘中,为了不让孩子看到尸体,将房八拿来的信乃的麻布血衣打开,把尸体盖上。无知的幼儿惊讶地回头看看说:"妈妈!你怎么老是独自躺在这里?奶奶不大高兴,你多给她点好东西哄哄她。得给我喂点奶吃了。"看着妈妈的遗容,把小手往她怀里伸。妙真实在忍受不住了,赶忙把孩子拉过来抱得紧紧的,说:"大八,你是懂事儿的孩子,纵然你喊叫一百年,你爸爸妈妈也不会起来啦。别说那使人伤心的话了,我的心都碎了!"她痛哭流涕润湿了衣袖。众人都袖手低头,为无法劝慰而感到怅然。

这时突然听到有人吵闹,摔倒声、喊叫声,近在檐下。众人皆大吃一惊,站立起来。其中小文吾率先跑过去开门一看,这时一个人被抛了进来,头撞到地板框上,脑浆迸裂而死。这使人们更加惊慌。信乃赶忙把纸灯递给小文吾,一看死者不是别人,正是夜间来过的盐滨的咸四郎。大家正在惊讶之际,只见又有一人左右手各挟着一个歹人闯了进来,原来捉人者是犬饲现八。被抓的奸细是咸四郎的同伙牛根孟六和板扳均太。二人被猛力勒得眼睛都要冒出来,吐着舌头,闷得喘不出气来。当下信乃替小文吾关上门,现八将两个歹徒咕咚扔在一起,压在膝下不让他们动,对小文吾和信乃等说:"我前去志婆浦买破伤风药,那药店去年就已搬到镰仓,无论走得怎么快,今明两天也回不来。犬冢兄有重病,我往返时间太长,即使买来药也恐怕救不了辙鲋之急。心想还是赶快回去与犬田父子商议,也许还会有办法,这样想好就往回走,在路上一点儿也没歇,火速赶路,丑时三刻回到门前。但是听到里面人们在唉声叹气,觉得奇怪,没有立即进去。想听个究竟,便站在那里。店主人突遭危难,山林夫妇与其子之事,犬冢兄的难治之伤幸得早愈,以及、大高僧和蜑崎大人之事,也大体上听到了。真是悲喜交加,辛酸不已,想立即进去,可是又一想,山林负了重伤,其妻已死,犬冢奇迹般地已经痊愈,即使我团团入座,将死之人也不能复生。这时不知为何,心下有些不安,一想莫如在此等到天明,以防不测。于是就悄悄躲在大门两侧的篱笆背后。过了些时候,果然有三个歹徒穿过墙夹道藏在地板下边窃听。他们似乎什么都听到了。搔搔蚊子咬的屁股,拂拂挂着蜘蛛网的脸,三个人如同蛤蟆一样从墙夹道爬出来,聚在檐下,其中一人道:'那个罪人信乃之事你们听到了吗?我认出来了,赶快去禀告庄头,不但可报夜晚之仇,还可分到赏钱,快走,快走!'他们窃窃私语,蹑手蹑脚地准备出去。我冷不防冲过去,抓住一个贼人的领子,拉过来将他按倒。另外两个贼人吃惊大怒,挥拳打过来,被我拉住衣襟抢了个筋斗。最后倒下的那个想起来,又被我抓住扔到里面。那两个似乎尚未吃到苦头,还想扭打,被我左右挟住,一个也没漏掉。"小文吾听了十分高兴,说:"这三个歹徒的名字我都知道,他们无妻室儿女。虽好在街头相扑,但心术不正,最近没接近他们。晚间他们几个跑到家里来,大概因为如此这般的缘故,想来报复,才又潜来我处。如果让他们听到就危险了,若无你在那里,几乎酿成大错!他们已经听到我们的密议,只好将他们杀了,以绝后患。快!赶快!"现八把两个敌人往前拉一拉,仍然按在膝下,抓住颈骨使劲一拧,没等大声叫出来就眼睛鼻子流血而亡。于是现八把孟六、均太和咸四郎等的尸体往一角推推,盖上点东西加以遮掩。然后向信乃表述了对他迅速病愈的喜悦心情,又赞许了小文吾的苦心。同时被拉着与、犬、照文相见。接着又对妙真加以劝慰,赞叹山林夫妇的义死,祝贺其子大八亲兵卫成为犬士。

当下小文吾对现八说:"犬饲兄既站在门外都已听到,就不必再细说了。天就要亮了,过一会儿帆太夫等一定带兵前来,纵然用假头骗得过去,也有诸多不便。我拿着头去到庄头那里,把父亲救回来。出门就看得见系在桥旁的是我家的渔船。看到水陆的守兵撤去后,就把房八和沼蘭的尸体装到船上,大家也一起乘船偷偷去市川的山林家。你以前去过那里,路或许熟识吧?因此就一切拜托了。"现八听了点头道:"这里的事情你放心,与犬冢兄共同商量,总会妥善处理的。虽然已是天明时分,但还是这样黑。今晨有浓雾,咫尺难辨,因此还没听到鸟叫。不到巳时雾是不会散的,大概皇天后土在保护我们。即使晚走一会儿,料也无妨。"当下、大回顾照文说:"既然四犬士已经聚会,还不传达主公旨意?"照文会意,对信乃、现八、小文吾等说:"我方才已经说过,你们同里见将军颇有渊源。请收下主公的信件以确定主仆之义,跟我一同去安房吧!我想你们会同意的。"说着他就将聘书分别递给他们。信乃恭敬拜受后,又交给照文说:"某等对与贵藩有宿缘实感荣幸!今后即使京都将军或镰仓管领想召用我们,也决不受他人之禄。然而如今在我们五人之外,还有三位犬士尚未相遇。当然究竟是哪三位,目前虽难以断定,但是额藏庄助已在犬士之列。对他没在座,我深感遗憾!犬川庄助是已故的伊豆北条庄头犬川卫二的独子,其母据说是蜑崎大人的先父十郎大人的堂妹。宽正六年秋九月,其父卫二丧生,妻、子被驱逐。这年庄助六七岁,乳名叫庄之助。母亲千辛万苦带着幼儿去安房寻找其同族的蜑崎。那年冬天来到武藏,母亲在大冢乡突然身亡,于是庄之助便做了当地庄头蟆六的小厮,取名额藏。现还在他家。虽长在乡下,却爱好武艺,深有韬略,为人极孝而且重信义,实是难得的豪杰。别人勿论,我如不与庄助同登仕途,就是不义。望体察鄙意,实乃至幸!"他这一推辞,小文吾和现八也齐声道:"某等所愿与犬冢一样,若不同去大冢乡与庄助相见,告知这些事情,则不仅犬冢兄于心不安,也非我等的心愿。我们暂且游学习武,锻炼各自的武功，同时为里见将军摸清敌国情况，探察其强弱，也许日后有用。既然在这五人之外，还有三犬士，不相会怎能罢休？待八犬聚齐后再去安房也不为迟。这聘书就存在您手中吧！"他们一同述说了己志，照文听了赞赏道："三士的谦辞是贤者之举。我前在刊崎对犬田君非同一般的大忍，实深钦佩，世间之大勇莫过于此。到这里来又看到犬冢君的信义博爱，犬饲君的勇力多谋，真是伯仲难裁，可以说都是盖世的英雄！另外那个犬川庄助既是伊豆北条的庄头卫二之子，则又和我是表兄弟。犬川卫二不幸身亡，其家绝灭，我最近过北条时才听乡亲们这样传说，甚感悲伤。其子现今无恙，并是犬士之一，实在幸甚。听说北条是我父亲的故乡，然而连近亲的同族多年来都断绝了来往。父亲的家族绝灭至今才听说，这是战国的常事，无可奈何！三犬士的推辞不可勉强，那么我就同你们去大冢乡，面见庄助，把聘书交给他，高僧以为如何？"、大听了回头看看，沉吟一会儿说："武藏的大冢有管领扇谷麾下的军将大石兵卫的城堡。额藏庄助是一员勇士，里见派人去招募，倘若此事泄露出去，大石的手下一定会把庄助羁留起来，不交给我方。如果那样，岂不白白丧失一员犬士？贫僧云游各地，到那里去面见庄助，向他传达旨意，恐不会为人所疑。这样的话，蜑崎君虽然结识了四位犬士，一位也未能带回安房，以何礼物和佐证复命呢？因此就请犬江亲兵卫和其祖母妙真同你回去吧。亲兵卫既在安房，其他犬士不招也终能去聚会。贫僧也并非不想回一次故乡去见主君，但是从前失散的八颗珠子尚未聚集在一起，怎能回去？因此，想在结愿时再与七位犬士同去晋见主君，所以就请将聘书暂且存在野僧这里。犬冢、犬田、犬饲，你们先去市川，然后赶快去大冢乡悄悄告诉庄助。贫僧为山林夫妇祈祷冥福诵经后也去那里。望勿拒纳浅见。"照文听了十分高兴,将另外四份聘书拿出来,和方才的三份一齐交给、大。当下妙真在、大和照文的身旁照看着亲兵卫,她说:"这么大的孩子,被召到安房虽十分荣幸,但三犬士皆推辞,而微不足道的亲兵卫怎能一个人先去?您该说无论何去何从,他都应和三犬士他们在一起,这才是对他的关怀。今只叫小孙子前去,我很不放心。"因为她说得有理,小文吾也为外甥说话,以便想全都推辞了。但是照文不肯答应,想说服争辩,、大急忙阻拦说:"现在不该为争论这些而耽误时间。亲兵卫虽是孩子,但也是犬士之一,既是麟趾龙孙就不能将他留在他人领地。如果现在带他去安房不合适的话,以后再议也不迟。等文五兵卫回来,也可听听亲兵卫外公的意见。伏姬的念珠,是役行者的神通赐给她的。公主从幼时到逝世,行者曾几次显灵。我和十一郎为了探明犬田和山林的优劣,打扮成修验道的行者来到此地,不期结识了四犬士,恐怕这也是役行者的指点。因此,亲兵卫的去从问题,也自然会受到神佛的指迷。虽然还有晨雾,但现在时间已经不早,小文吾还不按照你的策划赶快去庄头那里?"在、大的催促下,小文吾答应一声,扯下信乃血衣的两只袖子,将房八的头拿过来,很快包上。妙真看到又哭了起来,悲叹道:"难道这就是今生的永别吗?"不知道是怎么回事的幼儿,竟缠着小文吾说:"舅舅你到哪去?我也要去!"信乃哄着将他拉开,心乱如麻。他与有同样烦恼的犬饲互相看看,都悲叹不已。小文吾拿起短刀插在腰间,右手抱着首级与、大和照文告别,又急忙与信乃、现八秘密商量处理善后,决定将咸四郎等的尸体推入海边的水中,然后安慰、嘱咐妙真,不要因为悲伤,一时疏忽而将亲兵卫的珠子丢了。这才起身出门,消失在晨雾之中。

第四辑　卷之五

第三十九回　殓二箱良俦葬夫妻
　　　　　　浮一叶壮士送两友

　　文明十年戊戌之夏，六月二十三日拂晓前，犬冢、犬饲二义士和ヽ大、照文等，送走犬田小文吾，回来把门关上，又回到原席落座。他们想先把尸体掩藏起来，就由哭着的妙真带路，好歹从里间找出两个衣箱，很快将山林夫妇的尸体成殓，外面用草席包好，像货物一样装上船。ヽ大法师和照文去海岸桥附近，悄悄把文五兵卫拴着的船划到后门外的河沟里。浓雾弥漫，无人知晓。另外孟六、咸四郎等三个恶棍的尸体，由信乃和现八扛到后门外的河滨，腰间坠上块石头沉入水底。ヽ大也为他们祈祷冥福，当念到顿生菩提时，大家也动了怜悯之心，一同念佛。转瞬间俱已办理妥当，天尚阴暗，行动已可随便，海岸桥边的卫兵全都撤了。"趁此机会可以走了。"他们小声说着，赶快解开已准备好的船的缆绳，妙真抱着大八亲兵卫，信乃和现八也同箱子一齐上船，躲在船板下边。
　　当下蜑崎照文以披蓑衣戴斗笠的渔家打扮，悄悄将船划出去。只有ヽ大一个人留下，站在河边目送着，但彼此什么也看不见。大概是皇天鉴怜义士节妇,雾越来越浓,咫尺间都模糊不清,即使帆太夫的瞭望哨兵不撤,也发现不了。航道上没遇到阻碍,到了遥远的海上,才雾敛日出。

照文划船是不会迷路的,他原是安房人,水路比陆路熟悉,很快就看到了市川乡。妙真用手指着说,那就是我们的家,船停靠在门前。不仅路上顺利,犬江屋的船工们都已远航,从昨夜起家里一个人也没有,看家的是个耳聋只能做饭的老媪,信乃和现八放心地同照文一齐上岸。妙真领路,将代替灵柩的衣箱抬进屋内,放在祖先龛旁边。主客都难以抑制内心的悲痛,一齐叹息。然而妙真是个心地坚强的人,她认为儿子不愧是义烈之士,没有露出悲伤的样子,打扫了里边的一间屋子,让信乃和现八躲在那里,然后她为照文准备茶饭,招待得很殷勤。她抽时间悄悄对着佛堂烧香献花,祈祷儿子和媳妇的冥福,一心默默诵经。她想忘掉死去的,可是仿佛又看到了他们的面容,想起他们临终所说的话,不禁又落下泪来。失去双亲的幼儿似乎毫无所知,并不知道想妈妈,来到外边站在门前自己玩,鸠车竹马地玩累了就睡。"看他睡着的模样很像他父母,长得很壮实。今年才刚刚过去一半,现在正是中伏,只剩我孤身一人,比面对秋风还感到凄凉。"她自言自语地把孙子抱起来,孙子在梦中蒙眬地把小手伸过来,摸她那并无奶汁的乳房,太使人难过了!

那天黄昏,小文吾和、大一同从行德赶来,妙真一眼看见,连忙让到里间。信乃、现八和照文等高兴地与他们见面,询问事情的经过和文五兵卫的安否。小文吾小声说:"适才我赶路去庄头家,雾很浓,敲门报告说将犬冢信乃的头拿来了。过了一会儿,才把我叫进去。新织帆太夫从里边出来,亲自讯问此事,他疑心很重,唯恐其中有诈。庄头坐在我的旁边,兵丁个个拿着捕棍,从左右将我围住。

那时我说,遵照您的指令,我昨日黄昏回到家中,果然有个旅客。他是个武士,身上似乎有刀伤,行动有些不便。我就打开您给我的画像偷偷与他对照,从年纪、面貌到穿的衣服颜色,都丝毫不差。就是瞎子一摸都会认出来一定是信乃。我就装作若无其事的样子,劝他喝酒,夜阑后钻进卧室,一刀将他杀死,取下首级。在下交往很广,连我都没见过这个犬冢信乃,父亲文五兵卫怎会认识他?既不认识就不能说是窝藏。他回答问话答得可疑,大概是老人没经历过这种事,听错了。作为恩赏,请您将父亲放了吧!说着我就把首级拿过来包着递上去,庄头接过交付检验。这时新织帆太夫仔细看了看包着的衣服,又打开包着的首级,与画像对照仔细观看后,鼓掌感叹了一阵儿,便满脸堆笑地招呼我到身前说:'小文吾你干得漂亮。没错!这是信乃的首级,你献上了他的头颅,就免了文五兵卫之罪,让他同你回家。我也不能拖延,要赶快回浒我禀报事情的经过,以免辱命之罪。赶快派人把卫兵撤回来!'然后对其他事情又做了安排,并嘱咐了庄头。这时雾散日升,帆太夫穿好行装,带着人头就赶快领兵走了。家父被赦免,同我一起往家中走去,他不知道那是假的,对他被释毫无喜色,怒气冲冲地定是十分恨我,但在路上也没法告诉他。这样回到家中、大高僧迎接我们一同到耳房落座,这才将替换之事和房八的义烈,沼蔺的丧生,以及由于血药的奇效犬冢君的伤已经痊愈,大八亲兵卫的珠子与痣之事,还有念玉、观得两位修验道行者的本名和本意等等,都一五一十地告诉了父亲、大高僧也说了大家已冒着浓雾乘船去了市川。他仔细听着,忽惊忽喜,既钦佩又叹息,潸然泪下。老人很难过,他说:'现在一切都没用了。因此你同高僧赶快去市川,帮助妙真。今晚就要把房八和沼蔺送出去埋葬了。然后你就把那两位朋友悄悄用船送到大冢,我虽然也想一同去,但是女婢们还没回来。即使她们回来,父子一同去也不放心家里。而且看到灵柩,只会增加悲痛。在佛堂献花、念经是适合老人做的。你就把其他事放下,赶快去吧!'我遵从老人的心意,洗刷了被血污染的东西,就同高僧一起来了。"大家听了简要的情况,无不感叹。信乃和现八祝贺文五兵卫平安无事,慰劳了历尽艰辛的小文吾,又对山林夫妇之死表示无限哀悼。过了一会儿,妙真擦擦涕泪,向前凑身说:"犬田君,这样说我儿子并未白死,很容易就把追捕的人骗了,他们在九泉之下也一定很高兴。今天船工们都不在,正如令尊所说,如果今晚不把丧事办了,会更不放心。"小文吾点头道:"我也这样想。犬冢兄的危难虽已解除,但是这里离浒我很近,房八和沼藺之死且不可让人知道。四邻如有问的,就说沼藺因故去行德,房八有事去镰仓。今晚恰好月光不太亮,就在亥时如此这般行事。"二人商量好后,发现、大法师趁二人商量时走到装尸体的衣箱旁边,悄悄为房八夫妇祈祷冥福,在念佛之际初更已过,无行人往来,已到亥时。人们赶紧各自动手,装房八和沼藺尸体的两个衣箱由小文吾和现八背着,并带着镐头。已经熟睡的大八亲兵卫由信乃横抱着,同去墓地。照文提着准备好的罩灯在前边带路。、大是葬礼的主持僧,走在两个衣箱之间。妙真将他们送出后门,伫立门旁,一边悲痛难禁独自落泪,一边捻着念珠念佛。声音嘶哑,云暗星稀,实不堪忍受这变化无常的人世的永别悲苦。在酷暑六月中,唯有今晚却感到略有寒意。提灯忽明忽暗,犹如飞萤,直到看不见了,她还在久久地翘望。

这时,送葬的人们已越过阡陌百余步,往西又走出一百多米到了一个小山冈。那里从前是犬江屋的坟地,只有小文吾知道,由他带路将衣箱放下。现八轻轻取下衣箱上带着的镐头,二人各持一把,在房八父亲真兵卫的坟旁挖了个七八尺宽的墓穴。当下信乃把幼儿放在石头上,他和小文吾、现八一齐动手,将两个衣箱抬起来放在穴里,把他们夫妻合葬。这时、大法师在墓穴旁合掌,唱起了指引去极乐净土的偈词:

> 谛听谛听,四大本来空!奚分别泡沫与梦幻?妻子犹溲器,况珍宝乎?畴能随汝者?倘不破坏一团心识,亦焉知寂灭之为至乐?颂曰:荷叶与花共浸影,淅沥凉风,萧飒急催秋。其气清冽,其色惨淡,涅槃室中,物金休息。吁得时哉!吁得时哉!即投与以下火,最后之句子作么生?看破热池中并头莲,分明红炉上一点雪。喝!

他唱毕退下。小文吾和现八便扬起镐头,立即埋好。信乃搬来一块大石头立在坟前。在其左右种上梅核,浇水并插上莽草,推着大八亲兵卫让他头一个给父母叩头。其次是小文吾和信乃、现八,还有照文,依次烧香,为死者祈祷冥福。这时,幼儿已经完全醒了。他觉得很奇怪而左顾右盼,将小手合起来,笨嘴笨舌地学着大人念:"南无……"令人十分心酸。见此情景,想起死者,众人无不悲叹不已。

他们忍着悲痛,抱着幼儿,都回到犬江屋。从后门将要进屋时,远方才敲响了四更的钟声。妙真出来迎接,感谢他们辛苦,端来茶盘让他们喝准备好的煎茶。小文吾向她说了在墓地埋葬的情况。妙真听了说:"我儿子和媳妇若非为义而丧生,怎能得到世上的豪杰为他们送葬?更何况由其祖父朴平的主公和恩师金碗大人的公子,有道的高僧为他们指路,胜过聚集五山的僧众诵经,比由千万道俗执绋还体面。不仅如此,对这个孤苦伶仃、年幼无知的孙子也这样关怀,我还有什么可悲伤的?"虽然她这么说,但还是抑制不住内心的悲痛,拉着扯袖子的幼儿让他到卧室去睡觉了。在挺大的浅绿色蚊帐里,他就像被抛在原野里的一朵花,一个人睡着了,也是怪可怜的。妙真又回到原来的地方,想给他们熏蚊子。小文吾回头看看说:"伯母,晚间已经说过,这里离浒我不远,大家都在这里很危险。我天亮就用船把犬冢和犬饲这两位朋友送到大冢去。这件事家父早就嘱咐过,在这里也已经商量好,他们心里一定都很着急。"妙真往前凑身说:"真是有些恋恋难舍的。本想留你们过了头七再走,既然如此,也就不强留了。但夜还深,到天明还可以从容地谈谈。"信乃和现八一同对妙真说:"这次我等偶然得到令郎和贤伯母的恩义,感激之情实难尽述。"信乃又接着说道:"今为避免遭祸,不得不前往故乡,但却不想再回姑父母家住。只因那里有我的盟友犬川庄助,他也是犬士之一,想悄悄与他会面说说我的一切,并处理一些别的事情。我是没有一定住处的流浪汉,今虽一旦分手,但这里有年幼的犬士,邻乡有犬田父子,我怎能不来呢?为了您的小孙子,您也要保重身体,切莫过于悲伤,我们后会有期,改日再畅谈。"他这样向妙真告别,她好似心境很凄凉,虽然答应着,但一时却没抬起头来。

当下蜑崎照文从怀里取出准备好的沙金五包,先将三包放在扇子上,送到信乃、现八和小文吾等身旁说:"三位犬士!这钱是每包三十两,虽甚微薄,权供此次路费。这不是我私人的临别赠品,而是里见将军的赏赐,切莫推辞,务请收下。"三人听了赶忙说:"这真是想不到的事情。我等有前世的缘分,兄弟们还没会齐,所以碍难应召。今寸功未立,岂能受赏?且大冢距此不过七八十里路程,无须这么多的盘缠。"犬士们加以谢绝。照文摇头道:"这样说就错了。

由于兄弟之义,即使暂不应召,推其因果,各位都是伏姬公主之子,也不必等到立功后再受赏。再说丰岛的大冢只有宫户的一水之隔,虽路程不远,但是犬冢君既然不能回姑父母家,还是需要盘缠的。我也是出门在外,只恨囊中所剩无多。连这一点都不肯接受,我回安房如何对主君禀告?赶快收下吧!"他一再劝说。信乃、现八和小文吾悦服他所说的道理,三人一齐谢恩,好歹收下。照文又将一包沙金放在扇子上,唤妙真前来说:"这是给房八夫妻做佛事的奠仪,赠给其子亲兵卫的。请莫推辞。"盛情难却,她不禁感激涕零,领受退下。照文又将一包沙金放在扇子上说:"犬冢君!这一包请你交给那一位盟友,庄助犬士。我陪同犬江亲兵卫回安房后,再去大冢与各位相会,望把这些事情转告给他。"信乃听了不胜感谢说:"对这样无微不至的馈赠,推辞是失礼的。然而额藏庄助今不在场,这样未免太过分了。不必另行赏赐,我们分给他一些也就是了。这一份就请收回吧。"说着他把扇子推回去。ヽ大急忙劝阻说:"这就不必争执了。我们虽然还没见过他,但他是犬士的一员,怎能把这份赏给他漏了呢?这不是十一郎个人的主张,而是同贫僧共同商量过的。只不过是根据延揽贤士的君命,聊做说客而已。我虽本想同你们一起走,可是未给山林夫妇做头七的祭奠就赶赴他乡,有违出家人的本分,因此暂且留在这里,不久定能再会。赶快收起来吧!"这一番由衷的恳切解释,使信乃等心悦诚服,遂从命收下。夏日夜短,在彼此谈话之际已响起晓钟。信乃、现八退下,整理行装出来辞行。小文吾也急忙动身告别。妙真赶紧将他叫住,递给他准备好的饭盒。小文吾接过去说:"我送这两位朋友到大冢,还想和那个犬川庄助见见面,因此快则两三天,最迟四五天一定回来。留客人在这里,或去行德都可以。我父亲也说明天来市川。总之商量一下,要很好地款待。"妙真点头道:"这个我知道。即使在那里逗留,房八和沼蔺头七忌辰的前夜,你也要回来呀。"她这样嘱咐着。小文吾回答说:"当然如此。一切回头再说吧。"说罢,他们从河岸出发。丶大、照文和妙真都站在岸边送行。在黎明前的潮水中,他们划着小舟瞬息不见。人世之离别总是使人留恋,人之感情是非常脆弱的。

却说这一天中午前后,文五兵卫从行德赶来。妙真一眼看见说:"您来得正好,请里边坐。"她殷勤地把他让到上座,互相噙着眼泪,一时说不出话来。主人背过身去不住掩涕,客人也无可奈何地拿出腰间的扇子,打开扇着前胸。虽然可将眨巴着的眼睛躲过去,但却压抑不住怀念亡人之情,悲伤的神色是无法掩藏的。过了片刻,稍微冷静一点,文五兵卫把扇子叠起来,放在一旁,开口道:"我说亲家母,令人十分钦佩的房八,他的大孝大义和果敢以及临终的遗言,我都听到了。即使不是那样竭尽大义,与世长辞也会使人无限悲痛,但又有何办法呢?既然已经如此,就更需要互相帮助,互相照顾,这才是对死者的悼念。沼蔺之事和大八的情况,我听了难过得好似肝肠寸断,这些伤心事就不要再提了。小文吾大概已送那两位朋友去江户,还有两位客人是在里边,还是在耳房?"妙真听了收住眼泪说:"诚如您所说的,孩子们之事不说都忘不了,提起来再哭哭啼啼,只会影响他们奔赴冥途。犬田君今日拂晓就用船将那二位送往大冢,说最迟四五天回来,这就放心了。丶大高僧和蜑崎大人现在耳房。请到那边去坐。"他们正待起身,大八亲兵卫从外面跑进来说:"奶奶,给我点东西吃!"她把缠着她的孙子推开说:"这太随便了。行德的外公来了,还不施礼!"她让孙子给外公叩头。文五兵卫就势拉过去放在膝上说:"大八呀!外公几天没来看你,就长成大人了。我给你点东西。"说着从袖子里掏出一包米花糖递给他,说:"真乖！"文五兵卫紧紧抱住他，亲脸摸头，抚爱他。不知大八想起什么，忽然一抬手，从单衣开裉处的腋下，露出块好似牡丹的痣，外公看了不住感叹。妙真解开孙子戴在腰间的护身囊，拿出那颗带有仁字的珠子给他看。文五兵卫急忙从怀纸间取出眼镜，仔细看了看，更加感叹不已："这颗珠子和痣真比听到的还灼然生辉。既有如此奇遇，外孙日后则必然大富大贵。可别失落了。"说着把珠子装到护身囊中给他系在腰间。然后，文五兵卫让妙真在前边带路到耳房去见ゝ大和照文。他们互相寒暄过后，谈得非常亲切。ゝ大述说了昨晚同三犬士悄悄为山林夫妇送葬的情况，以及犬田舅舅和犬江与犬冢、犬饲一样，都同里见家有往世的缘分。照文也说明来意，传达了招贤纳士的君命，他说："这次我来是想同四位犬士回安房。但是犬川庄助那位犬士，现在武藏的大冢，盟友们不聚齐，犬冢、犬饲、犬田等暂不应召。当然，他们做里见将军的家臣这个诺言，是不会改变的。然而两手空空地回去奏上主君也很不光彩。所以这次想把亲兵卫带回去做个佐证以觐见主君。可是被他祖母推却了，事情很不顺利，其中自然有某些缘故，但是将这个前途无量的奇异幼儿放在市井中养育好，还是在安房的藩中培养成人好呢？谢绝也要分明利弊才是。此议如足下同意，妙真也就不好推辞了。事情虽然不急，告诉您以便放心。"ゝ大法师也尽力恳切劝说，文五兵卫听了说："实是奇异的缘分，犬子小文吾等自不必说，微不足道的外孙被大诸侯召见，实三生有幸！外孙大八亲兵卫也是犬士，怎能先于四犬士去应召呢？虽然如此，但他还是个不辨东西的孩子。即使让他代表四犬士去觐见将军，也不是出自他的本心，另外，坚决推辞也并非其本意。这种不是出于我个人的去留，我也颇难决定。如果妙真点头也就好办了。亲兵卫的双亲去世没有几天，纵然他是未满七岁的孩子,也要慎重从事。迎接头七忌辰小文吾还会回来,那时再彼此商量是否接受尊意。犬冢君的危难既已解除,则对世人无须多所顾忌。与其在这里不如到行德去。家庭旅店对待客人虽很殷勤,但也难免有不周到之处。客栈很方便,在哪里逗留悉听尊便。"对他的坦率诚恳、大和照文非常高兴,相互交谈,实感欣慰。

这一天,文五兵卫陪同照文回行德。自此、大和照文或一日、或两日,轮番住在市川或行德。这样过了四五天,就是房八和沼蔺的头七忌辰。然而小文吾还没从犬冢回来。文五兵卫从早晨就来到这里,悄悄帮助置办做佛事的法宴。、大从头天晚间就诵经,照文也严肃地列席悼念死者。这时不知不觉已经刮起秋风,漂浮在河上的夏越①的币帛都流到岸边,小文吾还没回来,文五兵卫很不放心,便同、大和照文商量。时值七月初二日,、大从昨天就在行德,他早晨起得很早,对文五兵卫说:"我仔细在想,犬田至今未归必有缘故。信乃虽未明说,其姑父母如不设计想害他,那口村雨宝刀就不会被夺走,也不会骗他来浒我。因有这些嫌疑,所以信乃去故乡也不会到姑父母家。连亲戚都这么不可靠,犬冢不会在那里久留。只是想对其友和忠贞的未婚妻说说自己及与他有关者的情况。可是连送他去的小文吾都至今未归,可能在那里发生了不测之事。与其在这里牵念着,不如贫僧去那里看看。虽不知犬冢和犬饲住在哪个旅店,但悄悄打听大冢的庄头蟆六的小厮额藏庄助,是会立即得到消息的。纵然没这些事情,我已想在房八夫妻的头七过后,去大冢悄悄与犬川庄助会面,告诉他我多年游方的目的,与他签订做里见将军家臣的契约。现在就去,明天晚间一定将小文吾领回来,不

---

① 夏越是阴历六月底神社举行禳灾求福的祭典。

必为此事担忧。"文五兵卫听了很高兴。正在闲谈之际,恰好蜑崎照文从市川回来,他们赶紧迎入闲室、大法师把方才说的事情告诉他,照文也很欢悦,他说:"法师到那里去再好不过。我今朝来这里也是为了商议这件事。亲兵卫双亲的头七已过,还等到几时?因此时常劝妙真同去安房,她也总算答应了。只有小文吾尚未回来,这件事还未了结。听法师说不避初秋的烈日要到那里去,足可解除我们近日来的忧虑。好极了!好极了!"他极力称赞着。于是文五兵卫到外边去打听船只,是未时开船。因此他招待、大和照文用过酒饭后,已快到时刻。、大整理行装急忙动身,文五兵卫和照文跟在后边,送到岸边的泊船处,约定好明天回来,便分手了。照文要将此事告诉妙真,也与文五兵卫告别回市川去了。

　　呜呼,去留难定,不可预期。知遇有时,别离也有时。聚而别,别后重逢,实如风云变幻。亲戚眷恋,前约后践,在此莫测的世间,无非是离合聚散。

第四十回　诘密葬暴风挑妙真
　　　　　　起云雾神灵夺幼儿

　　、大去武藏的大冢,又过了三天依然杳无音信。次日清晨,照文心怀疑虑地对妙真说:"小文吾没回来,说不定是被那里的朋友挽留,不觉耽延了日期。法师说好次日一定回来,现已耽误两天,不知又是为何,实在使人担心。也许昨晚深夜已经回来,我去行德看看。倘若还没回来,就同文五兵卫商量。不再去那里,怎能消除一再的疑虑?因此告诉你一声。"妙真叹息着说:"诚如您所说,使人放心不下。小文吾不是言而无信的人,而高僧又在做什么呢?只是这样想无济于事。然而您去找他们,如果又被留住,不能赶快回来,可就把我和在行德等着的急坏了。您先去古那屋打听一下,今天或明天最晚后天,二人之中一定有一个人会回来报信。"她这样安慰着。照文说:"你言之有理。"他答应一声就去行德了。照文走后,妙真一个人闷闷不乐地叹息。日子过得真快,今天已是儿子和媳妇的二七,从早晨就格外忙,连拿念珠的时间都没有,已快晌午了。趁着大八午睡的时间烧点香,于是她把神龛的定香盘拿下来,把灰掸去,将灯挑亮,点上香,为避免被外边人听见,小声敲着木鱼,默默诵经。她念了一个时辰,以为念得越多,积的功德越大。大概已有未时,日影西斜,后门槐树上秋蝉的叫声,使人格外感到天气炎热。

这时有个嘶哑的声音大声喊道:"老板娘!很久没见了。"说着有人从后门走了过来。妙真答应一声:"谁呀?"把木鱼推到一旁,收起念珠,将待站起身来,那人已经从那边拉开走廊的竹拉门不打招呼就走了进来。妙真吃惊地回头一看,此人的年龄五十左右,眼圆鼻大,高颧骨厚嘴唇,掉了一颗板牙用滑石补的,皮肤黑紫犹如秋茄子,胡须半白好似老冬瓜,穿了件飞白花纹的棉布单褂,肩头和腰部都被汗水浸湿了。已经是申时了,他把衣襟从一边掖起来,好似故意给人家看看他那华丽的兜裆布,一看就不是个正经人,大大咧咧地闯进来,靠在门旁的柱子上,然后盘腿大坐地随便拿起旁边的团扇,解开领子"好热!好热!"地扇了起来。被扇动的胸毛如狗熊毛一般,连臂上所刺的字都像狗熊脖子底下的月牙毛。他用左手抓住搭在瘦削肩膀上的手巾,把下巴抬起来擦着下边流淌的汗水。他就是当地有名的暴风舵九郎,没有固定的住处,被这儿、那儿雇用,为人家使船,嗜好酗酒、赌博,是个不安分的歹徒。犬江屋船工不足时,曾雇他使过船,由于有他偷船上货的耳闻,房八很生气,大骂他一通,此后他就没再来,今天突然到这来。妙真很讨厌他,但却未露声色地说:"哟!从后门大摇大摆地进来,连个招呼都没打,我以为是谁呢?原来是久不上门的舵九郎啊!是哪阵风把你刮来的?"她这样责怪他,而他却毫不害羞地说:"别那样使人讨厌。没钱是不去花街柳巷的。既不是风吹来,也不是浪漂来的。过去同伙的人忌妒我,说我的坏话,被大哥骂了一通,我没法登门了。这些就别谈了,过去我们都很熟,不能老是这样不来往,其实我早就想来了。听说大哥从上月去镰仓至今未归,嫂夫人去娘家没回来,真有点儿不大明白。我琢磨大概有什么缘故吧？虽然是有些替别人担忧,但我反复地想,好像这也不是无中生有,我已略有耳闻,同时也看到了一点儿。近日来这里有法师和武士出来进去的,替换着住一天或两天,根据这些加以猜测,就证实了我的猜测没有错。但是明人不说暗话,这就要看交情了,想听听老板娘的回答。我既可帮助你,也会成为你的对头。有人告诉我今天阖府的船工都出海了,那个客人也走了。因此,很对不起,亲自登门来找你商量,怕被别人听见,就从后门闯了进来。这只是个开场白,好戏还在后头呢! 靠近一点坐,还有话对你说,请到这里来!"他嬉皮笑脸地敲着座席召唤她。从他的话里已经流露出来,好似有什么诡计。妙真把吃惊的心情镇定一下,听他这么一说,就更不敢疏忽大意,说道:"你太费心了,对你的这番好意,我很高兴。但是我家没有什么值得怀疑的。房八去镰仓谁都知道。沼蔺被打发去行德是因为她的媒人去秋逝世,今年听说其遗孀又长期卧病,就让她去看看。另外那两个旅客原是古那屋的客人,但因与房八相识,便常来打听房八是否回来了。路远天黑,有时就住在这里。"那人不等她说完就追根究底地说:"别瞒着我了,情况我已大体猜到。你虽然年过四十,但风韵犹存,姿色不减当年,九天神仙看到都会从云彩里掉下来。多年孀居枕边寂寞,突然触动春心,招来两个情夫。一个不知是哪个庙里的花和尚,另一个是不争气的瘦浪人。我这里有证据,不容你否认。色迷心窍也会把自己的儿子杀了,这在从前的故事里是常有的。可怜我大哥,被你杀害了吧?最使人可疑的是,在附近的冈山坟地,最近有埋死人的迹象。可是这里连个猫狗都没听说死过。你说房八去镰仓,沼蔺回娘家。镰仓离得较远,但我每天去行德,无论古那屋还是媒人家都没见到有你的儿媳妇。再说在那个坟地里新埋的死人,哪怕不是大哥夫妇，也是偷偷埋的什么人，是值得怀疑的。不仅如此，还有奇怪的事情呢。昨天听人说，不久前古那屋因窝藏犯人犬冢之罪，其店主人文吾兵卫被捕。因其子小文吾取得犬冢的首级献给浒我的来使，其父才被赦免。从那一天起，小文吾就不知到哪里去了，至今未归。另外我所熟识的盐滨咸四郎和孟六、均太等三人，这些日子去向不明，就更使怀疑了。因此，在坟地所埋的，不是犬冢的尸体，就是你家的山林与犬田私自合谋，杀死咸四郎等，将尸体埋在那里，但因还是有点儿心虚，就暂时躲起来了。我猜想这三者必中其一。你骗得了别人，可骗不了我。还是老老实实地说出来吧！那里新葬的是谁？"被这样一追问，妙真就像藏着的兔子怕老鹰一样，心跳得厉害，再三镇定心神，不露声色地微笑说："想不到你竟这样胡猜乱想。就是畜生也是爱子的。即使我沉迷于色情，这样的坏人也不能活到今天。虽然一个也没猜对，但既被你这样猜疑，也就不便隐瞒了。那个犬冢信乃被沼蔺的哥哥捕获是为了救他父亲，并非早就有仇。杀死后想将其尸体埋葬了，可是在行德多有不便，想埋到这边的坟地，房八不好推辞，就答应了。但是掩埋了一个素不相识的罪人的尸体，我能对人说来表示我的慈悲吗？"她这样编造了一套搪塞他。舵九郎拍着手乐得前仰后合地说："猜到你会这样说，把信乃也拉了进来，真是不打自招！你好好想想吧，犬田即使有菩萨心肠想把那个人的尸体埋了，也不会托付他妹夫，况且山林也绝不会答应，他自从在八幡的那次相扑败了之后，就怀恨在心。由于那件事失和，六月二十二日黄昏，山林与犬田在刊崎相遇发生争斗之事谁不知道？你这样说是自相矛盾，说明全是瞎话！从这一点猜想，一定是小文吾把这里的大哥杀死后逃跑了。于是他父亲文五兵卫悄悄用钱疏通，你就乖乖地将儿子的尸体人不知鬼不觉地埋葬了。因此把媳妇打发出去，你就从月初到月末，换着嫖客纵情地淫乐。装模作样地终日念佛，你骗不了我。事实胜过巧辩，把那个死人挖出来，给大家看看。"说罢，他站起来就要走。妙真拉住他的衣裳说："且等等，我有话讲。不管那座新坟埋的是谁，随便挖人家坟墓是犯法的。你不主管这件事，就不要多管闲事了。"他回头瞪着眼睛说："即使不是管这个的，也不能看到这等伤天害理之事不管。告诉庄头既得不到奖赏，也不顶酒喝，我可不干那赔钱买卖。既入宝山焉能空手回去？是真是假同去冈山看个明白。你要知道，那你可就要倒霉了！可是话又说回来，我说出去也得不到什么好处，那就看你的心眼儿如何了。方才已经说过，我既可以帮助你，也可能是你的对头。你能够背着别人往家里拉野汉子，莫如招个入赘的丈夫。那个丈夫不是别人，不怕害羞就是在下。我年纪比你大十几岁，虽然没钱，但身子骨很结实，能使船，嘴巧会说话。虽然喝点酒，但喝足了就睡，不同别人吵架。脾气好怕老婆，很有耐心。昨天在堤边让算卦的给我看看婚姻之事，他说我对老婆殷勤，是地天成泰的大吉之卦。我虽然身世不大好，但乡里有许多朋友，哪怕说是山林的养父，也没人敢小瞧我。你要是立即改变主意，同意这个意见，偷偷埋在那里的尸体，不管是谁，都绝不让别人知道。我负责一辈子保护你。如果说个不字，你就会立即得到报应。报告庄头，拉到国主那里去，连奸夫都得一起入狱。何去何从，任你选择，赶快说吧！真令人着急。"他拉着袖子纠缠，她躲也躲不开。他偌大的年纪也不知道羞耻，耍起流氓来，真是使人又气又恨，不知如何是好？和他发作吧，又怕把事情弄糟了。于是她就装作若无其事的样子说："我不是怕那个坟地之事胆怯了。但是像我这样不足道的人老花黄之人，被你这么爱慕，我也总该考虑考虑才是。只怕男人不论老少都贪花好色。你一时冲

第四十回　诘密葬暴风挑妙真　起云雾神灵夺幼儿…109

动这么一说,我怎能认为你是真心实意？不是日久天长看准了你没有二心,往往是会后悔上当的。我从年轻时就不是那种水性杨花之人,孀居以后也不能背个淫乱之名。你怎么认为那是你的事情,方才所说的纯粹是冤枉好人。如果你不嫌弃我,请改日再来,现在不能立即答复你。"舵九郎听了冷笑说:"你想拖一拖？这办不到。无论你怎么说,我也等不及了。答应还是不答应,一个是天堂,一个是地狱。是把死人挖出来,还是让许多人免祸,是吉是凶就在你一句话了。不同意就说不同意好了,那就去坟地吧！"他又要站起来,妙真赶忙制止说:"你太性急了！""那么,你就答应了？""这个……""又这个什么,你太使人着迷了,快到这边来！"他伸手去拉,被她甩开了。她钻过去想逃脱,他就在后边追。

　　正在无可奈何之际,蜑崎十一郎照文同文五兵卫从行德回来。从后门进来时,好似屋里有人在打斗,踩得地板直响。照文心想:"这是怎回事？"便率先从厨房那边冲了进来。舵九郎想抱住妙真在追着,恰好与照文撞在一起。劲头太猛,舵九郎被仰面朝天撞倒了。妙真看到照文回来,立即振作起来说:"蜑崎大人,您来得正好。"说话间舵九郎蓦地站起来,抬头看看照文吃惊地说:"你好不客气呀！好事快谈成却被你给搅了。你是这个寡妇的奸夫吧！有事须对你盘问,我拉你到庄头那里去,会有你好瞧的。快来吧！"他伸手待拉,胳膊反被抓住,照文用熟练的拳法一摔,摔出的他撞倒走廊的竹门,在院子中间跌了个筋斗。只听他惨叫:"疼死啦！疼死啦！"抓住旁边的罗汉松好歹站起来。他知道不是对手,气狠狠地回头说:"你这个没出息的武士,记着！偶尔让你占了点便宜,不算你的本事。你把我摔了一跤,膝盖也擦破了。让你尝尝这个。"他把衣襟撩起来,撅起屁股敲敲。照文大怒,说道:"你还没受到应有的教训,不仅如此野蛮地欺侮女主人,还骂我是奸夫!再三口吐不堪入耳的下流话,我今天绝饶不了你。你休想离开!"便怒气冲冲地拔出刀来。妙真拦阻说:"他是个有名的恶棍,把他伤了会惹大麻烦。俗话说:'不打落水狗。'要跑就让他跑吧!"这样一劝,照文咬牙切齿地狠狠瞪着他。舵九郎看到这种情况,呵呵冷笑说:"拔刀吓唬我,杀人是要偿命的,看来你也是惜命的。你倒砍啊!刺啊!你拿着那把切不动的铅刀,是砍不动我这个骨头硬的旋风爷的。如果不砍我就要告辞了。"他从容地夸了几句海口,掸掸粘在衣服上的尘土,拿起房檐前的草鞋,骂骂咧咧地赶快逃跑了。

当下照文收起刀,从走廊望望后门那边,看到那个恶棍已经无影无踪,这才稍稍放心,回到原来座位坐下。这时站在另一间屋内窥探光景的文五兵卫也走了进来,与照文一起向妙真打听事情的经过。妙真赶忙把撞倒的竹门立起来,悄悄述说了舵九郎的流氓行为,和他的种种猜测。二人听了,一同吃惊说:"那么说,祸又由这里发生了。"他们把头凑在一起共同商讨对策。照文后悔地搓拳嗟叹说:"早知如此,何不把那个恶棍杀了,以铲除祸根,既已让他跑掉,则不可再踌躇。如果被舵九郎告发,挖开那座新坟,那么山林的尸体没头还可以说是信乃的,但是他们夫妻合葬,对其妻的尸体就无法解释了。从这一点深入追查,说不定就会把替身之事揭露出来。如果那件事暴露,犬田父子和犬江的祖母就都逃脱不了干系。真是千不该万不该一时疏忽让舵九郎跑了。虽然迟了,但不追上把他杀了,别无良策。快走,快走!"他说着拿起刀就要去,文五兵卫劝阻说:"您说得有理,我们无不感到懊悔,但是现在是追不上了。况且舵九郎在这个乡里没有固定住处,只是物以类聚,有许多无赖的赌友。虽是愚见,或许也不无道理。譬如千寻溃堤之水,非一掬之壤

第四十回　诘密葬暴风挑妙真　起云雾神灵夺幼儿…111

所能堵塞。如再去穷追，则会弄巧成拙，再次追悔莫及。跑就让他跑了，上策是及早防祸于未然，越快越好。"经他这一劝，照文稍微息怒。过了一会儿，文五兵卫回顾妙真道："喂！亲家母，你是怎么想的？小文吾去武藏已有十余天，高僧也去了三四天还没回来。今天蜑崎大人去找我商量这件事，也想不出个好主意。所以想到市川来再同你商量。一同赶到这里，不但没听到好消息，又祸从天降。你看该怎样脱身？"妙真听了长吁道："虽然早就听说善有善报，可是义士和节妇死后，恶神还在缠着，真是雪上加霜，这大概是前世的报应吧！我这个可怜的人逃脱不了人世的悲惨结局，我被治以无辜之罪也在所不惜，只要小孙子安然无恙，将来能长大成人，我就没白照看他这几年。女人对什么事情都没见识，到这个时候更是一筹莫展，只会落泪而已。"她说罢又在悲痛。照文赶忙劝勉道："既已祸起多端，再说也无益。在这里等候、大和小文吾十分危险。我带着大八亲兵卫速回安房，祖母也和孙子一起暂且远离此地，避避那个恶毒的舵九郎方为上策。如果离开这里，到了里见主君的领地，不管是恶棍也罢，庄头也罢，带领几百人来追也不怕了。古那屋的主人回家，今晚乘船出发，明天一早就可到大冢，将这里的事情告知、大和四位犬士。若行动不便就与我同去安房。大八奶奶就先做起程的准备吧！"文五兵卫对他这等周到的安排深感钦佩，说道："此议甚好。只是年幼的亲兵卫同妙真走，仓猝间又没人跟随，莫如我背着外孙送她们到边界。喂！亲家母，虽然紧急，但也不要惊慌得把东西忘了。"妙真赞同这个意见，便给睡着的幼儿换上新衣服，把护身袋紧紧系在他的腰间，取出自己的衣服整理行装，并把积蓄的沙金装在钱包里系在衣上，又把祖先牌和家谱以及孙子的替换衣裳，急忙找到一起打了个包袱。照文虽然想从水路走，但是不顺风，只好徒步起程。正待急于上路时，昨天去江户船上的小厮依介一个人回来了，看见妙真慌忙整理的行装，吃惊地问："这是打算往哪里去？"妙真没有详细告诉他说："蜑崎大人说要领大八去某地，但他年纪尚幼怎能让他一个人去。行德的外公说背着送他一段路，所以也没能回去，但我还不放心，也想跟着去。也没有陪着去的人，有什么办法呢？你刚刚回来怎能让你去。这有个包袱，能送两步吗？"依介听了慷慨答应说："这个好办，虽然我划了一天船，但腿并不累，刚刚回来又有何妨？送到哪里都成。"这个小厮心地淳朴，为主人不辞劳苦，与其他水手不一样。他把包袱背起来，系紧了草鞋带。文五兵卫背着大八亲兵卫。妙真让那个耳聋的老媪看门，但难免对这个家还有些留恋。一切都安排妥当，照文走在前边，从后门出去，歪戴着斗笠不让别人看见脸。他们走在小路上，这时已经红日西斜，余辉映人，野鸟急于归巢了。袖带晚风，已不似午间那样炎热。他们虽想快走，但腿脚不好的，时常落在后边，所以走在前面的只得走走停停。离开市川镇，走上去上总的乡间小路，来到并松原，在茂密的野草下边听到秋虫的叫声，已是黄昏时候。

这时，从前面的黑松林里出来一个歹徒。只见他用手巾缠着头，腰间挎一口短刀，右手拿着八九尺的长棹，穿了件土黄色的直筒围裙，上有许多扣绊儿。袒胸露肩，把一件单褂的两只袖子系在身前，露着毛茸茸的腿。衣襟高高掖起来，是轻装打扮。赤黑脸，白鬓角，像只凶猛的山猱。体格粗壮，皮肤有黑斑，好似作祟的魍魉，站在路中间。一看不是别人，正是名副其实的一发怒即可使房倒船翻的暴风舵九郎。当下他把拿着的棹横着又竖起来，喷着酒气大声说："喂！蠢贼们，让我好等啊！尔等所做的坏事已让我看破，被我一斥责，就想同寡妇逃跑，这我早已猜到。派伙计在门前放了狗，路上安了岗哨，狗已经大体嗅到你们夜间所走的路线。我算定是这条海边大道，早已撒下网，来抓你们这找不到窝的鸟儿，捉住你们不费吹灰之力。你们跑不了啦！赶快把女人交出来，等着受死。"他瞪着眼睛胡言乱语。照文听了说："上次没有惩治你这个无耻的歹徒，今日再不为当地除害，铲除恶根，还等待何时？虽然可惜玷污了我的刀，但也得让你尝尝厉害。"他怒气冲冲地拔刀向前。舵九郎高声喊道："你们都出来！"从左右没人的草丛和小松树背后，有歹徒的三五个同伙拿着折了的棹或大鱼刀，如蝗虫一样应声跳了出来。他们把照文围住，想将他击倒。照文毫不畏惧，把前后左右的敌人引住，一往无前地进行搏斗。这时文五兵卫让妙真抱着大八亲兵卫，说："妇人孩子十分危险，你带着依介从原路回市川，快！快！"说话间，从后边又突然出现一群歹徒，喊叫着杀了上来。文五兵卫厉目一看，似乎已难脱逃，挡住妙真，挥舞手中的刀，暂且进行防守。虽已年老，但他本非商人，刀法身手不凡，虽已杀伤两三个人，但是他们仗着人多有进无退。依介怕文五兵卫有闪失，虽想帮助他，但是手无寸铁，就挥动妙真扔下的手杖前去助战。这时照文已砍倒三人，五人负了重伤，但敌人人多，他无暇照顾后方。他想接近舵九郎，但又被隔开，进退不能自如。在这工夫，依介和文五兵卫虽然暂且挡住敌人，但是依介手里拿着一根木棍，难以招架敌人从三方砍来的器械，眉间受了重伤，鲜血四溅，坚持不住，惨叫一声倒下了。文五兵卫看到十分怜惜，老人的勇气和腕力都有些不支，知道难以抵御，便向后退了退，因此和妙真就离得越来越远了。舵九郎看到这个空子，从黑暗中跑过来，一声不响地把妙真和亲兵卫抱住。妙真叫了一声挣扎着想挣脱厮打，可是孩子扯着嗓子哭，成了累赘，使她毫无办法。她就一只手拔下簪子，往舵九郎抱住的胳膊上刺骨般地狠扎，虽然没有扎透，但也使他疼得要命。舵九郎愤怒地惊叫："你想干什么？"身子抖动了一下，两手一松，妙真把孩子往肩上一扛，抬脚要跑。舵九郎哪里肯放，扑过去抓住大八亲兵卫的肩头往回拉，就如同摘树上的果子，被他夺过去挟在左腋下。孩子被夺走，妙真也就不想跑了，心想怎样才能把孩子要回来呢？她毫不犹豫地哭叫着说："我求求你，孩子与你无仇无恨，孩子没有罪，不该对他这样残忍，就还给我吧！"想上前拦住他。"别拦着我！"舵九郎一脚把她踢开，便跑到田埂那边的横道约有一百多米远，妙真爬起来紧跟着追过去。舵九郎坐在树墩子上回头看着，把挟在腋下的幼儿像投手球一般，扔起来掉在地下，孩子哭得几乎要断气了。妙真连滚带爬地喘息着爬到近前。舵九郎又把幼儿拉过来按着说："尼姑，你好好看着。不答应我的要求就叫这个饿鬼（日本关东的俗语骂小儿为饿鬼，因为小儿为索吃的而时常啼哭）现在就上西天。与你同行的那三个人交给伙计们去收拾，一个也活不了。如果现在答应跟我一辈子，连在坟地埋死人之事也都一笔勾销，带你回市川今晚就做夫妻。对那个饿鬼也好生哺养，有奶母照看，吃馒头剥皮，有享不尽的富贵。如不答应就把他当小杂鱼剁成肉酱下酒吃。就下决心答应了吧！不然就把这个饿鬼……"他拣起块石头举起来就要往孩子胸前砸。妙真看了目眩心碎，想叫出不来声，想阻止腰又站不起来，躺在草地上，痛哭流涕想和孙子一同死去。

却说照文已将二十多名歹徒杀得四处逃散。他和文五兵卫一同寻找妙真的去向，往这边跑来。这时云间露出一点月光，远见妙真倒在路旁。舵九郎把幼儿仰面朝天用左手按着，右手拿着石头，举起来要往下砸。二人一齐愤怒惊叫："喂，且慢！"虽然离得不远，但人质在他手里，他们也无可奈何，只是切齿擦拳，目不转睛地看着。舵九郎看见他们,抬起下巴,张开大嘴哈哈狂笑说:"尔等还没死?再往前走一步,就用这块石头把小饿鬼砸死。尼姑哭着没心看,你们来得正好。云彩是戏篷,草木是看台,这样宽广的舞台,没有观众也不热闹。是把他压扁了,还是捣碎了,请你们点吧!怎么办?"他这样侮辱、戏弄着二人。照文和文五兵卫只是想寻找机会把亲兵卫救出来,虽然他们没有商量,但都在默默祷告神佛显灵予以冥助,抑制着愤怒,忍受着痛苦,仅离四五十步,站在那里看着。舵九郎觉得这种侮辱和残忍的恶作剧还不过瘾,他不想早将孩子砸死,于是又兽性大发,格格冷笑说:"虽然都吓瘫了,但你们两个不死,那个寡妇的念珠就难断,那么就先处理这个饿鬼吧。让你们看看拳头的厉害。"他又把石头举起来,妙真只是扬着手"哎呀!哎呀!"地哭叫,声音凄惨,一筹莫展。照文和文五兵卫也忍无可忍地说:"你若将孩子杀死,我们就一刀将你劈作两半,跑不了你。"他们手攥着刀把,正待跑上去,舵九郎挥动石头,望着幼儿的前胸将要砸下,不料拳头竟砸在地上。他既惊讶又慌张,但仍不死心,又举起拳头说:"看我将你砸得粉碎!"忽觉胳膊麻木,他呆若木鸡,不知所措。顶上一朵嵏黮浓云从天而降,电光闪闪,风声飒飒,飞沙走石,草木起伏,隆隆作响,忽明忽暗,只见云彩渐渐降下,把大八亲兵卫掀起来,霎时卷上天空。舵九郎恢复知觉,惊恐万状,举起双手还想抱住幼儿,离落歪斜地跌倒在地,脚朝上头朝下身已离地,好似云中有物,倒提溜着,鲜血如注,舵九郎从臀部到心窝儿被撕成两半,尸体被抛落下来。对这种奇异的情景,照文和文五兵卫也茫然不敢上前。这时,后边有方才逃跑的四五个歹徒不甘失败,拿着船棹、鱼叉、割海藻的镰刀等随手的器械,出其不备地杀了上来。照文回头发现,拔出太刀纵横无阻地砍杀。文五兵卫也再次挥刀相助,二人奋力杀敌,转瞬间砍倒两个,剩下的吓得提着凶器逃走。他们追了约三十米又回到原处,只见风收云霁,初五的月钩斜挂,洒下微弱的寒光。

《八犬传》第五辑序

  余常以谓：有游乎世者，有为世所游者。游乎世者，适于自所适，不适于人所适，是以乐在内无竭也。为世所游者，适于人所适，不知自所适，是以征其乐于外以自苦焉。若狂接舆游于歌咏，庄周游于寓言，左思、司马相如游于文场，杜甫、李白游于诗词，罗贯、笠翁游于传奇小说。虽所游不同，而其乐一致，亦恶踏人之足迹哉。盖鸾凤不群飞，葛藤不独立。葛藤也者，吾欲拂之；鸾凤也者，不可得而为友。虽然，人世一梦中，其所游非华胥必南柯，寤寐在我，何远之有？能知是乐而后游者，心之欲与不欲，无往不乐。遨乎游乎，余固也久矣。今兹端月，本编脱稿。既剧人告成，即是言为序。

文政五年阳月上浣
蓑笠渔隐

第五辑　卷之一

第四十一回　树荫下妙真诧依介
　　　　　　　神宫渡信乃遇猎平

　　蜑崎十一郎照文同文五兵卫追赶逃跑的歹徒后又回到原处,一看妙真还躺在草地上一动不动,怎么呼唤也不应声。这究竟是为何?二人慌忙将她扶起来,捧点泉水喷在脸上。经过一番抢救,妙真才苏醒过来,睁开眼睛喘了口气,泪如雨下,悲痛万状。借着暗淡月光左右看看说:"古那屋亲家和蜑崎大人,这真是恶魔缠身,摆脱了这个,又来那个。一阵奇怪的风云落下来,孩子就不见了。这可怎么办啊!他的尸首挂在树上,还是落在地下了?即使被扯裂成数段,也要再看上一眼。他在哪呢?"说着她又潸然泪下,痛哭不已。文五兵卫也由于流泪而鼻子不大通畅地说:"舵九郎被撕裂的尸体在那里。大八亲兵卫虽不知去向,但我想他是个孩子,并没有犯罪。即使是夜叉或天狗作怪,他也不会和虎狼般的恶棍一样死于非命。世间常有神隐而一时下落不明之事。快时一两个月,迟则两三个月就会回来的。悲伤也无济于事,还是向神佛祈祷,等他回来吧。现在着急也毫无办法。"说着擦了擦泪眼。妙真更加恸哭起来说:"大八亲兵卫虽是您的外孙,但你们男人坚强,对什么事儿都想得开,何况您还有个小文吾那样的好儿子呢。可我儿子和媳妇死后没有几天,仅剩这一个孙子又被神仙夺走了,怎能不悲伤?不该把我救活了。与其终日思念病得骨瘦如柴也没人来看我,还不如死在这旷野荒郊。真命苦啊!"她趴在地上痛哭流涕得死去活来。文五兵卫不但未劝止妙真,自己也不禁落泪。照文高声劝道:"妇女总是好随意猜测,遇到不幸就轻生乐死,不是太轻率吗?我仔细想,大八亲兵卫被鬼神藏起来,即便不知去向,也绝对不会有危险。因为他虽是四岁孩子,但却是犬士之一。既是犬士,就是伏姬之子,当然会受到役行者和观音菩萨的保佑。前不久,他被其父房八踢了,虽一度断气,但被、大法师抱起来,不仅忽然苏醒,连从胎内就紧攥着的拳头也伸开了,出现有仁字的珠子,同时身上出现一块状如牡丹的痣。这不是前所未有的奇迹吗?大约这样的神童,即使在危难中,也是鬼怪不能犯、水火不能伤。怎能像凡庸痴呆的孩子一般,被野狐、天狗拐走,死于沟壑呢?神虑和佛力虽非庸才所能逆料,但杀戮舵九郎、拯救亲兵卫,想必是役行者显灵,或是伏姬的安排。伏姬性情果敢,既孝顺而又讲信义,其心胸和作为在男人中都很难得。回想起她临终的情景和遗言,尸体埋在富山二十多年,坟上的青松已长得很高,但其神灵一定在保佑着犬士。如果我的推测不错的话,则定是因不同其他犬士一起而只先带这个年幼的犬士一人去觐见主君还为时尚早,有违神虑,因而暂时将他藏起来。这样推测即使不中也是有根据的。因为亲兵卫如果有危险,就不会握珠而生,身上也不会带来状似牡丹的痣。要为你的孙子珍重身体,等待他回来。祖母和外公的忧伤,是出于骨肉情深,我的情义也关涉到你们一家。我所忧伤的是,丢失那个孩子似乎是对主君不忠,朋友会怨我不信。若一

第四十一回　树荫下妙真诧依介　神宫渡信乃遇猎平

遇不幸便茫然失措、碰到不如意之事就怒不可遏,如今岂不应即刻剖腹自杀?我不死并非惜命,而是觉得死而无益。一定要听我的话,解除迷惘。只恨眼前的不幸是缺乏远见的,要期待着今后的幸福。"他这样劝慰激励。文五兵卫马上领悟过来,也同他一起劝解。妙真这才稍敛泪容说:"果真像蜑崎大人所料的那样,前途就有指望了。但也许是前世的报应,失去儿子和孙子,孤苦伶仃只身一人,还不如离开树枝的猿猴,以后哪里会有幸福?我虽不惜命,但又不得一死,是罪孽深重的恶果啊!请允许我落发为尼,做个云游的头陀,也许万一会遇到亲兵卫。倘若未能实现宿愿,即使在漂泊中丧生,肥了兽腹,若能消除罪孽,也就免得来世受苦。不必去安房了。"说着她又拭泪。文五兵卫也忍不住,频频擦鼻涕。照文听了摇头说:"剃发之事另当别论,一个人去周游,不但难以找到孙子的去向,而且很危险。然而这就回市川的家,舵九郎那伙恶棍漏网的很多,一定会怀恨在心与你为仇,突然加害,因此回家也危险。莫如你暂去安房,以后的行止,听从主君的旨意,便可使人放心没有危险。另外大八亲兵卫说不定由神佛保佑已驾云飞到安房。纵然没有此事,好不容易带来的犬士中途丢失,连其祖母也没带来,拿什么去回禀主君。这不仅是你个人之事,你的去从也关系到我。这样苦口婆心地劝你还依然不听的话,那就是我命该如此。失去一名犬士的罪过匪浅,进无以向主君复命,退无以再面见、大等人。真是进退维谷,除了自杀无路可走。不体谅别人而一意孤行,使自己和他人都陷入困境,云游的功德又在哪里?望你三思而后行。"虽然他这样据理劝说,妙真还是犹豫不决,想同文五兵卫商量。没等她说完,文五兵卫睁大眼睛说:"蜑崎大人所说的话句句在理。现在回市川很危险。如去安房可避免恶棍加害,还犹豫什么?我从这里同你们分手,悄悄去武藏,把情况告诉高僧和犬士们。回来后会时常去市川照看你的家。看情况也许去安房同你见面。那时你是回来,还是留在那里,随你的便。再议论下去就夜深了,赶快决定今晚的去处吧!"他这样催促和劝说,妙真才算点头允诺。照文大悦,说:"那么,趁着月亮没落,赶快走吧!"于是又沿着原来的大路往前走去。

妙真走着,回顾文五兵卫说:"依介之事太使人难过了。他心地淳朴,为主人忠心耿耿胜过其他船夫。我们本是悄悄出走,想让他送送便将他带来,不料因而丧命,太可怜了!"她眼睛又噙着泪花。文五兵卫也叹息说:"我也是这般想。尽管急于赶路,但若不将他尸体掩埋了,就会被狗或乌鸦吃掉,如何是好?"二人正商量着,照文听了便说:"依介那个小厮,大敌当前毫不胆怯退缩,拾起手杖防守,在此丧生,实是难得的义仆。应将其尸体先埋在路旁,以后再改葬。赶快到那里去。"三人加快步伐来到原来的松林,见前面树下站着个人。仔细看着,前额很白,好像死人脸上盖的地藏纸,个头挺高,背着个包袱,手里拄着根竹杖,很像依介的模样。妙真远远看见,急忙拉文五兵卫的袖子小声说:"您看那个,是依介的冤魂出现吧?"她赶快念起了:"阿弥陀佛,阿弥陀佛!"文五兵卫只是点头,也一起念佛。这时照文立即走到他的身边,问道:"你不是依介吗?"答道:"正是。"拄着竹杖从树荫下走出来。当下妙真和文五兵卫身前身后再定睛仔细看看,原以为那是地藏纸,竟是用白手巾缠着前额的伤,原来他没有死,于是一同向前搭话说:"哎哟!是依介呀!你还活着,太幸运了。以为你被恶棍打倒已经死了。我们正在一边说一边叹息,想去给你收尸。在途中遇到了,真使人高兴!"依介听了微笑说:"我那时大概是昏死过去,躺在那里似乎什么也不知道了。当时日暮天黑,后来好似一阵暴风吹过,下了场骤雨,雨水流入口中,我就忽然苏醒了。四下看看,月光暗淡,秋虫悲鸣,敌我双方都不知去向。我没关系,心想他们怎样了,放心不下。好歹站立起来,逐渐感到伤处疼痛,不能快走。心想我们的人是往南去了,还是回市川了?是否被敌人捉住?一时难以断定。在树下站着,见你们都安然无恙,就忘了疼痛走上前来。只是为何不见小少爷?"妙真听了又擦眼泪说:"提起大八之事话就长了。真是一件怪事。"依介吃惊道:"又发生了什么事情?"照文忙打断他们的话说:"途中谈这些无益。古那屋的主人,你从这里赶快回去。我带着犬江的祖母南去。我年不足五十,她四十有余,因自己并非柳下惠,所以感到有些不安。如今依介已经复生,在此相会十分有幸,带他同去安房就可没有顾虑了,那么今晚就赶快投宿吧。古那屋的主人,去安房那里的事已经商量好,提醒他们,不要遗忘了。"文五兵卫听了说:"这请您放心。亲家母,再见啦!方才已经说过,从那里回来会去你家看看,也许去安房。请你不要悲伤,耐心地待在那里。"妙真好似很忧伤的样子说:"真不愿意就这样分手。黑夜赶路留神,不要跌倒了。秋后的暑热也快过去了,要注意身体,多多保重。"他们互相嘱咐话别后便分手了。依介虽不知究竟,也是依依不舍,路分南北就匆匆分别了。

　　却说文五兵卫那夜初更前后回到市川,窥探乡里的情况,剩下的恶棍似乎怕人知道,不知逃到哪里,已不见踪影。他又从犬江屋的门旁往里看看,船夫们一个也没回来,看家的老妈妈坐在微弱的灯光下纺麻绳。一切都似乎安然无事,他这才稍稍放心。自己仔细想,如果回到行德乘当地的船,夜已深了恐怕不好出船,莫如从这里由水路走。他对这一带很熟,租了一艘快船,加钱给船夫,加快速度往武藏划去。再说照文虽想加快步伐,但同行者是老婆子和伤号,二更时分才在大和田乡住下。这样每天走四五十里去上总,总算一路平安到了安房。关于照文和妙真之事,暂且按下不表。

再说犬冢信乃和犬饲现八在六月二十四日清晨天未明时,由犬田小文吾送他们乘船走了五十里许,从宫户河往北顺千住河逆流而上。那天未时到了武藏国丰岛的神宫河原。过去蟆六设圈套骗信乃夺取村雨宝刀就在这里。因信乃曾和现八与小文吾说过,回想起来大家都不胜愤恨,船靠神宫河岸后便商量投宿之事。信乃沉吟片刻说:"此地离我的故乡不过七八里路。但是我早已说过不能去姑父母家。然而这一带没有种田的,都是渔民,没有旅店。从这里往西南四里许是泷野川乡,那里有座古庙金刚寺,是辩才天的圣地。我在八九岁时常去参拜,为母亲祈祷,对那里很熟。如此这般地编造一套假话,请求和尚留宿,是个好的藏身去处。而且离大冢不远,和额藏庄助往来也方便。舍此就得去户田,还得多走一段山路,还是泷野川好。"二人同意,一齐上岸,恰好有个伧夫站在岸边,回头看着信乃说:"您不是大冢庄头的侄儿吗?"被他这一问,信乃吃惊地仔细看了看他,年龄大约五六十来岁,穿了件单布裃子,手里拿着把割海藻的镰刀,看面孔不像是恶棍。既已被认出,不便再隐瞒,信乃给现八和小文吾递了个眼色,走上前去笑着说:"你说得不错,是蟆六的亲戚。请问你是何人?"那人微笑说:"您难道忘了,小人是过去租给你们船的船主,名叫猎平。虽是久住此地的渔民,但年老无子,现在便不捕鱼了,还有两艘渔船,雇船夫使船租给别人以维持生活。大冢的庄头嗜好捕鱼,一年多次在此捕鱼,都是租我的渔船,已有多年来往。只是和您虽最近才认识,但不会忘记,这个月的十六七吧,庄头带着您和另一个年轻人来捕鱼。那时小人问过庄头,他说您是他的内侄叫犬冢信乃。那个是本乡里的人,叫网乾左母二郎,我就记住了。那天由于庄头的过失,从船上掉下去,不是您把他救上来的吗？真想不到,大冢发生的惨事太使人难过了。可是您放下那件大事,这是往哪里去?"猎平一本正经地小声对他说。信乃又吃了一惊说:"你一说就想起来了。我不好杀生捕鱼,心里事儿多就认不出来了。正像你所记得的,那天同姑父来这里玩儿,次日一早就去下总,由那里的朋友送我,刚回来什么也不知道。大冢发生了什么惨事,能告诉我吗?"猎平听了点头道:"原来您一点儿也不知道那件事？真是想也想不到的。如果您不介意,那么就请到我家来,详细说给您。"他领着他们来到自己的家。

三犬士不觉互相看看,心里更加不安。

猎平的家是沿着河滩的一间茅屋,房子已经很破旧了,院子里也很杂乱。他推开门赶忙拿起笤帚,扫除地板上的灰尘,把信乃、现八和小文吾请到上座,折乱芦苇点着地炉,擦擦茶壶不慌不忙地吹火。信乃等十分着急地说:"主人,我们不想喝茶、喝水,对大冢之事很不放心,究竟发生了什么惨事?"一再追问,他这才跪着凑到跟前说:"小的没去那里,虽然不是亲眼所见,但是在这里也颇有耳闻,那就把我听到的说说吧。大概是十九日半夜的事情吧。大冢的庄头夫妇被阵代籔上宫六大人的属吏军木五倍二给杀害了。恰好庄头的小厮额藏这个猛小伙子从远处回来,为主人报仇立即把宫六大人杀死,五倍二虽多处负伤,好歹跑了。听说其缘由是阵代依仗权势想娶庄头的独生女儿,可是其母已先将女儿许给左母二郎,突然改变主意,左母二郎十分恼恨,那天晚间偷偷将其女儿抢走,领到圆冢山。她女儿滨路不顺从他,便被杀死,十分令人痛心！这时不知是谁又把左母二郎杀死,将头挂在树枝上,并留下如此这般的字迹。不仅左母二郎,还有土太郎、加太郎、井太郎等三个无赖也被杀死在同一条山路上。土太郎就是上次划那条船的船夫,犬冢东家也认识。有人说,加太郎和井太郎是轿夫,被左母二郎雇了抬着滨路到那里。土太郎那天夜里受庄头之托去追赶左母二郎而同归于尽。听说其中最使人难过的是额藏的薄命。主人的仇人虽被杀死,但其对手是有权有势的阵代及其属吏。他们随意诬陷,不听他这一面的陈述,同一个叫背介的老仆一起被残酷地逮捕入狱。这时受镰仓大石将军的命令,派一个叫丁田町进的老臣做阵代来到大冢。每天提审额藏和背介,严刑拷打。听说是由于簸上的弟弟社平和五倍二无端捏造,进行报复。本来庄头夫妇的被害,是由于新婚之夜他们的女儿被网乾抢走,赠给女婿的名刀又是个假造的,女婿和媒人勃然大怒才发生的。然而社平和五倍二大人却说不是如此,硬说杀害蟆六夫妻的是小厮额藏,宫六和五倍二恰好碰上了,才造成那种惨状。捏造得活龙活现,因是深夜发生的事情,没有任何证人。只有背介这个老仆比额藏回去得早,在庄头夫妇被杀害时,负伤昏倒。他作为额藏的证人,提供些证词,但由于背介的口齿不好,又加上年老负伤,陈述得不大得力,也被陷害,每天遭受拷打。因此这两个人近日将被问斩,不少人听了都在责骂。可惜这个忠义的年轻人,如被含冤处死就实在太可怜了!所以无论认识或不认识的,都无不痛恨宫六的弟弟和军木。我说着心里都难过。也许还有遗漏的,您再问问别人吧。"他很快说完了。信乃自不待言,连现八和小文吾也大吃一惊,一同叹息不已。

当下信乃愀然紧皱眉头,回顾现八和小文吾道:"不论我姑父母的心地好坏,想起从小的养育之恩,也难禁悲伤的泪水。尤其是额藏,他当机立断杀死了主人的仇人,是值得钦佩的大义。然而却被诬陷而命在旦夕,这可如何是好?我们的盟兄弟无一人不是薄命的。可叹啊,可叹!"他无限悲愤,直眨巴眼睛。那两个人也瞪着眼睛,摩拳擦掌,同样地愤慨万分,说道:"不过一时也想不出拯救他的办法。我们二人到那里去,听听风声再做道理。"猎平听了劝阻说:"不知您二位和犬冢东家有什么关系,但不可轻举妄动。虽然有话很难开口,我就直说了吧。如有不中听的地方,您就当没听见。回想世间的传闻,犬冢东家最初被选作庄头的女婿,可是庄头却同阵代密谋把他打发走了。世人虽然都是这样说,可是社平和五倍二还是怀恨在心。让他们的心腹散布流言说,滨路被拐走和蟆六所追赶的左母二郎以及其余三个人的被杀害,都是信乃和额藏所为。这样一散布,犬冢东家也成了可疑的对象,在追查他的去向。大冢乡的人没有不向着犬冢东家的,都暗中担心,为他捏一把汗。但又没人能给他做证,所以他切不可回乡,都这样惦着他而守口如瓶。小人同大冢的人多少相识,因此稍有耳闻。所以无论是哪位,只要犬冢的朋友到那里去打听消息,都会被捕遭到不幸。很危险!"他摆着手小声地说。现八和小文吾非常愤慨,极力加以抑制,点头说:"虽是莫大的陷害,但是非之地不可去。谢谢你的忠告!"二人与信乃互相使个眼色,信乃从腰里的钱包取出四五颗碎银子放在怀纸上送给猎平说:"这点小意思略表寸心,请收下。我等偶然与你相遇,不仅听到了家乡的情况,并偷偷告诉了我的无实之罪,十分幸运。根据听到的消息,今已难回大冢,信浓是我母亲的老家,是否到那里去现虽未定,但是不能在这里逗留。岸边拴着一只船,希望你给照看,等待这两个朋友回来。请你费心,切莫疏忽。我们从下总回来只你一个人知道,不要告诉别人。"猎平说:"小人晓得,一定遵办。大冢的庄头是多年主顾。您是他的侄儿,人们都夸奖您比姑父好,是个贤人君子。可惜武士薄命,如今不期相遇,倍感心酸,所以将不便透露之事也悄悄告诉您,并非为了报酬。这一带从前是丰岛的领地,人们都怀念旧恩。现任管领不知爱民,大石将军下边的守备更是只知搜刮民脂民膏,诬陷忠良使奸佞得逞,谁还认为他们有德。犬冢东家留在这里,即使有人知道,也不会向大冢的守备禀报。然而城中时常有兵来这里搜查,一宿也不能留您住,虽然舍不得让您走,但还是到他乡避避吧!您的钱我不能收。"他婉言拒绝。信乃再次劝说道:"你的好意我领了,但是连这点都不肯收下,何以表示我的寸心?同吃一河水也是前世的缘分,见别人落魄而加以怜悯,虽然都是天生的善心,但像主人这样是很少见的。你是个从善嫉恶的耿直人,为何雇土太郎那样有名的恶棍使船呢?"猎平听了微笑说:"小人这些年没雇过土太郎一天。只有那一天是因为庄头说:'雇土太郎吧!'不然怎会由那个恶棍划我的船呢?小人年迈,对生活都已感到心灰意懒,所以不得不听别人摆布。我有两个侄儿,一个叫力二郎,一个叫尺八,最近来这里以捕鱼为生,是豪侠刚毅的青年,悲叹旧领主丰岛将军的灭亡,连扇谷管领家都不怕,更不把大冢的守备放在眼里。他们说话不加检点会遭祸的,小人时常告诫,尔后不骂了,但其志至今不挠。从这里去户田有近路,让他们送您去吧!"说着他拿起海螺壳的号角就要吹。现八和小文吾拦阻说:"对你再三的好意,十分感激。但是我们俩远路送到这里,并不缺伙伴儿,增人太多易引人注目。"猎平沉着地回头看看说:"那就听从尊意吧!"然后又将海螺壳挂在原来的柱子上。当下信乃将方才的碎银子送到主人身边说:"方才已经说了几次,望您收下。我听您的谈吐,观察您的气质,似乎是身着蓑笠,隐居海滨之人。请问从前尊姓大名。"猎平听了抚额道:"我并非那种人,只是年轻时食过微薄的武士之禄。本姓姥雪,原名世四郎,是个无名小吏,因犯过错误被驱逐到这故乡来。与小人相识的一个老妇人,听说从去年起住在上野的荒芽山麓。倘若去信浓路可到那里投宿。已经写好一封信准备托便人捎去。把你们三人之事也添上吧!"说着他起身从隔板的一角取下落满灰尘的砚台,用嘴吹吹,滴上点茶碗里的剩茶,墨弯了用手直直研磨,拔出黄杆的秃笔,撕下一张航行日记,用后面的白纸很快补写完,然后把信卷起来,揭开饭盆盖抓了点饭粒封上,写了收信人的姓名和地址,而后恭恭敬敬地把信递给信乃说:"虽十分冒昧,这封书信就拜托您了。只听说她住在荒芽山麓,已多年互不通信。我没去过那里,虽然情况不大清楚,但您一定要去一趟。她的名字叫音音。那里是偏僻的山村,即使很不方便,住在那里却不会有人感到可疑。因此就拜托了。"信乃接过去说:"我明白了。迟早不敢说,如去信浓路的话,则定去拜访您的相识,把信交给她。您的委托我接受了。那点小意思还不收下吗?"猎平深受感动,说:"这样说我就收下来,谢谢。"接过去用纸一拧就势放在砚台盒里。信乃把信揣在怀里,同现八和小文吾一起道谢告别,各自将斗笠戴得深深的,投南方而去。猎平恋恋不舍地站在门旁目送着。

第四十二回　拾剪刀犬田决进退
　　　　　　　诬额藏奸党逞残毒

　　却说信乃、现八和小文吾离开猎平的家,沿田埂往南走一里多路,左边有个小山冈,树木繁密,他们暂且一同坐在残株上再次商量去向。信乃不住嗟叹:"我上次在神宫河被盗走村雨宝刀,无故得罪了浒我将军。现又在河滩上遇见猎平,不期得到他的帮助。纵然去大家从街谈巷议探听消息,谁也不能像他那样详细告诉我们。祸中有福,福中有祸,实如世人所云:塞翁失马。回想那个猎平,似乎有识人的气概。如对我不信任,便不能毫不怀疑托我远捎书信,为我们修书也是有意助人之举。十室之邑有忠信,可以说如同倾盖之故交。我姑父母死于非命是意外之事。虽是自己酿成之祸,但既是亲戚一家的不幸,也是我的不幸。滨路也着实可怜,她贸然守节使父母和自己都因而丧命,这些往事真是后悔莫及。额藏庄助无罪被关在牢中。犬饲和犬田你们二位另当别论,我从小同他结义,誓同生死,更何况他立即为我姑父母报了仇。如无计可施救不了他,我也就只好与他同死。"他这样一边沉思,一边低声私语。现八、小文吾听了说:"犬冢兄所谈的岂止关乎你个人?我们虽与犬川兄尚未会

第四十二回 拾剪刀犬田决进退 诬额藏奸党逞残毒...131

面,但同有珠子和痣,已是异姓兄弟。如用钱去搭救,我们就都将川资拿出来去想办法,如用智力搭救,就共同以死相助。还论什么亲疏远近?"二人一起抱怨。信乃笑道:"你我刎颈之交有何远近之分?我只是着意对故旧略表寸衷,请莫见怪。二位既愿与我协力同心,实感幸甚!可是犬田兄暂时送我而来,如在此淹留,似乎怠慢了父亲。你当乘船返回行德和市川,告诉他们这里的情况,不然他们会坐卧不宁地惦念着。回去吧!"他恳切劝说。小文吾摇头道:"我并非忘记了父亲,那里已平安无事,而这里正有燃眉之急。为了不使家人等待去而复返,误了时机,岂非辙鲋已进枯鱼之肆?这能称之为义吗?而且如不亲赴大冢城中,则难以救出犬川。犬冢兄自不必说,即使犬饲兄也会由浒我将军下令追捕,这里岂能不知道?因此唯有我能每天去城里探听消息。你们请看这个!这是方才来时在田埂拾到的剪刀。剪刀进可剪物,退而无功,将剪字上下分开是前刀,就是取此意。小时候教我习字的老师曾这样说过。镰刀等农具有时会遗失在田埂上,在这个地方拾到剪刀,我认为胜似街头问卜,是前进杀仇之意,所以就高兴地将它拾起来了。如今若回行德就如同退回去的剪刀劳而无功。事情是如此稀奇,我又想:若想进城去找熟人,不打扮成商贾模样会被人怀疑。那样的话就非剃掉额发不可。想剃发而没有剃刀,今得此剪刀,不是很走运吗?我意已决,定同二位前去,决不独自还乡。走吧,走吧!"他伸出左手拉住额发,用那把剪刀一下就剪掉了。信乃和现八见此情景深受感动,便不再拦阻。现八忙说:"犬田兄,犬田兄!剪刀的比喻太巧妙了。有这样吉利的前兆,怎能不尊重你的意思。你剪的有长有短,给你理齐吧!"小文吾听了高兴地说:"大概如你说的。"用手摸摸,然后把剪刀递给现八。"请往这边看!"现八跪在他的身边,把剪剩下的前额发际都剪齐了，如同前几天剪的月牙头一样。信乃也从旁左右端详说："太像了，装化得很好。咱们走吧，就按照方才商量的那样，去泷野川。"他们说着都深深戴上斗笠，前后相随走在原来的田埂上。日影西斜，一望无际的稻浪在风中摇曳，已近日暮。

　　三位犬士去金刚寺参拜了岩窟堂，向辩才天祈祷。然后到方丈的住处去叫门，寺僧出来迎接询问他们的来意。当下信乃上前答话说："我等是从远方来的，曾对辩才天许过愿，想在这里斋戒七天，如蒙暂借住处，至感幸甚。"这是常有之事，寺僧毫不怀疑地说："这个容易。"便问他们的姓名和住址。他们怎能据实相告？三犬士就随便化名应付。于是寺僧在前边引路，把信乃、现八和小文吾安置在配殿旁边的耳房，为他们准备好晚饭，已是黄昏时刻了。

　　三犬士从走廊往四处眺望，只见河水清澈，山不太高，树木茂密，郁郁葱葱，瀑布高悬，怪石嶙峋。此处虽是可以消除溽暑的佳境，但由于心绪忧郁，也无心观赏山水。见附近没人，三犬士便又凑在一起，商量去大冢之事。信乃回头看看说："那个乡有很多人认识我，不是夜间去不了。你们二位即使白天去也没人认识，虽可以使人放心，但我愿做为向导，今晚领着犬饲悄悄去看看。本想三人一同前去，但如果一个人也不在岩窟堂坐夜，法师们则会生疑。而且又好似欺骗神佛，心里也不安。今晚请犬田兄留下，先带犬饲兄去，是因其生父之坟在那里，我可领他到坟上去。希望能听取拙见。"二人点头道："此议甚好。快去，快去！"这时寺僧都出来去岩窟堂坐夜，已经天黑了。

　　信乃和现八悄悄出了辩天堂，加快步伐往前赶路，因是黑夜，没遇到任何人。从泷野川到大冢不过四里来路，很快来到庄头蟆六家附近。门上关着竹栅栏，里边见不到一个人影，分外的悲惨凄凉。离开那里前行来到网乾的家,从外往里看也是一座空房。信乃告诉现八说:"这里原来是糠助的旧居。"现八不禁流下了怀旧的眼泪,抱怨说:"家虽是从前的家,但是连做梦也见不到父亲的面了。"不能只是让他这样伤感,信乃便拉着现八去叩拜他父亲的坟墓。信乃的祖母和番作与手束的坟似乎有乡邻们来扫墓,水迹未干,又有种植的花草。再往前走十来步,左侧有新近埋葬的两座坟,这里埋着蟆六和龟筱的尸体,附近没有一点花。信乃仔细回头看看,觉得人的品德薄厚,死后也定能看得出来,他父亲与他姑母那两口子就是鲜明的对比。他又想:"我还不是谚语所说的'衣锦夜还乡',实是不孝,请父母饶恕。"他在父母和祖母的坟以及那两座新坟上,都洒了水,插上佛前草,在每座坟前都叩拜祷告。现八也跟在后面跪着悼念。夏夜已经深了,于是信乃又领着现八去糠助的坟墓,在他们夫妇的坟前也有不少花草。这是在糠助死的时候,信乃劝说蟆六布施香钱,由菩提院给种的。现八擦了擦被信乃的恩德所感动而流下的眼泪,向坟上洒水献花,无法抑制怀念的悲哀,趴在地上恸哭不已。信乃也洒下了怀旧的眼泪。乡村的坟地不在庙内,多在田埂上,所以祭奠也比较方便,若在庙内,深夜就不能祭扫了。信乃又领着他去额藏母亲的坟地行妇冢,与现八一同祭奠,在心里暗中祈祷她为其子消灾免祸。现八在夜间也听到了一点儿关于蟆六的传闻,虽不及稽平说得那么详细,但大体上一样。这时二十四日的月亮高高升起,大概已是丑时三刻。祭扫完行妇冢,信乃同现八于拂晓回到泷野川的岩窟堂。小文吾向信乃和现八问明情况,说他明天去,正在悄悄商议间,已鸡鸣报晓了。

当日在庙里吃过早饭,小文吾又由现八领着去大冢。途中的农户有卖献给王子权现①的竹枪和竹箭的,也有织麻布和棉布的。小文吾在那里买了麻布和棉布四五十丈以及行李和包袱皮等,装作是从信浓路来的客商。现八走在前边,二人同去大冢。现八把斗笠戴得深深的,对不认识的人也不放松警惕。因无要去的人家,这一天也是去行妇冢、番作夫妻和糠助的墓地,与小文吾一同祭拜,对哪一家的坟都以结拜之义,亲如父子地祭奠。然后现八去照料父亲墓地的菩提院,面见庙上的住持说是糠助的旧乡亲予以布施。小文吾在庙门坐着。现八与住持闲谈时,顺便打听蟆六之事。住持说蟆六为宫六所杀,龟筱为五倍二所害。另外问到额藏之事,住持便说对城里的情况不大清楚。当下现八坐着往前凑身说:"我有个搭伴儿的商人,想出入大冢城中,如能给介绍一下主顾,实感甚幸。"他这样地恳切相求,住持贪他布施得多,也就毫不怀疑地说:"大冢城中我有不少施主,或许去了便会自然遇到好买主,那么我给你介绍介绍。"小文吾被召唤进去,住持给了他一张记录城内施主姓名的名单。二人十分高兴,致谢告辞后,小文吾就去大冢城中。现八从金刚寺回来,将当天情况详细告诉了信乃。小文吾既然已能出入大冢城,信乃也就更加隐避,不再去大冢了。现八也时常出去在街头巷尾探听一些风声。据了解,扇谷和山内两管领最近与浒我将军虽略有和解,但仍互相猜疑,所以大冢的守备等未能到浒我去搜索信乃的去向,只是等待他就地逮捕,至于现八之事则根本没听说。

在此期间,小文吾每天去大冢城中,所卖的麻布和棉布不论本钱多少,无不廉价出售,所以到处受欢迎,很快认识不少人。他想再进一步深入了解看看监狱的光景,挖空心思寻找劫出额藏庄助的机

---

① 王子神社的主神,是天照大神之父伊奘诺尊。

第四十二回　拾剪刀犬田决进退　诬额藏奸党逞残毒... 135

会,但由于他进城不久,还不便仓猝间谈这样的大事。整个夏天就这样风风雨雨地过去了,秋天更使人感到凄凉,已到了七月初一。小文吾这天黄昏由大冢回来,与信乃和现八坐在一起,向他们悄悄谈论城中的情况,他们都郁愤满怀,听了不胜嗟叹。今天无论如何也要定个妥善之策。正在闲谈之际,寺僧来唤他们去进晚餐。当下信乃对寺僧们说:"我等自上月二十四日在此斋戒祈祷七天,今晚已该结愿。因此,从明晨就准备告辞了。这是几天来的食宿费,这是这次的布施。"说着他将小文吾卖剩下的麻布和棉布以及一千五百文永乐钱赠给寺僧。他们收下,就更加殷勤款待。天黑以后三犬士去岩窟堂又商议道:"在我们这三犬士之中,只有犬饲一人洁净,我们俩在为姑母或妹妹服丧。这几天我们把这个神窟做了商谈如何救人之谷,虽有违神虑,但临战祭神就不忌触讳了。我等现已处在危急存亡之秋,犹如疲马加鞭,驰向大敌,又好似身受矢石之伤也还要抵挡一阵。所以虽是服丧之身,但并非为个人的私欲,我想神佛是会宽恕的。我们到那个瀑布下边去祓禊,为盟友犬川兄祈祷冥福,解除危难。"于是他们一齐脱掉衣服,各自让瀑布的激流击身,虔诚地念着:愿岩窟的辩才天,以及瀑布的不动明王和王子神保佑!

再说簸上宫六之弟簸上社平,于六月二十日早晨,与属吏卒川庵八逮捕了额藏和背介,把他们关进戒备森严的监狱,然后派心腹步卒二人,持诉状一封去镰仓,往返限期一昼夜。所以那天晚间初更时分,镰仓就得到消息。其控告的内容是诬陷额藏,怀疑信乃。诉状是这样写的:

　　杀死庄头蟆六夫妇和官六、伤害五倍二者,乃蟆六之
　小厮额藏所为,老仆背介相助行凶。蟆六之妻侄犬冢信乃

亦与谋其恶,然信乃已逃匿不知去向。作案前夜,被人伺机劫走的蟆六之女滨路及前往追捕者四名均被杀于圆冢山。并留下如此这般之遗书。据悉,此案已定为信乃和额藏等所为。故于案发当日清晨将额藏和背介逮捕,已关押入狱。乞请将额藏等交与属下,以为吾兄复仇。望祈检断,状诉如上。诚惶诚恐!

因此,大冢城主大石兵卫尉在镰仓官邸中召集老臣进行审议。经过挑选,他决定派丁田町进去大冢做阵代,立即命令:"宜查明事实之真伪,果如社平和庵八所诉,其情属实,则可按律执行。"于是町进次日拂晓由镰仓起程,快马加鞭,一百二十余里的路程,仅用四个时辰就来到大冢城,与社平、庵八等会面,传达了主命。他看看五倍二的刀伤,仅眉上一处轻伤,说话比平素还清晰嘹亮,便问他当时的情况。五倍二答道:"我在上月十九日同宫六去品革滨,回来已经夜深了。偏巧灯笼的蜡烛没有了,想向蟆六去借并喝点水,就到了他家,正好碰见那个小厮额藏砍倒主人夫妇后往外逃跑,不意宫六和两个随从当时丧命,连我也受了伤,实遗恨多端。"他装模作样地陈述。町进听了说:"既然如此,就不能轻易放过他。"当天黄昏就开庭审讯。士兵们将额藏和背介从监中拉出来,带到走廊下。当下町进轻声唤额藏,让他交代事情的经过。町进右边是庵八,左边是社平。点了许多灯烛,如同白昼一般。士兵拿着绳索,狱卒举着刑杖,叱喝着要他快说。然而额藏毫不惊慌,说道:"我不能让主人的仇人跑掉,当场将其击毙。此事前已讲清,别无补充。"町进听了,厉声说:"喂,额藏!你与信乃合谋,劫走主人的女儿,那天晚间在圆冢山下,她与追捕的人一同被你砍杀,还留下了匿名的遗书,你还想抵赖骗人吗？根据所闻，已完全可以肯定。你还贼心不死，又回到主人家想盗取衣服、财物，在你杀害庄头夫妻之际，又将碰到的宫六和两个随从杀死。被你砍伤的五倍二还健在，他的口诉和传闻完全一致，情况现已分明，除你之外，谁是你主人的仇人？真是个狂妄的歹徒！"对他的责骂额藏并未屈服，趋膝向前说："虽然很冒昧，但对你所说的，我却很不明白。我在出事的前日受主人的差遣，从下总刚回来。虽不知其间的缘故，但见到主人夫妇被杀害，怎能置之不理？我将簸上大人杀了后，被伙伴们截住，竟让军木大人溜掉了，十分遗憾！犬冢君在前一天就去了下总，唤其他奴婢来问问就清楚了。另外抢走庄头女儿滨路的，是浪人网乾左母二郎，杀死滨路的也是左母二郎。有立的牌子，上面也说得一清二楚。军木大人是为了掩盖自己的劣行而陷害别人。比我稍微早一点看到主人被杀的还有背介，他被五倍二砍伤鬓角后躲在地板下边了。有这些证人问问不就明白了吗？"坐在町进左右的社平偷偷与庵八互相看着冷笑。当下町进拿起插在腿上的扇子传唤背介。背介六十多岁，不仅鬓角受了伤，而且被残酷地下狱，吓得胃肠不好，只是战战兢兢地在点头，不能明确回答。町进厉目看着他说："背介！那天晚间你确实看到蟆六和其妻被杀吗？是额藏，还是宫六？你要明确回答！杀死庄头夫妇的是额藏吗？是不是额藏？"他不住地问，背介却不回答，只是频频地点头。町进说："这就对啦！"于是瞪着额藏说："你这个胆大包天的歹徒，还不招吗？现已审问了背介，问他杀死蟆六夫妇的是宫六吗？他摇头。问他是额藏吗？他不住地点头。他的回答很清楚。你这小子！不抽你一顿鞭子是不会很快招供的。赶快给我打！给我打！"狱卒们应声举起了刑杖。额藏急忙回头看看说："各位且慢！背介频频摇头又频频点头，都是因病所致。在其摇头时问是不是宫六,他不能不摇头,在他点头时问是不是额藏,他也不能不点头。怎能不听他答话,只凭动作决定黑白真伪呢?"不等他说完,就被推倒打了一百多下。可怜的额藏被打得皮开肉绽,立即昏了过去。狱卒停下刑杖,把他拉起来用水喷,这才苏醒过来。社平和庵八看到好似在说:"这才好呢!这才好呢!"他们笑着又转过身来盯着背介。町进也左右看看说:"额藏这小子胆大包天,并不是一朝能使他招供的。背介那个老家伙不说,是想暗中帮助额藏逃脱罪责。还不抽他一顿鞭子,你们手太软了。"狱卒们被他这样一责怪,粗暴地将背介推倒,还打不到十下,叫苦的声音就微弱得难以听到,他已昏过去了。狱卒把他轻轻拉起来往嘴里灌了药,才有一点儿气息,眼看着他已经没有活过来的希望了。这时已是二更时分,町进让人把背介送回牢中。背介在那天拂晓就呜呼丧命了。然而额藏既不怯懦,也不认罪。社平和五倍二很着急,私下给町进写信,送了很多贿赂,献媚讨好,希望他赶快定罪处决。町进也是个唯利是图的小人,暗中安慰社平和五倍二说:"背介虽然死去,昨天已经招供,那就是罪证。我还有办法能让额藏招认。他即使不认罪也可用背介的口供给他定罪。你们稍微等等吧。"他这样偷偷答复他们后,便派两个心腹的士兵去圆冢山,把写着左母二郎之事的树干砍下拿来一看,果然写着那样的数十个字。因此又把额藏从牢里拉来,给他笔和纸说:"我有所思,需要你写几个字。你写:左母二郎,滨路,遵照天罚如是处之,六月十九日晚书。快写,快写!"把他右手松了绑。额藏知道无法推辞,便按他说的写了。这时町进让人把额藏比方才还捆得紧紧的,与伐下来的树干上的文字对照着看过后,勃然大怒,厉声道:"好啊!你这个歹徒。这就清楚了。这里有你在圆冢山削破树皮在树干上写的遗迹,上面写着:'此人是恶棍网乾左母二郎,他掠夺某人秘藏之太刀,又拐骗了少女滨路,怒其不从,随将烈女杀害。遵照天罚如是处之。六月十九日晚,子初。'与你的笔迹对照,无疑是出自一人之手。因此是你与信乃合谋劫走滨路,又杀害了左母二郎等四个追捕之人。为掩盖别人对你的猜疑而如此留书,都是这厮所为,与世间的传闻相符。那里没有滨路的尸体,岂是左母二郎所杀?让信乃将滨路领走,留下伪书,都是你的主意。从这一点推断,说蟆六夫妇是宫六和五倍二所杀,显然是你的狡诈。你写道'天罚如是',正是你的自知之明。"他虽然如此愤怒地指责,额藏却毫不含糊地解释说:"那天晚间之事是如此这般的。"町进听了更加咆哮如雷说:"你们把他骨头捣碎了,也要让他招供!"他焦急万状。狱卒们领命将他仰面放倒在刑具上捆起来,也不分眼睛还是嘴地不停地往里灌水,额藏忍受不住,昏过去了。狱卒们停止对他的折磨,把他倒立起来让他把水吐出来,这才暂时苏醒。

  此后的两三天,町进就变着法地加以严刑拷问,额藏还是和最初一样,只说是为主人报仇,忍受着百般痛苦毫不屈服。他虽时常昏厥过去,但回到监牢就安然无恙了,这是有缘故的。那天夜间额藏曾砍开犬山道节肩上的瘤子,得到一颗有忠字的珠子。从那时到现在从未离开身边,不料已经成了自己的珠子。有时把它藏在头发里、耳朵里,或含在口中。在受到杖击和灌水等严刑折磨时,虽然筋肉疼得他死去活来,但只要把珠子含在口中或用它搓搓身子,就立即消除痛苦、感觉舒畅了。杖疮一夜便痊愈,不留伤痕。町进等一点儿也不知道珠子的妙用,他暗自惊奇地想:"额藏百般遭受拷打也不屈服,杖疮迅速痊愈,他有什么妙法呢?他不像是庄头家的小厮,杀了那么些人,大概是另有缘故的。如果他有什么法术的话,既可以让你随便拷打,也说不定会逃脱的。还是赶快杀了他才是。"町进暗中这样寻思后，便派人去镰仓禀报审讯的情况，说："背介已经招供。根据如此这般的情况判断，在圆冢山杀人之事很明显也是额藏与信乃所为。额藏理屈词穷，已详细供认杀害了庄头夫妇，为了逃脱罪责，竟诬陷宫六和五倍二是其主人的仇人。背介日前已死在狱中，虽听说信乃已逃到浒我，但因是邻国境地，尚未研究如何去追捕。额藏对严刑拷打毫不介意，或许有魔术邪法在身，时常出现怪事。如不从速将其诛戮，恐生不测。"他这样地诬陷贤良帮助邪恶，与庵八共同署名，做这份假报告。七月朔日，派去的人由镰仓返回带来批文。町进与庵八共同拆看，主君的批文如下：

> 杀害蟆六夫妇者既已查明为小厮额藏，则彼即忤逆之罪人。当处以竹枪之刑。簸上社平欲报仇之议虽未照准，然体恤彼乃为其兄复仇，如欲于法场代替狱卒亲自以竹枪刺杀额藏，可准其所请。额藏罪大恶极又有邪术，非同于一般人犯，务必严加戒备。

町进等欣然领命，急忙向社平和五倍二传达命令："明日未时于庚申冢执刑，务必做好准备事宜。"这时，五倍二眉间的伤已基本痊愈。二人欢喜若狂，拜谢主恩，称颂町进策划之德，社平眉飞色舞得意洋洋地笑着说："虽未准许报仇，但能随意往那厮的肚子上刺也足可雪恨了。让我去执刑，可称得起是武运昌盛！"他接受任务后欣然退下。奸党的余孽，焉能胜天？毕竟额藏的性命如何？且看下卷分解。

第五辑　卷之二

第四十三回　射群小豪杰闹法场
　　　　　　　渡义士侠辅投河水

　　却说丁田町进召集大冢的乡亲父老们，由卒川庵八宣布："蟆六的小厮额藏，经查明是杀害其主人蟆六夫妇的叛逆，而且他又杀害了前阵代主仆，另外还在圆冢山下杀人多名，其罪戾非一。因此明日将把此犯处以极刑。背介前不久既已身亡，则不再咎其罪。前由汝等看管的蟆六的奴婢无罪，皆放回故里。此外蟆六的庄园及其家私一概没收，按清单上交。蟆六之妻侄犬冢信乃这个歹徒是额藏的同党，汝等可暗中查访他的去向，有能逮捕归案者给予重赏。倘若隐匿不报则与信乃同罪。"他这样严厉地念着通告，乡里们都目瞪口呆，一时面面相觑不知所措。有个人气愤不过，便把麻布的裙角往上提一提靠近走廊说："虽是命令不敢违抗，但是在蟆六和龟筿被杀害的那天夜间，额藏刚从外地回来，为主报仇之事女婢们大体都知道，上次询问她们未能明确禀告是怕受连累。再问问她们就不会错了。再说犬冢信乃之事，他早已去浒我，那夜没有在家，这奴婢们也都知道，谁能说他是同党呢？还有蟆六的庄园不都是他的，其中的三分之一是信乃继承其父番作的,长期被蟆六霸占。信乃是大家的嫡孙,从未做过坏事。虽然应由他接替庄头,但已去浒我。如蒙召用也就罢了,倘若回来请解除对他的怀疑,由信乃担任庄头,这是众人的要求。这次的凶杀案他没有参与,许多人可以作证。明镜模糊了就照不清人,千虑也有一失。望再明察,实感恩不尽。"没等他说完,庵八厉目高声喝道:"你这个家伙真奇怪,额藏的罪恶早已由背介供认,何况还有不少罪证。因此他咎无可辞,已自己招认,还去问谁?蟆六的女仆们都说一点儿也没看见主人被害。如果又有新的说法,那就定是尔等贿赂买通的,想保住那个十恶不赦的罪犯的人头。信乃之事也是这样,他拐走滨路,在圆冢山杀了人,他是从犯,这根据那天晚间额藏的留书即可查明。你竟胡说他没做过坏事,想让他做庄头,这是百姓犯上想代替国主,行使权柄,其罪匪浅!如再胡言,一定逮捕下狱,你这厮要命吗?"他怒气冲冲地拍着席子以权势进行恫吓。乡民们不敢再争议,乖乖回乡。这件事在众人中广为流传,无不切齿愤恨,人们拉着胳膊凑在一起共同商议,有人道:"那么何不将此事向镰仓控告,救救额藏。咱们对那夜之事虽没看见,但是簸上想娶滨路,同媒人军木同来庄头家,酒宴到深夜,此事何人不知?说是去品革顺便到那里,都是无影的捏造。如能救出额藏,犬冢东家的冤枉也就不争自了啦。有愿意去的,咱们赶快去镰仓。"一人提议,众人响应,没一个不打算去的。在喧嚣吵闹之际,乡中长老安抚说:"你们大家的不愤之心是可嘉的。但是纵然日夜兼程去镰仓,往返二百四十多里,明天就问斩,也救不了他。俗语说:'小胳膊拧不过大腿。'咱们心有余而力不足。击毙一只虎又来了一条狼。簸上和丁田,其奸凶刻薄不相上下。今去镰仓向领主哀诉,是否能被采纳很难估计。宫六是阵代,额藏是小厮,即使是为主报仇也有以小犯上之罪,何况他被深深诬陷,不是立即能够解除的。这犹如一团乱线,拉得急了,越拉越紧。人没救出,反而自陷其身,使老婆孩子痛苦难过。切莫轻举妄动,追悔莫及。"他晓之以利害,乡里们十分愤恨却又无可奈何,也就作罢了。

此时已是七月二日〔正是、大由行德乘船去大冢之日〕。这一日的巳时前后,町进和庵八、社平、五倍二等聚集在议事厅,部署斩杀额藏之事。町进说:"他一定有妖术。因此由卒川君监斩,带领三十多名士兵,要严防意外。从昨天乡民们提出的无礼要求来推断,他们平日受额藏的蒙骗,定会有人擅自袒护他。总之禁止随便游动,也不许人们围观。我也带领所有人马在城外巡逻。这样加强戒备,纵然额藏有妖术,在临刑时也难以施展。簸上君是为兄报仇,军木君本身有仇,你们可任意刺他。"他们都心领神会,毫无异议地接受了指令。当下社平趋膝向前说:"守备的远虑是有道理的。然而额藏是笼中之鸟,落网之鱼,即使有点法术,也不能怎样。请您不必过虑。"他大言不惭地夸口献媚,五倍二也欣然领命,各自告辞回府进行准备。当日中午过后,就像屠宰场里可怜的羔羊一般,额藏从牢里被拉出来,他被手铐和脚镣绑得紧紧的,由五六个狱卒押着,三十多名士兵把他团团围住,被押赴庚申冢刑场,监斩的卒川庵八身穿信浓产的麻布夏衣,外罩有皱褶的花条纹无袖长衫,上等的和服裙子,下脚镶着彩边,高高地提到腰上,佩带长短两口紫铜鞘的刀,竹制的涂漆斗笠把帽带系得短短的,左右跟着两个侍从,拿着枪、柳条箱子和马扎,奴仆们前呼后拥威武地缓步在前面走着,后面跟着的是簸上社平,也是身着铠甲,手臂和腿带着护具,裙子的下脚高高掖起来,打扮得不亚于庵八,腰中佩带的一口短刀,是社平那次见额藏的腰刀锐利,将它掠夺过去的,这天也带在腰间。因为那口短刀的刀柄上装饰着金色的梧桐花叶,刀柄用梵文刻了一个字,所以名叫桐一文字。是大冢匠作三戍多年秘藏的宝刀,给了女儿龟筱。龟筱多年用以防身,那次想杀害信乃,她悄悄借给了额藏。

闲话休提,五倍二那天也是身着衣裙,腰佩长短双刀,打扮得很威武,可以说和社平是一对。他们都自带随从,拿着短枪、竹枪和马扎,先后陆续出城。庵八等来到庚申冢,距冢五六丈远有棵老旃檀树,把额藏拴在树上,由三十多名士兵手持捕棍紧紧围起来,禁止来往行人。尽管如此,还是有许多人上房或爬树观看。当下卒川庵八坐在马扎上,让狱卒们把额藏的镣铐去掉,用绳索捆了几圈看守着。庵八声色俱厉地说:"喂,额藏!你的罪该判五逆。大石将军有批文在此,你好好听着。"于是他从怀里掏出一份判词念给他听。额藏不住嗟叹说:"虽在浇漓的战国末世,也还是日月普照。而你们这些人心如虎狼,屠杀良民,却美其名曰法度。以善为恶,所以诬陷善良,骂我是忤逆;以恶为善,因而赞美奸恶,称之为君子。昔日东海的孝妇被诬杀,遂大旱三年;杞梁之妻恸哭,长城忽然倒塌。冤民感天动地,你们的报应不远了。尔等都是斗筲小人,不足挂齿,大石将军竟以豺狼捍城,这种家风某真难理解。"庵八听了,气得眉梢倒竖,厉声道:"你死到临头还一派胡言。不要再说了,赶快来人哪!"他从马扎站起身来,焦急地喊叫。狱卒们把捆着额藏的绳索的一端扔到树枝上,用力往上吊,脚马上离地吊起六尺多高,就好像身背着树干。这时社平和五倍二都将衣裙掖起来,打扮得轻装利落,煞有介事地把大腿裸露到带有龟甲的护腿之上,挟着竹枪气势汹汹地走上前去。二人一左一右一同瞪着额藏喝道:"逆贼额藏!你这就会知道什么是天罚了。对国来说你是大罪犯,对我们个人来说你是不共戴天的仇人。尝尝用这长了三年的竹子做的竹枪将你刺死的滋味吧!"无

第四十三回　射群小豪杰闹法场　渡义士侠辅投河水……145

辜的额藏就如同屠宰场内的牛羊,釜中的鱼鳖,三寸呼吸一断,则万事休矣。这时好似天日为此暗淡无光,乌云油然升起,远处观众的泪水如同沛然雨下,由茅屋的房檐落到地下,又好像从树上滴落的露珠滋润着树下的土地。

这时,社平和五倍二娴熟地拿着竹枪,左右一齐把竹枪一撖,对着额藏的侧腹"呀!"的一声刺了过去。说时迟那时快,从五十步开外的东西两堆稻草垛后面,同时射出两支响箭,弓弦声响彻刑场上空,箭翎摇了一摇分别射中五倍二和社平的肩头。虽不是要害,但伤势很重,一时也挺不了,二人惨叫一声抛枪跌倒。庵八等大惊,站起来说:"这是怎回事?"一看箭上系着个五六寸的纸牌,上写着:

奉纳若一王子权现,所愿成就。

"原来不是真的敌箭,而是反抗国主,袒护贼子的百姓所为。赶快把他们擒来!"庵八高声下令,士兵们分别向东西两堆稻草垛扑了过去。又一阵神箭将不少士兵射倒。士兵们东躲西藏地退了回来,狼狈不堪。这时从推倒的稻草垛后出来两个武士,都将弓扔掉,拿着准备好的竹枪,声音清脆地说道:"荼毒善良的酷吏,尔等休要惊慌。额藏何罪之有?尔等狐假虎威滥施刑罚,因私恨而凌辱贤良,尔等的胡作非为,已招致神怒人恨。因此我们以结拜之义,替天拯救涂炭,猎杀虎狼,以大快人心!若问我们是何人?有本郡大冢人氏犬冢信乃戌孝和下总浒我的浪人犬饲现八信道在此。弓箭和枪都是王子的法宝。现以尔等的五毒竹枪,还治尔等之身。"他们这样破口大骂后捻动竹枪冲了过去。庵八更加大惊失色高声喊叫说:"敌人的箭已用尽,围住他,将他们杀死!"士兵们挥动棍棒反扑过来。现八说："尔等别那样张牙舞爪地不知好歹了。"他左迎右挡不费吹灰之力，转瞬间就刺倒五六个。庵八在远处看着，敌方虽仅两个人，但是骁勇难当，他唯恐看守不住额藏被他们夺去，心想莫如赶快把他结果了，以除后患。于是举起所持的竹枪，赶快来到旃檀树下。这时忽然从后面出来个人说："酷吏庵八且慢，现有与犬冢、犬饲结拜的生死好友犬田小文吾悌顺在此，拿你的脑袋来！"他这一声恫吓，吓得庵八"哎呀！"一声不觉跳了起来，步履踉跄地回头看看，见他比信乃和现八体格魁伟，面貌洁净，是个肥胖的大个子，挥动拴着个奉纳牌的王子竹枪，一枪紧跟一枪地刺过来。庵八用竹枪赶忙招架。他的随从和五六个狱卒，也操起各自手中的武器来助战。小文吾毫不畏惧，精神抖擞，刺倒了这个又去追赶那个。在此期间，信乃和现八把抵挡他们的敌人杀得四处逃散，想跑过来刺杀庵八，迎面接住他们的却是五倍二和社平。他们两个这时已苏醒过来，拔掉肩头的利箭，拔刀过来交锋。信乃和现八瞪着他们说："尔等是我们所寻找的仇人，过来吧，跑不了你们。"二人从东西大喝一声扑了过来。社平和现八交锋，五倍二接住信乃，战了不到十个回合，五倍二的刀被打掉，想仓皇逃跑，但哪里跑得掉，被一枪从后背穿透腹部，倒下打滚痛苦挣扎。信乃把他扎在地上说："你该知道，这是为伯母报仇。"嗖地抽出刀来，敏捷利落地把五倍二的头砍下来，社平见到吓得提力就跑，现八紧紧追上，将其打翻在地，一枪刺死，然后去追击四处逃散的敌兵。这时信乃已把额藏从树上救下来，解开捆绑的绳索。现八也回来夺过社平的双刀递给额藏。与此同时，小文吾已将抵挡他的随从和狱卒杀得一个不剩，庵八也几处受了重伤，想跑力不从心，倒下立即死去了。其他一些小卒四处逃跑，他们既非交锋的对手，就任其逃走而不去追赶。小文吾扔下手里的枪，来到树下与大家相见。信乃安慰额藏说:"好险啊!犬川兄。我和他们的情况一时也说不清楚,慢慢再详谈。这位是浒我将军的亲属犬饲见兵卫老人的养子,也是你曾相识的故人糠助的亲生子犬饲现八信道。那位是下总行德人,古那屋文五兵卫的长子犬田小文吾悌顺。这两位朋友也和我们一样,有痣、有珠子。因此这些天帮助我救了你,真是莫大的欣慰!"经过引见,额藏恭敬地跪着说:"我有何德竟能承蒙这些未曾谋面的豪杰如此厚爱,使我得以九死一生,这都是犬冢兄的洪恩,他日有难,我一定不吝杀身而相报。"他无法掩抑自己的喜悦心情,称赞兄弟的义气,被感动得不禁热泪夺眶而出。现八和小文吾慰藉他说:"我们也十分幸运,与你有兄弟的宿缘。略尽微薄之力都是出于兄弟的义气,绝不是施恩惠。狠毒的社平、五倍二和庵八等用竹枪杀人,违背了天理人愿,所以未能杀害你却被竹枪刺死,这岂非王子之神罚吗?我们曾事先商量过,想救你而无应手的长兵刃,所以就在王子村旁买了农户所卖的枪和弓箭,使大敌溃败。我们不便在此停留。赶快渡户田河到邻郡去。走吧!"额藏十分感激。信乃和现八在前边带路,快步往西北方走去。就在他们大约走了一二里路时,只见尘土飞扬,从大冢又新来了二三十名追兵。这是听到逃回城去的士兵报告后,町进大惊便又火速派兵让他们将歹徒杀死,且都带着火枪前来追赶。城兵们靠近四犬士,达到射程后,枪口对准他们,一字排开将待开火,突然下起倾盆大雨,火绳被雨浇灭。正在城兵们被意想不到的骤雨浇得惊慌失措、乱作一团时,电闪夺目,雷声隆隆,雨越下越大,城兵们更加慌乱,都到树下去避雨。这时头顶上一声霹雳震撼天地,被雷击死很多,幸存的也昏了过去躺在那里。四犬士心想又来追兵恐怕难逃,便以周围的松树为掩体,被雨淋着,等待敌人。由于天雷相助,他们没费吹灰之力就消灭了敌人。这也是神仙的保佑,因此遥拜泷野川的王子权现,默祷但愿今后武运昌盛。然后一同急忙赶路来到户田河,这时已雷停雨小,接近黄昏。他们想赶紧过河,可是环顾四周并无渡船,这是战国时期常有之事,因领主有令不准偷越国境,所以才没有渡船。何况方才雷雨交加,连个人影都没有,往哪儿去找渡船?他们都急得如热锅上的蚂蚁,东张西看,把河滩跑了几遍,也都往返徒劳了。这时町进又亲自带了一百五六十名官兵飞马追来,遥远就听着喊道:"歹徒们!尔等已无路可逃了。怕尔等有种种妖术呼风唤雨,或借王子的神助,再来伤害很多士兵,所以我也做了万全的准备,不失时机地亲自带重兵追来,尔等已是袋中之鼠,赶快束手就擒吧!"士兵们也一同摇旗呐喊,声势很大。四犬士见此光景说:"河上无舟,陆上有敌,已进退两难。只要我们有刀和命在,就奋战到底,死而后已。如不为义而死,则命比鸿毛还轻。我们是结拜兄弟,能同日同时死是我们的心愿。现在恰好是黄昏,道路泥泞对我们有利。做好准备冲出去,出奇制胜地穿插到中军,目标只盯住丁田一个人,使他们的大队人马不起作用。"他们互相激励,以不惜一死的决心等待敌人的到来。这时不知是谁拨开水边繁茂的芦苇,吟唱了一首歌:

若不划来一叶舟,孰人造访江上秋。

有人吟着歌将船靠到岸边。四犬士回头一看惊讶道:"那也是敌人吗?"一个穿蓑衣、戴斗笠的船夫急忙召唤说:"你们几位快上船来吧!纵然你们有万夫难当之勇,与众多的敌人相比也是九牛一毛。与其牺牲性命,莫如赶快上船"。听声音很像神宫的猎平。信乃、现八和小文吾很快看出是他,真是苍天相佑,便与额藏一同跳上船去。

第四十三回　射群小豪杰闹法场　渡义士侠辅投河水...149

猎平拿起棹来，胳膊一伸，船就离开了河岸。町进率先赶到岸边，在马上扬鞭喊道："快回来！"猎平毫不理睬，从船底拿出四套蓑笠递给四犬士道："现在正是顶风，无论怎么划船也不会很快到对岸。虽然雨霁天晴了，但为防御敌箭，请赶快穿上。"信乃等更加高兴地说："真想不出猎平老伯是怎样知道我们的危难的？竟然这样神速巧妙地前来相助。"猎平含笑道："想得有道理，你们不久前离开小人的家望南而去，因对你们路上不放心，所以便悄悄跟在后面。看到你们在小山冈旁边休息，在那里的密谈我也偶然听到了。你们是结拜兄弟，为救额藏万死不辞，有勇有谋，实令人钦佩。你们商量想住在泷野川的辩天堂，看清了你们是大智大勇的豪杰，就更加仰慕。回到家里，我想：'他们想去救额藏，但是城中戒备森严，不可能潜入牢房劫出来，因此一定是想在执刑之日劫法场，将额藏抢走。他们都是无敌的豪杰，所以虽然相信他们的计划一定能够实现，但是那里离城很近，如再派来重兵追赶，则将寡不敌众。即使将追兵杀败逃走，最近户田河少有渡船，倘如再追到那里也就无路可走。那时若无人搭救，义士们的性命便难保。'因此我就悄悄去泷野川，窥探你们的行动，又去大家打听执刑的日期。今天把船靠在这里等着你们。突然雷雨交加，什么也看不清。不知道你们在岸边徘徊，心里十分牵念，如再晚来一步，就将被敌人截住。好危险啊！"他这样地坦诚相告后，信乃、现八和小文吾更加深受感动，他们又把猎平的侠肝义胆告诉了额藏。额藏也非常钦佩他，对他的恩惠感到高兴。船靠北岸，四犬士也无暇详细叙述自己的喜悦心情，回顾猎平说了声再会，就弃舟登岸。

却说町进与士兵们共同高声呐喊让船停住，船夫好似根本没听到便划走了。于是町进敲着马鞍子怒气不息地喊："用箭射他！"命令一下，四五十名士兵在岸边排开，虽连珠放箭，但因距离较远，都白白落入水中。他见此光景大发雷霆地骂道："你们这些废物，把杀害那么多士兵、劫走死囚的逆贼放走，我也咎不可辞。河虽很宽，但渡口一带河水很浅。跟我来！"说着他飞身上马跃入水中，六七十名健壮的士兵也都跟着下水。然而骤雨过后，河水暴涨，要比他想的深得多，士卒们都渡不过去。有的用弓拄着，有的拉着胳膊互相帮助以免被水冲走。只有町进一骑，好不容易追到河的中间。猎平已远远看见，急忙从船底取出弓箭，把弓拉得满满的，嗖的一声放出一箭，箭向町进的胸部射来。但铠甲很坚固，没有穿透，所以他拔下箭来继续往前进。猎平一箭未将敌人射倒，有点发慌，待射第二箭时，忽然一个壮士浮出水面，向町进的颈后狠狠打了一钉耙，被他仰面拉入水中，壮士拔出腰刀便将他的头砍下来。那壮士在水中的动作很敏捷，夺过町进的马，在水中翻身骑上，将跟在后边渡河的士卒用钉耙纷纷拉倒，被水冲走，敌人龟缩往岸边逃回，他便在马上追赶。然而城兵下水的和留在岸上的都在岸边将他围住进攻。这时从芦苇荡边又突然跳出个猛汉，横枪直入。城兵们被驱散，趁他们慌乱之际，尽管只有这两名勇士，但长枪的枪尖将敌人击倒或刺翻，千变万化神出鬼没。虽然大将被杀死，但城兵仗着他们人多势众，有进无退，呐喊厮杀。四犬士在北岸目不转睛地望着这两个勇士一齐赞叹，呼唤在水边停着船的猎平说："虽然在乱世常有行侠仗义之士助弱折强，但似老伯的所作所为已很鲜见。哪里来的这两位壮士，为拯救我们这些素不相识的人，杀了我们的仇人还在同为数众多的敌军交战，真是世间少见的勇士。老伯一定知道他们的来历吧！"猎平听了微笑说："他们就是我以前说过的力二郎和尺八。小人已经老了，便同他们商量了今天相助之事。他们血气方刚，早有为丰岛和炼马两家报仇之心,极为憎恨大冢的守备们,因此非常同意。他们躲在芦苇荡中见机行事杀了町进。"信乃等听了,大惊道:"这么说来,二位舍身相救也是我们的恩人。而且听说又是老伯的至亲,倘若有何意外则追悔莫及。嫁祸于人,而自己苟且偷生,既非勇士应有的作为,我们也深以为耻。请快把船划回对岸,与他们同生死共患难。不可再犹豫了。"猎平摇头说:"不行,船不能往那边划。见义勇为虽是你们的意愿,但他们与敌人搏斗却是为了让你们逃走。若再到那里去同归于尽,则彼此都无益。可惜这两个年轻人,杀了町进也就行了,何必再深入敌阵,不是白白送命吗?对匹夫之勇真是毫无办法。不必管他们,你们走吧!他们和小人不是只因出于豪侠气概才救你们,而是认为你们是世上的豪杰才甘愿以命相抵。如能将这封书信捎给音音,他们和小人也就心安了。如今将你们渡过了河,又阻击了追兵,我已不能再回神宫。况且他们如果先死了,那么靠谁养活我?我还有何值得贪生的?早已想好,今天就是我临终之日。当然把船留在这里,你们回来还可以用,但又恐怕被敌人弄走。因此我想与船俱沉河底,以示必死的决心。再见吧!"说着他将船划向河中。四犬士听了既感激又吃惊,在岸边跺着脚说:"喂!猎平老伯,您等等。您说得虽然有理,但我们怎能看着老伯你们三人去死而自己逃走?我们还有话说,把船划回来吧!"三人这样异口同声地呼唤。猎平也不回答,把船远远划到河中,拔掉预先准备好的船底的栓塞,水从船底涌进,连人带船很快淹没在波浪之中。四犬士怆然泪下,在暮色苍茫中,只听得沙沙作响的芦苇声伴随着河风送来的前方激战的刀声、箭声。在夜幕渐深的黑暗中他们已分辨不清是在什么地方了。

尽管如此,四犬士却不肯离去,依然怅惘地站在那里。忽然信乃振作一下精神高声说:"这实在是时也,命也!我们多次以为必死却脱离了危难,不料猎平竟死在河中,而且两位勇士目前也吉凶难卜。但切不可拘泥这些礼让小节而在此河边等待到天明。人死不能再复生,对二位勇士也无法支援。想想猎平留给我们的话,去荒芽山是可以报恩的。咱们到那里去吧!要连夜去,以防不测。快!快!"经他这一催促,现八和小文吾也颇以为然。其中额藏回头远望信乃说:"据说樊哙为大功而不拘小节,为大礼而不辞小让。想起这些,对猎平的投河自尽和勇士们的行为虽不胜惋惜,然而空自隔水悲叹也未免太女人气了。"他表示惭愧弗如,与现八、小文吾等一起离去。

第四十四回　雷电社前四犬会语
　　　　　　白井郊外孤忠窥仇

　　慌不择路,贫不择妻,饥不择食,寒不择衣。时势人情,莫不如此。却说信乃、额藏、现八和小文吾等,那天晚间连夜择小路望上野、信浓进发。时值七月初二,夜黑不辨五指,约摸走了四十里许,忽然在山中迷路,摸索中已经天明。一看来到一座不知名的高山的山腰。登上山顶,从飘浮的云隙间往西北眺望,遥见有座荒凉冷落的村庄。他们又在山腰四处徘徊,见山上有个破旧失修的神社,华表上挂了块匾,可以认出是雷电神社四个大字。信乃仔细瞻仰说:"列位是否想到了,这里无疑是桶川东南的雷电山。那边所见的村落一定是桶川乡。昨天在庚申冢那边突然落下神雷将众多追兵劈死,是稀世的天恩。昨夜迷路,不料今天在雷电社前天明。这是什么因果缘分呢?令人颇为费解。"他说得很有道理,其他三犬士也一边瞻仰,一边感叹,并掬起泉水净手净面,在神坛前恭敬地叩头礼拜,一同祈祷。稍过片刻,四犬士退到树下,又往四处张望,见神社后边有茂密的枣林,另外,茱萸和杨梅树也不少,果实都熟透了,已有一半脱落。于是他们摘了些枣和茱萸果充饥,远比平常吃的甘甜可口。他们忽然消除疲劳,感到神清气爽。山窝里阳光见得晚,连个樵夫或牧童都未见到。飞鸟藏在绿树丛中啭声悦耳,彩云自青峦升起,不知飘向何方。真是静谧乃山之德,尽管哪里都有名山灵峰,但此时此地可以说是难得的佳境。面临胜境,他们都一致赞叹,或坐在石头上,或倚在枯树旁,互相交谈,颇感欣慰。

当下额藏恭敬地对信乃说:"昨天情况紧急,不得详谈相会的喜悦心情,这里人迹稀少,正是可以密谈之处。何不在此畅抒胸怀。犬冢兄为何不在浒我逗留,而同犬田、犬饲这两位朋友前来搭救,使我死里逃生?对此十分奇怪,百思不得其解。"信乃听了含笑道:"言之有理。我在浒我也有难以逃脱的大难。因此流亡到下总的行德。在那里又遇到危险,幸得三四位豪杰舍命相助,才得以脱离危难。"他长话短说地谈了丢失村雨宝刀、与现八厮杀搏斗滚落船中、结识文五兵卫和小文吾之事,以及妙真和房八夫妇与大八犬江亲兵卫、、大法师与蜑崎照文之事,同时也说明了事情的根源是来自伏姬和念珠与八房这只狗,这一切都同安房的里见有宿世的缘分等等。现八和小文吾二人补充其遗漏。额藏听了不时骇然吃惊,或潸然泪下,感到房八真不愧为义烈,对有亲兵卫这样一个年幼的犬士至感欣慰和无限怀念,对文五兵卫和妙真等罕见的高尚情操,也赞叹不已。同时对、大二十多年不辞辛劳的云游、照文是母亲的堂弟辉武之子,都领悟出了其中的宿缘,真是悲喜交加,情不自禁。更何况因敬慕现八和小文吾的孝顺义勇,他感到彼此情同手足。这时信乃又搭言道:"我在行德时,做梦也没想到故里发生了凶案,只想同你悄悄会面谈谈别后的情况,才由犬田兄用船将我同犬饲兄一起送来。当到达神宫河岸时,被渔夫稀平唤住,这才详细听说了姑父母的丧生和你的忠义,如此忠义之人,反而被冤枉入狱,因此同犬饲、犬田

第四十四回　雷电社前四犬会语　白井郊外孤忠窥仇... 155

密议,在泷野川的辩天堂斋戒祈祷了七天,如此这般地策划才将你救出来。另外还有𫄷平、尺八和力二郎等人的帮助,这你都已知道。我们四友相逢比什么都令人高兴。这是里见将军招聘的沙金,受蜑崎大人的委托暂时存在我手中,请收下。"说着从怀中掏出一包沙金递给他。额藏恭敬地接过去,但没有立即收起来。他说:"我尚未给里见将军立一介之功。这些天你们为我花费了不少盘缠。今后我同你们进退与共,不当钱财分家,还是由犬冢兄拿着吧!"他执意不收。信乃摇头道:"你我既是刎颈之交,彼此就不该介意。我虽为你向蜑崎大人辞谢,但因如此这般之故不得已便收下了。我们都未立寸功。赏赐给你的东西,怎能总放在我这里,以后没有盘缠时再互相帮助吧。这怎么是钱财分家呢?方才说暂且辞退将军的招聘,是因我们兄弟还没有会齐。赶快收下吧!"他这样说,额藏也就只好收下,将沙金揣在怀里,不觉叹息说:"正如方才所说,从珠子的文字推想,与我等宿缘相似的,一定共有八人。将犬江氏之子加在一起,已有五个人。关于此事还有一件奇谈。前不久,我在圆冢山下偶然碰见一位犬士。其情况是这样的。"于是额藏简略地叙述了事情的经过:"我与信乃在栗桥分别的那一天,在千住就已经天黑了,不觉走错了路。在路过圆冢山时,见到左母二郎持村雨刀杀死滨路。犬山道节忠与砍倒了左母二郎后,与滨路互相通名,原来滨路是道节之妹。我详细窃听到道节父母的身世和滨路的节义、道节的孤忠。道节想用村雨宝刀为其已故的主君炼马倍盛报仇,狙击管领扇谷正定。滨路没答应他的要求就死去了,道节将她火葬。我为了夺回村雨宝刀,与道节交战时,护身袋被道节的刀把挂住,被他带走了。另外我砍了道节肩头上的瘤子一刀,从伤口飞出颗珠子,奇怪地落入我手中。彼此的珠子被调换,道节的珠子上有个忠字。他用火遁之术逃走,然后我砍下左母二郎的首级挂在树上示众,并留下了如此这般的字迹。本来是想避免别人对滨路的猜疑。没想到却因而为町进提供了控告的证据。"说罢简要的经过后,接着又说:"我在被监禁的日子里,受到水火的酷刑,疼痛难禁,心想必死无疑,便将那颗珠子含到口中,立即就感到泰然自若,气力和平素一样旺盛。另外用珠子往身上一擦杖伤就立刻痊愈而不留伤痕。因此町进等以为我有法术。真是十分奇妙,请你们看看!"他忙取出发髻中所藏的珠子给他们看。信乃、现八和小文吾一同看过,齐声赞叹。当下信乃泫然泪下,不住地眨巴眼睛说:"为何与我辈有缘的妇女都那么薄命呢?伏姬不是凡人,可以说是神的化身。然而听到她临终的情景,实令人痛心。还有沼蔺和滨路,无论才貌或是节义,都是世间少有的,没过二十岁就死于非命。没有比他们再不幸的了。滨路的生父既是炼马家的老臣犬山道策,其出身并不卑贱。我并非惋惜那个女子是绝世丽人,只是缅怀她那坚贞义烈的情操,不到结婚之期,对自己的未婚夫也守身如玉,决不贪求一夜之欢,为我守节,不惜牺牲正值华年的生命。幸而犬川兄那天夜间从那里路过,不然谁能将她临终的情景告诉我。我靠诸位相助,将来即使发迹也不再娶妻。为了传宗接代,不得已纳妾也就足矣。这是为了那个义女,而效古人寒食足下的微意罢了。我并不惋惜误中奸人之计而丢失的村雨宝刀,而更思慕那位犬山道节。这颗珠子既在他的皮肉之间,虽对他不太了解,但他姓犬山,因有忠字的珠子而名叫忠与,无疑是一位犬士。然而不知何时才能与他见面,令人感到遗憾。"说着激动得眼睛里噙着泪花。小文吾和现八也为信乃的赤诚所感动,一同感叹。过了片刻,现八对额藏说:"听犬冢兄说你与我生父糠助关系密切。我不仅知道了生父的名字,而且去扫了墓,这都是犬冢兄的恩惠。并同犬田一起以结拜之义，几次去祭扫令堂的坟茔行妇冢。我想那个犬山道节也一定是有宿缘的兄弟。现在虽不知其去向，但定会有见面之日。"小文吾听了接着说："我们有共同因果的六名犬士，都各有自己的兄弟姊妹，虽非一地所生，但彼此一脉相通，胜过真正的同胞。因此犬川兄和道节把珠子换了，仍有那颗珠子的灵验。这是同根同脉的表现，有此为证还有何怀疑？只是山林房八和粞平等三四位义士，各自的因果有深有浅，不能进入犬士之列。然而房八有其子犬江亲兵卫，只是对具有豪侠气概的粞平所知甚少，其因果缘分难以彻悟。还有力二郎和尺八也是骁勇的壮士，可惜是大概阵亡了。究竟是为了什么事他们以三条性命托付我们呢？这就更使人费解。犬冢兄你以为如何？"信乃听了点头道："我也是这么想。粞平所期望的虽不得而知，但仔细想想，他本姓姥雪，原名世四郎，这是他自己说的。我养的那条狗，四只脚是白的，所以名叫与四郎。两者是同音，都读作'よしらう'。另外世间常言：'雪是狗的姨。'①他姓姥雪，姥与姨同音，岂不是与狗有缘？另外力二这两个字颠倒过来便是方。把尺字的丶移到上边去就是户。把户和方合在一起不就是房吗？还有把尺八的八字放在房的前边，就成了八房二字。即使有些牵强附会，不也是和狗有缘吗？以后定会知道其中的因果缘由。这并非当务之急，可暂且置之度外。"这种意想不到的妙论，使小文吾和额藏、现八十分悦服他的才干。额藏又拿着腰刀给信乃看说："这是昨天在庚申冢附近，犬饲兄敏捷地夺取了社平的双刀送给我的那一把。当时在混乱之中没有留神细看，今天早晨仔细看看，这把刀

---

① "雪是狗的姨"是一句谚语。雪（ゆき）与行（ゆき）同音，犬（いぬ）与往（いぬ）同音。假用这两对同音字之意，即含有"一去即不复往"之意。

是上次在栗桥客店偷偷给你看的桐一文字名刀。在前不久的六月十九日夜，我就是用这把刀杀死簸上宫六、砍伤五倍二的。我被囚禁时，让社平夺去。现在又如此地因果循环落到我手中，这不又是一奇吗？然而这把桐一文字刀是你祖父匠作世代相传的名刀而授予龟筴的。听说有如此这般的来历，对你来说比茂陵千金还可贵。我还有社平的一把太刀，有它足够了。那口村雨宝刀落到道节之手，暂时难以物归本主。就将这口刀送给你，请收下吧！"说着把刀递给信乃。信乃欣然用双手接过去，仔细看看说："犬川兄，你真是一位义士。用我姑母托付给你的刀，当场报了仇，这是值得钦佩的功绩。我在浒我遇难之际，不但丢失了宝刀，连腰刀也打折了。到行德之日腰间未带寸铁，蒙犬田兄赠给我两把藏刀。昨天杀五倍二时试了试，真是难得的利刃。刀把上镶着金龙，刀把口刻着紫金的鱼子纹和金雪簝的花纹，两口刀的装饰是一对。有这两口刀就够了，但桐一文字刀是祖先的珍宝，碍难舍弃。承蒙厚意，就把你这口腰刀换着带吧。把我这把送给你，请收下。"说着把自己的腰刀递给额藏。他接过去，边看边皱眉说："我在六七岁时曾听别人说过，现在看到这口刀的装饰，虽然没刻着锻造者的姓名，但颇像左文字刀。刀尖是否有点疵？是否那太刀也没刻着锻造者的姓名？"他这样一问，信乃惊讶道："你怎么知道？果然如你所说有点疵。两口刀都没刻着姓名。"额藏听了高兴地说："这又是件奇怪之事。我的亡父犬川卫二多年秘藏着两口刀。刀把的装饰什么样、刀把口又是什么样，都是小时候听母亲说的。虽未刻着锻造者的姓名，却定是左文字刀。今见这口腰刀颇似先父的遗刀。雪簝是我们的家徽。刀尖有点疵是因家父喜好打猎，一天在刺杀已被箭射伤的野猪时，刀尖刺到旁边的石头上，而有了点瑕疵。后来家父为诤谏堀越将军〔指足利政知〕不从而自杀,丢失了那两口刀。母亲时常提起来说:不知落在什么人手里、到哪里去了呢?为此而叹息不已。这已是往昔之事,不期今日在这里见到先父的遗物。面对双刀,既可喜而又十分可悲。犬田兄是从什么人那里买到这两口刀的?真是奇迹!奇迹!"他激动地擦着流出来的泪水,不住地赞叹。信乃、现八和小文吾也感慨这个奇遇,侧耳倾听,互相注视着。突然小文吾使劲一拍膝盖说:"俗语说:'灾后三年,时来运转。'它符合塞翁失马这个故事的寓意。前年秋季我认识个商人,带来这两口刀说:'这两口刀就是亏本甩卖也得卖三十两黄金,今因有急需,给我十五两黄金就卖给你。'我越看越爱,就照价买下。回去告诉父亲文五兵卫,没等我说完他就厉目斥责说:'我们家原来虽是武士,但现在却生活在市井之中,你是町人之子。花费十五两黄金买这无用之物,真是件蠢事,赶快把刀退回去!'但我还是舍不得,就偷偷藏起来。不久前作为见面礼赠给犬冢兄,没想到那两口刀竟是犬川兄令尊大人的遗物。这好似俗语所说的'灾后三年,时来运转',双刀为我增光,使我十分喜悦。"他说明了它的来历。额藏更加激动地说:"如此说来,此乃犬田和犬冢二位朋友的厚赐,不胜感激!见此刀就如同看到已故的家父。"说着直眨巴眼睛。信乃又用右手轻轻取下腰间的太刀说:"犬川兄,这口太刀也非我所佩带之物,和社平的刀换换吧!我虽然有桐一文字刀就够了,但是为了免得你过意不去才留下这口太刀。武士在战场上杀了敌人夺得剑戟,传给子孙,是子孙的光荣。我虽未杀死社平,他与五倍二的罪恶相等,也是仇敌之一,就让我把那口刀佩在腰间吧。它胜似古人凶勇的骷髅杯,就送给我吧!"经他这一劝说,额藏也就不推辞,二人把刀换了。现八回头看看说:"别人慷慨相赠的礼物,自己又同样豪爽地转赠他人。犬由兄送的见面礼,从犬冢手中又转到了犬川之手,这样地三传而物归原主。世人见利而忘义,所以交的都是酒肉朋友,一生也难遇挚友。今见三刀之奇遇,更加深信宿缘。你们可以传给子孙当作美谈,可喜可贺!"他这样频频赞许。额藏更加喜形于色说:"由于诸位贤兄相助,我不仅死里逃生,从今日起也解除了小厮的苦役。从前在总角时虽曾私自与信乃兄相商,把名字改做庄助义任,但因怕主人蟆六干预,故不便公开披露。不料今日得到父亲遗留的双刀,就改名叫我犬川庄助义任吧!额藏是庄头随便给我起的名字,现在想起来,那个名字很不吉利。额是前额之意,本是露在外边的,而叫做额藏是把前额藏起来了。既是隐士之状,又颇似死人的蒙头布。果然以不测之罪将我打得死去活来。庄助的庄通壮,是旺盛之意,助是大家来帮助,哪及这个名字好,就这样改定了。"众人听了一致赞同。从这一天起,额藏就改名叫庄助。商量已毕,信乃、现八同对小文吾说:"以前就屡次劝你回行德。本来说暂时送我们来,可是已经九天了。令尊大人和妙真一定都等得很着急,而且也似乎违背了与、大高僧和蜑崎大人之约,他们一定很不高兴。既已救了犬川兄,也如愿以偿了。回去吧!"庄助也极力劝他回去。小文吾却还是不听,说:"你们说得虽然有理,然而行德安然无事,这里却还不安定,把你们送到荒芽山后再分手。俗语说:'塑佛像容易点睛难。'做事有始无终还算什么大丈夫。猎平的遗言尚未奉行,没见到荒芽山的光景就从这里回去,就如同塑好佛像还没有点睛,不要再劝我了。"似乎他已经深思熟虑,才加以拒绝的。信乃等也就毫无办法,只好由着他。在这样的长谈中,不觉秋日西斜,已是申时前后。四犬士又商量了一番:如在此深山露宿,则有猛兽毒蛇之虞,今晚还是在桶川投宿。于是一同起身在神前叩拜,各自默默祷告:"雷神有灵,当保佑我们,武运美好如所

第四十四回　雷电社前四隼会语　白井郊外孤忠窥仇... 161

降甘霖,威名远扬似电闪雷鸣,波及普天之下。"他们又摘了些野果充饥后,便从小路下山奔向桶川乡。

却说信乃、庄助和现八、小文吾等,次日从旅店早起,深戴斗笠出门上路。既非火速赶路,也就如同隐世之身,游览名胜古迹,观赏秀丽的山水风光,非只一二日,在那月初六,走到上野国甘乐郡的白云山,便去参拜明巍神社〔明巍今称之为妙义〕。明巍山在白井城之北,其西北方背靠碓冰郡,与该郡的荒芽山南北相对。有尊意僧正所开创的庙宇,又是南朝名臣隐居的地方,是赫赫有名的古迹。有千年的上下石级四五段,每段有二十八级到一百六十级不等。环顾峡谷周围的峭壁,状如凿穿,仰望横天高岭的山峦形势,好似刀削。烟霞缭绕,泉中细石历历可见,实天上之灵迹,人间的奇观。访其神殿和摄社①,地主神叫波古曾,本社所供奉的是妙义权现。外面有山门,进去有立着四天王的随身门和哼哈二将的仁王门,社内有神明宫②、日本武③、天满宫④、稻荷神社、辩才天、饭纲不动⑤、观音、圣天⑥、大黑天⑦、金毗罗⑧、人麿⑨等的祠堂。还有本地、神乐、护摩的三堂和绘马亭⑩,以及神前的供水和菅原道真研墨所用之水等,不胜枚举。神殿和佛堂虽已年深日久,但在战国的浇季之世也未被狂乱

---

① 摄社是神社的一种级别,介在本社与末社之间。
② 神明宫:供奉天照大神的神社,与伊势神宫所供奉的神灵相同。
③ 日本武:也叫日本武尊或倭建命,第十二代景行天皇之皇子。
④ 天满宫:供奉菅原道真的神社,菅原被称之为天满天神。
⑤ 饭纲不动:即八大明王之一的不动明王,能降伏一切邪恶。
⑥ 圣天:可能为金色圣天即金刚夜叉明王。
⑦ 大黑天:七福神之一的财神。
⑧ 金毗罗:保护航海之神。
⑨ 人麿:即柿本人麿,是《万叶集》中的歌圣之一。
⑩ 绘马亭:亭子里挂一幅绘马的匾额代替真马献给神社。

的暴徒破坏。再看那里的名胜奇峰，有仙人泷、大黑岩、地藏岳、塞河原、阿弥陀岳、大日岳、弯曲岩、金刚峰、释迦岳、天狗岳、天烛峰、高笼岩、五台峰、金玉峰等，一般将这一带称为圣地。仰观险峻的灵峰，万寻青壁，凸凹刺天；下望空洞的幽谷，千仞绿苔，穹窅眩目。葛藤挂处人迹罕到，荆棘所缄鸟路方通。其奇观妙景，虽亲自耳闻目睹，却似梦非梦，似实而虚，仿佛置身于幻境之中。本拟详描此景，怎奈笔拙无能为力。如今写出来的这些，只不过是在月前所拾到的零金碎玉而已。四犬士在圣地上下游览了一遍，已是未时将尽。因此便在中岳附近的茶楼坐下歇脚。茶楼有望远镜，设在对着山麓的一石台上，以备租给茶客观景。庄助拿过望远镜从山间往下眺望，平素看不见的山下小路都历历在目。只见一个头戴斗笠的武士将要过山门后边的溪水桥朝前走去。庄助正若有所思地仔细观看，不料那个人回头瞻望一下神社，从斗笠下看到面孔，好似犬山道节。他为何到此？庄助目不转睛地看着，那人很快出了山门不知去向。庄助非常遗憾地不住叹息，小声告诉信乃、现八和小文吾等，那三个犬士也十分惋惜，后悔竟失之交臂。心想他是否还能回来，虽然他们也拿过望远镜往下看，却再也不见踪影。当下信乃沉吟道："从望远镜看到的人，若想去跟上行踪，从这里到山门就有八九里路，虽是飞鸟也追不上。今天听到风声，据说管领扇谷定正最近离开该国，驻在白井城。道节是否想狙击两管领才在这一带徘徊，窥探时机，以便为君父报仇。由此推断，犬川兄所见的武士，定是道节无疑。咱们赶快下山到白井一带去，说不定会遇到他。快走，快走！"在信乃的催促下，那三个人也毫无异议，一同离开了茶楼。望着远处的山脚，沿着千百级石阶走下山去。

这且不提，却说扇谷修理大夫定正，最近与山内显定失和，突然退出镰仓，驻在上野的白井城。从该州到信浓、越后是定正的领地，他正大肆操练人马以防不虞。因此定正于昨日凌晨去砥泽山比赛狩猎，预定明天六日申时回白井城。定正那天身着纹纱的狩衣，下着工艺精巧的和服裙，外系豹皮的行滕，腰间挎着纳入虎皮刀袋的金饰太刀，头戴帽檐上翘的武士斗笠，下跨奥州骊的高头大马。马身上披着深红色的各种马具，银光闪闪的雕鞍耀眼夺目。他手里拿着紫色的缰绳，骑马缓步前行。跟随的近臣有巨田薪六郎助友、灶门三宝平五行、妻有六郎之通、松枝十郎真弘等，家臣三十五名，旁系的侍从五十余名。至于肩背弓箭和火枪的士卒和奴仆，则不计其数。许多助猎的士兵抬着野猪和鹿等不少猎物，前呼后拥，招摇过市，前后长达一里多路。当定正主仆走到距白井城不足四里路程，转过一片松林时，只见一个武士浪人，穿着黑纺绸的单褂，深深戴着竹编的斗笠，年龄看不大清楚，坐在大路左侧一棵古松下的石头上，右手拿着一口太刀，慢慢站起来高声道："世间非无千里马，只是缺少识马的伯乐，今非无莫邪之剑，而是无识剑的良将。可惜我这口名刀，只好让屠户用以宰割，农妇用以掏锅底灰了。可惜啊，可惜！"他这样反复地自言自语。前边走着的两三个杂役，看见站住说："真奇怪，你是何人？难道不知管领从围场回府从这里经过吗？离管领坐骑不远连斗笠也不摘，坐在这里手拿着刀，真是个不知礼仪的歹徒，还不赶快把斗笠摘了，跪下叩拜。"他们一齐加以呵斥。那个浪人毫不理睬，连看也不看，冷笑说："啊，真讨厌！燕雀焉知大鹏之志？管领就那么高贵吗？当然他是你们的主子，你们一定认为他很高贵。然而两管领是浒我将军原来的老臣，京都将军的家臣。只有将军才是世上高贵的人，然而上边还有天子。天子虽无上至尊，上边却还有宗庙。宗庙是万物之父母，天地日月之神。我是个浮浪的武士,既无主君也无家仆。管领对我有恩,即以他为贵,管领对我无德,则我行我素。管领与我何干?这一带的街道不狭窄,一个流浪之人坐在树下休息,无碍交通,休得无礼!"他又立即回斥了他们,仍旧和方才一样地自言自语,而且声音越来越高。杂役们更加发怒道:"大胆的狂横歹徒,不听劝告就将你捆起来,狠狠地打。"他们怒气冲冲地从三面围过去要对他进行惩罚。这时定正的马已走到近前,说道:"何事吵闹?去管管他!"定正回头看着在马旁跟随的松枝十郎,对他做了些吩咐。十郎领命来到树下,对那个浪人说:"您是哪里人氏?管领让我来请您去当面问话。某是其近臣松枝十郎真弘。请您去见管领。快!快!"浪人说:"好吧。"忙将拿着的刀插在腰间,解开斗笠带将斗笠往背后扔开很远,这才露出他的面孔。这时远近的人都翘首注视着他,见他年纪也不过二十二三,白面孔黑胡须,眉清目秀,两眼炯炯有神,高鼻梁,红嘴唇,真是个美貌的男子。剃的月牙头稍长出点头发,显得略微泛黑,好似遮住了他那漂亮的前额。仪表堂堂,威风凛凛,一见便知,他非同凡俗之人。他毕竟是何人?到定正面前又说些什么?且见下卷分解。

第五辑 卷之三

第四十五回 卖弄名刀道节复仇
追失穷寇助友换敌

　　却说树下的浪人,毫无惊慌的神色,对松枝十郎真弘说:"某是下总千叶福草村的浪人大出太郎。父亲早已去世,母亲失明多年,母子相依为命。家贫无力奉养老母和买药治病,仅剩这一口太刀,是祖父传下来的三代至宝。虽是重于生命的宝物,但为了奉养老母也就在所不惜。心想若有出好价钱的,便卖了它。先给千叶将军〔名胤康〕看过,可惜那位主君有目无珠,玉石不分,认为是赝品而退回来。但我还不死心,又去浒我将军府邸,想向将军陈述是为了无力奉养母亲而卖刀,可是因无引见之人,左右的人不相信,事未办成,再次使我失望。又去镰仓想卖给山内管领,可是那里也不认识人,无人给引见。当时我想,即使世间有千里马,如无识马的伯乐也便只好一生埋没在田亩之中,纵然是连城之璧,若无卞和也就得与瓦砾为伍。我所企望的三位诸侯都是千乘之君,却识不得一口太刀,怎能择贤举用呢?这种昏君我的刀不卖给他也好。世人都说扇谷管领亲贤良,悯不才,胸如宽阔的海洋无所不容,体如地之坚厚能遍载万物,是当今盖世无双的名将。这位主君驻在上野的白井,虽然路途遥远,但到这里来定肯加倍收买这口名刀。因此我慕名而来,昨日到达此地,但因无熟识之人仍无法拜见。我在城中风闻将军去砥泽山打猎,想待将军回城之际得以觐见。故擅自冒犯虎威,请恕某不敬之罪。如蒙转陈将军,实感幸甚。"他毫无忌惮地对答如流,神色自若,未露半点破绽。左右看见和听到的人都面面相觑,称赞说:"真是有胆识的人才。"真弘听罢走到将军身前,如此这般地进行禀告。定正频频点头,下马让手下在路旁的草坪上放下马扎说:"把那个人找来。"真弘又跑过去将那个浪人带上来。这时定正在马扎上落座,近臣在左右警卫着,整齐地跪在那里。

那个浪人在真弘的带领下跪在定正的身前。定正凝视片刻说:"你是下总千叶的浪人大出太郎吗?为失明的母亲想出售家传宝刀,其孝行可嘉。那口太刀有何可取之处便夸口想卖给我。将三代家传的缘由道来!太刀叫什么名字,来历如何?"他听了毫不畏惧,趋膝向前说:"遵命。某之祖父在已故的管领家〔足利持氏〕供职,跟随两位亲王在嘉吉年间的结城会战中阵亡。因此父亲不愿居官,隐居在下总的千叶,年仅四十就与世长辞。我流浪多年,靠出售武器、家具维持生活,仅剩这一口名刀,是世上有名的村雨太刀。从乃祖尊氏传给持氏,又让给春王。其后在嘉吉之役战败,春王、安王两亲王虽被杀害,但这把太刀却幸亏秘藏在臣之家中。我父是二亲王的侍从,在逃出结城之日,将村雨刀佩在腰间,好歹杀出重围,侨居在千叶。此事有我父的亲笔记录,是不会错的。"定正听了点头道:"村雨太刀之事我也早有耳闻。但是以冒名的赝品骗人谋利的坏人,世间屡见不鲜。虽有汝父的遗书,谁认得他的字迹,岂能以此做证据?还有别的证据吗?"他这样地审慎再问,大出也不假思索地回答说:

"您说得虽然有理,但以赝品谋利是狡诈商人之所为。某是连厚禄都不想领受的第二代浪人,竟被如此怀疑,十分遗憾。且说此刀的锐利,在陆地它可砍犀象,在水下可斩蛟龙。虽唐土之龙泉、太阿,我朝的小乌、莳鸠和鬼丸、龙尾也莫过于此。不仅如此,拔出刀来从刀尖流下的水滴,无异于深山的清泉,将刀一挥就如同阵雨洗刷树梢,故命名为村雨,这是人人传说、众所周知的。俗语说:'事实胜于雄辩。'是真是假请将军过过目。"他得意洋洋地回答完毕,把太刀拔出来寒光闪闪地一挥,说也奇怪,从刀尖喷出的水珠四处飞溅,向警卫的近臣脸上一挥,喷洒的水珠,使众人无不掩袖躲开。然而定正并未离开马扎,用扇子遮着水气,还在看着落在上好的和服裙上的水珠,不住地感叹。一拍膝盖把水珠拂落,对名刀的怀疑立即消除。定正非常高兴,不觉高声说:"喂!稍等一等,大出太郎,有此证据,我的疑心已解。快将那口太刀拿过来。"太郎听了,欣然将待站起来。松枝真弘阻挡说:"这太冒失了,大出君。即使你途中觐见,在贵人面前也是不能带刀的。更何况手提白刃,焉能进前?把太刀交给我吧!"大出听了摇头说:"原来你还在怀疑我?人若怀疑我,我也就不能不怀疑别人。在此乱世不分贵贱,笑里藏刀而贪婪狠毒,居心叵测是常见的。如今我若贸然相信他是高贵之人,便把重于生命的宝物交给左右之人,那时若不给钱便强取豪夺,我是孤独的外乡人,而你们人多势众,我争也无济于事。夺不回太刀就如同丧失了可怜的生命。既然这样麻烦,卖不成也不后悔。"定正听了说:"十郎所虑,虽出于慎重,但也要因人而异。大约建立了六十六国如同龟甲的封疆,领有数国的大诸侯在东部有很多,如不认为我是明君,就不能拿着家传宝刀远道来此参见。因此,通过村雨我看中了那个持刀人,说不定要以厚禄聘用他。对大出太郎可不必多疑。我一点也不讨厌他,赶快让他亲自拿来,我允许了。"对宽仁大度的主命,真弘哑口无言,只好退下去。大出太郎欣然提着白刃起身道:"那么就告罪了。请将军观赏。"他突然靠近定正的马扎旁边,好似跪着献刀的样子,抓住定正的前胸仰面按倒在地,刀尖一闪对准胸膛。松枝十郎、灶门三宝平、妻有六郎和其他近臣与旁系的众武士,以及杂役奴仆等都惊慌失措大声喊叫:"将那个歹徒射死、杀死!"一时间人们乱作一团。但是正如贾谊所云:"欲投鼠而忌器。"即使把歹徒杀死,主君也会同归于尽。那又有何益?所以犹豫不决。众人都捏着一把冷汗,急得如热锅上的蚂蚁似的。这时定正虽手攥着刀把,但被强敌按在身下,拔不出刀来,只是喊叫:"尔等快来救我!"他除此之外,别无良策。当下那个歹徒以震撼天地的声音,厉声骂道:"管领定正,你好生听着!下总千叶的浪人,大出太郎这个名字,是个蒙混你们主仆的假名。去年四月十三日,在江乡田、池袋之战中,一族及从属全被你杀灭的炼马平左卫门尉倍盛朝臣的老臣之一、有名的犬山监物贞知入道道策的独子,乳名道松、大名叫犬山道节的就是我。为报父仇,我卧薪尝胆,受尽千辛万苦如今总算得偿宿愿。看吃我这一刀!"定正更加惊慌震怒,想反抗而又起不来。犬山左手拉着他的发髻,一刀将头割下来。松枝等见了吓得更加大喊大叫,悔恨适才没有立即动手,现在不能再犹豫了,便都拔出刀来从四面八方冲上去。道节把左手拎着的仇人首级一抛,大吼一声纵横无阻地挥舞太刀,刀风刀雨,宝刀喷出的水滴,奇迹般地湿润了土地,不少士兵被滑倒,再加上他那熟练的刀法,已斩杀无数,转瞬间血满如涿鹿之野。他一以当千、所向无敌,如同饿虎在追赶羊群,一个道节竟杀退了众多的士兵。士兵们口里骂着:"这里脚下太滑,赶快撤!"慌乱地四处逃散。松枝、灶门、妻有等武士虽然心里着急,但是兵败如山倒,一手擎不住天,便也同众士兵一起拔腿逃跑。道节喊道:"你们这些卑鄙的家伙,滚回来!"挥舞着从刀尖流出水滴的宝刀,追了几十丈远。这时从草丛中大喝一声跳出个武士来。但见他身着素白带黑条的绢织猎装,上面绣着不少葫芦花,外罩浅绿色缀绳的铠甲,下穿上好的和服裙,系着镶嵌龟甲的护肩和护膝,腰间挎着海豹皮的刀袋,里边装着二尺五六寸镶金的太刀,一口九寸五分的短刀横插着,挟着一张把手粗大的重藤弓,拿着两支雕翎箭,带领三十多名兵丁,各持短枪,从前后左右把道节团团围住,喊着杀声。

当下那个年轻武士拄着弓高声道:"愚蠢的犬山道节,良将自然随时都有神助,管领怎能让尔等小辈一个人杀死?今天被你误杀的是假管领。他是管领家的勇将,叫越杉驮一郎远安。去年在池袋大捷中,杀了尔之主君倍盛,是受到传令嘉奖的勇将,但由于一时疏忽被你轻易杀死,纯属侥幸。你可知我是谁?有位辅佐管领的老臣,文武双全、精通诗歌而扬名城乡,我就是这位巨田左卫门大夫持资入道道宽的长子薪六郎助友,遵照父亲的奇计做了如此部署,尔知道是什么?我父道宽早就知道丰岛、炼马的余党可能会窥机肇事,便深谋远虑地从去秋往各处派遣士兵刺探情况,在下野和武藏之间,早已发现你化装为佛门信士,以左道欺民敛钱,充作军阵之资。知道你会法术,不易捉捕,为防止意外,才设计把你骗来。因此公开晓谕境内:管领近日驻在白井,而实际却未出镰仓。近臣越杉的面貌很像主君,就赐给驮一郎一身大将的礼装,从昨日初五的黎明去砥泽山狩猎,是效法昔日建久之例,把你引来。果不出我父所料,你自投罗网,已死期将至。杀死你易如反掌,尽管是敌人也可惜你是个勇士,没有用箭射你。不要自不量力,应识时务,赶快改悔投降吧!"道节发现已经中计,气得面红耳赤,怒目瞪着他,以必死的决心拿起太刀，毫不屈服地说："你是助友吗？休得胡言乱语要我投降。即便九次投胎也不会做敌人的奴才。如今虽然未杀死定正，但总算把刺杀先君的仇人越杉杀了，聊以慰藉亡君之灵。所恨的是未能手刃杀父之仇人灶门三宝平五行。我看杀死几百名无名的小卒，莫如你我决一雌雄，助友！你动手吧！"挥刀频频向他挑战，可恨的追兵，一窝蜂似地喊着杀声挥枪冲了上来，道节前后左右闪转腾挪施展出全身武艺，纵过去跳过来，左挡右避，兵刃相击铿锵作响，宝刀如同疾风扫落叶一般，敌人或枪被削断逃跑，或被如破竹般劈头砍死，或被抡起刀来拦腰砍断，十几个当场毙命，其余的无不负伤。顷刻间众兵丁溃退四散，道节得手，紧紧追赶。当追近连头也不回的助友时，助友不慌不忙地举弓搭箭，"嗖"地一箭射过来，道节低身躲了过去。两支箭都被道节用太刀拨开，其神出鬼没的敏捷动作，使助友心慌，正当他弃弓拔刀时，松枝、妻有等近臣见时机已到，返回来帮助助友。他们下令："杀死他！"数十名士兵迎上来将道节围住。当下道节心想，由于自己的粗心，中了敌人之计。没遇到先君的真正仇敌定正，父亲的仇人灶门三宝平五行也未在其中，如盲目进攻死在阵中，则徒被世人耻笑。难道报仇之事不能等待他日吗？幸好现在是黄昏，不如杀开一条血路，保存性命、等待时机，怎能死在这里？他寻思已定，便奋战突围，比方才更加精神抖擞，如同一阵旋风，从众军中杀开一条血路，且战且走。助友十分焦急，责骂士卒，同真弘、之通等紧紧追赶，哪里肯让他跑掉？

却说信乃、庄助、现八和小文吾等四犬士，方才在明巍山中，庄助用望远镜看到一个武士很像道节，心想最好能再遇到他。因此他们便下山四处寻找。当日黄昏离白井城不远路过一个村落，听到村里老幼吵嚷着说："据说今天在松林管领被杀害，敌人是个浪人，是炼马的余党。"有人说："不对,不对！管领怎能轻易被杀害？被那个歹徒所杀的是去年大扬威名的管领手下的越杉。不管被杀害的是谁,那个歹徒武艺高强,只身一人,转瞬间杀死的人都能堆积如山。他若逃到我村那该如何抵挡？赶快把门锁上,莫让妇女们遭殃。"人们听了便都大声嚷着四处逃跑。事情来得十分突然,四犬士听了也很惊讶："在这里想报仇的,难道是那个犬山？如不趁着天还没黑就赶到那里,怎会知道虚实？"他们一同加快步伐离开村落,在暮色苍茫中只见一个年轻的武士,挥舞手中的白刃,毫不畏惧追兵,敌人追近就回身将他们杀退,且战且走反复两三次后,突然闯入前面的四犬士之间,回头一看已不知他的去向。这时巨田助友等频频驱赶士兵紧紧追过来,见到前边站着的四犬士,认为是帮助道节的同伙,便下令："杀死他们！"他们仗着兵多势众,呐喊着杀了过来。枪尖的寒光无异于骤雨时的闪电。四犬士莫名其妙,虽吃惊地躲开,但不容他们分辩,不得已拔出腰刀进行抵抗。众兵丁连一个道节都杀不了,如今对手又换了四犬士,犹如猎户追赶一只老虎,迎面又跳出百只雄狮一般,立即被杀败退回二三十丈远。助友赶忙转过头来,一面斥责逃跑的士兵,一面亲自挥动短枪,向四犬士冲过去。松枝真弘和妻有之通也并非不知耻的无名之辈,又前去支援助友。双方白刃交加,火星四溅,展开了激烈的厮杀。这时从城中扬鞭策马来了百余骑援军,眼看就到跟前,敌军得势,逃跑的士兵也喊着杀声,一起涌了过来。新军冲开他们的防守,横枪直入。这时天色已黑,初六的暗淡月光也被浮云遮住,时隐时现。在夜幕的笼罩下,四犬士一进一退,合力奋战,虽然刀崩了数处,已似锯齿狼牙,但没有一处负伤。他们施展出千变万化的绝技,虽然频频取胜,但因地理不熟又是夜战,更兼毫无准备,又无援军,不觉已被隔开,不能互相救应。

信乃和庄助被城里来的新军围住,现八和小文吾与助友的兵丁作战自顾不暇。四犬士被分割在四处,十分危急,已成九死一生之势。至此他们已遇到三次危难,如今存亡尚且难卜。纵然四犬士有万夫不当之勇,敌人无一介之术,无奈寡不敌众,似乎也难以逃脱。

再说道节好歹摆脱了大敌,跑出一里来路已是天黑。后边没有追兵,坐在路旁树下的石头上,稍事休息。忽然听到后边有喊杀声和武器的相击声。道节侧耳倾听,心想:"原来还在我冲出来的地方激战。方才杀退追赶的敌人跑过来时,如果没有前面来的几个过路人在中间挡着,怎能那么容易把敌人甩开?那时正是黄昏,大概敌人把他们当作是帮助我的同伙,所以将他们围住要杀他们。若不是那样,后边就不能还有厮杀。由于来了几个过路人,我才得以脱逃。我逃脱了,而那几个过路人却被敌人杀害了,那岂不是为了保全自己的性命而让别人丧生?这不是勇士的作为,而是非常可耻的。要跑回去救出那几个过路人。救不出来就与他们同归于尽,也胜似苟且求生。该当如此去做。"他心中这样打定主意后,就急忙系紧腰带,掖上衣襟,一口气跑回原来的地方一看,果然那四个过路人被城兵围住已战斗得筋疲力尽,万分危险。而且从城里又来了百余骑武士,形势更加严重。道节寻思片刻后,见敌人到处扔了不少弓箭,还有绾起来的士兵所带的绳索。于是就拾起一些弓箭和绳索钻到左边的大竹丛中。他靠近敌人的背后无人知道,就把几寻长的绳子缠在左右的竹子上,突然一边拉动竹子,一边呐喊。城兵大吃一惊:"那是什么?"回头看处,竹丛中弓弦声响,箭不虚发,霎时间射杀了六七个人。城兵受不了,喊叫说:"原来敌人有伏兵,还不撤出一箭之地。"在敌人喧闹之际,道节一边拉绳索摇竹子,一边射箭。天黑看不清楚,不知竹丛中藏着多少敌人,城兵更加惊惶万状。助友虽熟悉其父道宽的用兵之术，但也坚持不住，便与众兵丁一同溃退。信乃、庄助、现八和小文吾等四犬士，忽然得到一臂之助，趁势甩开敌人，往荒芽山而去。城兵败走，争先恐后地想逃回城去，途中不断发生争吵。助友大怒，高声喝道："你们这些没用的东西，就知道逃跑。估量敌人不过是炼马的余党，即使有伏兵又有何惧？先往竹丛射箭，然后再冲进去。他们逃跑就追，如果一个敌人都杀不死，日后要治罪的，听到没有？"他这样地呵斥、严令着，城兵们只好回到竹丛边，先放箭再持枪冲入竹丛。搜索了一遍，一个敌人都没有，只见在各处的竹子上系着留下的绳索。于是他们又吵骂着说："原来是中了计，他们跑不远，追！"但为时已晚，不知逃向何方，无处去追赶，虽然助友对再次的疏忽十分不安，却说："穷寇莫追，向白井后退一箭之地，拿着盾牌再将他们一网打尽。"但又一想还是以不强追为好，便悄悄授计给两三个家丁，然后同真弘、之通等带领人马急忙回了白井城。

这时已夜阑人静，万籁俱寂，渺无人迹的松林背后是一片农田，松风沙沙作响。堤上野草内的秋虫在夜露中唧唧鸣叫。晴朗的月夜下，一个武士穿着薄单衣，衣襟掖到小腿之上，腰间带着两把刀，另外还插着一把刀，从稻草垛后边探出身来四下观望，忽然走出来，不是别人，正是犬山道节。他在竹丛中用奇计吓退众多敌人，轻而易举地救了四个过路人后，就急忙藏起来而不在那个竹丛中。他在附近藏着，约莫助友已带领人马回了白井城，便又回到竹丛中来。当下犬山道节一个个地查看横躺竖卧的敌人尸体，拾起方才被他抛掉的越杉驮一郎远安的首级，借着月光怒目凝视了片刻，点头道："难道天运还没到吗？以为是管领定正，原来杀死的却是他的臣仆远安。这个家伙也是刺杀先君倍盛朝臣的仇敌。一雪那次被人染鼎之耻、报睚眦之恨,乃志士之宿愿。如将砍落的仇人首级扔下走,别人则会说我惧怕大敌。虽说是点儿小礼物,今晚拿回去也是祭奠先君的最好供品。"他这样自言自语地撕下一块尸体的衣襟,包起首级,悠然自得地把包袱系在腰带上。这时有人在后边看着,而道节却并未发觉,轰着嗡嗡叫的豹脚蚊子,将待要走。那人喝道:"歹徒站住!"挥枪便刺。道节说:"来得好!"便单腿跳跃躲闪着,回头怒目对他说:"就你一个人吗?百余骑城兵都吓跑了,你一个人回来不是捋虎须吗?报上名来听听!"敌人听了捋着枪高声答道:"道节,汝休要夸口。在首次战斗中,一开始我胳膊就受了伤,因不想贪功,把捉你之事让给了伙伴,退到那边树下,不觉过了很长时间。因不甘心就这样空手回去,所以一个人在寻找你的去向,不料在这里发现了。我的名字你大概也有耳闻。我就是在去年四月的战斗中,与你父道策交锋,当场轻取他首级的灶门三宝平五行。你们父子都落到我的手里,这是前世的造化,武士的荣誉。拿你的头来!"他这样地破口大骂。道节听了他正是自己要找的敌人,便圆瞪双眼厉声喝道:"原来你这厮便是五行。虽早已闻名,但还不认得你的嘴脸,所以让你漏网。你还能活着报出大名,此乃天赐,是我武运兴盛的先兆。杀父之仇片刻未忘,你休想跑掉。"说着拔出刀来。三宝平也是有经验的、自恃武艺高强的勇将,毫不犹豫。双方都高声呐喊,挥枪舞刀,一上一下,你来我往地拼杀了片刻。忠孝无双的道节,以雷霆万钧之势频频进攻,对方招架不住,枪被击落,正待拔刀时,道节大吼一声一刀砍下,三宝平翻身跌倒,头从躯体上飞出很远,碰落在松树下。道节报了杀父之仇,不胜喜悦。收刀拾起树下仇人的首级,又撕下一块尸体的衣袖,包起来系在腰上。

却说助友方才留在这里的两三个家丁,各自携带火枪从东西的树下向前靠近，看着已够射程，将待开火，忽被道节一眼看到，从身旁抓起小石子，把西边那个的鼻梁打坏了，那人惊叫一声倒了下去。东边那个火枪被击落，惊慌失措地想把它拿起来，道节如同矫捷的雄鹰，跑过去飞起一脚，脚尖正踢在他的咽喉上，一声没吭就仰面朝天倒下了。就在这时，又有一人拉着弓箭从树间跑出来，也被道节看见，拾起他们丢下的火枪，急忙点火，"咚"地一声那个人便倒在树下。三人之外已再没有敌人，道节便将火枪丢下，虽不知今晚住在哪里，仍拂袖从容地回到山那边去。后来在他去世之后，这位思念主君不忘父仇的犬山之大名，不仅在尾张，就是在上野白井城的守城将士中，或是在乡亲们之间，也都在世世代代传颂着。人们一听说"道节来了"，连哭着的小儿都吓得立即不哭了。这比三国时以张辽的威名吓唬小儿说"辽来辽来！"还更加响亮地扬名海内。

第四十六回　地藏祠庄助争首级　山脚村音音拒旧夫

再说信乃、现八、庄助和小文吾等四位犬士，想不到被白井的城兵包围，苦战了一个时辰，已决心一死，不料竹丛中有人喊杀放箭，助以一臂之力，才使城军溃退，从铁壁重围中解救出来，趁着黑夜尽量快跑，好歹从九死中得到一生。其中的犬川庄助义任，为报答往日在庚申冢法场被三犬士从死里救出来的恩情，在前进时身先三士进行防御，后退时也由他殿后，拉开很远，终于不知信乃等的去向。初六的月亮高悬在天空，但秋天的气候不定，忽阴忽晴，这是潜身夜行的好条件，然而事先没有商量过，到哪里去追赶他们？忽然想起粨平托付信乃那封书信之事，即使没什么把握，也只好靠这个线索往荒芽山去。路不熟就抄小道、近道信步往前走，约莫走了一里来路，还没到山脚下。方才和那么多敌人鏖战已经十分劳累，再加上路不熟又是夜行，不停脚地往前跑，使他又饥又渴。然而这一带走出很远还是茫茫荒野，没个歇息的人家。只见右侧的茂林中隐约地有点灯光，说不定那里会有人家。哪怕得不到一碗饭，敲开门要点水也是好的。又往前走了三四十丈远，到那片茂林中一看，不是住家儿,而是一棵老树下有个小地藏祠。方才看见的灯光,是供在佛前的长明灯。祠堂不过是间四方的小屋子。已经严重坍塌,露出了房架。在长满茅草的房檐下,挂着块匾额写着:田文地藏祠。这时庄助心想,虽是如此荒凉的小庙,如在当地没有灵验,那就谁也不会离乡很远给林子里的佛进香点灯了。既叫田文,大概与农耕有好处,也许是附近各乡信奉的佛。想起以旅妇得名的母亲之冢,深感思念,怅然地站在那里不肯离去。又往周围看看,在地藏祠的左侧,有长满青苔的六七座石塔。其间有新近树立的坟前木牌。除了树间草丛中的虫鸣外,平时没人到这里来。从黑暗的树间仰望天空,阴云密布已不见月光。隐约传来远寺的钟声,仔细听听夜还不深,是初更时分。反正自己已落在后边,急也没用,想暂且休息一下,便拉开地藏祠的门,仔细看看里面是尊石佛的坐像,身高三尺许,前边的供桌上有一对花瓶,里边生着的草花,天长日久已经蔫了。供桌的中央有两盘子供品。伸着脖子凝神细看,盘子里是年糕和桃子。在饥饿难忍的时候这也是美味佳肴,便随便开玩笑地说:"地藏菩萨,地藏菩萨!您是掌管轮回、救济饿鬼的菩萨,可怜我饥肠难忍,想吃您的供品。与其肥了野老鼠,不如我做您的侍僧,就把它赏给我吧!"他走上前去把供品拿下来,将年糕和桃子狼吞虎咽地一扫而光。桃子有三四个烂的,但甜汁很多,不但能充饥而又解渴。"真是佛恩无量!"他又开了句玩笑。当他叩罢头将待退出来时,灯油用尽,忽然熄灭。他心想:"灯灭就灭了,天阴得厉害,一定要下雨,月亮不会再出来了。即使去荒芽山也未必遇到他们,真令人踌躇难以决定。莫如今晚就在这儿过夜,不到那里去了。"他心里十分不安地咂嘴。蟋蟀好像在学他,也唧唧地在叫,这就更使他坐立不安。依在祠堂的门框上,他凝神细想,下一步怎么办?这时忽然听到有脚步声从前面传来。庄助往黑影里看看,心想现在初更已过,一个人到森林里来也不拿火把,不会是烧香拜庙的。一定是盗贼来找睡觉的地方,且躲起来仔细看看。于是起身蹑手蹑脚地躲到左边石塔的背后,看着他走过来。

却说犬山道节忠与,报了君父之仇,腰间系着两颗首级离开了那里,因熟悉地理,抄捷径快走,在那夜初更时候便来到田文地藏祠的茂林中。在祠堂旁边的旧冢之间,有个墓标牌,是今年四月十三日为纪念其君父逝世一周年而由亲友们建立的。他为了将那两颗首级献给亡灵而来到茂林中。这时在他的身后,有个年老的贫民,扎着绑腿,披着衣襟,戴着竹斗笠,肩上系着两个小包袱,跟在道节的身后,躲在地藏祠附近的树下,不往前来在那里看着。道节不知道前后有人在盯着他,来到墓标牌下解开腰间带着的两包首级,供在坟前,恭敬地叩头礼拜,虔诚地进行祈祷。庄助从坟后看着,不知他为什么要这样,心想:"这个歹徒拿来祭坟的,可能是劫来的赃物,供奉恶鬼以祈求新的造化。这家伙十分可恶,先吓唬他一下试试看。"便从石塔之间伸出手来,把两包首级使劲攥住想拉过去,道节忙抬起头来,吃惊地把庄助的胳膊抓住,想往外拉。庄助不让他拉过去,身子一动不动,就像棵千寻大树,巨根四张,上千人用绳子也难以拉动。道节见状更加惊怒,二人互不相让,好像金刚力士争夺世尊①之钵,踏空了脚下的祥云,将二人之间的两座石塔推倒。他们已无藏身的余地,道节得手冲上前去,把小腿伸到对方的大腿之间,想用左手抓着对方的带结将其摔倒,庄助把屁股一扭躲开了。双方各自施展出相扑和拳术的绝招,把地都踏出个坑来,还是难分胜负。

―――――――

① 世尊:对释迦牟尼的尊称。

那个老人一直在树后屏息观看，不住地咋舌惊叹二人的神力，觉得贸然出去不大好，但其中一人确实有些面熟，就不能再迟疑了，于是跑上前去，把手杖伸到二人中间，想把他们拉开。道节和庄助都吃了一惊，不觉把手松开，都想去抢放在地上的首级包。老人不让他们抢，站在他们中间用手杖隔开。由于动作过快，不觉把自己肩上的两个包袱也掉了，弯下腰去四下摸索。两个勇士都十分焦急，漆黑的夜晚，辨不清敌人，便从左右暗中摸索把老人推开。老人打了个趔趄，但没跌倒，退后两三步，跪下一条腿摸到了装有道节的仇人首级的两个包袱，以为是自己的，便赶忙拉过去用双手抱着站起来。道节哪里晓得，竟把摸到的老人的两个包袱以为是自己仇人的首级，迅速用两只手提着站立起来。庄助在黑影里拔出刀来，模模糊糊地对准目标一刀砍去，原来他瞄准的却是被推倒的石塔的石柱，砍中了石柱的一个角。由于刀尖锐利，刀法娴熟，石头被削掉四五寸，火花四溅，连人的脸都认得出来。这时善于隐形的道节借着火光，施展火遁之术已不知去向。老人还是跟在后面又从原路跑了。庄助听到脚步声，以为还是方才那个歹徒，毫不犹豫地跟着从茂林中跑出去，追到去荒芽山的山路上。天还是阴着，没有开晴，初六的月亮已经落下去，眼前更加黑暗，终于失掉了追赶的目标，只好一个人走向所要去的那个山麓的村庄。

这且不提，却说上野国甘乐郡荒芽山下的一个村庄，有个叫音音的贫贱的老妇人，年约五十二三岁。原是武藏国人，因故于去夏隐居在这个山村。自己织布砍柴，在远离镰仓的荒村僻壤，寡居苦度时光。雁虽没来秋天已到，听到秋虫的叫声，她忙着拆洗缝做棉衣。这天夜里在忙着纺麻线，想到处世的艰难和浮生痛苦，所依靠养老的两个儿子，前些时候随主君出征，至今生死不明，杳无音信。

家里只有两个媳妇：大媳妇叫曳手，二媳妇叫单节，一个年纪二十岁，一个十八岁。她多么希望她们能生男育女传宗接代，可是儿子已经出去将近两年了。这两个媳妇都是一样地早晚孝敬婆婆，她们的好品德远近邻里无人不知。这里没有亲戚朋友，孤零零地无人来访。一家三个女的，常说三个女人到一起谓之奸，这种说法，不适合这一家。后门的秋蝉在鸣叫，七月初六的夜已经深了，可是所等待的家人还没回来，所以门没闩上。音音把纺完的麻桶往旁边一推，回过头去说："我说单节！从昨天起村长就派工让到管领家的户泽山围场去，好歹总算免了，但他也不让咱们便宜了。因为家里有那匹瘦马，今天村长非让出工，怎么说也不答应，家里没男人就让曳手去，今早天没亮她便牵着马去出工，现在还没回来。我同她说如果途中遇到卸了载的马，就换换早点回来，不会被派往白井。我想即使运气不好中途没马替换送到驿站去，天黑也总该回来了。与其在家里惦着，莫如到田文的林子附近迎一迎同她一起来。你看家吧！"说罢起身要走，单节赶忙拦住道："请您别这样吩咐。年轻人怎能那样偷懒，天阴夜深，怎能让老人出去我倒看家？姐姐这时候还没回来我也很担心，但是去迎姐姐，妈妈一个人在家没人做伴，更增添忧虑，所以憋在心里未得开口。现已夜深，我跑去迎她，请您稍等一下。"她这样实心实意地安慰婆婆，将待站起来，却被音音拉住说："我并非想让你去，才向你这样唠叨。在家等着你们两个一同回来，会使我更担心。玄妙寺的钟声，刚刚敲过初更，去早了也接不到，还不如再稍等等。今天早晨你和曳手争着去出工，我去你去地争执不休。赶脚的这种活是不适合女人做的，说什么这也是为了养活老人，你们这种真诚的孝心，分不出谁是姐姐、谁是妹妹，但你争不过姐姐就被留下了。看见你们的孝行就引起了我的悲伤，都是因为丰岛和炼马两家灭亡了。"她说着往外边看看,噙着泪花放低声音接着说:"我们蒙受的君恩,比须弥山①还高。我的主君是在陪臣中有名的道策。这虽是羞于出口之事,可是不将可耻之事告诉你,又怎能说明事情的原委,也许你会以为我老了好唠叨。我年轻时候在道策家里做佣人。被主君家的一位叫姥雪世四郎的年轻武士爱上了。他胆子很大,几次偷偷越过看门的警卫,到我那里来过夜,因而使我怀了身孕。后来被发觉,两个人都被捆起来,将要处死我们。恰好主君的侧室阿是非夫人这时也怀了孕。她是个有恻隐心的女子,为我们说情,暂时被关押起来。过了些日子夫人生个男孩名叫道松。没过几天我也在狱中凄惨地生了一对双生子,叫力二郎和尺八。由于阿是非求情,赦免了我的不轨之罪,对世四郎也从宽处理,放他出去了。我的奶很好,就被留在府中做公子的奶母。于是就将我生的双生子交里人寄养,一直养到七岁时的春天。这都是由于道策多年无子嗣,生了道松公子很高兴而这样地开恩。我得到活命,主君对我们母子的恩情怎么能忘?在那时就下定决心,不顾自己的儿子,只把公子当作掌上明珠,日夜悉心哺养。我记得很清楚,是宽正三年春正月的事情。主君的另一个侧室黑白生了个叫正月的姑娘,她妈起了坏心,把升为正室的阿是非害死,公子也一度死去。但由于种种缘故公子在墓穴中苏醒过来,黑白等恶人被处死了。那个姑娘仅两岁,被大冢的庄头领去做养女,说好不准认亲。我每天晚间总是沐浴净身祈祷念佛,毫无二心地侍奉主君,也许因此而被道策器重。次年春,将由里人寄养七年的儿子找来,给哥哥起名叫十条力二郎,弟弟叫尺八郎。十条是我的父姓,我父是十条佐吾。从此他

---

① 须弥山:即妙高山。在佛经中被视为位于世界中心的最高山。

们俩就在炼马家做了步卒。不仅如此,这两个同胞兄弟还作为公子的侍读,同公子一起读书写字学武艺。主君的如此厚爱是无法言喻的。于是去年春季,丰岛将军〔左卫门尉信盛〕的步卒秃木市郎想将他的两个女儿许配给力二和尺八。这个亲事很快就说成了。把姐姐曳手给力二为妻,妹妹就嫁了尺八。你们在四月十二日的同一天晚间结婚,世间很少见夫妇都是同庚,而且比同庚的公子道松还早娶妻室,这都是根据道策的吩咐。这个欢乐也仅只一个晚上,次日恶魔般的悲哀便袭来了。不料突然出征,在池袋被击败,丰岛和炼马的一族都被杀害,无一幸免。我的主君道策和你爹爹市郎都在那里一同丧命。炼马府也被火焚了,家中的男女老幼都化作灰烬。我本来也不该活命,因另有想法,便带领你们这两个儿媳妇突出重围,投奔一个远亲到这个山村来落户。这并非惜命,而是想打听到公子和儿子存亡的消息后再说,我早已下定了一死的决心。没白等,总算听到了公子的喜讯,但儿子的下落至今不明,没有消息,大概都一同阵亡了。夫妻的缘分只有那一个晚上,连一天都未能在一起,丈夫的模样都没看清就死了。可是你们姐妹的贞操未变,学会了山村农妇所做的活,极尽孝敬婆母之道。提起来令人心寒的是原来的丈夫世四郎。听户田的船户们说他从犬山家离开,住在神宫河原改名猎平,一个人以捕鱼为业,至今还活着。可是二十多年了直到去年他还不想回来拜见主人,而且对主家的灭亡无动于衷,乖乖地做仇人的顺民。难道他心黑了吗?真是白披着一张人皮。虽然我们断绝了关系,但两个儿子总是他的,血缘关系是割不断的。两个儿子如果都像父亲那样贪生怕死,投降了敌人,心想那就不回来也好,但总是挂念着。我偷偷去问公子,但说不知道,什么也不告诉我。儿子都没了,做妈妈的怎能安然地什么都不想呢?唠叨是老人的毛病,说了这些没用的话,耽误了晚上忙活儿,你听得不耐烦了吧!"说罢擤着鼻涕。单节流着眼泪说:"这有益的故事都是教导,怎能不听您的话呢?结婚的那天晚间丈夫就走了,现在可能已不在人世,来世再结合吧。他们两兄弟怎会投降敌人呢?那是不会有的事情。使人难过的是世四郎,也许他有什么难言之隐,一个人在外边过。夫妇之缘虽然已断,但两个儿子和他们的母亲一同在犬山家侍奉了二十多年,没想回来参见主人可能是有什么缘故,世间哪有父母不想儿子的?"儿媳这样地劝解着。但她摇头说:"话虽是那么说,该国虽然也是扇谷家的领地,但神宫乡是丰岛的旧领,不管别人怎样,他大概已经服服帖帖地做了仇人的顺民。推想他那种不知羞耻的心中,怎能还想着故主之恩和儿子之事?一定是忘了。"她气冲冲地予以否定。这时似乎听到有人在外面站着,音音说:"是否曳手回来了?赶快点灯!"单节赶忙点起松脂烛,走上前去站在门里边说:"怎么回来得这么晚?"说着用灯一照,并不是姐姐,而是个陌生的过路人。他背着包袱,提着竹斗笠,站在门口弯着腰说:"我到这个山下来找个亲戚,途中被强盗追得我跑不动了,能赏我一瓢水吗?"听到他这样乞求后,她有点儿扫兴的样子紧盯着他。音音不耐烦地说:"单节!她一定很累了,赶快牵马进来,让她洗洗脚休息。"说着站起来,借着烛光无意地与过路人一照面儿,心想:"太可怕了,难道看错了人么?"她心情不快地又再看看。过路人赶忙搭言道:"那不是音音吗?我是世四郎猎平,你忘记了吗?"他这一报名,音音受到很大震动,一时忍受不住,便从里面把门哗啦闩上了。单节听到老人报名,知道他就是方才婆婆所说的那个人。她心里很难过,拉着要回屋去的婆母的袖子说:"若是陌生的过路人您这样冷漠无情,那是可以的。他是我丈夫的爹爹,如果您并不否认的话,即使讨厌他,那么今晚也该让他住在这儿,叙叙武藏的往事,不也是个慰藉吗?"没等她说完,音音厉声道:"你说些什么? 即使女人心软也不能背离世间的情理。好好想一想,断了二十多年关系的旧夫,虽然名义上是两个儿子的父亲,但他不配做父亲。他无缘无故地报了名,就同他见面,这和从前的不轨行为又有何异? 我同世四郎的关系已断,同粝平这个老人素无来往。即使是素不相识的过客,他若没忘故主之恩,忠厚仁义,那就不用说今晚,住到什么时候我也都留。二十多年来他一天都没想回来参见故主请罪,而心安理得地做仇人的顺民。对这种背信弃义的人,还有什么情趣同他谈武藏的往事? 不要管他,没人同情他!"她怒气冲冲地坚拒不纳。老媪的固执,不能说是合乎情理的。这使单节更加难过,背过脸去叹息。粝平听了在外边说:"音音一定很恨我。我怎能以夫妇之情厚着脸皮来找你? 我一天也没有忘记故主之恩,为了逃避尘世而做了渔夫。无一介之功有何面目回来向主君请罪? 不能给儿子丢脸,这是我的宿志。最使我放心不下的是公子的事情。另外想把儿子的事情悄悄告诉你,才从武藏那边不顾路途遥远和羞耻来到这里。请把门开开吧!"他在外边敲着门。在门里站着的音音,听说是悄悄告诉儿子之事,虽然很发慌,但又一想还是没回答。她回头看看哭泣的儿媳说:"单节你就爱哭。如今人心叵测,稍一疏忽就会身败名裂,这样的例子很多。外边站着的人说不定是敌人的奸细。要把门特别关好,不要开门,没好处。"她这样嘟哝着,脚步沉重地走到走廊上,把拉门使劲关上就到里间去了。

单节看着她的背影,对拘谨固执的婆婆的心思是理解的,但她十分思念丈夫的安否,想问问,便一边回头看着里边,一边急忙将脂烛熄灭,偷偷拉开个门缝看着粝平说:"太过意不去了,在这么黑的

第四十六回　地藏祠庄助争首级　山脚村音音拒旧夫…185

夜里让您站了这么久。婆婆说话不大礼貌是多年来对您思念的一片诚心造成的，请不要介意。在这里的山旁没有客店，且在那个柴火棚里歇歇来解除旅途的劳累吧！等有适当的机会再请到里边来。我叫单节，是您的儿妇。"说着用衣袖擦眼泪。猎平十分欢喜地说："原来你就是我早听说的尺八之妻单节。我多年的心愿和未能前来的原因，音音是不理解的。她骂我也不生气，分别二十多年见面如仇敌一样，说我未能为故主效力，现在这样传出去未免会被人耻笑。但想悄悄参见公子有所禀告，这是我的一点心愿。即使见不到公子，也想把儿子的事情告诉他妈妈和媳妇，所以才遥远地来到这里。不想徒劳而归，在哪里都行，今晚就让我住一宿吧。"单节听了又哭着说："这是个什么世道，连公公都不能让到家里来住。我这点对亲人的诚意就请您领受了吧。虽然我心里很难过，但请您就在这委屈一点吧。即使是间土屋也有点地板。您还需要什么，我给您拿轰蚊子的团扇来。您拿的行李看着很重，交给我吧。"因她这样毫无隔阂的情谊，猎平的心情便平静下来，把在田文的茂林中错拿的两个包袱从肩上放下来交给单节，由她领着到柴火棚休息，这时已经响起了二更的钟声。音音打开拉门问："单节！你在哪里？都到该就寝的时候了，曳手还没回来吗？"单节从柴火棚拿来两三束做火把的松树枝跑出来说："您不必这样挂心。这几个月那儿已经走熟了，我去看看。"她说着跑进里间去，把猎平的两个包袱藏在橱子里。系紧草鞋，掖上衣襟，赶忙把火把点着，往外边跑去。

第五辑　卷之四

第四十七回　庄助三试道节　双珠各归其主

　　四更左右，单节为迎接姐姐以火把照路很麻利地跑了出去。音音赶忙召换说："喂！等一等。天刚黑时都不便打发你去，天这么晚了你不能去。还是我去吧，站住！"她站在门口大声呼唤。但是天阴路暗，哪也看不清，连火把一会儿也不见了。音音一个人不住地叹息，怅然站在那里。过一会儿回到屋里，还是有些不放心，仔细想："去年来到这个山村落户，从秋天的盂兰会才开始祭奠道策。为了可能已经阵亡的儿子和其他死去的人，曾向田文茂林的地藏菩萨献灯火，自从许下这个大愿，一天也没间断过。但每日黄昏到那里去，来回都还感到孤单胆小，在四下一无所见的茫茫黑夜，谁愿意走那荒郊野路。可是还没回来的姐姐和去寻找姐姐的妹妹都无怨言，这说明了她们的一片孝心。如此孝顺忠贞的同胞姊妹，为何出阁后就这样薄命呢？都夸她们同我儿子是两对好夫妻。但只有一夜的缘分，至今丈夫生死不明，是月下老人配错了吗？若生下来就是山村的农妇还好说，虽然官卑职低，但祖孙三代都是武士出身，她们从小手未提篮肩未担担。到我家来的这一年半时间,白天去山上砍柴,夜间喂马,做梦大概都在想念自己的男人,在暗中伤心落泪,却不露声色。她们表面上若无其事的样子,都是为了安慰我。怎不令人心疼？"她这样没完没了地独自唠叨呜咽,同她做伴儿的只有墙外的蟋蟀,夜阑人寂,十分凄凉。

不能总这样伤感,她抬起头来,收住眼泪说："看我多么糊涂,叹息一阵又有何用？惦着的两个媳妇回来没有？"她愁眉不展地站在走廊上,弯下腰用脚摸到草鞋穿上,又到外面站着。这时犬川庄助义任正到处寻找山脚下的这处茅屋。见这里面北的窗户露着灯火,已过深夜还没锁门,就到门前来叫门。音音在黑暗中看着问道："你到哪里去呀！"庄助回头说："我不是过路的,虽然很冒昧,但想打听一下,这里有个叫音音的老太太住在哪里？请告诉我。"音音听了非常吃惊,稍微镇定一下若无其事地说："音音就是我,你从哪里来呀？"庄助听了十分高兴。"原来您就是,这太巧了。我从武藏来,本来四个人同行。同路的一个朋友受人之托,给您捎封信来。但适才在白井那边,遇到打斗受点牵连,各自跑散被朋友们落下。说不定他们今晚会在这里投宿,所以随后赶来。比我先来的人到过这里吗？"音音听了侧着头说："你说的人还没有来。虽然我等待着武藏的消息,但见不到信也没办法。你还是到那边详细打听一下,再同那个捎信的人一起来吧。"庄助听了稍稍沉吟了片刻说："您说的意思我明白了。现在夜已深,天又这么黑,山道容易迷路,在这等着一定会碰到,可以在这暂时休息一下吗？"对他这样的请求也不好冷淡地予以拒绝。她便回答说："那么就脱了草鞋,进屋来休息吧！"庄助这才放心,跟在后面从走廊进到屋内,在地炉旁边落座。音音把灯光挑起来,仔细看看庄助,鬓薄面白,坐着上身很高,年纪很轻。当下她私自在想："这个人虽然有些落魄，但身带双刀必定是个武士中的浪人。看他的神态不像个恶棍。然而知面不知心，是否是敌人的奸细很难预料，试试他看。"于是她若无其事地沏茶款待说："如您所看到的，这个偏僻的山村，家无隔夜之粮。家里的人早晨出去，至今未归。我想出去弄点东西，可是没人看家。虽然很失礼，能替我暂时看一会儿吗？"庄助听了面带微笑说："这虽然很容易，但让个初来乍到的陌生人看家您能放心吗？如果丢点什么，我也十分不安。何必那样急忙出去呢？"他委婉地加以推辞。音音也笑着说："您说得虽是，但有钱的人家才需要留心，我这个贫寒之家有什么可怕的？虽说这个山里没什么蚊子和跳蚤，可是这一带到了深夜蚊子特别多。我想拿把草来熏熏地炉。去去就来，暂且拜托了。"说着就走出去了。庄助看着她的背影，自言自语地说："真是个坦率直爽的老婆儿，纵然路熟，这么黑的夜晚也不点个火把，到哪去呢？从她的说话和举止上看，不像是山里生长的人。是什么人落魄，躲到这偏远的山里来，做了卑贱的女人？她的内心一定很纯洁。"这时面前飞来个蚊子"嗡嗡"在叫，他不住地扑打着说："真讨厌！确实蚊子太多了。且熏一熏。"说着把走廊放着的草篮子拿进来，恰好一阵山风从窗户吹进来，把灯吹灭了。庄助没了办法，到处摸有没有引火的木条。但才来哪里都不熟悉，没摸到想找的东西，不料将茶碗碰翻，又被纺车绊了一下。无奈只好围着地炉的周围摸。拾起火筷子，扒出一点埋着的火，把草盖在上边，把脸趴过去想把草吹着，可是草还没大干，怎么也吹不着。他心里很着急，又到处找吹火筒，但还是找不到。没办法就在黑屋子里抄着手呆呆坐着。

却说犬山道节忠与，黑夜在田文地藏祠的茂林中，被两个身份不明之人夹在中间，想夺去他携带的仇人首级。在搏斗时借着刀砍石柱发出的火光,用火遁术逃脱。他并非害怕敌人,而是不愿作因小失大之争。但因为天黑心慌,却把那个老人从肩上掉下的两个包袱拿错了,由于彼此的包袱相似而没有发觉,拿回家里来说:"怎么这样黑。音音在吗,为何不点灯?曳手!单节!"他站在那里召唤也没人回答,所以就嘟哝着走进来。因为对屋内熟悉,摸着黑慢慢将两个包袱放在祖先龛旁边的旧柜橱内。然后将门关上,连喊了几声:"音音!音音!"却还是没人答应,就坐在地炉前面用手到处摸,他是在找打火箱。再说庄助在道节回来时心想:"在乱世诚实的人少,奸诈之徒多。这家主人那个老婆婆看着很诚实,让我在这休息,她出去了,现在猜想起来这间草屋一定是贼窝。因此夜间在森林里扫墓的那个歹徒也一定住在这里。那样的话稽平所说之事也就不一定可信。纵然其言不假,无论城乡同名的也很多,这个音音恐怕不是稽平的亲戚,而是贼妻。若果真是那样,她就一定是为了骗我而出去告诉同伙,以便害我。这种乌合的山贼,再从外边找来一些又岂奈我何?那就把他们引过来,全都消灭干净。"他心里这样想着,一点儿也未动,坐在那里袖着手连大气也不出。这时道节并不知道身边还有人。打火箱没有摸到,摸地炉的周围找到火筷子扒拉灰,三扒两扒,埋着的火把庄助方才盖上的草自然引着了。一阵强烈的夜风吹来,燃烧起的火光使二人面面相觑。道节和庄助都大吃一惊,急忙操刀在手,按着刀鞘站立起来。彼此怒目相视,在地炉的两边站好了准备交锋,又在火光暗淡中互相看看,道节急待动手,将要拔刀。庄助将他拦住大声搭话道:"犬山兄,且慢!"道节不大明白,忙问:"怎么认识我,你是谁?"庄助微笑说:"我是犬川庄助义任,和你有前世的缘分。有许多话要同你谈,且不要拔刀。"道节听了十分惊讶,仔细端详着点点头,把刀纳入鞘内,但还是不敢疏忽:"听你报名我也略微记得了。六月十九日,也是在像今天这样的深夜,我们在圆冢山边见过。"庄助跪下一条腿,二人进行了这样一段戏剧性的对话:

庄:你火葬节妇滨路十分辛酸,我在窃听你并不知晓。当你拿起村雨刀要离开去为君父报仇时,我握住刀鞘报名想夺你的刀……

道:我将你推开,嗖地拔出刀来。

庄:我也毫不怠慢,拔刀迎战。

道:彼此施展绝技,虚虚实实。

庄:一上一下,互相砍杀,刀尖碰到我的胳膊。

道:大概你受了点轻伤。

庄:我砍了你的肩头。

道:不料瘤子被劈开。

庄:从伤口飞出颗珠子,奇怪地落入我手。护身囊的带子松开了缠在你的刀把上。

道:我没留神把带子拉断了,才知道囊中有颗小珠子,珠子上鲜明地现出忠义的义字。

庄:从你身上掉出的那颗珠子,也自然地可以看见忠义的忠字。

道:我并不知道。你我既非仇人,我身系报仇的大任重如千斤,便借火遁……

庄:你隐形不知去向,不期今宵又在此重逢。

道:在田文的茂林中,妨碍我祈祷的可是你?

庄:祭扫那个旧冢的,原来是道节你?

道：那时闯过来,把我们隔开的是谁?
庄：我不知道。
道：我也不晓得。
庄：以后会知道的。

道节道："他是谁都无关紧要。我钦佩你非凡的武艺和勇力,我们如果都能开诚布公,说出自己的身世结为兄弟,胜似得到万卒之助。然而我与你并无宿缘,更难以知道往世的缘分。你说我们有往世的缘分实难以置信。想以妖言拖延时间,趁我不备而击之,我岂能上你的当?"正在他这样斥责时,草已经烧光,屋中又是一片漆黑互不见人。庄助高声说道："我未将事情的原委说清,你有所怀疑是可以理解的。但互相都有证据,不只是彼此的珠子,你身上如有块状似牡丹的痣,我们则是异姓兄弟。这是重要的证据,先把灯点着。"道节听他连自己身上的痣都知道,便半信半疑。在火燃着的时候看见地炉边上有块引火的木条,赶快摸到将灯点上。

却说主人音音,因为心里另有想法,所以让陌生的过路人看家,自己往田文地藏祠的茂林那边走了半里多路,想看看曳手和单节回来没有。在路上站了片刻,不见前方有松明的火光。既然出去不是想买东西,在那里待了一会儿也就转身回来了。她从门旁往里看看,隐约听到道节和庄助的对话,虽很吃惊,但没立即进去。于是她蹑手蹑脚地走上前去,手扶着走廊旁边的树篱笆,听他们在说些什么。二人在里面一点也没发觉。道节点着了灯回头看看。庄助轻轻趋膝向前道："犬山兄,你身上果然有状似牡丹的痣,这说明我们就是有往世缘分的兄弟。不要再隐瞒好吗?"他这样一再追问,道节歪着头皱眉说："真奇怪,我的痣你是怎么知道的。我生下来左肩上有个瘤子。六岁时因故曾一度丧生,但又奇迹般地苏醒过来。从那时起瘤子上生出块痣,状似牡丹花。过了许多年,那个月的十九日在圆冢山旁被你砍破了瘤子,一点儿也不觉得疼。次日一摸肩头,瘤子好了,一点刀痕都没有。原来那时从我的伤口出来颗珠子,太不可思议了。可我不明白的是,为何说我有痣就有往世的缘分,是什么缘分呢?"庄助微笑着说:"费尽千言万语,没有证据也是空话。你先看看这个!"说着袒肩转身给他看背上的痣。道节赶忙把灯拉过来,仔细看看,庄助也有块痣,从脖子旁边到右肩胛骨下,状似牡丹花。与他曾照着镜子看到自己的痣一般无二,不觉长叹一口气说:"太奇怪啦!太奇怪啦!"

当下庄助穿好衣服,取出在衣领缝中所藏的带有忠字的珠子说:"这是从你肩上的伤口出来之物,我秘藏的珠子那时同护身囊一起被你拿去了。看了就会知道,字虽不同,珠子却完全一样。请看!"他说着递给道节。道节接到掌中,对着灯左右观看,更加感叹不已。他把自己的珠子收在腰间的印盒里,然后把颈上挂着的庄助的护身囊还给他说:"我曾打开这个囊看过稀世的宝珠。另外在包脐带的纸上,写着你的乳名和诞生日,以及得珠的经过。知道定非凡人,他日或许再会,就一直把它带在身上。真想不到竟有这等奇事,从我的伤口飞出去的珠子和痣都彼此相似,不能说没有宿缘,只是不知其故。我的痣就是这个。"说着他拉开左衣襟,露出肩膀。庄助欣然收起护身囊,看看道节的痣,同他所推测的一点不差。不觉喜悦地拍了一下膝盖说:"你有这块痣,我在圆冢山窃听你告诉令妹时,就已大体知道。今亲眼见到方知我们确有宿缘。据我了解此珠并非人造之物。据说当世安房里见将军之女伏姬,是位罕见的烈女。她在幼时,因故役行者显圣,赐给她一串念珠。这是其中的记数珠子。长禄二年秋,伏姬在富山自杀时,那八颗记数的珠子,与一道白气一起向八方飞散。最近有同样因果的两三位朋友,在下总的行德,遇到里见的旧臣金碗入道、大法师和将军的密使蜑崎十一郎等,才得知它的确切来历。因此你我的珠子,大概是根据伏姬临终时的誓言,与那气一同飞散又同我们一起出现在人间。这足以使我们灼然得知宿缘。另外我们身上有块好似牡丹的痣,大概是像八房那只狗的毛色。关于八房之事是这样的。"他概括地予以解释后,又接着说:"我们既有此缘分,有同样的痣和相似珠子的人就该共有八位。加上你已经见到的是六位,剩下的两位不久也将会相聚,这是可想而知的。除你我之外,具有同样因果的豪杰中,先说犬冢信乃戌孝。他是武藏国大冢人氏,是令妹节妇滨路的未婚夫,持有带孝字的珠子。其次是下总浒我的浪人犬饲现八郎信道,他持有带信字的珠子。再次是行德的市人之子犬田小文吾悌顺,他的珠子上有悌字。还有市川的乡人山林房八之独子犬江亲兵卫,他有带仁字的珠子。我们身上都有块痣,虽位置不同,形状却无异。以此推断,我们的出生地和父母,虽然各不相同,但因是有宿缘的兄弟,所以各自以犬为姓,不是很稀奇吗?我们应该感谢伏姬,要把她当作我们往世的母亲来祭奠而不能诽谤。同一因果的八犬士聚齐后,同去安房侍奉里见将军,这是归宗之义。尽管彼此的缘分匪浅,也许与前世的报应有关,现在我们都十分薄命,各自不得安宁。因此犬冢戌孝受其姑父母之骗,不知村雨宝刀被盗而去参见浒我将军,不料获罪。他同犬饲信道厮杀落到船上,因而漂泊到行德,为犬田父子所救,并且由于山林房八夫妇的杀身相助,才再次脱离危难。我在那天夜晚偶然杀了个人,当场为主人报了仇,却被仇人的同党诬陷。在即将处死之际,犬冢、犬饲、犬田三雄大劫法场,杀死奸党救出了我一同逃到户田河畔,后有追兵,前无渡船,以为必死,却被神宫河的渔夫猎平搭救,得到船只摆脱了敌人。不只是犻平,还有他的两位亲人力二和尺八都是豪侠,他们二人从芦苇荡中冲出来,挥戈奋战。力二郎在水中杀死追兵的大将丁田町进,尺八挡住想渡河的敌军,频频迎战。我们在远处看着,想再回对岸相助,犻平不摆我们过去。大概他早已有厌世之心,沉船身亡。因此我等不得不离开那里。那时已经黄昏,没有看清二位侠客的存亡。出于无奈,在黑暗中便寻路逃走了。"

音音偷听到这里,且惊且疑:"晚间在门前站着的那个昔日情夫犻平,也不知是否他的魂灵,竟无情地拒绝,片刻也未容他进来,太过意不去了。对儿子的存亡,更加放心不下。多么悲惨啊!"虽然她不能哭出声来,但却潸然落泪,不好意思立即进去,便独自扶着树篱笆悲叹。里面的道节细心倾听了事情的经过,于是改变态度说:"真是前所未闻的奇谈。即使没有宿缘也都是稀世的豪杰,我竟有眼无珠,既未归还村雨宝刀,又屡次把你当作敌人,十分惭愧。那个犻平是从前侍奉家父的,当时的名字叫姥雪世四郎。他在我出生时由于如此这般之事,被驱逐出去。我虽不认识这个人,但早就听说他住在神宫河原。另外这家的主人音音从前与世四郎有私,生了力二和尺八。又由于某种缘故,音音被留下成了我的奶母。所以儿子跟着母亲都侍奉我。世四郎犻平虽是力二和尺八之父,但被世人知道后耻笑,便不说是父子。是否因为对不起儿子和妻子,才厌世投户田河自尽,实在死得可怜。另外那个力二和尺八,挡住众多追兵,放走四犬士是有因由的。我曾想狙击杀害君父的仇人,但心腹的家臣仅剩他们二人。尽管他们都是有忠义之志的英勇壮士,还是不及辅佐张良刺杀秦始皇的沧海君。想得到三四位得力助手以伸张大义,所以就派力二、尺八到武藏去。盼咐他们与你们兄弟同心协力,如果认为你们是世上的豪杰,便与你们真诚相交,待摸清你们的隐衷后,相机请诸位与我结成同伙。因此让他们兄弟寄居在与之骨肉分离的其父那里。虽然同你们还没有见面的时间,但他们或许是想为四犬士效点力吧?可是只有你一个人来到这里,那三位犬士怎么没来?"庄助听了点头道:"原来是这样。我们四个人在户田河原再次脱离危难,一同走了三四天,今天在明巍山中,我在茶楼随便用望远镜往下看,看到与你相似的一个武士往山脚的那边走去。心想是否是你,便告诉那三位犬士一同急忙下山。我们路不熟便到处打听,傍晚离白井城不远,路过一个什么村子时,许多村人奔走相告,说某处有歹徒,趁扇谷将军回城之际行刺,而杀的并不是管领,而是其手下的某某人。这样吵吵嚷嚷的,我们听了十分吃惊。此事如果属实就想为你报仇。于是想急忙赶到那里去探听虚实。一同走着,见前面一个人提着血刀走来。因是黄昏看不清面貌,就从我们四人的身边走掉而不知去向。因此我们受到连累不得不与追兵交战。这时敌人又来了援军,在万分危急之际,从竹丛中发出喊杀声,频频将敌人射倒,我们才算得救,杀出重围,各自落荒逃走。日暮天阴不辨东西,我落在后边。在田文的地藏祠暂且歇脚时,把扫墓的你当作是盗贼,出来阻拦将你赶走。从那里到这来是因为有猯平托付给犬冢的信。听说那封信是给住在这个山下的一个叫音音的老妈妈的。以此为线索,我想犬冢等三位朋友也许到这里投宿。但是到这里一问那三位犬士并没有来,心想在这里等着一定会碰到,便蹓到屋里来。这家主人是位老妈妈,要出去买东西,让我看家,可巧灯被风吹灭了。这时你从外边回来,于是我就疑心生暗鬼,以为又是贼,便没有搭话。如果不是炉火着起来了,在暗中动武说不定都会受伤,好危险啊!"他这样地倾吐着衷肠。道节听了面带笑容,摸着头说:"亲信疏疑,此虽是世之常情,而有这样的宿缘真太稀奇了。我不久前离开圆冢去镰仓,刺探敌人的动静。听到不少人说扇谷定正因故去上野的白井,就偷偷跟踪躲在奶母音音家,想寻找机会。据说定正从昨天去户泽山狩猎,这里也被派了工。心想这是个好机会,连对音音都没说出心里的机密,便去到离围场不远的明巍山附近,探听到回城的时间。你就是在那时候从望远镜中看到我的。于是我就在白井城那边的树林中等到了他。拿着村雨太刀随便说点瞎话,接近了仇人管领定正,将他刺倒割下头颅。岂知敌人早有准备,我杀的不是定正,而是越杉驮一郎远安。然而远安在池袋之战中,枪刺倍盛朝臣,也是亡君之仇人,总算聊舒郁愤。以后便不择敌人,任意砍杀。这时敌人的大将巨田助友,率士卒从丛林后攻过来,想前后夹击。我不能在那里丧生,就且战且走。恰好天已黄昏,被前边来的过路人隔开。我一边跑一边回头看,已无敌人追来,遥远听到喊杀声,那个竹丛旁好似还有激烈战斗。当下我想敌人一定误认那几个过路人是我的帮手,便想把他们抓住杀了。我怎能嫁祸于人自己逃走?与其杀人利己,莫如共同一死。所以就急忙跑回原处,偷偷钻入竹丛中,一边喊杀一边射箭,用此计策吓唬敌人,使你们暗中得救。待敌人后退,日暮之后,又到原来的树林旁边,拿起方才扔在那里的远安的首级,包好系在腰间。不料这时又杀死了父亲的仇人灶门三宝平,把他的首级也系在腰上。另外又消灭了敌人的两三个伏兵。在田文的地藏祠附近有今年四月十三日音音为我的亡君和亡父所建的墓标牌,想用仇人的首级进行祭奠,我正走到那个茂林,忽然被你惊走,未能祭成,便将两颗首级带回来了。我想把事情的经过告诉音音而她不在,又被你吓了一跳。不仅听到义勇无双的五犬士的来历,并且了解到我也是其中之一的这段宿缘,不胜欣慰。如果早知道这些,在圆冢山就把村雨刀交给你了。只想着得到了一件报仇的好兵刃，便拒绝了妹妹滨路弥留时的请求，使犬冢兄暂时受了不少苦，万分惭愧。犬川兄！但是那天晚间如果我不杀了妹妹的仇人，太刀也就不知去向。宝刀因此而落到我手中，这不也是宿缘吗？离合得失真乃是机缘。如今我已加入犬士的行列，这把刀岂不是给犬冢兄最好的见面礼么？在我们还不相识时，四犬士就替我迎战大敌，我又半路回去，为四位仁兄击退了许多敌人，行动犹如早已商量好了。我们俱脱离危难，是顺应自然、义气相通所致，不亦奇哉！妙哉！"他对往事的一段长谈，使庄助也十分感叹地说："我也这么想，不仅今天我们成了知交，而且前次我和你偶然换了宝珠，那珠子已日益对我们有利。我在大冢被奸党陷害、囚禁在牢中感到必死之时，只要口中含了那颗珠子就立即感到舒畅，用那颗珠子往身上擦擦，棒疮就立即痊愈。而且偶然报了杀我主人之仇，是与无意中换得带有忠字的宝珠之意相符的。你偶然获得村雨宝刀，今想还给犬冢，这个行为符合我的宝珠的义字。忠兼义，义中有忠。因此犬士们虽姓异而情如骨肉。珠子的字虽不相同，义气是一脉相通的。这也是自然的默契，可喜可贺！"他这样地赞许后，两人都感叹不已。道节更加高兴地说："你和我虽然得以尽吐衷肠，但是犬冢、犬饲、犬田等不知到哪里去啦，很不放心。这里非常偏僻，人烟稀少，山路崎岖，而且又是定正的领地，你们长途跋涉正在疲劳之际，如再有不测之祸，十分危险。主人音音还没回来，其儿媳都没在家，好似有什么缘故。想当面问问，但已无暇等待她们。走吧，我们去找那三位犬士。快！快！"他急忙站起来，腰间挎着自己的双刀，手里拿着村雨太刀赶忙动身。庄助赞同他的意见，也拿起刀想同他走出去。

这时音音慌忙唤住他们道："请稍等等！"说着从树篱笆后走出来，擦擦眼泪说："我突然把公子和犬川爷留在这里，你们可能不知道是为什么。我早已回来,你们的谈话我都听到了。为了不打断你们,所以就一直待在这里。今天公子您杀了君父的两个仇人,我老婆子听了非常高兴。您同世间的豪杰们有宿缘,因而彼此结交,这比什么都幸运。并且听到了您隐瞒到今天的有关我儿子的事情,总算得到一点慰藉。但也并非没有使我感到奇怪之处。曳手和单节至今还没回来。我虽有想说之事,但您想出去怎能耽误?等您回来再说吧。尽管您方才战胜大敌,安然归来,大概还是早已下了追捕令,即将传达到这里。现在夜深天黑没有月光,拂晓前请您赶回来。"道节听了点头道:"奶母如同我的母亲,关于力二和尺八之事,未尽早将此机密告诉您,是唯恐泄露出去。我先去寻找三位犬士的踪迹,待一同回来,再慢慢对您说。"庄助也同时安慰她说:"同在一棵树下歇凉,或同渡一河之水,都是有缘的,何况犬士们宿缘匪浅,如同形影。即使途中遇到不测之事,也会相助确保无恙。太太!您就放心吧!"音音回头看着他说:"有犬川爷就放心了。公子就拜托您啦。"她一心一意地为了主人。接着她又对公子说:"您不拿火把吗?"道节摇头道:"拿火把会成为敌人的目标,还是越黑越好。"说着他和庄助走了出去。

音音目送片刻,关上门进到屋里。一个人怎么也解除不了心中的疑虑,她担忧地想:"曳手和单节至今未归,是遇到方才所说的松林中的战斗没跑开,被流矢伤了,还是丢失了马?要么就是被士兵糟蹋了,无路可归?不管怎么样,回来这么晚,都决不会平安无事。担心的不仅是这个,还有两个儿子在户田河能杀败那么多敌人吗?想起来更悔恨莫及的是,不知稆平已不在人世,竟将他无情地赶走了。稆平死得很勇敢,给祖先献盏灯吧。南无阿弥陀佛!"当她念完佛将待起身时,听到外面有人咳嗽,那人一手拿着提灯推开大门进来,在院门中喊:

"老奶奶!"来的人是谁呢?一看是管庄园的根五平带着樵夫丁六和颙介他们来到走廊下说:"老奶奶,您出来了,深更半夜的还没睡吗?这么晚了到处跑不为别的,从白井城来了个紧急命令,要好好听着!"说着从怀里拿出公文,丁六和颙介赶忙把灯笼拿到他的身边。当下根五平恭恭敬敬地高声朗读了命令的全文:

兹有已故之炼马倍盛的余党犬山道节忠与,窃举螳螂之臂,以逞逆谋,以蚊蚋负山之力,欲报仇冤。是以巨田薪六等早奉密令,追捕至今,狗急反噬后,已逃亡不知去向。此贼年二十二三,身高脸白,月牙头长出甚长。如发现此人,速来禀告,如有能逮捕交官者,将论功行赏。另有同党四五人,姓名未详。知之者,定要禀报,窝藏者,与之同罪。饬令巨田助友等遵照执行。

读毕,将文告揣在怀里说:"老奶奶,听清了没有?你是他乡人,经仁田的哥哥介绍,从去年夏天来到本村,买了这处空房子,你寡居,婆媳三个人同住,儿子据说在他国。都是女的虽捉不住歹徒,但一定要当心,不能留不认识的人住。如果知道他们躲藏的地方,要偷偷报告给我,得赏咱们平分。受累的还是管庄园的人。穷乡僻壤,近的离半里多路,户少路远,恐出现意外之事,特抽派两名庄丁,在黑夜里到各处通知。这儿是最后一户,可累死我了。"说着他捶着腰。音音听了微笑说:"您受累了。丁六和颙介也进来歇歇脚吧。给你烧点茶喝。"根五平听了说:"茶和水都不想喝。还是赶快走吧。"他带着两个樵夫,急忙走出去了。

第四十八回　驮马暗导两夫妻
　　　　　　　兄弟悲全二老亲

　　音音把拉门关上,不觉长叹了一口气,心中忐忑不安,怎么也无法平静。她早就预料到一定会下令追捕,如今竟已通知到这里。他们一点儿也不知道就出去了,对公子的安危着实放心不下。她想追上去告诉他们,但又不知往哪里去追。自己已是年过半百的老人,如果孩子们在家,还可想想办法,不凑巧连两个儿媳妇都没回来。她闷闷地冥思苦想,在这悲惨的人世中,还不是只得自己受苦?在忧伤中,她听到了丑时的深夜钟声,若是寂灭为乐①的钟响,那就不会有人生如梦的烦恼了。夜深了略有寒意,微风送来隐约的马铃声和有节奏的马蹄声。心想大概是她们回来了。音音侧耳听着,是女人合唱的、赶马的小室小调②,唱得十分委婉动听:

---

① 寂灭为乐是佛经语,有超脱生死方为极乐之意。
② 小室小调:是江户初期流行的歌谣,原是赶脚人的小调。

荒芽山,月亮虽有①而天阴看不见。今天要下雨怎能待明天？远离家乡降泪雨,润湿了衣袖衫。一阵风吹过,醒来倍觉秋意寒。

　　听说情人在等俺,被诱到白井附近的松林间。枕臂醒来原是梦,信笔留下个"雪"②字,自觉心怅然。

唱着来到茅屋的房檐下。

　　曳手牵着马,鞍子上驮着两名病弱的旅客。单节肩上背着两个行李,右手拿着火把走在前面,急忙用左手哗啦推开带有门铃的两扇门,高声喊道:"婆婆！我同姐姐一起回来啦,您还没睡吗？"说着姐妹二人把行李卸在走廊上,在檐下牵着马。音音慌忙拉开拉门,拿灯对着外面出来迎接,喜形于色地说:"怎么回来这么晚？不看到你们平安回来我能睡得着吗？你们一定又饥又累,没伤着就好,快先洗洗脚吧！"说着她赶忙到厨房去,把准备好的温水淘在手桶内,提着来到走廊倒在脸盆内。这时曳手和单节已把两个旅客从马上放下来,先给他们洗洗脚,又洗洗马蹄子,然后把马牵到马厩内。姐妹俩这才解开草鞋,互相冲冲脚上的泥污。音音没等她们冲洗完毕,看着面朝外坐在走廊上的两个旅客的背影,用手指敲着曳手的后背说:"他们是哪里的人？是回来路上驮来的吗？如果是旅客,从白井来了严厉的命令,不能随便留宿。"她这样说是唯恐妨碍道节即将领来那四位犬士。曳手哪里明白婆婆的意思,回头看看说:"深更

---

① "荒芽"读作"あらめ",与有月亮的"有"字是同音,这是以谐音的技巧作喻。
② "雪(ゆき)"与"行(ゆき)"是同音,也是借助谐音的技巧来表现怅然若失之意,耐人寻味。

半夜驮着旅客一同回来,您一定很惊讶。今天傍晚白井城的将军〔指定正〕在回城的途中,不料发生动乱。什么原因虽不大清楚,却突然来了很多军兵,不论对哪里的人都劈头便打。马惊人挤,无路可逃。正在毫无办法时,那两个过客从我们后边赶来说:'怎能见困难不帮!真可怜!女赶脚的跟在我们的后边走。来吧!'说着他们走在前边,将众人推开,好歹开出条路,离开了那个村庄。可是前边还是走不过去,由于那两个人的热心帮助才得以安然无恙。当走到田文茂林一带的旷野时,不料这两个旅客同时旧病复发,都躺在草地上。我十分吃惊,束手无策。若没这两个人的帮助,我和马就不能安然回来。怎能受了人家的帮助,反把两个病倒的人抛在那里而不顾呢?于是就把马拴在树下,没有药,只能在旁边看着。在远离人烟的旷野荒郊,不觉到了深夜。幸好回家的路那边看到火把,走近了一看不是别人,竟是妹妹遥遥地来接我。彼此打招呼找到一起,说明了事情的经过,这才互相得到安慰照顾。那两个人的旧病虽然稍好一点,但不能走远路。他们想乘马同到咱们家,那时恐怕天也就快亮了,这样地一再恳求我不好推却,就同妹妹商量,把他们一同驮回来了。还没功夫告诉您,使您着急了吧?"单节也说:"即使从白井来了命令,也不能把途中救我姐姐的人丢下不管。又不是她一个人,很快天就亮了,有什么关系?"她不知道婆婆的隐衷,在帮着姐姐说情。确实难以推辞,受人家的恩惠把人驮回来不是没有道理的。但是音音心里十分着急,歪着头嗟叹。她独自寻思:"那两个一起发病,借曳手的马把他们驮到这里投宿,一定有什么缘故。是否我和公子藏在这里有人告密,为查看虚实,于是从城里派了两个密探装作是旅客。即使是那样,现在赶他们走会更令人生疑,说不定他们已站在门口或趴在院子里了。莫如暂且将他们留下再说。"她这样一想，便点头道："听你们这么一说，是难以推却的。虽然管庄园的人传达了白井的命令，不准留过路人，但对恩人总该是例外。就让他们歇到天亮吧！不要管客人们，你们想吃什么？马喂了吗？"曳手听了说："带的饭吃得很晚，途中十分劳累，气还没喘过来，哪里想吃东西？马在野地里拴着的时候，已吃了不少草。妹妹，你想吃吗？"单节摇头道："你都不饿，我是吃了晚饭才出去的，还想吃几顿？"她这样回答后将洗脚水倒了。音音在屋里把纺麻的桶和草筐往旁边推推说："那么就请二位旅客到里边休息吧！"姊妹两个对旅客传话说："因为有些不方便，婆婆不大乐意，你们着急了吧？事情已经向婆婆解释明白了，同意将你们留下。你们已经看到这虽是草屋，可是总比在那里好些。就进屋歇息到天亮，再养一养吧！"她这样地安慰着往屋里让。那两个人回过头来说："这太好了。虽然不是对别人，而是对在途中搭救过你的人，但即使是这样，如此热情的款待，也实不胜感谢！那就不客气了，请原谅。"二人这才起身，被领到屋里，并坐在窗下。

当下音音在灯光下与两位旅客见面，她虽已老眼昏花，但还看得清楚，于是慌忙趋膝向前说："这不是力二郎和尺八吗？真没想到！"被她一声唤，二人吃惊地抬头看看，一齐拍着膝盖说："万没想到，这家的主人竟是母亲大人。方才在外面坐着听您讲话，也许由于您过分劳累，嗓音都哑了，再加上灯光暗淡，在那里看不清楚，竟将自己的老人当成外人，请恕我等失礼。已有一年多未来看您，头发都白了。想到您经受的苦难，实令人难过。但是十分幸运，您还活着，能够看到您的健康身影，我等倍感欣慰。"他们这样一同安慰，不住地眨巴眼睛。音音一面回答着："你们说得是"，一面高兴得抑制不住自己的眼泪。曳手和单节在旁边听着，对不知道他们各自是自己的丈夫而感到不好意思,没有顾得上前去见礼,心跳得厉害,不觉把脸捂上了,从袖子上流下来的欢喜眼泪把衣领都润湿了。稍过片刻音音擤擤鼻涕说:"力二郎和尺八,你们忘了吗?她们就是曳手和单节。结婚的第二天,由于丰岛和炼马两家的灭亡,我们这些微不足道的人也遭了殃。因为你们无法通信告知躲藏的住处,使母亲不知儿子安否,妻子被丈夫丢下一年半毫无音信。即使兄弟姊妹在途中奇迹般地相遇也认不出来。然而不料上天鉴怜你们这两对诚心的义士和贞女,让你们在途中互相解救危难、救护病人,终于一同回到家来,这实在是割不断的情缘。自去夏来到这个山村,忧伤劳苦,不说你们也会知道。可是两个媳妇对我照顾得无微不至,朝夕慰藉,竭尽孝心,才得以苟延残喘。若无曳手和单节,我独自一人不胜忧伤,怎能活到今天?应该说她们是少有的贞女。哎哟,曳手!现在不要难过了。单节也收收眼泪,还不到你们丈夫的身边来。"婆婆在言语中流露出无限喜悦的心情。曳手和单节这才从灯后边走出来,靠近各自的丈夫身边说:"虽说夫妻有再世的缘分,但从那天晚间就分开了。尽管日夜都在思念,由于面貌变了,彼此还是未认出来,如同对待他人一样,淡漠地交谈,实在感到过意不去和后悔。"她们一齐向丈夫道歉并擦着眼泪,悲喜交加中各自默默无言,在这只言片语中已充满了真挚的情爱。兄弟二人转过头去看看,力二郎首先开口道:"兴衰得失变化无常,虽兵败家亡犹如丧家之犬,也不能忘掉妻子。只是由于相聚甚短,所以不仅你们认不出了,我们也是一样,十分惭愧。从前鲁国有个叫秋胡的,娶妻不久就去他乡游学,经过多年回家,看到个采桑的女子,不知是自己之妻。停车投金加以调戏,那是耽于女色的轻薄。今晚之事并非秋胡夫妻,有何不好意思的?应该高兴!"他这样地对她们加以赞许。尺八也感叹地说:"夫妻互不相识是由于相聚甚短。尽管如此,在艰难中代替丈夫孝敬母亲,使老人家能活到今天,只这一点还不足以知道你们的心吗？天缘疏而未断,不期又得以重逢,这是天公没有辜负我们这两对夫妻的诚心,才得到神佛的指引。十分可喜可贺！"经过这番安慰,姐妹俩才算有脸抬头了。曳手折柴烧地炉沏上热茶端来,单节提来放在走廊上的行李,搁在窗户旁边。她们这样热情地款待着,音音看着她们,满脸堆笑地对两个儿子说:"听说方才在路上你们突然发病,被其他事情差过去还没问你们,现在感到怎样,不用吃药吗？"哥俩听了说:"不,不碍事。我们身上有点刀伤,长途跋涉可能受点风寒。伤口虽突然疼痛,但不料与母亲见面,一高兴比药都灵,一点儿都不疼了。"二人一同这样回答。音音听了点头道:"是去年打仗受的旧伤发作,还是最近在户田河抵挡敌人受的伤？我很不放心。即使是一点儿擦伤,要是破伤风也不是玩儿的。"兄弟俩听了愕然吃惊,互相瞠目叹息道:"母亲！这个月初二黄昏在户田河原发生的事情,您是听谁说的？真有些奇怪。"听他们这样问,音音看看外面,留心地小声说:"是啊！我一直到今天还不知道你们是活着还是死了。晚间偷听到一个人悄悄告诉公子,这才略有所闻。但因事情十分紧急没太听清楚。你们兄弟俩从去年夏天,在哪个村、住在谁家藏身？不知道公子这些日子在我家吗？难道就不想来问问母亲的安否？仔细说说是为什么？"被她这样一问,力二郎和尺八都往前凑身说:"事情的秘密您既然知道,就没必要再隐瞒了。在去年四月的战斗中,将军〔指倍盛〕和主公〔指道策〕杀退了许多敌人,突破左一层右一层的重围,可是敌军继续增援,终于弓折力尽,战殁身亡。然而少爷〔指道节〕一点儿也没受伤,杀退乘胜之敌,逃到杂司谷,回顾跟在左右的我们俩说:'喂,力二郎和尺八,你们听着！君父已被敌人杀死,我虽不惜命,但没遇到想较量的敌人。那些无名小辈纵然杀死十骑、二十骑,亦非为臣子者复仇之本意。死容易,活着难。我是想且延今日之命,狙击仇人定正,以全忠孝。自今日起尔等就该善体我之大志,偷偷地召集同伙。但乌合之众多了反而容易泄露,五个指头分开莫如攥起拳头。如果招募的只是趋于一时之利、或是才疏学浅而贪虚名之徒,就是有这样的同伙也无济于事。但愿能得到三两位豪杰之助也就满足了。你们兄弟应同心协力留在武藏,要隐避好,要有深谋远虑,发现世上之豪杰就与他交往,探明他的心愿,志同道合者就与我等结为同伙。'又嘱咐了一些其他事情,便让我们离开他身边。主命情真理切,只好听从。我们恋恋不舍地看着他策马逃走,目送着他的背影,这时已经日暮。我们虽出生在武藏,但因已是逃亡之人,不能随便投宿。离居的父亲隐遁在神宫河原,近年听到过他隐居的名字,但由于他不愿再见主君,所以直到去年还没打听到他的安否。哪怕没见过他的面,在这个时候也想见见他,望能悄悄得到他的帮助。于是偷偷到他那里去。见面后便试探他的心,虽然他避世隐居却还没忘旧恩:对将军的灭亡、故主的丧生深表悲叹,忠义之言值得钦佩。他对自己的过错毫不掩饰,光明磊落的心地可见。他不愧做我们的父亲,我们被感动得落下泪来。骨肉之亲虽是初次见面也毫无隔阂,既相信父亲,就藏在神宫河边的家中。这事没同母亲商量,就寄居在已经分居的父亲身边,很不妥当。我们不是没有想到您会生气的,但彼此都不是为了个人,而是为忠义,因此也就无亲疏之分。既为主就难以尽孝,便无暇顾忌他人的猜忌,而把刚刚认识的妻子托给了母亲。对您逃到山村是怎样过活的,虽然父亲听到点消息曾同我们悄悄谈过,但唯恐泄露机密,所以未能来看您。明明该让您知道我们的下落却让您挂念,实在是不孝。在此期间同父亲秘密商量,有的是他乡的浪人,也有的是近国的侠客,虽与他们相交暗中试探心意,但都非理想人选。然而大冢乡的浪人一位叫犬冢的壮士,父亲与之相识后,便知他是盖世的豪杰。不仅犬冢一个人,他的朋友犬饲、犬田、犬川等都是智勇双全之人。以父亲的见识认为,如能把他们延揽过来,则大事可成。不能错过这个机会,当他们从下总回来船靠岸时,大人就赶忙与他们交谈,顺便托犬冢给母亲捎封信。目的是想让他们到这里与少爷相交往。这件事没办成他们就遇了大难。不先救其危难,不足以表示我们的英勇气概,根据大人的远见,我们父子三人就在户田河东岸泛舟埋伏在岸边。果然不出所料,犬冢等被敌人追来。由于预先已安排好,大人便用船将他们摆到对岸。这时我等就挡住敌人,首先在水中杀了守备丁田,然而敌人仗着兵多势众不肯撤退。且战且退之际,又从大冢城来了五六十个敌兵,蜂拥而上,连放火枪。我的大腿被打破,弟弟的左肘受了伤,行动很困难。比之前受的伤重,心想与他们拼了吧,就头也不回地砍杀水边的敌人,然后借着天黑,我们俩就跳入水中,潜水游到对岸。这样地拼杀了一阵,不料犬冢等已不知去向。另外早就听说少爷已悄悄去镰仓,如今若从那里去上野,可能躲在荒芽山。心想可以顺便看看母亲安否并安慰一下妻子,便吮吮血给伤口缠上布,兄弟两个互相帮助赶了三四天路。不料今晚遇到妻子妯娌俩,一同来到母亲隐居的地方,事情的经过就是这样。果不出我等所料,听说少爷已在这里就放心了。那个犬冢等人怎么样,来这里了吗?是否迷了路还没来?令人担心。"哥哥说完,弟弟又接着详细诉说了以往的经过。母亲和两个媳妇听着都毛骨悚然,如同亲眼见到似地吓了一跳。母亲音音微微笑道:"真是一段惊人的故事,你们的确是我的好儿子,以往的疑虑都立即消除了。

正如你们所推测的那样,公子从六月下旬跟踪仇人定正,来到我家,今天又在白井的森林中杀死两个仇人,只恨定正没出镰仓,这次躲过去了。你们来的途中,各村吵嚷,听到那件事都十分震惊,大概行人就不到这里来了。犬冢这个人没到这来,书信也未收到,但是他的一个朋友,叫犬川庄助的勇士,偶然来到这里,同公子如此这般地忽然结为好友,为寻找犬冢等人,一同出去了。这样的话,公子和那个人在拂晓时可能回来。你们该高兴了吧。"兄弟俩听了乐得手舞足蹈地说:"原来途中的动乱,却是我们的喜事。今天虽然定正漏网,杀死的两个敌人一定是越杉和灶门之辈。犬冢虽还没来,已遇到他的友人,少爷就可放心了,可喜可贺。"一同额手称庆,眉开眼笑。可是金疮疼得厉害,脸色苍白,毫无人色。两个媳妇在旁边听着,不知不觉地趋膝向前,为丈夫的英勇义烈所感动,为之震惊。曳手不觉叹息道:"男人以其雄悍之心,为了忠义而不顾母亲和妻子是可以理解的。如宝贵生命太短,则不能长期立功。我从方才就仔细看,我男人和小叔的脸色都和平常人不一样。说话时呼吸很困难,是否伤口难受?如想到父母和妻子为你们担心,以后就要好好爱护身体才是。"她十分恳切地劝说着。单节也诚恳地说:"不知你们俩以为如何?姐姐说的是很有道理的。在路上没法疗养,幸好已经到家,说明命不该绝。护理是妻子的责任,村里虽没医生,却可到县里去讨药。应留下来长期休养。"说着她忍不住地泪流如注。听了她的一片真心话,音音在旁边说:"媳妇们说得好,只顾忙着贪功并非真的忠义。方才已经说过,纵然是轻伤,如是破伤风,那就连耆婆①、

---

① 耆婆:释迦牟尼时代王舍城的名医,皈依释迦,受杀父的阿阇世王的劝说,成为佛教的信徒。

扁鹊也无能为力。俗语说生命乃一切的根本。"听了母亲的教导,力二和尺八回头看着各自的妻子说:"母亲的慈爱实是天高地厚,你们的恩情也不浅。现在才知道你们的贞操节义非同一般。但是生在战国的武士,怎能受点伤就蹉跎岁月?因此我们兄弟天亮便想潜赴镰仓,窥探敌人的虚实,以便抓住时机报告少爷。倘若不幸被发觉死于仇人之手,今生则将永别了。只是想把母亲托付你们,代替我们兄弟奉养尽孝。待母亲百年之后,你们可再结良缘以度幸福的余生。想说的事只有这些。"曳手和单节听了都呜咽地哭着说:"勇敢也要因事而论。不顾母亲、自身和妻子能算是忠义吗?今天在白井城这边出了事情,距镰仓虽远,但敌人已加强戒备,草木皆兵,盘查得十分严厉。明知如此还往那里去,将宝贵的生命白白送掉,算什么功绩?想不到你们对后事竟留下如此不堪入耳的话,让我们改嫁异夫,另结良缘。听着似乎有情而实是无情。常言说:有时大人要向孩子请教。女人的见识虽浅,也希望你们听一听。以你们男子富有智慧之心,想想是非曲直以免后悔。婆婆!请您好好劝劝他们吧!"她们这样地恳求。两个贞女迫于情义,悲伤得涕泪交流。她们虽没有商议而所说的话却都出于至诚。

姐妹二人为无限恩爱贞节之情哭得力二郎和尺八只是束手听着,不断地叹息。他们一点也不再看痛哭流涕的妻子,哥哥对弟弟使个眼色,对母亲禀告说:"曳手和单节的亲切劝告,还有母亲大人的慈爱,我等铭刻肺腑实难忘怀。但是无论如何也不能在此久留。还有个请求,就是父亲之事。他在神宫河原以捕鱼为业维持生计,没有另娶妻室。而且为报故主的大恩,舍身把犬冢等四位犬士拉到这里来,其功绩很大。然而他不顾自身的荣利,却投了户田河。想起那义烈豪侠的壮举令人肝肠欲断,实在可歌可泣!因此如以这次之功赦免主君对他的驱逐,我等就可以公开称之为父,母亲和他也是真正的夫妻。将此事向少爷说说,如能实现宿愿,实是一家的最大洪福。人若无父,犹如禽兽,十分令人伤心。这是我等这些年最忧伤之事。请母亲谅察。"他们往前凑身观察母亲的神色。秋夜虽长却已即将天明,隐约听到远寺钟声已打过五更。

　　对儿子的请求、媳妇的忠贞,音音深受感动,掩袖拭泪,改变态度说:"留是妻子的恩爱,去是丈夫的勇敢。我做母亲的无法判断去留的是非。另外,对你们哥俩内心的痛苦虽然可以理解,但我怎好开口对公子说,这是十分可耻之事。从前不顾名教的私通,世四郎的罪重,我的罪也不轻。由于我的奶好,让我做了公子的乳母,这是主君的袒护,有背律条。想想看,根据法律条文,奴婢们私通所生之子,如同畜生。而世四郎只被驱逐,我仍被留用。这就像家里养的母猫,若跟别处的公猫交配,生了小猫就跟着母猫,哪有父亲?很难理解执法如山的道策主公如此处理的良苦用心,今天还有何脸面去向公子说这件事?然而人世间为人子者无不思亲,如想以此次之功去赎罪,那就虽不能说是孝行,但在这种场合也是可以理解的。那个世四郎化名的猎平,今为报旧恩帮助儿子做了许多事,实在使人感到意外,而且又投河自尽,更是做梦也没想到。他无情无义,多年来也不回来向主公请罪,不顾故主的灭亡,毫无人性地竟做仇人的顺民,使我既痛心又气愤。今晚正同单节闲聊提起往事,说曹操曹操就到,猎平站在门前来投宿,被我骂走了。现在想起来,可能是看到了魂灵的幻影吧!"力二郎听了十分吃惊,看看尺八说:"果然不错,父亲今晚到家来了。"说罢二人都目瞪口呆地感叹不已。

第五辑 卷之五

第四十九回　阴鬼阳人始判然
　　　　　　　节义贞操互苦谏

　　力二郎和尺八没想到父亲猎平晚间来到这里,站在门前音音都没让他进来,听了十分吃惊,不住叹息。音音抚额嗟叹道:"人的内心真是因义而能不计耻辱,为效忠故主,竟将此次之功让给儿子,自己却沉船投到户田河里自尽。因不知内情,所以看到他的亡魂,我便不问青红皂白地加以辱骂,这都是由于我心狠和怀恨他造成的。连家门都没让他进,怎能安心地走上冥途?太令人痛心了。"她这样地小声说着,不住地叹息。曳手和单节听着心都碎了,既吃惊又悲叹,无法排遣心中的哀伤。单节想想说:"听说世上时有冤魂出现,但亲眼看见这还是头一次。猎平连对夜间被无情地拒绝也毫无怨色,说有事悄悄相告才来到这里,乞求让他进来一会儿,看样子十分可怜。我想等婆婆消消气后再让他进来,便小声告诉他领他到柴草棚里去暂且容身。也没工夫给他送点吃的,就忙着接姐姐去了。回来后事情很忙,还没顾得上去看他,心里在惦记着。这是做梦,还是幻影?虽然听到他已不在人世,但好像他还在那里。另外那个人肩上背着两个包袱,当时我把它接过来,悄悄藏在装东西的小柜橱内了。东西是否也和父亲大人一样一齐不见了,还是仍在那里?虽然这件事很费解,但这样猜测也是罪过。尽管没什么用,夫君你还是去看看好吗?我们都去看看如何?"她说着就要起身。尺八急忙阻拦说:"这是做什么。你疯了吗?现在到柴草棚去还能看到父亲吗?若怀疑你就自己去,谁同你一起去?真是多此一举。"单节不便同他争,回头看看柜橱,曳手会意地说:"明明有这件事,单节的猜测不是没有道理的,与其去柴草棚,莫如先看看身边的柜橱,有没有那两个包袱不是很容易知道吗?拉开着看!"她急忙想站起来,力二郎将她制止住说:"你真是有些孩子气,那样较真有什么用?现在不去刨这根儿,以后也会知道的。急了只会增添烦恼。"她受到丈夫别具深意的斥责。曳手答应着,但对这件百思不得其解的事儿,还是歪着头寻思。音音也紧锁眉梢说:"单节说确实从那个人手里接过了包袱,这就怪了。死后阴魂不散装作云游的法师给家乡送纪念品这类事,在小说里见过,因此世上也不能说没有。然而不知为何力二和尺八都不同意开柜橱看看。想看已经消逝之物虽是无益之举,但又有何妨?我同意了。媳妇们,跟我一同去打开看看!"说罢起身,曳手和单节跟在后面,来到柜橱旁边。力二郎和尺八拗不过母亲,心里十分着急。五更的钟声和远处的鸡叫随风传来,听得很清晰,已经即将破晓了。

  动身的时刻已经到了。哥哥慌忙看看弟弟,心里默默地向家人告别,悄悄地忙着动身,拿起斗笠,一边扎着已经松了的绑腿,一边叹息。婆媳三人对他们的情况毫不知晓,走在前边的音音,拉开柜橱的门,摸着黑一摸果然有两个包袱,拿出来给单节看看说:"是这个吗?"单节拿过去左右看看说:"我接过来的时候是夜间,除包袱的颜色看不清楚外，其他都还记得是这两个包儿。"音音听了嗟叹道："已经去世的灵魂拿来两个包袱留在这里，真是莫大的怪事。打开看看里边有什么？"单节战战兢兢地把系得很紧的结解开，曳手帮着把两个包袱一同打开一看，露出一对男人的头颅。婆媳立刻吓得面无人色，一同高声喊叫退了回来。

这时，身后传来两声痛苦的叫声。同时突然闪出鬼火，又把她们吓了一跳："这是怎么回事儿？"回头看看，方才还在的力二郎和尺八忽然不见了。接连出现这种稀奇古怪的事情，谁能不惊恐万状？"力二郎！尺八！""喂，我的郎君！"三人同时大声呼唤，可是他们已无影无踪。她们非常难过，困惑不解地说："难道是梦吗？"三人茫然不知所措，在迷惘中音音忽然想到那两颗头颅，拿到灯下仔细看看说："喂，曳手和单节！你们看出来了吗？这两颗人头一个也不认识。人死了有灵，猎平的亡魂怎能拿来这种讨厌的污秽之物？一定是可恨的狐狸知道咱们想儿子，思丈夫，心中忧虑无法排遣，才演了这场恶作剧。果真如此，那现在不见了的儿子即非真人，看见的猎平也恐怕是幻觉。拿着灯从走廊到院子，然后再去柴草棚看看有没有狐狸的踪迹。走吧！"在婆婆的催促下，曳手和单节忽然明白过来说："还是您先想到了。不知道是妖怪，悔不该谈了那么多话，走吧！"她们一同将待往外走，听到外边有人说："站住！请等一等。真是差之毫厘，谬以千里。你们虽然很聪明，但是判断得不大合乎情理。喂！我给你们解开这个谜吧！"她们被人唤住，拉开门一看不是别人，而是神宫河原的猎平。"这是怎回事儿？"两个媳妇更加惊慌失措。音音看着他毫不慌张地冷笑说："可恶的野狐狸肆意魅人，怎能容你几次得逞？如不赶快离去，就活剥了你的皮把你冻死，可别后悔。"一边骂着一边将准备好的两三寸长的匕首拔出来,怒目而视。这时猎平抬手说:"且慢,且慢!我哪里是妖怪?用刀吓唬我没用。你有护身御敌的匕首,我也有护身御敌的刀。请看!"说着他把挂着的手杖刀嗖地拔出来,往旁边的硬木柱子上砍了一刀。熟练的功夫,锐利的刀尖,在有树节的地方砍进去五六寸,又迅速把刀收回来纳入鞘中,莞尔笑道:"太刀是有武德者的名器,它能检验不虞,以防备不测。所以妖怪遇到它是会现原形的,自然也就不会被冤鬼、狐狸所愚弄。这总可解除怀疑了吧!"说着他走进屋内,虽然面容憔悴,但是人老雄心在,毫无惧色,立即坐在上座。曳手和单节吓得捂着脸,闭着嘴,呆若木鸡。然而音音却毫不大意,半信半疑地跪着往前凑身,目不转睛地看着猎平,略微点点头说:"你说得虽然有道理,但和姥雪你已如同路人,如今竟毫无顾忌地为我带来两颗人头做礼物,这是为何?这是疑点之一。况且你已经在夜间投河自尽,有个叫犬川庄助的过路浪人,悄悄报告公子,我全都听到了。然而你却安然无恙地从遥远的地方来到这里,又是为何?这是可疑之二。另外你投河之事不只从犬川那里听到,力二郎和尺八也把当天的交战情况同我讲了。可是两个儿子连早饭也没吃转瞬间就烟消云散了。现在又看到了你,此是可疑之三。你不是妖怪,那么化做两个儿子的,究竟是何物?我不明白。"她这样一质问,猎平看看那两个首级说:"你的怀疑虽有道理,但不知为何,我从武藏拿来夜里交给单节的不是这两个包儿。另外是否还有?到藏东西的地方找找看。"单节惊讶地想着,又拉开那个柜橱的门,曳手也一同用灯照着到处找,也没那个东西。是否放错了地方?打开装被子的破柜橱一看,果然有包儿。包袱的颜色虽不一样,但两个包儿也系在一起,十分相似,单节忙用双手轻轻从搁板上拿下来递过去说:"是这个吧!"猎平看了说:

"不错,是这个,先放在那里!"单节说:"真不明白,实在是怪事。我晚间接过来的如果是这个,就该放在存东西的小柜橱内,什么时候换了地方?而且四个包袱十分相似,那两个是谁拿来藏在那里的?真奇怪!"她说着往旁看看。音音和曳手也十分惊讶地说:"从昨晚到今晨怪事真太多了。大概都是妖怪作祟,可不要疏忽大意。"她们这样地提高警惕,三个人吓得挤在一起战战兢兢的,对猎平是人是鬼,还是难以消除怀疑。

过了片刻,猎平忽然想起来,拍着膝盖说:"音音!你不要那样怀疑。我虽未想到另外还有包袱,但其中定有缘故。我今天来时,有个身材魁伟的武士,腰间带着两个包儿,从白井那边走到我前面。在那之前,路上还听说白井那里发生了仇杀之事,前后一想,我立即想到那人是否是道节主公?我便跟在后边寸步不离,那时天已经黑了。大约在初更左右,那个武士来到丛林的坟旁,我就躲在树后窥探。天阴夜暗,虽然看不大清楚,但他把腰间的包袱取下来,似乎在祭坟。当时我细想,那个人的祭奠之物如果是仇人的首级,我就没有猜错,一定是道节,便想过去问问。这时一个不明身份的人从坟后出来,想夺取包袱。那个武士不让他拿,就争斗起来。双方的膂力和武艺不相上下,在黑夜里拳脚不乱,实令人惊奇。但时间长了必有一伤,便想把二人拉开问问姓名,我就凭着这把老骨头,跑上去把这手杖伸到二人之间,打算把他们拉开。这时不料肩上背着的两个包儿突然掉下来,慌忙到处去摸。这时那个不明身份的人挥刀砍到了石柱上,在石头迸发出的火花中,看到那个武士提起两个包袱霍地站起身来,就无影无踪不知去向了。这大概是火遁吧?获得这种奇术的人,除了道节还有谁?虽未问他名字,但无疑一定是他,心里这样肯定后便怀着思慕之情,片刻未停就朝这里赶来。那个劫包袱的人也从茂林中出来，虽不住地追我却没追上，便没继续往这里追。我赶到这儿的门旁时，单节偷偷可怜我，将我领到柴草棚去休息。这时听到管庄园的人来传达白井的命令，我放心不下，就偷偷从那里出来，从后门、院子注意屋内的动静。在那以前接连来了两个人。其中的一个人是道节主公，认为好似歹徒的那个，竟是犬冢的朋友犬川庄助，原名额藏。由于他们的相遇，偶然听到了白井的仇杀、途中的危难以及托犬冢的信还没捎到等情况，使我又惊又喜，这个机会太难得了。本想进去参见，但又仔细想想连自己原来的妻子都在骂我，就羞愧得打消了念头。后来道节主公为寻找犬冢等同犬川一起急忙出去。这时我想把儿子之事告诉音音，可是几次走到走廊都没脸进来。正在犹豫不定之时，两个媳妇带着力二和尺八来了，多么可悲可泣。我很不放心，便躲在房檐下的树篱笆后边，想一心一意地通宵念佛。诚如常言所说：'无事不烧香，有事抱佛脚'，这都是由于我罪孽深重。现在想起来，我在茂林中掉的包袱可能被道节少爷拾起来了。当时我摸到道节少爷的包袱就背在肩上往这来，夜间漆黑递给单节也没发觉。如果不是这样，放的地方怎会错呢？据此推断，那两颗首级一定是道节少爷杀的那两个敌人，莫怪那两个包儿不是真包袱皮，而是单褂的衣袖，这就足可证明是少爷的包儿了，我说的一定没错，如果还怀疑的话，就把我那两个包打开。那样对我和儿子的事情就立刻明白了。快打开看看吧！"音音听到他这么一说，与夜间听到庄助和道节的对话一对照，怀疑已稍有解除。然而曳手和单节伸手想解开拿到灯下的两个包袱时，又吓得缩了回来。音音在旁边趋膝向前打开一看，又是两个人头，吓得不知是怎回事。三人又定睛再从左右一看，多么凄惨啊！竟是力二郎和尺八的首级，脸色虽然变了，但清清楚楚是他们活着时的模样。婆媳三人悲痛得肝肠寸断,无限思念地齐声哭叫:"可怜的夫君啊!我的儿呀!"拿起难舍的头颅放在膝盖上,把蓬乱的鬓发往上拢拢,一边看着一边哭,泪如雨注,哭得死去活来。猎平也十分悲痛,低着头紧咬剩下的几颗牙齿,极力抑制自己的悲痛,显得十分激动。人生若梦,谁也逃脱不了生离死别的痛苦。他紧闭双眼,泫然泪下后又在哽咽抽泣。

当下音音勉强振作起来说:"原来儿子也被杀害了,本想儿子能给我一点安慰。你说说他们是怎样战死的?"曳手和单节凑到猎平身前说:"以为不在人世的父亲大人平安地回来了,以为平安回来的丈夫,却重现了死颜。从武藏拿回来的礼物,竟是两颗人头。请您告诉我们这究竟是怎回事?大人您说呀!"她们这样地紧迫追问,声音嘶哑,哭得前仰后合。看到媳妇哭得这个样子,猎平眨眨噙着泪水的眼皮,几次擤着鼻涕,想开口可是由于胸中郁闷,便用拳头捶捶胸部才长出一口气说:"这些事情你们不问也会详细说的,不然我为何厚着脸皮到这来?音音!你不要哭。媳妇们也忍住眼泪听着。大约人的幸与不幸和荣枯盛衰,如同缠在一起的绳索。我从前犯了罪,虽被饶恕也于心有愧,就想把老来立的这点功让给儿子,便决心投户田河自杀。但由于多年熟悉水性而不得死,不料被漂到浅滩到了东岸。我感到十分可耻和悔恨,抱怨神佛不该救我的命。浑身湿淋淋的,暂且在岸边站着。虽然知道报应还没有受够,但也不会活多久。难道不投河就死不了吗?想去同大冢的城兵拼杀曝尸在那里了却残生。可是凡夫的心却被舐犊深情痛苦地牵缠着,想看看他们奋战的结果,就去到原来的岸边。战斗早已结束,到处不见人影,只有敌我双方横躺竖卧的尸体。我儿被杀死没有?实在不放心,就在黑夜中寻找他们生死的痕迹。我逐个检查，但由于天黑，系铠甲的绳色看不清楚，尸体分辨不出来。因此便暂时留下这条该死的老命，等打听清楚儿子的存亡之后再说。心中打定主意后，于是在那天拂晓我跑回神宫河边的家中。次日化好装我便去大冢，从街谈巷语打听到，在户田河畔之战中守备丁田町进被力二郎杀死。然而他的兵马留在东岸与尺八交战时，力二郎前去相助，兄弟俩奋力厮杀，转瞬间砍倒许多士兵，虽频频取胜，但是町进的部将仁田山晋五率四五十名士兵从大冢来救援，连放火枪，力二郎和尺八身受重伤，终于不支，同身边的敌人扭在一起，都倒下了。于是部将仁田山晋五割下力二和尺八的头回到大冢。为了夸耀他的功劳，将力二郎的首级伪称是犬冢信乃，将尺八的首级伪称是小厮额藏。听人说今天挂在庚申冢边的旃檀树下示众。真可耻，竟死在儿子的后边了，我满腔郁愤，肝肠寸断。独自寻思儿子被枭首之事，悔恨也没用，但是要湔雪佞人假冒犬冢、犬川二豪杰之耻，把此事告诉家里和那些人。因想到这些便暂时活了下来，但是实感度日如年。于是待夜阑人静，悄悄走到庚申冢的那棵旃檀树下，取下儿子的头，用准备好的包袱皮包好，提着往前没走多远，附近守夜的两个狱卒便挟着捕棍追了过来，喊："歹徒，站住！"紧急情况下，我便把两个包袱藏在草里，毫不犹豫地回身拔出朴刀。人虽老武功却还在，一刀将前边的狱卒砍倒，回手一刀将另一个狱卒连手带棍一同砍掉。接着又是一刀从左肩头到乳下如同劈干竹子一般，血水迸出，一声未响就翻身倒下。总算稍微得到点安慰，擦擦刀上的鲜血，收起朴刀，从草丛中取出包袱带着，沿户田河夜以继日地走了三四天，来到此地。这都不是为了我个人，如不将此事告诉自己的亲人，谁会知道力二郎和尺八是为忠义而死的？和音音已多年断绝音信，虽然不愿见我，可是我不告诉她又告诉谁呢？从权逾越常规是为了人情,见义而行是为了公道。心想为了故主和儿子,这两者都是义不容辞的,所以就厚颜无耻地来到这个家。可是未等我开口告知往事就遭到一顿痛骂。虽被拒诸门外我也没死心。这一夜在柴草棚内歇息,从旁偷听偷看,看到故主、儿子的亡魂,悲喜交加,不可名状。感激涕零之余觉得是件怪事:力二郎和尺八虽已死了五日,然而魂灵还没离开此地,以复活的面貌暂且出现,安慰母亲和妻子,岂不是孝和义？那时我在外边站着听他们谈话,从门缝仔细看着,忍不住想打个招呼,进来一同坐下。可是又一想我把他们的头带来,一见到我必然立即消逝,所以就没敢贸然露面。哭也没敢出声,虽没人催促,而金鸡报晓却惊动了亡魂忙赴冥土。我清楚看见明亮的鬼火从窗户出去,心里的悲痛远远胜过你们,因为你们一直还蒙在鼓里。"

听他这么一说,两个儿媳妇都哽咽地哭了起来。音音在哀悼悲痛中稍微振作抬起头来说:"曳手和单节,你们不要那样哭了。从前说妻子的眼泪会落到死人的身上,不知是真是假？如果是那样,还是为他们祈祷来世比什么都重要。不分贵贱凡是为武士之家做事的,如不早将生死置之度外,就不能成为杰出的忠义之士。他们虽没有跟随主公奋战到底,但是遵照主公的教导,仗义勇为,为给主公推荐杰出的朋友而将生死置之度外;况且那一天又不是一般的敌人,而是仇人麾下的武士大石兵卫守备,不但把他杀死,并代替犬冢和犬川这两位英雄而光荣地死去,我儿立了大功。父亲是好父亲,儿子也是好儿子,只是我太没脸见人了。猎平并没有忘恩负义,想把功劳让给儿子,之所以未死可能是得到神佛的帮助。不然就是力二和尺八的孝心,在那里变作船或竹筏救了唯图一死的父亲。但我却一点儿也不知道。由于自己的无知和偏见,对已不在人世的儿子毫不怀疑,而对尚且健在的父亲,却认作是鬼或是妖怪加以怀疑,实在太愚蠢了,望祈宽恕。"她痛哭流涕地、坦诚地道歉,曳手和单节也都哭肿了眼睛。这种悲伤实是世间罕见的重逢和死别。姐妹俩说:"您二位从豆蔻年华相爱,如今经过多年都已白发苍苍如同雪后的青松,互相解除隔阂重新相见了。我们从旁边听着都十分高兴。只可叹我们的夫妻缘分太短,自从别后杳无音信。牛郎和织女每年七夕还能见上一面,可是死者连个影子都没留下,就一去不再复返,连死了都不能共赴九泉。红颜薄命,与其让我们留在世间终日悲伤,莫如同朝露一齐消逝。像我们这样连日月都照不到的人,还活个什么趣儿?即使肉体化为泥土,如果心不变的话,那么来世也总有见面的机会,莫如死了的好!"说着二人从左右伸手去拿猎平的朴刀,被猎平推开后,音音也一同加以制止,这才稍微镇定一些。

当下猎平高声说道:"你们说得虽然似乎有理,但没有前后仔细想想就打算寻短见,纯属女人的一时糊涂。力二郎和尺八如果不是日本的杰出人物,就不能死后思念故主,想念母亲而与你们见面。若因此反而使他们的妻子早日丧命,他们能够显灵吗?对这些都不好好想想,怨天尤人,轻生乐死,岂不是愚昧?你们违背丈夫的本意,死而何益?这与我投户田河,似同而实异,不可同日而语。现在仔细想想,我带来的儿子的首级,竟成了道节主公带来的仇人首级。将它拿错是主仆忠信孝义的感应,也不是没有缘由的。更何况生死有命是有定数的。代替丈夫侍奉婆婆,为丈夫祈祷冥福,这才是真正的烈女。还听不进去吗?"他这样焦急地劝诫,曳手和单节迫于义理,无言答对,哭得更是抬不起头来。音音也从迷惘中明白过来,天已发亮,看到纸窗前放着的包袱说:"媳妇们,不要哭了。先看看那个。力二郎和尺八虽然不见了,但两个行李还留在那里,把它打开看看。"姐妹俩擦擦眼睛看看说:"留下这点纪念品有什么用?若没有它有时便会忘记,有了它就更使人难过。人都不在了,留下的是什么呢?"二人一同将行李放到灯下,又潸然落下泪来。曳手声音颤抖着说:"真是做梦也没想到。在地藏祠的茂林旷野中,我同妹妹救护那两个病人,在扶他们上马时,马不让他们靠前,原来畜生早就知道是死人,吓得不让骑而发狂。现在才明白已经没用了。"单节听到姐姐这样抱怨,哭着说:"因为马不让骑,所以这两个包没用马驮就由我背着。现在好像比那个时候还重了。婆婆和父亲你们也来看看。姐姐咱们一同把它打开。"姐妹俩打开一看,是两副用黑皮条连缀的铠甲,上面沾满了鲜血,并有六七个被火枪打穿的洞。另外还有用小铁链连缀的护肩和护腿。看见它使她们想到丈夫在阵亡时的壮烈情景,就更催人泪下。音音心里也十分难过,紧紧腰带强作镇静地说:"这么不听劝告的媳妇,就是哭上一辈子能哭出个头吗?这样奇怪的事情,就是做梦也想不到。为了解开母亲和妻子的谜,才留下这两个包袱,儿子真是神仙。做妻子的毫无丈夫的雄心壮志,是十分可耻的,还不赶快收起眼泪来。"虽然她用豪言壮语对媳妇劝说,而自己的心却已经碎了,不住地揩鼻涕。做父母的怎能不心伤?猎平想到自己觉得十分可耻,难过地嗟叹说:"音音的话说得好,这两副铠甲和护肩、护腿我曾见过,是力二郎和尺八从池袋逃出来时藏在我那里的,在户田河之战,将它穿在身上,终于阵亡身死。他们将它留给妻子,是想用以表示要你们代替丈夫保全生命尽忠尽孝。因此你们就该活下来,在埋葬丈夫的头颅之日,把我也一起埋了吧!"说着拔出朴刀便要剖腹,这时正好被音音回头看见,她"哎呀"地叫了一声,曳手和单节也忙扑过去,哭着叫着从左右搂抱阻拦,大声哭着说:"您这是做什么?方才您还在劝说我们,怎么自己竟想动刀自杀,是何道理?请住手!"姐妹俩奋力阻拦,总算好歹将刀尖插在席子上,累得气喘吁吁。籽平摇头说:"你们放开我,不要伤着。我方才说过的你们没听到吗?两三天前我就该死在户田河上,之所以活到今天,是为了儿子。多年来未曾来向故主请罪,也是出于恩义,疏远毫不意味着不忠。在此期间主家灭亡,儿子到我那里后得以参与大义,这时才是我杀身报答旧恩之时,还想贪生到几时?我已年老力衰,不能跟随主公在身边效劳,殉死乃义士之素抱,并非临哀乐死,岂能让人将我看作如女人一般。你们快快闪开。"他瞪着眼睛咆哮。曳手和单节按不住,喊叫着回头看看婆婆。音音按捺不住,冲上前去说:"倔强的籽平,殉死虽是你心甘情愿,但未得到主公的赦免就在我家自杀,这是目无法度,侮辱故主,要罪上加罪。另外管庄园的来传达了仇家的命令,已经天亮还不见公子回来,令人十分担心。你要真的没有忘掉旧恩,就该代替已死的两个儿子,留在故主的身边,到了该死之时再死不迟,现在就死未免太轻举妄动了。"被她这么一责怪,籽平微笑着说:"诚如你所说的,我和你是不该私自见面的,死在这里岂不是留下瓜田纳履的嫌疑?我已没脸再见公子。莫如现在离去寻找犬冢等的下落,将儿子之事和我的宿愿告诉他们然后再死,也只好如此了。"总算暂且打消了死的念头。曳手和单节放开拉着他的拳头,一同用言语劝导他,籽平这才答应把刀纳入刀鞘。正在告别将要动身时,突然有人踢开走廊的拉门,进来三个歹徒,他们扎着头巾在正面打个结,用绳子束着衣袖,都打扮得轻装利落。一看不是别人,正是昨夜来的庄园的根五平带着丁六和颟介。根五平得意洋洋地高声喊道:"尔等吓坏了吧!从昨晚就猜到必然如此,所以就装作若无其事地离开这里。然后从后门又钻进来,在地板下边待了一宿,一五一十地都听到了。音音和猎平都是炼马的余党,道节的同伙,将他们都捆起来带到白井去。"说着他取出腰间带着的捕绳,用手滴溜溜地一抖,抡起来的胳膊就像当车的螳臂一般。丁六和颞介也跟着唱起了滚运木材的小调,把走廊的地板蹦得嘎吱吱地作响。

第五十回　白头情人遂合卺　青年孀妇入菩提

音音没想到竟被仇人的奸细钻了空子，没什么可说的，她让曳手和单节待在后边，自己手握着匕首想站起来，敌人要靠近就刺他。猎平回头看见，立即将他们隔开，毫不慌张地把衣襟踢起来掖上，向前走了两三步对根五平等冷笑说："还挺威风的，一个村夫来抓人，真是不自量力，不知深浅。你们不是我的对手，要想自己找死的话，那么也不难，纵然不愿无故杀生，若是仇人的同伙，那就悉听尊愿送你们上西天。"他把右手挂着的朴刀换到左手夹在腋下，虽然已拉开一副决斗的架势，但根五平见他人老并未放在眼里，毫不犹豫地下令道："把他收拾了！"丁六和颙介从左右举起斧头砍过来。猎平闪开，拔出朴刀，左躲右挡，躲闪了两三下后，把冲上前来的丁六从侧腹斜砍了一刀，他被砍得惨叫一声扔下斧头就往外跑，却从走廊跌下去腰骨断成两截倒下了。颙介回头看见，吓得想往厨房那边躲，被音音迎面刺了一刀，扎在前额上。他"哎哟"地叫了一声，转身想往外跑，从肩头到后背又被砍了一刀，伤势很重，没跑几步一头跌倒死在院子里。根五平见此光景，吓得魂不附体，拔脚就跑，却踩空了走廊滚落下去,他捶着扭伤的腰慌忙逃跑。猎平和音音提着血刀紧紧追赶。根五平已跑出院门还在往前跑。曳手和单节看着很焦急,这时不知是谁"呔!"的一声断喝,从隔扇门中间打出一只袖箭,不偏不倚正中根五平的后背,他惨叫一声挣扎了两下,便仰面朝天倒地身亡。突然有人助了一臂之力,猎平和音音吃惊地站住回头一看,见曳手和单节站起来想去把破隔扇门关上。这时有人从里面哗啦一声把门拉开,出来的竟是犬山道节。他从容地用下颌示意让曳手仍旧把门闩上,坐在上座。音音看了说:"原来是公子。"她将血刀擦擦纳入鞘内,赶忙来到主人的身旁。猎平也把刀收起来,忙往外跑,拔下根五平尸体上的袖箭,回头往四下看看,荒地的田埂上有口土井,心想那是个好地方,拉起尸体推到了里边,又回来拖着丁六和颟介的尸体,都扔在同一个井里。

这时天已大亮,金风飒爽,群雀觅食,都唧唧喳喳地落在树篱笆上。他们赶忙把三具尸体掩藏好,是怕被村人看见。音音对此连看也不看,拿着团扇给道节扇着,微笑说:"您从昨晚出去到天亮还没回来,究竟出了什么事情?使我十分不安,见了您这才稍微放了点心。昨晚出现许多怪事。疑虑虽已解除,但却一言难尽。根五平等已经知道了事情的秘密,让他们跑掉一个就会被泄露,您来得正是时候,真是好本领。"曳手和单节也在后边一齐叩头,祝贺他平安归来。道节听了说:"我昨晚深夜在某处找到了犬冢等,因此同犬川和那三位犬士在拂晓时回来。从后门进来时,听到曳手和单节的哭声,感到情况有变,所以没叫门就同他们站在里边。关于猎平之事,力二郎和尺八阵亡之事,首级被拿错了以及他们兄弟暂显亡魂,安慰妻母之事等,我们都听到了。不仅我个人,连犬冢、犬川、犬饲、犬田等四位犬士也都被感动得不禁泪下。可怜的力二郎和尺八,不但为忠义而丧命,而且多年来就想让久别的父母言归于好。这种孝心没有白费,终于使父母重逢,难道这不是儿子的亡灵所致吗?我听犬冢他们讲过,这都是往世轮回和因果报应。究其原因,我加入犬士之列,其宿因有痣和珠子为证。关于这一点昨晚犬川庄助告诉我的时候,音音你大概也听到了。猎平原是姥雪氏,原叫世四郎。谚语说:'雪是犬之姨'(日文姨姥同音),而世四郎又与犬冢兄所养之犬同名。况且力二和尺八这四个字合起来是八房二字。八房是里见的爱犬。我们都以犬字为姓,身上又有痣,都与那只狗有不解之缘。关于笔画这一点,是犬冢兄的发现,昨晚在彼此吐露衷情时已经尽述。这虽似乎穿凿附会,但是力二郎和尺八对他们只是仅知其名却并不相识,为了让四犬士逃脱而御敌身亡,这岂止是义侠之所为?他们大概也像山林房八一样,与八房那只狗有往世因缘,若非如此,焉能为救四犬士的危难而牺牲自己的性命?想寻死的猎平未能得死,这是因儿子的忠孝,所以才得到上天的阳报。这实乃世之美谈。曳手和单节不必再难过了,小心伤了身体。要按时做佛事,长期为他们祈祷冥福,这才对死去的人有好处。我同他们是两世的主仆,是奶母之子,俗称之为一奶同胞,情义匪浅。对他们的身亡我也十分难过,好像飞鸟被击落了双翅。但只是悲伤又有何用?你们或为杰出的英雄力二郎和尺八的母亲,或为妻子,应引以为豪,莫再悲哀了。虎死留皮,人死留名。老少寿夭都是天命,应彻悟此理。孰能不死?在人世上纵然得到百岁的上寿,死后枕边遗留的也只是妻子儿女的悲哀,何时不是如此?"这样恳切地劝说着。在说话时,因悲痛而滴落的泪水掉在膝盖上,他便把脸背过去叹息。

对恩重如山的主命,音音感激得只有唯命是从。曳手和单节也十分感激却顾不得回答,只以双袖各自掩面拭泪。其中猎平一个人退得很远,在走廊这边的窗下,袖手低头默默地坐着。道节看见说:"喂!世四郎,为何不来一起围坐?赶快过来!"被他这么一催促,猎平才略微靠近些,恭敬地把袖箭还给道节说:"某不肖,该死未死,今贸然得以参见少爷,实感惭愧之至。况且二十年来久未往来,今日折节来访音音,只是想把力二郎和尺八阵亡之事偷偷告诉妻子,并想打听四犬士的去向。可是不料昨晚在田文的林荫撞见主君。我想拦住犬川,竟将首级拿错了。虽还不知这是宿缘未尽,但您却将儿子的首级带来,这也定是恩义的感应。因此在那天夜里,您就与犬川等四犬士结为兄弟,很快实现了儿子的遗忠,他们定可死而无憾。"说话间他从眼神中流露出感激的忠诚。道节也感叹道:"耳闻不如眼见,你这个老人很耿直,有志气,如今眼前见到你的所作所为,更是深信无疑。年轻时谁都会犯点儿过失,何必时至今日还感到那样羞愧难当?你并没有忘记旧恩,偷偷帮助儿子为我尽心,其忠心和功劳都很大。因此足可用以赎你往日所犯的那一条罪。所以我代替亡父之灵,赦免你被驱逐之罪。从今日起就以音音为妻,以安慰力二郎和尺八的在天之灵。他们也一定很高兴。"猎平听了急得前额冒汗说:"没想到被驱逐之罪得以赦免,对此虽然非常高兴,但我已是头顶秋霜,对浮世已无所期待之人。况且儿子被敌人杀害,无常的风暴,使花萎香消,两个儿媳成了寡妇。我怎能不知羞耻地娶妻?这大概是您以为我没得到恩准,昨晚就偷偷来找音音是思念旧情。太使人惭愧了。"他言辞急切地埋怨着。音音也摸着脸羞答答地说:"婚姻之事我真不愿意听,开玩笑也要有个分寸,这是多余的事情。"她嘴里这样嘟囔着,想要站起来走开。道节忙将她唤住说:"老妈妈不要发火,一言既出驷马难追。我岂能随便开玩笑,戏弄你们二老?你和猎平一日不成为夫妻,力二郎和尺八就将枉费为忠孝而杀身的苦心。他们只有母亲而没法称呼父亲是莫大的遗恨，其亡魂的出现也许就是为了这个。因此他们有母无父，和从今日起既有父也有母，可为父母尽孝，两者相比其利弊不是非常分明吗？难道只有为了淫乐才是婚姻？如再推辞就不是为儿子着想的慈母。为力二郎和尺八的忠孝为重，就请你屈从我意吧。另外猎平来访音音，当然不是为了个人的情爱，这有充分的证据，我怎能怀疑？其证据就在这里。"说着他从怀里掏出两封书信，拆开给音音看，说道："我昨夜与犬冢兄初次见面时，还给他村雨太刀，互相畅述衷情，而且问到猎平之事，犬冢兄详细相告，并当面拿出了给音音的信。我并非有所怀疑，而是想知道书信的内容，就代替音音拆开看了，是力二郎和尺八问候母亲的信。在另一张纸上附言引荐四位犬士，笔迹不同，一定是猎平写的。引荐书上也是以力二郎兄弟之名，猎平没有署名，猜想老人定是要避免嫌疑，所以由此得知猎平是清白的，并且可以了结他的弘愿。他悉心悔过，隐居在神宫河原，不另侍新主人，为子而不请求归籍，为音音而不再娶妻。做到这种程度，如不嘉赏则必违天意。力二郎和尺八的灵魂如还没走远，你们就回来听着！离别二十多年的父母今已言归于好，无疑是尔等难得的孝心的报应。可惜的是你们不在座，看不到你们的笑脸。"说着他把两颗首级拿过来，把盖着的包袱皮揭开一点仔细地看着，心里十分难过。壮士虽没哭出来，但比恸哭还痛苦，猎平和音音懂得这个道理，深受感动，再也无法拒绝。曳手和单节忍耐不住，虽是徒有其名的丈夫，其亲手笔迹也是个纪念，越看越感到难过，悲痛不已。

　　道节提高嗓门说："啊！你们真不懂事，这大喜的日子，还难过什么？还不拿酒来！"曳手和单节这才止住眼泪说："昨天想等您回来，给您敬酒，稍微准备了一点。"道节点头说："这太好了，赶快备酒。"单节听了忙往地炉里添柴升火,曳手去厨房拿来酒壶,姊妹俩烫好酒,把酒杯托在托盘上给老夫妇祝酒,可是有酒无肴。曳手和单节窃窃私语想出去弄点来。道节听到说:"不必去弄酒菜,这里有现成的,猎平从田文茂林拿来的首级是很好的聘礼。有驮一和三宝平的头颅做酒菜,胜似骷髅杯,谁不以为珍贵?赶快就座吧!"他让音音和猎平相对而坐,但怎么看也好像缺点什么。伐树要有斧头,娶妻不能没媒人,回头看看谁来做媒呢?这时在隔扇门那边有人吟诵道:

　　雪融白发还旧貌,连理松生郁郁葱。
　　年事虽高同偕老,吾侪祝贺不老松。

连袂走出、一同落座的不是别人,走在前边的是犬冢信乃,依次是庄助、现八和小文吾。他们都对猎平说:"恩人别来无恙,不期在此相会,枯树开花插头上,实可喜可贺。昨日逃脱白井之难,天黑迷路,走过了这里,幸而遇到同来追赶的庄助和犬山兄。那里是渺无人烟的山阴,不怕被别人发觉,点起野火四下一照才与犬山兄相见,互吐衷情,总算实现了渴望已久的心愿。虽然我们一起天没亮就到这里,正赶上你们在悲伤哭泣,甚感吃惊,就在院里暂且等待。对二位令郎那件为孝义而死的奇迹,我们真是听得惊心动魄感喟不已。这时,那几个歹徒利欲熏心,为捞到机密而自来送死,这倒不足挂齿,却唯恐再有敌人前来,便暗自戒备,所以现在才出来晤面。二位令郎真是世上少有的义士孝子,为使我们脱险而在那里丧命,实令人悲痛。更何况为使久别的双亲言归于好,亡魂竟出现了一夜,更是少见的孝心。今为实现其遗志,我们四人愿为这件婚姻做媒,略表寸心以报答孝义的力二郎和尺八,幸勿见拒。"他们一同恳切地说明来意,愿主持这个婚礼。猎平满面含羞地说:"大概是由于前世的罪孽深重,该死未死而儿子却被杀害,更不该行此合卺之礼,怎奈故主之命难以推辞。现在又由四位英杰为我们做媒,过望之幸运,实不敢当。"他推托不愿接受。道节加以阻止并为之致谢答礼。向四犬士引荐了音音、曳手和单节。四犬士对她们的不幸表示哀悼和亲切的慰问,并对着力二郎和尺八的首级谢恩,如同对待活着的人一样,言词间流露的真诚,使众人都感动得哽咽落泪。曳手和单节也顾不得斟酒,低头哭泣。音音也不住地擦着眼泪,把道节托付给四犬士,嘱咐他要把人情节义铭刻在心里。对这种休戚与共的悲欢苦乐,道节和猎平泪眼模糊地互相看着,不住地叹息。于是由四犬士主持婚礼,为音音和猎平举行了合卺之礼,祝贺他们白头偕老,婚礼结束后道节非常高兴,又举杯向四犬士劝酒。曳手和单节到厨房去端来饭菜,请他们重新用餐。音音跪在地炉旁边为他们烫酒煮茶,款待得十分殷勤周到。道节告诉四犬士说:"世间的有情人终成眷属,古今虽然很多,但像猎平和音音这样的夫妻是很少见的,还有一段佳话要说给你们听。力二郎和尺八与我同年,遵照家父的意愿,他们很早就娶妻了。音音全心全意地哺育了我。猎平痛悔前非,做了渔人而未侍奉新主,也未另娶,亡父道策听到传说,暗自怜悯他们。但是即使饶恕他们,要想使之成为夫妻也是件难事。所以就早给其子娶妻,以安慰其父母。然而力二郎和尺八结婚的第二天就辞母别妻,未能与家人再会就为忠义而杀身。也许是为其孝心所感动,终于实现了他们欲使父母成婚的遗愿,这不是一件奇事吗?"众人听了都感叹不已,赞许道策的恻隐之心。稍过片刻,信乃道:"成败多是难以预料的。譬如姥雪父子的存亡和我们的危难都是如此。那天猎平翁托我捎了封信，犬川兄比我先来此地，与老妈妈见面，然后由犬山兄带路去寻我们。另外那封信先由犬山兄拆阅，然后才交给收信人观看，事情好似有点龃龉，但并未失掉机会，这就叫随机应变。机变是不能事先预知的。因此，根五平等虽然一个没漏都被杀死，然而在此久留还是十分危险。"他这样小声一说，庄助也趋膝向前说："那个定正是个劲敌。即使还没有将其击毙，犬山兄一个人就杀死了越杉和灶门以及众多的敌兵，可以说已经报了仇。另外若想彻底讨伐定正，那就等到八犬士会齐之日，我们共同辅佐里见将军，然后再大规模地发兵征讨。现在不合时宜。"现八同意这个主张，他说："二位兄长说得甚是。应该先将力二郎兄弟的首级偷偷掩埋了，然后让女眷们逃离此地。"说着他往旁边看看，小文吾也点头道："我带着姥雪夫妇和两位孀嫂去行德，那里是个好去处。把她们托付在父亲文五兵卫和妙真那里，完全可以放心。赶紧做准备吧！"四人一齐劝说，道节只好从其议，于是将此事告诉猎平和音音等。他们又商量了去处，认为："把力二郎和尺八的首级葬在敌人之地不大好，还是烦犬田君带到行德去，葬在那里为宜。"幸好有马，把衣服和用的东西由马驮着，让曳手和单节轮流牵着，别落在后面。于是音音便准备行装，并做饭团子当午饭，为每人分别包好。曳手和单节给马棚里的马穿好草鞋，喂好草料，牵到走廊附近拴在房檐下的柱子上，然后一同跪在音音和猎平的身前说："想自杀却被二老制止，我们已经从命不再自寻短见。但无论如何也想从今以后为尼，以为丈夫祈祷冥福，请答应我们这件事吧！"说罢就拿着手里准备好的刀子把发髻割下来，与力二郎和尺八的头放在一起，包作两个包袱系在鞍子的前穹上。猎平和音音感叹不已，想制止已经来不及。道节等五位犬士，也赞叹她们的贞操节义，感到十分可怜。

当下音音看着曳手等往马上驮东西,频频叹息说:"关于那匹马的事情我曾向公子说过,再对这些客人讲讲吧。它是故主的坐骑,多年来由我饲养的骏马。去年炼马没落,为了不让敌人掠走,由两个媳妇骑着突出了重围。因此即使流落到这个地方,因是故主的遗物,家怎么穷也要喂养,曾想给公子当坐骑。没想到昨晚把儿子的亡魂驮回来,今天又驮着儿子的头到他乡去。如今这个世道畜生也怪可怜的。"抚今追昔,唠叨的都是忠义之事,大家更感到她的忠心耿耿。其中猎平恳求道节说:"应该让妇女们去下总,我代替儿子随主君去,给同行的各位背背行李,到哪去都可以。"道节听了说:"这可不必,我们就如同行云流水,今日从这里分手,各奔他乡。我已同犬冢兄谈了别后之事。除了现在的六犬士外,还有两位有同样因果的犬士。这只能以智相招。我们随便游历各国锻炼武功,总有一天会遇到的。因此还是以不带随从为好。你同音音一起去行德吧。"他这样说服,四犬士也从旁加以劝止。猎平大失所望,怅然不肯离去。道节看到说:"世四郎!你不要那么难过。我们如果把三宝平和驮一的首级扔在这里就走,会说我们是仓皇逃走,把它挂在院门上枭首。"猎平听了起身拿着两颗首级,挂在大门的钉子上。这时都已做好起程的准备,道节凄然地回顾四犬士说:"我有一件忏悔之事。因有家传的秘书而得到火遁之术,那种法术是左道旁门,非武士之所为。它只能临难脱身,而不能克敌制胜,不但没用,而且是令人可耻的。因此现在就把那本书烧了,以便永远与左道异法决裂。诸位请看!"说着他从怀里掏出火遁的秘书,往还在燃烧的地炉的火中一扔,火焰腾起。

就在这时,追捕的官兵也悄悄赶到。一队十几个人,从篱笆墙后和树丛中突然走出,喊着:"奉令前来捉拿尔等!"说着已登上走廊,跃跃欲试地想上前捉拿。五犬士说声:"来吧!"便迎上前去,转瞬间以熟练的太刀在前额、肩头、小腿上飞舞,碰上就被砍倒。他们遇上武艺超群、海内罕见的勇士,谁能幸免?头被一个个地砍下来,五犬士用衣襟擦着血刀,还没等他们把刀收起来,就闻到远处在鸣锣击鼓。大家侧耳一听,原来敌人早就知道他们藏在这里,前来追捕的不只是这几个兵,后边还有大队人马从白井开来。现八轻轻爬上檐旁的松树看看,跳下来莞尔笑着说:"没想到调来这么些兵,大约有三百余骑,把路都挤满了,已经来到跟前。然而我们同心协力怎会杀不败他们,真带劲儿。"他紧紧蜷着胳膊,毫无惊慌的神色。当下信乃把缴获的刀赠给小文吾说:"我蒙受犬山兄的厚义,又得到村雨太刀,现有三口刀。独你没有另佩短刀,如果遇到敌人,太刀被折断,则用什么防身?先把它带上。"说着递给他。小文吾感谢地接过去插在腰间。这时猎平和音音披挂上力二郎和尺八留下的铠甲,麻利地系上护肩和头巾。音音取出秘藏的长刀挟在腋下。猎平腰间带着朴刀,跪下对着急不已的道节和其他四犬士谏净道:"请恕我冒昧多嘴,轻敌者必亡,无谋者必危。然而诸位虽英勇无敌,有降伏鬼神的手段,但寡不敌众。用五个指头进击,若一指折断,则后悔莫及。我们夫妇在此守着,只要有命在就能挡住敌人。在敌人还没靠近之前,请赶快从后边逃走吧。虽然她们是个累赘,但曳手和单节就拜托给您了。"他已下定了必死的决心。四犬士没等道节回答就摇头说:"您在说什么?前次蒙受再生之大恩,还一点未报,况且您又牺牲了两个儿子,我等十分懊悔。这次岂能把敌人交给您二位老人家而苟且逃生?"他们都一致坚决反对。道节听了也不同意,彼此都寸步不让地极力劝说对方。曳手和单节也表示要与大家一齐死,猎平和音音听了是如何回答的?毕竟姥雪夫妇的存亡和五犬士的去留如何?且待续篇第六辑之卷首分解。全稿姑且置诸辑外。

《八犬传》第六辑序

予所著《八犬传》一书，此秋夕冬夜戏墨，曩谬为书贾山青堂所刊布。虽未足使楮价踊贵，而于书贾颇有赢余焉。且暮以此为摇钱树云。自是之后，屡续稿而至第五辑。时山青堂耽於他事，乃不果。俯仰之间，光阴荏苒，越历四五年矣。今兹书肆涌泉堂购得前书刻版又揣刻。一日令山青堂为介，告诸予乞代续梓。诛求数四，谆谆不已。予为其言有理，漫然颔之，将创余稿以充消夏之料。然无有宿构也。偶其所有，皆忘之矣。因沉吟构思，然后费灯油者，每夜一二盏，渐费至一二升，则稿了一卷，弥费迨斗许之夜。稿了者总五卷。其第五卷楮数最多，遂厘之以为二本。编纂共六本，手稿竟完矣。辄授之于涌泉堂以登于梨枣。其书画二工依故，绣像则柳溪二子所画。净书乃田谷两笔录之。阅五六月，而书画尽成。鸣呼涌泉堂性太急，自克促工，而无虚日。及劂人告成，又乞颜予之自序于简端。业在仓猝际，不遑含毫且回思。即便述本辑稍久而出世趣，代序以塞其责。

文政九年菊月中浣书于著作堂雨窗
曲亭蟫史

坊贾之捷利，素其所也，而犹有甚焉者。若拙著《常世物语》、《三国一夜物语》二书，其刻版系于丙寅之毁，或为乌有，或亡其半。曩一贾竖，补刻《常语》之阙，又翻刻《一夜语》。然不告诸予乞校订，擅改易《常语》书名及锈像，而令是如新著，是以多不与旧本同。加之，其文误衍亦多，拙劣不遑毛举也。初予不知之。客岁涌泉堂，购得《常语》补刻之梓，而乞予校订。于是予骇叹久之，无所漏愤。譬如污衣之油，屡洗乃耗本色。迨今又莫奈之何。且也《一夜语》翻刻，虽未得见新刷，而推思之，则亦不与旧版同可知也。顾廿余年前戏墨，吾岂敢悬念耶？但见卖名之撼，不得无言也。因赘数行於简端余楮。

曲亭主人再识

第六辑　卷之一

第五十一回　兵婴烧山走五彦
　　　　　　鬼磷助马导两孀

再说上野国甘乐郡，荒芽山麓道节主仆的隐居处，白城兵即将到来，猎平和音音为了让道节等五犬士逃走，想由他们夫妻阻拦敌人。曳手和单节也决心与父母同死，而五犬士却不同意，互相争论不休。道节焦急地说："世四郎〔指猎平〕和音音决心牺牲都是出于忠义，其志虽可嘉，然而面对不可轻视的大敌，你们二老夫妇焉能抵挡？更何况曳手和单节，你们不走岂不白白送死？如我等惜命丢下男女老弱逃走，以后便给敌人留下话柄，将何以见人？因此汝等必须遵命逃走。因此我有个主意：世四郎和音音暂时留在这里抵挡敌人。我等退出七八十米到后门的山边。从树下的暗处，出其不意，拦腰击溃敌人的左右。他们必然惊慌失措，以为我方有伏兵。当我们追赶逃兵，他们走远时，我们就远走他乡去等待时机，不比死在这里好吗？你们看此议如何？"说着回顾左右。信乃、庄助、现八、小文吾等一致鼓掌说："说得有理，此计甚妙。即使杀死几个不是对手的士兵，无异于以隋侯之珠去打麻雀，乃匹夫之勇。"道节听了高兴地说:"那么就让行动不便的老弱妇女赶快上马。方才已经说过,就烦犬田兄代劳照看啦。伺机带领姥雪夫妇等一同回行德。"小文吾听了说:"明白啦,还不赶快上马?"于是他把马牵到走廊下,让曳手和单节同鞍,用缰绳紧紧绑住以免掉下来。牵着退出大约一百米,把马拴在树荫下等待进攻的敌人。老夫妇犵平和音音,现已不便争论,便把屋里屋外堆上柴草,拿着好似田间惊鸟用的竹弓和临时削的细竹箭,躲在房檐下以拉门作盾牌,一时忙个不休。其视死如归的斗志是很悲壮的。

当下道节、信乃、现八和庄助等从后门退到山边,与小文吾等都埋伏在露浓的荒草之中等待敌人。眼看进攻的敌军已将那间小房子团团围住。士兵们呐喊着想闯进去,但是看到院门上枭首的三宝平和驮一的首级,忽然感到可怕,又退了回来。

这时大将巨田助友将马停在柴门前喊道:"喂!犬山道节,尔等现在何处?方才尔在同伙的帮助下虽然奇迹般地漏网,但从密告得知,尔等一伙一定藏在这里。这次带了重兵来逮捕尔等,如果没忘记我助友的话,那么即使不报名也会使尔等吓破了胆。尔等的本领我已领教过。现在尔等已经穷途无路犹如笼中之鸟,圈里之兽。还不赶快出来束手就擒,说不定是会饶恕尔同伙之命的。还不快快出来吗?"他虽然这样喊,除了檐旁的松声,却无任何回响。助友焦急地把令旗一举说:"对卑鄙的逃犯,不能讲武士的礼节,问也是白问。还不进去逮捕他们!"一声令下,先头的士兵说声"得令",一拥而进,有的把竹走廊踩塌了,争先恐后地跑进去。姥雪夫妇估量着射程,等待敌人靠近,就从拉窗和隔扇之间拉弓搭箭,射出的箭虽然穿不透,但闯在前边的六七个人,突然被射中前胸,互相倒成一堆了。敌人被射来的箭吓得退了回去,争着藏在别人身后而乱作一团。这两

第五十一回　兵燹烧山走五彦　鬼磷助马导两孀…241

个老人不给敌人留半点喘息机会,接连放箭,箭不虚发,就像田间被惊鸟铃轰赶的群雀和风吹稻浪一般,前进一点又退回去,多次反复毫无进展。助友瞪着眼睛说:"你们这些没用的东西,竟被那种软弱无力的箭吓成那个样子,成何体统? 许进不许退!"在责骂声中顶着射来的箭,士兵们踏倒破窗户门,虽说是虚张声势,挥舞着枪、叉、棍、棒等各种武器,但却又冲了过来。即使不这样,猎平和音音的箭已经射光,手里拿着长刀、朴刀从隐避处跳了出来,二人全身披挂就如同老松树上缠着的藤蔓。这样打扮也是想代替儿子炫耀武威。夫妇一同高声喊道:"你们这样兴师动众实是小题大做。我不同小兵们搭话。你们的大将是谁? 是助友吗? 出来听着! 万夫难挡的道节主公并非惧怕你们这些追兵躲起来了,而是时机未到。他为了再起义兵,今晨已与盟友远去他乡。现在与你搭话的是犬山将军的世袭老臣姥雪世四郎,又名猎平,同老妻一起已等汝多时,还不动手捉拿,好立功劳。"没等他说完,众兵丁说:"你们这些老东西,胡说些什么? 好哇! 把主人放跑了你们来替死,真是飞蛾扑火白来送死的蠢货。不必啰嗦,把他们捉住别放跑了。"他们仗着人多,虚张声势地在前后左右吵嚷着竞相进攻。猎平和音音左躲右闪,刀法娴熟,敌人靠近就被砍倒。太刀抡起来犹如风驰电掣,人老刀不老,好似秋风扫落叶一般把敌兵赶了回去。这时,外面的助友更加焦急,敲着马鞍喊:"好狡诈的凶犯,给我进攻!"便又派出不少士兵增援,呐喊着:"攻啊! 攻啊!"要拼个你死我活。人非木石,老夫妇二人已心有余而力不足,都负了伤。二人身上流着鲜血,不由使人想起古歌中"秋江漂红叶"的词句。他们且战且退,决心把房子点着葬身火海之中。但不放心的是主公和曳手、单节怎样啦? 四犬士是否乘机逃走啦? 但就在这时,无数的刀尖如同从高山上急流而下的溪水,难以阻挡,他们接连躲闪,却被封得一点都抽不出身来。

话分两头,且说道节与信乃、现八、小文吾等离开家七八十米,埋伏在草丛中,等待双方酣战之时,袭击敌人之左右。过了不大工夫,听到主房那边敌人的喊杀声响彻山谷,箭鸣和刀声也逐渐激烈。道节认为时机已到,便举手示意,四犬士立即明白其意,分别拨开杂草站立起来。轻装麻利的四个人左右分开,钻过树丛,想从后门附近突然袭击,但还没走出百步,不料从山崖后边出来一队军兵,突然挡住去路。为首的一员大将,身穿浅绿色缀绳的围腰铠甲,外套黑色毛织的无袖罩袍,系着十王头的护腿,横佩着紫铜造的太刀,刀鞘长长的。他挎着弓高声叫道:"愚蠢的犬山道节,尔等还是老一套的战术,我们已经用奇兵,不然岂不被尔等跑掉。果不出所料,尔等果然采取这个战术。同我方的兵力相较,尔等只不过是九牛之一毛,即便突然袭击,又岂奈我何?巨田薪六郎助友在此,已猜透你道节的巧机关。尔虽是敌人,但却是个可惜的好汉,所以昨天已经饶恕你。如能痛改前非,放下武器,还可饶尔的性命。如果还是执迷不悟,不改虎狼之心,这次可绝不饶恕!"没等他说完,道节一个人率先向前厉声道:"尔即助友吗?也是我的仇敌之一。昨天让你漏网,至感遗憾。再让你看看我的本领吧!"他一边骂着,一边敏捷地拔出利刃,抢得有如半轮圆月,寒光闪闪,光随影转。四犬士也拔刀相助,进行搏斗。助友一声令下:"射倒他们!"跟在左右的许多精兵,一同拉弓,乱箭齐发。五犬士毫不胆怯,忙把箭击落,奋力厮杀,但他们进而一想实为失策,这样便不能实现前计,于是互相鼓励道:"捉不住助友,便救不了世四郎和音音,对那些小兵不要管他。"他们冒着刀箭奋勇突击,一往直前。已把生命置之度外的五位好汉,太刀四下挥舞,忽而聚合,忽而分散,忽前忽后,施展出所有的武艺和浑身

第五十一回　兵燹烧山走五彦　鬼磷助马导两媚 ... 243

本领,真如血浸涿鹿之野,染红了手中的盾牌,被砍杀的敌兵,已不计其数。五犬士胜过昨日的骁勇,锐不可当的刀光,杀得敌人溃不成军。真是兵败如山倒,连助友都急忙逃走。五犬士紧追不舍。这时从背后出现一队敌军,其中有一人高声喊道:"逆贼道节稍待,巨田薪六郎助友在此,回来,回来!"五犬士听了大吃一惊,忙回头观看,两员敌将与前边那个同样打扮,连长相都十分相似,究竟哪个是真助友?丢下逃跑的敌人,扑向这边靠近的两员敌将。可是前边的助友又回过头来带兵反击,前后夹攻。

　　这时主房附近突然发出猛烈的火光,被秋天的山风一吹,火焰飞散,烧焦了树木,点燃了野草。因受不了烟呛,双方停止了搏斗,只顾扑打落在头上的火花,十分狼狈周章。五犬士这时被前后的敌人隔开,相距一二百步,有的在山崖附近,有的在岩石后边。火烧着了路旁的杂草。他们互相虽集合不到一起,而信义之心却相同,都不禁仰天嗟叹:"可怜的姥雪夫妇,家被火焚,现在是否都变成灰烬?恐因那里起火,我们才被解围而偶然得以活命。似乎这也是由于他们夫妇的忠义之举所致。然而没法弄清他们的存亡,实在遗憾。敌人被猛火吓得失魂落魄,而放开一条路实属万幸。好啦!即使冒着浓烟也要到主房附近去看火迹,他们究竟怎样?"虽然他们无法商量,但心意是一致的,想寻路过去,但是风越刮越烈,本向西吹忽然又往东刮,向南卷起又往北转,风声吼叫,飞沙走石,山林被燃烧过半,势不可当。所以五人各自站在原处,既到不了主房,也聚集不到一起。武尊骏猎之灾①,田单火牛之计,怎比得这次大火。五犬士虽

---

① 武尊是日本武尊,景行天皇之皇子。据《古事记》记载,武尊在东征途中至骏河国时,曾受到敌人的火攻,用天丛云剑薙草而逃。

不惧数百之敌，对此大火却也都束手无策。他们互相打招呼说："先过了这座山躲躲烟，不然将与草木同归于尽，赶快，快！"说着路旁的杂草被风引着，火焰狂舞，不但没了去路，而且转瞬烧到四犬士的身边，衣襟和衣袖都被烧着，虽拼命扑打，但身受灼热的大火燃烤，真无异于在地狱受烙刑。道节因自己否定了火遁之术，已于今晨放弃，所以现已毫无办法。即使还有此术，怎能自己一个人逃跑。被解了围又遭到火烧，大概都是前世的报应。这样一想也就只好听天由命了。

再说犬冢信乃，他身边掉的火焰特别多，一时也忍受不了，便左跑右躲。虽然他十分惊慌，但是心里灵机一动，再次拔出腰间的村雨太刀，用力一挥，果然宝刀名不虚传，从刀尖喷射出来的水汽淋得很远，连距离一二百步的道节、现八和庄助等身边的火焰也都被熄灭。当下信乃高声喊道："诸位仁兄看到了吗？由于一时心慌，忘记了这口太刀，真是背着孩子找孩子，太迟钝啦。我用这把刀熄灭路旁之火，越过山去，你们要跟上。"他这样边喊边挥舞宝刀，其奇特功能使道节等精神振奋，齐声欢呼："得到重生啦！"只有小文吾落在后边看不见，他们不住呼唤，回头看。远望那两位老夫妇殉难之处，依然浓烟滚滚，令人不胜留恋惋惜，再想到自己的流浪之身，还不知明天的去处，十分怅惘。他们开辟的一条逃路，给敌人提供了目标，追来的三个助友，带领百余名军兵，手里提着枪呼喊："回来！滚回来！"四犬士回头看看说："自作聪明的巨田之辈，方才尔等以乔装主将的诡计出奇兵迷惑我们，现已识破，回来又有何妨？尔等休走！"他们骂着扑过去厮杀。四口刀各不虚砍，前边追来的四五个士兵，有的枪被砍断，有的被砍掉了胳膊，调头便往回跑，但他们还不甘心，忽然又回来往前冲，被反复轰赶着。树下阴暗，犬士们山路不

第五十一回 兵燹烧山走五彦 鬼磷助马导两孀

熟,与众多的敌军周旋,再次遇到危难。他们且战且走,不顾崖边或是小路,由于慌不择路,又无固定去向,四犬士不觉便走散了。

却说犬田小文吾悌顺,适才由于主房的火势蔓延,突围之际他心中想道:"山风猛烈,火将烧遍全山,其势十分可怕。可是曳手和单节二人骑在一个鞍上,马拴在树荫下,火即将蔓延到那棵树下。不仅会烧坏了马,姐妹俩绑在鞍上如何在烈火中逃生?幸好尚未烧到那里。她们即使逃脱火灾,如被敌人捉住,将后悔莫及。"他这样在心里自问自答后,赶忙跳过烧着的小草,好歹跑到那棵树附近。往前边一看,两三个敌兵已发现了曳手姐妹,并高喊着"这是个奇货",便争着想去解开马的缰绳。即使没有敌兵来抢夺,曳手和单节听到众多敌兵的喊杀声,看到主房凶猛的火势向山路蔓延时,心想公婆和故主,还有那些朋友恐怕都难以脱险。本想能够在一起,可是却让自己逃走,又用绳子紧紧捆在鞍上,想解也解不开。不仅如此,马被烟呛得发疯似地围着树转圈儿,频频嘶叫,多次把前蹄抬得高高的乱蹦乱跳。姐妹俩在鞍上坐不稳,头晕目眩吓得"哎哟!哎哟!"地不住喊叫。怎么也控制不住,连吓带累就如同昏过去一般,两个人软绵绵地趴伏在马鞍上。这时两三个追兵冒着浓烟跑过来,用手抓马缰绳。曳手和单节就好像野鸡在围场中箭,猎鹰飞来要捉拿一样,更是吓得不住地喊叫。她们抬起头来一看,只见小文吾在后面飞速跑过来,并听到一声大喝,就把站在左边的一个敌人劈头砍倒,剩下的两个敌兵吃惊地拔刀从前后一齐向小文吾砍来。他一翻身猫下腰躲过去,回手一刀砍偏了,不料将马缰绳割断。马脱了缰绳驮着姐妹俩,撒开四蹄,高声嘶叫着向东方跑去。小文吾吃惊地回头看看说:"这可怎么办?"两个敌兵也大失所望,但也无暇将马勒住。三个人拼杀的刀声更加激烈。小文吾已经心有旁骛,在万分焦急之下，就更加奋勇十倍，又砍倒一个敌兵，然后再冲上去，剩下的那个也被他挥刀将人头砍落，身子仰面栽倒。他连头也没回就朝着马跑的方向追去。追到荒芽山下的路上，有近村的六七个山贼，适才听到白井城追兵的喊杀声，想劫两个漏网的，便集合在东边的路口等待着。这时遥远看到一匹马驮着两个女人向这边跑来。他们暗自高兴，站在前边的路上，把钩索、竹枪和棍棒放在一起作障碍物，想把马捉住。可是马狂吼乱叫将人和阻挡的东西冲开，其势非同寻常。他们事与愿违，靠近的被咬倒踢伤，或被踏在蹄下，当即死了一两个，半死不活的三四个人，安然无恙的只有二人。可是有个胆大的家伙，取出腰间带的小筒鸟枪，在距离有六七十米处点火，马从肛门附近到背筋被射穿，驮着两个主人腿一软就趴下了。"这太好啦，不能让那两个女的跑了。"他丢下鸟枪，两个山贼都提枪想跑过去。这时有两团奇怪的鬼火，不知从何处闪闪而来。只见它落在趴伏的马头附近，马霍地站起来，抖抖鬃毛，跑得比方才还快。在山贼指着"在那！在那！"时，转瞬间马已不知去向。

　　再说小文吾即将追到附近，遥远看到马被击倒，鬼火的奇迹也亲眼见到了。他惊叹不已，想知道马的去向，便喘息着跑过来。呆立着的两个山贼回头看看小声说："那个家伙大概也是漏网的。马和女人都丢了，还不把他抓住。"他们立即把路挡住，抖枪便刺。小文吾说："来得好！"左手抓住枪，右手拔刀将枪从中间砍断。山贼惧怕他的本领，丢下枪从左右将他抱住。小文吾毫不惊慌，赶忙将刀换到左手用嘴叼住，施展出相扑的绝技，腰一扭便把他们甩开，接着将两个步履蹒跚的对手的脖子用双手抓住，往一起一拉，碰了两三次头，他们疼得"哇哇"乱叫。与此同时又把他们的腿高高提起来，像摔狗崽子一样往地上一扔，犹如顺风扔个竹筐，两个野武士趴在一起,鼻子碰到石头上,前额撞到树干的残株上,疼得在地上扭动想站起来。小文吾连砍几刀,两人便都身首异处。也是他们恶贯满盈,才遭到如此的天理报应。小文吾心急神游,想到曳手和单节存亡未卜,去向不明,接二连三地出现意外,便不顾自身的疲劳,踏着路旁的秋草前去寻找。壮士的心是无比真诚的。犬士有八位,现在是七月将近初十,笔下所写的非仁即义,但对忠、信、礼、智、孝、悌这些颗珠子,哪一颗也不能草率从事。

第五十二回　高屋畷悌顺搏野猪
　　　　　　　朝谷村船虫赠古管

却说犬田小文吾悌顺,途中砍杀了山贼,一心追赶马的踪迹,望东赶了一程,那一日也就天黑了。昨夜一个通宵,今日又是一个整天,其间与数百名敌人交锋,又跑了几十里路,仍打听不到马的去向,他既沮丧又劳累,十分疲惫,坐在路旁树木的残株上独自想:"今晨荒芽山的战斗,兵火把那座山的草木都烧焦了。在解围之时曾约定,犬山、犬冢等人过山往西去信浓路。然而马跑了,我却往东追来,回去也得有七八十里。徒劳而无功,离开了朋友又把交给我的曳手和单节丢了,不久见到道节等,我有何颜面做个有信义的人。无论怎样也得找到她们,可怎么办呢?"抄着手仰望天空,月光皎洁,一晴如洗,可是自己的心中却好似蒙着一层阴影,责备自己是个没用的人。但他又一寻思:"方才那匹马跑的时候,被山贼的鸟枪击中,有个奇怪的亮东西,掉在它的附近,马就霍地爬起来,奔驰如箭比原来还快十倍,转眼不知去向。是否神灵怜悯他们父子夫妇的义烈而加以保佑?果真如此,今日不见也可能安然无事,但也不能不找。今天在此露宿的话,则会使人生疑。还是去讨碗饭借宿一夜。"

他这样在心中盘算已定,便从树下站起来,到一间草屋去投宿,无聊地过了一夜。

小文吾次日天未明便离开投宿处,继续往前赶路,途中无论行人或是乡里人,逢人便问马的去向,可是杳无信息,因此甚感失望。他既疑虑又担心,只管往前打听着走。这样又过了三四天,不觉来到武藏的浅草寺附近。在路过高屋和阿佐谷村之间的田地时,因秋天日短,申时已过。当下小文吾把斗笠斜着往上一推,独自四下眺望,新堀、汤岛、神田的群山高耸伸向西北。树木虽已染了红叶,但在夕阳下却五色缤纷,远处望去耀眼夺目。宫户、隅田、千住的长河横贯南北,虽听不到拉网的小调,但近村的日常生活却颇有古朴的风情。仰头观看,几群秋鸟钻进云天去而不返;俯首远望,千顷稻田已吐穗扬花迎风摇曳。路草上的寒露犹如珠玉;树荫下的秋菊疑是黄金。被人声惊起的秋虫见星光而欲鸣;见草人而不惊的麋鹿偷吃庄稼以充饥。见景生情,这一切无不是漂泊者断肠的媒介。他继续想:"过了那条河就是下总国,离故乡不远。忘不了上月二十四日的拂晓,为送犬冢等人从市川上船,本以为是一两日的旅程。自从犬川遇险,厄运接踵而来,至今还回不了家,父亲、音音和、大高僧以及蜑崎大人不知其中缘由,一定等得十分心急。大八也安慰不了他们,如果随便唠叨,房八之事被别人知道,则说不定还会惹出什么事端。让老人担忧,实是我的不孝。与亲戚交往竟爽约,岂不是失信?现在不期来到这里,是否明日速回行德,报告缘由?不行,不行!没找到曳手和单节的去向,实在使人放心不下,怎能就从这里回家?那样犬山等会怎样想?还是再寻找两三天,如再找不到,就登上中山道去找犬山、犬冢等四友,见面后将这边的情况相告,再回去问候老人如何?也还是不行,因为与那四位相会之日不可预期,实在是进退两难。虽有死马再生而奔驰的奇迹,但连看到的人都没找到,白白过了这些天,神佛为何就不保佑我呢?"这样继续想着,已来到鸟越山一条路旁的田间小道上。

　　这时响起了晚钟,夜幕已从树林那边开始降临。这里距村庄较近,想去投宿,便加快了步伐。猛然看到从对面的稻垛底下跑出一只受伤的大野猪,只见它把路旁立着的石头地藏菩萨撞倒,又把树和草咬断,其势亚赛虎豹,向这边狂跑过来。小文吾虽然吃了一惊,但左右都是很深的水田,无处可躲,就赶快扔掉斗笠,没等他冲过去,野猪已经张牙舞爪地向他扑过来。小文吾手脚麻利,转身朝野猪的侧腹踢了一脚,野猪并不害怕,更加咆哮不止,想再扭身向他扑来,小文吾闪躲过去,跃身骑在猪背上,无暇拔刀就左手抓住野猪的耳朵,右手紧攥铁拳在其眉间用力殴打。见它稍稍泄了点劲儿,小文吾又奋起全身力量打到十拳,这只负伤的老野猪被打得脑浆迸裂,眼睛突出,吐血而亡。当下小文吾慢慢下来站在旁边看看这只野猪,全身坚如古树之皮,其大如牛犊。他自言自语说:"它长了这些年,时常往身上涂松脂,以防箭石。今日才得亲眼见识。我虽没忘记暴虎冯河之戒,但因无路可躲,今天只是凭着力气,得以免祸,回想起来实在是危险。"说着掸掸尘土,拿起斗笠,又忙去找人家投宿。他从那里走了一百多米,见前边的路当中仰卧着一个男人。他借着皎洁的月光到跟前仔细观看,那人年龄四十有余,身穿棉布单褂,底襟提得高高的,脚上系着用树皮织的绑腿,绳系得很高,腰间挎着一口二尺四五寸长用红铜造的猎刀,手中握着长刃的短枪,枪虽未离手,但人似乎已经断了气。当下小文吾心想:"他不是近村的猎户,便是凶悍的百姓,想刺杀那个野猪,没刺中要害,大概心一慌被猪挂了一下就昏倒了。幸好没有受伤,说不定能活过来。我嗜好相扑,带有治跌打损伤的妙药,对被击伤昏过去的人特别有效。这药我一天也未离过身边,从家出来时还带在怀中,如未丢失会有的。试试看。"他赶忙解开行囊,一找那个药没有了。也许在拧着的绸巾包内,又把贴身的钱包拿出来,拿着绸巾的一端一抖,只有里见将军所赏赐,由蜑崎大人转送而无法拒纳的一包三十两的沙金滚出来。便取下斗笠将沙金装在其中,又把钱包抖抖,果然找到了那包妙药。这太好了,便抓起来想给躺着的那个男人服用,可是那人牙咬得很紧,撬不开,就把短刀上带的簪子拔出来,好歹把口撬开,把药放进嘴里,然后又把手纸揉作一团,从身边的水田浸点水,挤到那人嘴里。药随水进入胃中,想召唤一下又不知姓名,只好"喂!喂!"地呼唤着。过了片刻,那人哼哼着睁开了眼睛,想拿枪起来就走。被小文吾抱住说:"请等等,我有话讲。我是过路的,见你倒在这里,不忍见而不管,经过如此这般抢救,才苏醒过来,这太好了。你大概是被老野猪挂了一下吧,我在那边遇到那只野猪,总算走运,好歹将它打死了。不信我们就同去看看。"那人听了大吃一惊,丢下枪跪着说:"原来您是我的救命恩人。正如您的明察,某方才刺了野猪一枪,但未中要害,赶忙把枪拔出来,它势不可挡,我想要逃跑,但已来不及了,不料被它的牙挂了一下,好似把我抛在空中,以后便失去知觉。现在好歹醒过来,还怕野猪再咬我,所以如您所见吓得那般狼狈,实在没脸见人,但总算万幸。您杀死的那只野猪在哪里?"小文吾听了点头说:"离此不远,去看看吧!"说着回头看看,赶忙把沙金装在贴身的钱包里系在肚子上,又将行囊背在肩上,在前边带路,往西走了一百多米,看到那只野猪被击毙在田间小道上。

那个男人看了更加吃惊和高兴,赶忙在小文吾身边跪下叩头说:"打死那只野猪不仅是我个人之幸,也是阿佐谷和高屋村民的洪福。这只野猪从鸟越山脚下,不分日夜到这一带来糟蹋庄稼。庄客损失很大,所以商量想雇个猎户将它杀死。但它是个多年的猛兽,箭和枪弹都奈何不了它。因此村长下令,如有能捕杀那只野猪者,赏辛苦钱三贯。某是阿佐谷人,被称为鸥尻并四郎,在故乡时从事打猎,懂得一点射猎之事。心想能把野猪杀死,既可为村民除害,又可得点辛苦钱,何乐而不为? 这些天就到处看好野猪出没的踪迹,从昨晚就截击它,由于操之过急,不仅徒劳无功,反而被它伤了,险些丧命,真是弄巧成拙。可是由于您的帮助,不但捡了条命,三贯钱也没白白落空。而且卖肉售皮还可得一贯钱。这四贯之恩皆是由您赏赐的。不过并非某有所怀疑,今见这野猪除某所刺的枪伤之外别无伤痕。您是用何法术将它轻易杀死的? 某实不解。"小文吾听了微笑说:"我没什么法术。野猪受了伤,便疯狂地咆哮,在其疲惫之际,幸而将其击毙,有何值得怀疑的?"他随便支吾过去,隐瞒了自己的功夫和膂力。可并四郎哪里知道,便"呵呵"地笑着说:"人有幸与不幸。好似谚语所说,为人作嫁。不管怎样,不期受了您的恩,今晚就住在我家吧! 不知您是否知道,大约从广泽、浅草这一带,到无户、金曾木、阿佐谷、高屋、千束这些村,都是石滨的千叶将军的领地。为了防范敌人的奸细,严格规定不准留他乡人,何况独行人,更是无人敢留宿的。为报您的恩,赶快禀告村长,有我想办法,大体无妨。可是您是从哪国来到何国去? 请将尊姓大名告诉我。"他很殷勤地问着。小文吾毫不犹豫地说:"我是下总人氏,名叫小文吾。此次去上野回来,与两个姐妹同行,她们同骑一匹马,马跑了不知去向。为打听她们的下落跟着追来,但还没打听到下落,现在一个人走路,到哪个村子人们都不愿留宿,实不知这里有如此严厉的法度。日暮天黑无处投宿,遇到您实是有缘,就暂请留我住一宿吧。"他感到十分欣慰。并四郎说:"这个容易!只是不能特别招待,因我正在邻乡寻找女用人的去向,但无论住多少天,吃饭却没问题,请放心。这就同您到我家去如何?可是今晚如将野猪放在这儿就会被狼吃了。我将猎物拉到村长那去,把打野猪之事和您的事情禀告村长后再回去。过了这条小路从鸟越山脚下往东北走,三四百米就是阿佐谷。东边村头有棵大朴树,在那附近有座孤零零的小房子,就是寒舍。老婆船虫独自看家。您这样贸然去对她说虽不会拒绝,但倘被怀疑就不好了,您拿这个去给她看看。"说着把腰间带的打火袋递给他。

小文吾对他的好意表示感谢后,便分手去阿佐谷。走不多远,果然在村尽头的朴树旁有座小房子,从里面隐约露出点灯光,心想一定是这儿,便前去叫门。里边答应着问道:"是哪位?"拿着蜡烛出来开门的正是并四郎的妻子船虫。小文吾先报了名姓,然后坐在走廊上,将并四郎打野猪之事,和允许他今晚在此投宿等情况大致说给她,并拿出打火袋给她看。船虫听了既惊又喜说:"想不到受了您的救命之恩。方才说的打野猪之事十分危险,不让他去他就是不听。多么险哪!您救了他的命就是我们的守护神,赶快请上来!"说着便去拿盆打来洗脚水,小文吾解开草鞋洗过脚后,她提着灯引他到屋内,把小文吾让到上座说:"今晨您从哪里来,走多远路来到这里?俗语常说盂兰会(阴历七月十五日前后)残暑未消,天还很热,一定累了吧!已经烧了洗澡水。虽无好菜。这就给您送晚饭来。那里有木枕,可以伸开腿歇歇。这里蚊子特别厉害,咬后就变疮,只能用熏蚊子火款待您,虽然有点寒酸,请包涵。"说着拿来个瓷火盆,放在走廊附近,用团扇一边扇着一边往里折树枝熏蚊子。然后又匆忙起身让小文吾洗了澡,并送上晚餐,款待得十分周到。他拿着团扇给小文吾扇着，在旁边伺候。不但有酒，还有炖鲫鱼，连所用的餐具在乡间都是少见的。小文吾对这位女主人的热情款待只是简单地道了谢。往四下仔细看看，屋内别无陈设，只有六张席子大小的房间，在上座有个纸糊的拉门小壁橱。房顶是用竹竿和苇箔搭的，虽然还不至露天，可是待客间的房架都要塌了，墙壁坍了三尺许，从那边用门堵上了。旁边一间是厨房，有好似装被褥的柜橱，他们夫妻可能就睡在那里。这个女主人船虫，年纪大约三十六七岁，举止言行都像男人，相貌也不算丑，发髻竖着绾起来，横插个梳子，有时常把簪子拔出来搔额发的习惯。系了条男腰带在旁边打了个结，可围裙却是挺漂亮的。单裰的袖子和腰身又肥又大，似乎为了可以借给男人彼此互相穿。小文吾根据这些情况心里想："这家的主人既不是农民，也不像商人，究竟以何为生呢？若非侠客之类，便是赌博老手。不管怎样，主人没在家，只同他妻子在一起也是很受拘束的。真是住了个不该住的地方。"他这样私下为难，接过酒来只喝了一杯就不喝了。但是船虫很能劝酒，推辞不过就又喝了一杯。

　　这时已经到了深夜亥时，船虫收拾起餐具，从柜橱中拿来蚊帐说："客人，虽然并四郎还没回来，现在已听到三更的钟声，给您铺上被吧，他也许到别处去了。"小文吾推辞说："把蚊帐放在那儿吧。主人没回来就睡觉于心不安，再稍等等吧。"船虫微笑说："您太客气啦！并四郎得到打野猪的赏钱，说不定把朋友找到一起喝个通宵。即使不然，他有时晚间出去游逛也不回来睡，无须等他，快睡吧！"说着赶忙给他铺好被，挂起蚊帐，将灯芯捻得小点隔着蚊帐挂在枕头旁边，告辞说："您好好休息吧！"她把客间的拉门轻轻关上就到厨房那边去了。小文吾把行囊和两口腰刀都放到枕边，进了蚊帐。跳蚤咬、蚊子叫怎么也睡不着。船虫是否已经睡熟了，毫无动静。只听到院中的秋虫叫和蛀木虫咬拉门的声音。小文吾惦念着父亲、朋友和曳手与单节之事,到了深夜感到微寒,不觉盖上睡衣,正在朦胧地似睡非睡之际,觉得心惊肉跳,突然醒来。很奇怪,挂灯灭了,虽看不大清楚,但客间墙塌的那边堵着的门却不见了。似乎那里有人。虽然心想大概是有贼,但他毫不惊慌,他装作睡着的样子,从睡衣的领子偷偷看,果然那里有人还没进到里边来。当下小文吾心想:"今晚主人没在,大概是看我孤身一人,想杀了我劫东西。既然诡计已被看穿,就要做好准备。"这样想着,先轻轻操起枕边的短刀,悄悄出了蚊帐,把行囊放在睡衣下边,好似有人在睡觉。他屏住气轻轻爬到壁橱的墙边,贴墙躲着,继续观察动静。这时贼人从墙倒塌的地方,进来出去,出去又进来,狐疑了几次才进来。又看了半晌,确认客人已经睡着了,才忽然站起来猛然砍了一刀,蚊帐绳被割断,踏着睡衣从上边对着行囊刺下。小文吾借着刀光马上扑过来,拔刀一砍贼头落地。

当下小文吾高声喊道:"喂!女主人请起来。我杀死个贼,赶快点灯来看看。"船虫很狼狈,回答得结结巴巴的而且声音很小,没有出来。小文吾禁不住焦急地说:"女主人不要怕,贼已被杀死了,快快拿灯来。"几次召唤,她才提灯走来。拉开客间的纸门。小文吾借着灯光一看砍落的首级,不是别人,竟是主人并四郎。这究竟是怎回事儿?他惊得目瞪口呆,一时说不出话来,拱手看着不住地叹息。再说船虫把提灯放在旁边,只是潸潸落泪。过一会儿才抬起头擦擦眼泪说:"客人,记不清您的大名,大概是犬田先生吧?他虽是我的丈夫,由于利欲熏心,竟想杀害救命的恩人,立即得到天罚的报应,这是罪有应得,我毫不怀恨。虽然好似不问自答,但我家从前是村长,在三代前的祖先时家境落魄,田地多半被卖掉,村长的职务也让给了别人。我家虽成了普通百姓,却没有放弃务农。我父无子,就招并四郎入赘为婿。没多久父母双亡,丈夫的本性便暴露出来,不仅放荡不羁,而且又酗酒赌博如故,田地都被卖光,生活没有着落。对他的胡作非为我耳闻目睹,曾哭着劝他,当时他表示痛改前非,好似回心转意,实已不堪救药。虽想离开他,但女人是不能随心所欲的,只好暗自伤心,盼着他有一天能悔悟过来,就一起同他混到今天。他在子时二刻偷偷从后门回来,对我小声说你有许多沙金,我才知道。然而我既非神仙又怎能想到他会图财害命,想杀死他的救命恩人?就放心地同他一起睡了。哪里知道,在我睡着的时候他悄悄跑出卧房干出这等事来。真叫我没法见人。"她悔恨得痛哭流涕。

小文吾也不胜叹惜说:"听你所述,对你的薄命和悲伤我深表同情,事到如今,怎么后悔也没用了。赶忙告诉村长禀告领主,听从当地的法律处置吧。"船虫这才收住眼泪说:"这个当然,但我有个请求:家祖在镰仓的北条将军时,是有名的武士。其后子孙没落,虽成了百姓,但直到近代还是此地的村长,后来父亲招了这么一个血统不好的并四郎做女婿,败坏了祖先的名声,使我十分后悔。您不要把今晚之事告诉外人,若明天一早就离开这里的话,就不会传扬出去。天亮后我找好了寄骨寺,就说他得暴病而亡。把棺材抬出去。他虽是个坏人,但却是我丈夫。我不愿在他死后还传扬他的恶名。事情办完后我就削发为尼,伴着青灯古佛早晚为死者祈祷冥福,赎他的罪孽。您如答应我的请求就是积了德,是会有善报的。请您应允。"小文吾听了她的央告,歪着头想想说:"父为子隐恶,子为父隐恶,其中自有改悔之意。你对这个圣人的教导虽不大清楚,但是为了祖先而想隐瞒丈夫的罪恶,这是高尚的情操,使人感动。请看!并四郎的尸体仍在刺我的行囊。你若肯为此事作证,我怎能不答应你的请求。我是出外访友忙着赶路,如涉及诉讼而耗费时光,并有诸多不便。只要香花院(即寄骨寺)肯承担,就由你妥善安排吧。"船虫听了高兴得给小文吾叩拜说:"天未明即离去,何日报答您的大恩?此实出于无奈。家有祖先传留的尺八,并四郎几次想卖皆被我制止,藏在祖先龛的坛下,想把它送给您,请先看看。"说着去柜橱那边,拿来装在旧锦囊中的尺八。小文吾走近前去,接过来解开带一看,确是一件古物。长约一尺零八分,表面涂着黑漆,用桦木纸包着。上面的泥金浮花画上题了一首和歌:

秋日山乡风益烈,高士弄箫自动人。

小文吾仔细看看说:"我很早就喜爱尺八,但那是虚无僧[1]所用的尺八,长一尺八寸。这只笛子有所不同,看来大约一尺零八分,大概是古代用一节竹子造的竖笛,恐怕是四五百年前之物。送给我这样的宝物怎敢接受?况且我是出门在外,一点东西都会加重负担,增添困难。请你收回吧!"反复推辞,船虫还是摇头说:"您不该如此推辞,这些许东西插在腰上或放在包里都没多重。您是恩上加恩的大恩人,礼轻情义重。让我把它放到什么时候,我又无子可传。您若不受我就更于心不安了。就请您收下吧!"她很不满意地一再劝说。小文吾难以推却,说:"那么就到下次见面时奉还,先寄存在我这吧!"船虫听了高兴地说:"这样我就一块石头落地了。我到庙里去,这个尸体怎么办?在买来棺木之前,先把它放在边上吧!"便立即动手,小文吾也起身帮她把尸体抬到墙边,用被盖上。然后把行囊打

---

[1] 虚无僧是日本普化宗的蓄发僧人,头戴斗笠,吹尺八,云游四方。

开,将笛子用包袱皮包起来插在行囊旁边。在此期间,船虫把衣襟往上提提,把松了的腰带紧紧,打开点儿窗户看看天空,又把窗户关上说:"客官!星光尚高,距天明还有时间。这里离寄骨寺不足二里路,在那里即使耽搁点时间,在天亮乌鸦叫时也会回来的。天亮前蚊子特别多,抓不过来。虽有蚊帐可已经沾上血不能再用了。熏蚊子的火盆在那里,树枝也有,烧点熏熏吧。"说着从后门出去,奔向寄骨寺。毕竟船虫回来之前又发生什么事情,请看下卷分解。

第六辑 卷之二

第五十三回 畑上误捕犬田
马加窃夺船虫

　　船虫在拂晓前去寄骨寺,小文吾独自看门,想来十分后悔。昨晚在田间小道遇到野猪和这家主人,无论是人或是畜生,对我都很危险。不知今年犯了什么煞星,连续遭受厄难,越想越疑虑不安。又一深思,开始在高屋村的田间为救并四郎找治伤药时,从贴身的钱包掉出沙金包没工夫收起来,装在斗笠内。等到救醒了并四郎同他去看打死的野猪,从原路回来,把钱收入钱包时,被他知道我的怀中之物。因此并四郎便恩将仇报,将我骗到他家里来,想杀死我窃夺财物。这样一想他定是多年窃夺旅客钱财的强盗。并非今晚偶起坏心。如若不然,为何这家房屋不像一般庄户人家。虽不甚旧,可墙塌了三尺多也不修理,用门堵上。从前在故事里也有这种歹徒,我有欠考虑,被他骗到家来上了圈套,实在愚蠢。如果那时没有醒,也就死于他的毒手。然而他的老婆船虫,明知丈夫不轨却跟他到今天,对我口是心非,说不定是想耍小聪明骗我。纵然那个船虫没有坏心,对那个来路不明的尺八我也不能收下。但如果不收,她必定怀疑我要告发她丈夫的坏事。不管其内心如何,都丝毫未因杀其丈夫而恨我,只是叹自身的薄命和请求我救她。我怎能不应允而去控告呢?担心她怀疑自己,所以就暂且若无其事地听命于她了。现在便趁那个女人还没回来时,急忙打开行囊,把那装笛子的锦囊拿出来,四处看看,迅速起身将它放到小壁橱内。然后又四下观看,见走廊熏蚊子的火盆里,还有没烧完的一尺多长的粗树枝,拿起来把灰掸掸,手脚麻利地用包袱皮包好,原样插在行囊内。

这时窗户缝已经开始见亮,听到从林内飞出来的老鸦声。小文吾把走廊的防雨窗放下一半,紧紧裤带,把斗笠、绑腿都放在身边,只等待船虫归来。过了片刻,听到外边有脚步声传来,果然是她。船虫急忙开门进来说:"犬田君,我回来了,让您劳神坐等啦!寄骨寺的事情已完全办好。庙里的住持说今天晚些时候就来为他做祈祷。要赶快把尸体成殓,不要被别人看见。"小文吾听了点头说:"你办得很好。方才已经说过,我去寻友要急忙赶路,如后事无妨,我就要告辞了。主人的丧生是自作自受,无须哀悼,只是对你的薄命感到十分可怜。一善一恶成为夫妇,都是前世的因果报应。需要为死去的人做佛事进行超度。这是我的一点奠仪。"说着从怀里拿出点散碎银子用纸裹着,放在尸体的旁边。然后转身说声"对不起",打好绑腿,拿起手巾和腰刀,把行囊往肩上一背起身出门。船虫也不便挽留,说:"您何必如此着急,本想请您用过早餐,可是尚未烧饭,实在对不起。"说着站在门前以目相送。

却说犬田小文吾想过河到牛岛那边去,望河岸仅走了三百来米,新穿的草鞋带就断了。他跪着把腿伸出来,想把鞋重新系好。忽然被搜捕他的士兵们从背后看到,齐声喊道"捉到了",将他一脚踢倒在地,按着想捆他。小文吾躺着手脚一齐用力反将对方抓住,翻过身来,扔出二三十米,有的扭了腰,有的伤了头部,或牙被摔掉流着血,各自骂不绝口乱作一团。然而他们人数众多,众人一齐动手,有的捉胳膊,有的抱腿,按住将他捆起来。小文吾对突然遭到强行捆绑非常恼火,厉声说:"你们为何如此胡为?把个身插双刀的无罪浪人,不问青红皂白就绳索加身是何道理?"他这样怒气冲冲地质问。一个武士大概是搜捕官兵的头领,挎着朱红刀鞘的双刀,威武地穿着武士的行装,手里拿着捕棍,走出来对着小文吾厉目说道:"你这个歹徒,事到如今还不说实话,饶不了你。有人密告你拿着我家往日丢失的古代名笛,名叫'岚山'的尺八。岂止这一条,究其缘故,汝昨晚在阿佐谷的里人并四郎家投宿,夜间吃饱了想夸耀汝之伎俩,偷偷把笛子拿出来给他看。并四郎十分吃惊,这尺八好似千叶将军从十六七年前就下令寻找的笛子,就假称暂且借来一用,赶快拿给有关的人看,果然是那个笛子,所以便说想出大价钱买下来。汝十分吃惊,就凶恶地装作酒醉,借故斗殴,一刀将并四郎的头砍下来,然后想逃跑。并四郎的老婆船虫很机灵,丝毫没露怨恨的神色,如此这般地骗汝暂时留下以免跑掉。借口为送并四郎的尸体,需赶快去寄骨寺,便跑到村长那里去报信。我为了察看庄稼的收成已带兵丁来了五六天,住在村长家。仔细听了船虫的报告,吩咐她回家,我已在此等候多时。我是千叶将军的代理守备,畑上语路五郎高成。天网恢恢,汝以螳臂当车,现已被擒还不如条虫子。在即将身首异处之时,还不将汝之真名假名,出生地点,以及盗取宝笛的情况一一供出。"他虽这样审问,小文吾却毫不惊慌地说:"这是想不到的诬告。某是下总行德的市民之子,叫犬田小文吾悌顺。此次去上野回来,同伴丢失,来此地寻找。"将这一情况说完后,又把在高屋的田间打野猪之事,以及并四郎如何诱自己去他家里投宿,并四郎为窃夺他的盘缠,反而自己丧命等情况,有条不紊地详细进行禀告,并对当时井四郎的老婆船虫是怎样对他说,将笛子送给他,也流利地作了陈述。小文吾刚刚说完,船虫从树荫下走出来,急忙跪在语路五郎面前哭着说:"大人您别听那个贼花言巧语,不要把他错当好人。他的嘴十分厉害,真是信口开河,但事实胜于雄辩。请恕我冒昧,打开他的行囊看看笛子,哪个是真话,哪个是谎言,不就是证据吗?"说话时她气得浑身发抖。语路五郎点头说:"她理当如此愤恨,也无须再让他说。士兵们!快把那个歹徒的赃物拿过来。"于是把他拉过来亲自动手打开行囊,从里边拿出来的不是笛子,而是一尺多长未烧完的树枝,另外还叠着的雨衣,别无他物。"这究竟是怎回事儿?"头领困惑不解。船虫站在旁边看着,满以为他拿着的是尺八但却不见了,立刻泄了气,惊得呆若木鸡,皱皱眉,搔搔头,心里发慌,如同哑巴吃黄连,有苦也说不出来,怎么也解不开这个谜。

当下小文吾厉目回顾左右道:"各位都看到了吧。正如某方才所禀告的那样,昨夜船虫花言巧语,想把那个祖传的笛子送给我。我虽不知笛子的内情和她心地的邪正,但是怎能从肮脏的人妻之手接受任何东西?我虽认为受之有辱品格,但她一再坚持相送,实难推却,便暂且收下了。后来趁她去寄骨寺不在家时,便将那个笛子放在身边的壁橱内了。然而行囊的形状却与原来不一样,露不出包着的笛子来,于是就把火盆中烧剩下的枯树枝包起来插在里面,背起来就走了。此举似乎是欺骗,但从这一点就可以知道某是一尘不染,心地纯洁之人。那个尺八并非船虫祖先的遗物,而是井四郎盗窃的。由于领主追查得很严,所以就多年隐藏着,将它送给我,告我是盗笛之贼,以此陷害我,是想为其夫报仇。贼妇的奸计实在可怕,可惧!此外还有证据。行囊上有刀痕,就是昨晚井四郎误以为是我,从睡衣上刺下去,扎破了我的雨衣,倘若这样说还不能解除怀疑的话,那就将船虫留在这儿,派两三个士兵到她家去,笛子装在锦囊内还一定放在壁橱里。另外看看并四郎刺透被子的刀痕和席子就明白了,不必再犹豫了。"畑上语路五郎听了不胜惭愧,命令士兵暂且看着船虫,让站在后边的村长带路,又忙派两三名士兵同到并四郎家去搜查。过了不久,士兵们和村长回来跪下禀告说:"某等搜查了并四郎的家,笛子果然在居室的壁橱内。另外并四郎的尸体是如此这般的。其他被、席的刀痕,和被杀害的那间屋的墙壁,尽如犬田所述,完全吻合。请您看这个。"说着一个人向前呈上笛子。语路五郎连忙打开锦囊,上下一看,大吃一惊道:"无论这个桦木纸卷,还是这首歌,都与往日主家所丢失的珍宝岚山笛一般无二。原来那个并四郎是盗窃这笛子的要犯。船虫想施奸计为其夫报仇。因而事情暴露,宝笛失而复出,奇哉!奇哉!"他敲着膝盖叹息。船虫的奸计被小文吾戳穿,至此理屈词穷,已无法再争辩和诬陷,气得她满脸通红,凶相毕露,从腰带内拿出准备好的宰鱼尖刀,倒拿着,喊声:"我丈夫的仇人。"扑上前去要刺杀绑着的小文吾。士兵们大吃一惊上前挡住说:"住手!你太胆大妄为了。"但她只当没听着,还是往前冲,毫不像个女人,凶暴剽悍,势不可当,同时又因惧怕她的刀,未能将她捆住,船虫得了机会,对着小文吾刺了过去。小文吾将刀躲过,想制服她,但手被缚在背后,他毫不慌张,一次又一次地躲过尖刀。待她疲劳时,施展出相扑的厉害招数,突然飞起一脚,船虫站立不住,腰一软横着滚倒在地,起不来了。小文吾用一只脚使劲将她踩住。这下船虫可泄了劲儿,真像条气息奄奄的爬虫,脸无血色,眼睛发白,痛苦万状。众兵厚着脸皮一齐上前,将船虫紧紧捆起来,强行按着她坐在那里。

当下畑上语路五郎亲自为小文吾松绑,请到身边落座,改变口气说:"我方才良莠不分,以片面之词便判定她胜诉,实是疏忽,望祈恕罪。尤其使我吃惊的是,您虽被捆着双手,却制服了凶猛的船虫。无论是武艺还是膂力,都是当今难得的好汉。并四郎等的累累罪行已被揭发,又得到了被窃的笛子,这都是您的功劳。我要竭力向主公举荐。您如果想入宦途而以武士身份游历的话,今后就请在我国淹留,侍奉我的主君千叶将军。"言语十分恳切。小文吾听了微笑说:"尽管无罪受辱被当作犯人,但嫌疑既释已不胜欣慰。某是浪人,无意为官。此次来到贵地是为了寻找丢失的同伴。如此案已了结,就请从速放我。"畑上不顾他断然推辞,摇头说:"当下怎能放您走?宦途之事且当别论,即使是过客,您对领主有功,也不能未禀奏主公就放您走,那样某日后岂能自辞其咎?关于您的去留,暂且休谈。"说着厉目看着被士兵按着的船虫说:"你这个女贼,搂着猪而忘其臭,你以不义之怨去刺犬田君时,士兵们念你是女流,行动很不得力,但我若擒拿你是易如反掌。可是投鼠忌器,怕损坏了珍贵的笛子,所以就由小文吾代劳了。你还想猖狂狡辩吗?真是自作自受,自取灭亡。要知道,这是天罚。还不将并四郎及其同伙盗取尺八岚山之事供出来?"听到这样审问,船虫把耷拉着的脑袋抬起来,冷笑说:"你想用严厉审问来以势压人,我可不吃这一套。要我道出同伙这并不难。我是怕说出来使你们难堪。如果还不明白的话,就去问问你们的家老①。你真是个讨嫌的人。"没等她说完,语路五郎气得圆瞪双眼,伸开胳膊,声音颤抖着说:"想不到你竟敢如此嘲弄我,实是胆大妄为!不打你一顿鞭子,你是不会轻易吐露实情的,赶快给

---

① 家老:幕府时代诸侯的家臣之长,统辖武士,总管家务。

我打!"

畑上正在大发雷霆之际,村长走来说:"不知大人是否知道?国主〔指千叶介自胤〕今晨出了国府,到这一带来猎鸟,已距此不远,是否需要禀告国主?"语路五郎闻报,吃了一惊,命令众兵丁道:"把船虫押到阿佐谷的村长家去。另外把犬田小文吾君也领到那里,备办酒饭好好款待。"他急忙吩咐阿佐谷和高屋的村长后,便领着随从跪在路旁等待主君自胤的到来。

再说千叶介自胤,由近臣们拿着捕鸟网、吹箭①和粘鸟的竹竿,前后带着四五十名随从,往这边走来。只见代理守备畑上语路五郎在路旁叩头,便惊讶地停步让近臣去询问:"这是为何?"语路五郎惶恐地趋膝向前,禀告了并四郎和船虫等的罪恶勾当,和路人犬田小文吾如何智勇双全,以及不料得到宝笛岚山等事由,说着从怀中取出宝笛呈上去。自胤听着不住感叹,且惊且喜。亲自从锦囊中取出一看,说:"我在弱冠时误将小筱和落叶那两口刀和此笛丢失,从那时起,年年不断下令追查,如今终于找到盗贼,又复见此笛,实是极大的快事。如果严厉审讯那个贼妇,也许能问出丢失的两口刀。那小筱和落叶并非祖传之刀,只是收藏之物。笛子是传家的珍宝,胜过昆山的片玉。然而此贼多年住在我所管辖的村子里,汝与村长都不知道,虽有玩忽职守之罪,就将功赎罪了。还有那个犬田小文吾,是不可多得的智勇双全的武士。他既是浪人,如能说服他做我家的股肱之臣,也是汝等的忠心。今天猎获的是小鸟,希望能得到那只大鸟。要把方才这些事告知马加大记,处理的结果由他禀告我,在我回城之前要好好款待犬田,然后领来见我。要妥善办理不得有

---

① 吹箭:在木管或竹管内放进带有纸翼的竹制箭头,用口吹出去射小鸟。

误。"他仔细盼咐后,便站起来由近臣拿着笛子,往真菅成、蓑轮那边去了。语路五郎不觉汗流浃背,既惶恐又羞愧,目送了半晌,才起身掸掸膝下的尘土,到村长那里去,派两名知情的士兵回石滨城,将这些事禀告主君的宠臣马加大记常武。在派去的人回来之前,备酒亲自款待小文吾。这时秋日西斜,未时已过。

却说派往石滨城的士兵回来禀告说:"某等到马加大人府去禀告,等了一会儿,传事的年轻武士转答说:让语路五郎陪着,将路人犬田小文吾带回城中,将贼妇船虫仍留在村长处,明天再将她押送监牢。因为你们回去时就快天黑了,马加大人对路上押送这样的歹徒很不放心,命将此意告知大人。"语路五郎点头照办,先告诉村长召集庄客们严厉命令说:"汝等要终夜严密看守船虫,待再接到命令后,赶快押送城去。"另外对小文吾说:"上司催着让我把您带进城去。"小文吾虽然感到好似湿衣未干又被推到河里,不是滋味,但也不便过分推辞。尽管心猿意马,还是勉为其难地答应了。于是畑上语路五郎陪同小文吾带着士兵,赶忙回石滨城。村长和庄客们围着被捆绑的船虫严加看守。这日天黑入夜时,来了个下级武士拿来畑上大人的手谕。村长赶忙打开一看,上面写道:"须在今晚将犯人押来。"村长嘴里嘟囔着说:"真不明白,先是唯恐夜间出现意外,要把船虫留在这儿,现又突然让在夜间押送,不知为何?"他把手谕揣在怀里,打发来人回去,便向庄客们传达了命令。在夜间押送船虫自然要分外当心:由七八个人拿着火把和捕棍,两三个人牵着绳索,村长在后面跟着,整队押往石滨城。这时已是深夜二更时分,沿坂东路往石滨城走了约一里多路,正在忙着赶路时,前边的树荫下忽然响了一声火枪。庄客们不知何故,有的吓得慌忙逃走,有的腿软跌倒了。其中村长虽然也吓得要死,但因押送要犯干系甚重,只得抓起庄客们扔下的捆着犯人的绳索,牵着跑。有四五个蒙面的歹徒,人人手里挥着刀,呼喊着杀过来。村长哪里抵抗得住,丢下船虫喘息着逃跑了。村长跑了一程,召集先跑的庄客,又找了当地村民二三十人,回到原处一看,人影皆无。只见在爬着虫子的小草上,丢下弄断的绳索。原来船虫已被劫走,可能是她的同伙们所为。然而一个也未捉到,如何交代?他们跪在路旁,凑到一起商量,已是深夜了。

这且不提,再说畑上语路五郎高成,陪同犬田小文吾在那日申时回到石滨城。立即去主公的宠臣马加大记常武府,禀告已带领有功的路人犬田小文吾回到城内。常武唤老仆说:"让犬田这个路人在客厅休息。告诉语路五郎说这就出去见他。"老仆领命而去。畑上语路五郎在前门旁的小茶室内等待主人出来,秋季天短,已经日落了。当下马加常武由年轻武士秉烛来到放时钟的房间落座,说声:"唤他进来!"语路五郎应声膝行顿首,还没过门槛,就从头到尾禀告了并四郎与船虫等案情和犬田小文吾的英勇之事,以及在阿佐谷的田野中,将岚山的尺八交给了主君自胤等等。常武听了冷笑说:"那个并四郎想杀小文吾是没错的。但丢失笛子并非近日之事,已将近二十年,不一定是并四郎偷盗的。也许他不知是赃物,从别人手中买的。这且不说,这些事情你不赶快禀报我知,竟在中途禀告主君,而且把那未经我验证的笛子于途中就献给了主君,实在太狂妄,公然僭越本职!汝不在其位而想谋其政,侮辱我这个老臣,还有本家的王法吗?真是岂有此理!岂有此理!"厉声予以斥责。语路五郎把头紧贴在席子上,不敢答话。常武"呵呵"地笑着说:"都是你好多管闲事,此次绝不能饶恕你,等回头再议。对那个船虫你怎么处理?"经这样一问,语路五郎仅抬起一点头说:"下官先已派兵来请示过大人,说先速将犬田带来,把船虫暂且留在村长那里,如此这般。"常武听了又厉声说:"这是极大的错误,我不是那样说的,是让你把船虫带来。犬田长途跋涉大概已经劳累,今晚最好暂且留在村长那里。对我的答复不知是怎么听的?那个船虫不似一般女流中的歹徒,叫不会武艺的村民押送,让她逃跑了,再往哪里去寻找与笛子同时丢失的小筱和落叶那两口刀?即使是来的士兵传错了,三岁孩子也该懂得这个道理。汝玩忽职守,如果跑掉了重要人犯,该当何罪?汝要亲自去把船虫押回来,今晚如不将其收监入狱,难逃怠慢之罪。真是个糊涂虫!"这时夜已经更深了。语路五郎慑于权势,一句话也不敢陈述,无法分辨是非曲直,跪得两腿发麻,哪敢不去?他不住地认错谢罪,好歹回到家里。于是急忙集合众士兵,走出石滨城时,总泉寺的钟声已响过了二更。

第五十四回　常武疑囚一犬士
　　　　　　　品七漫话说奸臣

　　却说畑上语路五郎,用火把照路,催促士兵奔赴阿佐谷村。走出不过一里多路,见许多人坐在前边的草地上,不知为了何事,吵吵嚷嚷地谈论着,心下十分奇怪。他走近前去责问说:"你们深更半夜地在干什么?"一看竟是阿佐谷的村长,和庄客们聚在一起在议论着什么。当下村长愧惧地走上前去跪在路旁叩头请罪说:"代理守备大人,救救某等吧!"庄客们也异口同声地叫道:"请您开恩,救救小人们吧!"语路五郎惊讶地回头说:"汝等应该看守船虫,为何聚集在这里?而且看到我让我救命,这究竟是为何?难道是被狐狸精魅住啦?不然尔等就是狐狸精魅我?我岂能中尔等的圈套?如不赶快现出原形,就让尔等尝尝我的厉害。"说着手紧握着刀把,怒目而视。村长和庄客们吓呆了,连忙举手说:"代理守备大人切莫动手。不是狐狸作祟,而是船虫的同伙,那些恶棍们之所为。"村长又说:"方才接到您的手谕让在下押送船虫。夜间应格外当心,所以就由八九名庄客押着犯人。来到这里时,从树荫内冲出许多歹徒,有的拿枪,有的拿刀,各自挥动武器截杀过来。下边在下不说,您也想得出来。

待又召集近村的许多人，再到这里来一看，一个人也不见了。只有割断的绳索丢在草地上。船虫已被劫走，连一个歹徒都没捉到，实在没法交代。于是就凑到一起商量如何是好。正在毫无结果之际，不料您从这里过，所以惊慌失措，语无伦次，请大人原谅。"听了回禀，语路五郎吓得与士兵们面面相觑，半响无言，忽然厉声说："尔是一派胡言，我绝没下令让你押送船虫。若有那个手谕的话，就快拿出来给我看看！"村长听了赶忙往怀里、袖子里摸，连兜裆布都摸到了，抖抖看看连张擦鼻涕纸都没有："哎哟！是否方才逃跑时掉啦？"起身借着月光拨开草找。语路五郎更加焦急，不住暴跳如雷地大声吼叫说："她怎能轻易跑掉？显然并非尔等不留神让她跑了，而是与其同伙合谋，把她放跑了，却编造许多谎话来蒙混我。我冒着黑夜前来，是奉了马加大人的将令，要把人犯在天亮前押进监狱。由于尔等之过失，使我也受牵连，真倒运。把他们都捆起来！"士兵们领命，跑过去把村长等十余人都串着绑起来。众人吓得面如死灰，战战兢兢地牙都合不拢，嘴里念着佛。想到家里的妻子老小，真是前世的因果报应，明天可能就没命了。语路五郎轰赶着他们回到石滨城，当天夜间把村长等都收监入狱。

天很快就要亮了。语路五郎想去叩马加的府门，可是又一想，告诉是明天，就暂且进卧室去躺一会儿。不觉早已天明，旭日高升，到了巳时时分，心说："已经太晚了。"他赶快换上衣服出去，马加常武已在审判所坐等，派人来找他。他心慌意乱地同来人去觐见。常武看着他说："让我好等啊！那个船虫怎样啦？"语路五郎已无法掩盖，就提心吊胆地禀告了由于村长等的疏忽，让歹徒把船虫劫走之事，并说："已将那个村长和庄客等都收监入狱。待某搜捕其同伙，逮捕船虫归案，为期不会很远。"未待他说完，常武勃然大怒，厉目喝道:"我已经说过,放跑了船虫,村长和庄客们的罪过虽然不轻,但汝把她留在村长家,对此事疏忽大意,其罪比他们还重。来人哪!给我捆起来!"两三个值班的年轻卫士应声跑过来,把语路五郎从走廊上推下去按倒,立即将他绑上。常武将他送进监牢后从此他就再也不能重见天日了。

再说阿佐谷村的村长和庄客们的妻子家属闻讯后,吓得不知如何是好。每日去石滨城,苦苦哀告,或出售田地、山林,偷偷贿赂马加主仆,大约过了一个多月,村长等人才被放出来。只有畑上语路五郎没得到赦免,竟可怜地死在狱中。有人讥讽说:"这是他多年来搜刮民脂民膏的恶报,拍马加的马屁竟拍在马腿上,被忌恨而可怜地丧命。"人们偷偷议论。语路之妻也在不久后去世,未留子嗣,由亲友们将其尸体埋葬。

在此之前,千叶介自胤自那天得到丢失多年的尺八岚山后,就赶忙回城,心想:"说的那个勇士犬田,高成是否告诉常武了?如把他留在我家,胜过千骑。要赶快见见他。"心虽这样想,但还没同老臣们说,不便召见,就暂且没提此事。次日马加常武一个人到后堂觐见,对名笛复回宝库表示喜悦,同时又禀告了阿佐谷的村长和庄客们误使船虫逃脱,以及畑上语路五郎之罪过,他说:"他们已被监禁。并且八方部署缉拿船虫,一旦发现她,即将其逮捕归案。目前纵然不知她的去向,一个犹如丧家之犬的女人,也终必自取灭亡,主公不必多虑。"他煞有其事地进行禀奏。自胤听了皱眉说:"虽然得到失去的笛子,但若再审讯那个贼妇,说不定会找到小筱和落叶那两口刀。由于语路五郎的疏忽而造成村长等的过失,都该依法监禁。但我想古之贤君,不以古器名物为宝,而应以良臣贤者为贵,此事见之于《尚书》。因此我所希望得到的既不是岚山笛,也不是小筱和落叶刀,而是那个犬田小文吾。他打死了野猪,轻而易举地杀死了行刺的并四郎,还看穿了船虫的奸计,留下所赠之笛,实深钦佩其大智大勇。汝应深体我意,要在馆驿热情款待,劝他侍奉于我。不久便想召见他,汝以为如何?"常武听了趋膝向前说:"您虽如此吩咐,但窃以为那个小文吾,打死已被并四郎用枪刺伤的野猪,非常容易。另外杀死并四郎是出其不意加以暗算,不是真本事。尤其是那个笛子,是否就是小文吾带着的,因唯恐暴露,才将其偷偷放在壁橱内,现尚不大清楚。因此,船虫之检举可能是事实,而小文吾的陈述,说不定是谎言。倘若是那样,船虫就实在太冤枉了。不知又是谁把她劫走?船虫既已逃跑,无法再行审讯,又怎能解除此疑呢?所以现在就召见小文吾,是不大妥当的。"他毫不顾忌地如此启奏。自胤沉吟片刻说:"汝之所奏虽然有理,但怀疑要看其人。我听到小文吾的所作所为,曾仔细想他的为人,绝非以诡谲欺人,欲求荣利而走险之辈。汝当三思。"常武接着奏道:"心之所惑是来自爱憎之深。纵然小文吾有智有勇,言行端正,倘若是敌国派来的奸细岂不也是很可怕的吗?其故乡是下总行德渡口的人,是否是孝胤主公〔千叶介孝胤当时在千叶城〕的心腹?不然也许是里见或浒我将军〔指成氏〕的奸细。凡智勇过人者,在此用人的战国时代,没有不选定主君而随便在各国流浪的。以臣下的愚见,速将小文吾囚禁,严刑拷问。如果是敌人的奸细,就在河原将他斩首示众,以儆效尤。显示主君之武威至关重要。"他花言巧语地进行谏诤。自胤再次沉吟说:"是否敌人的奸细虽然一时尚难弄清,但倘如有功不赏反而惩罚,则绝非好事。在弄清事情的真伪之前把他留在这里,每日不得慢待。即使是敌国的奸细,也会使之回心转意而侍奉我。如此照办不得有误!"这样一说,常武也就难以抗拒,说:"那么就把小文吾交给臣下吧。尽心赏给他衣食,弄清其真伪。"自胤听了高兴地说:"常言说,疑心生暗鬼。即使有可疑之事,也要与同僚们商量,切不可疏忽大意。"主君这样地谆谆告诫,常武含糊地答应着退了出去。

却说犬田小文吾,从那日起就被留在马加的客房里。除朝夕送饭来,无人同他接近,也见不到主人。他深感奇怪,独自心神不安地躺在床上,真是度日如年,十分发愁。这样到了第三天,府中有个叫柚角九念次的老仆,到他身边来说:"主人大记让我告诉您,他公务繁忙很少在家,请恕其慢待,今幸有半日空闲,想与您会面。请吧!"说着走在前边,拉开几间屋子的纸门,一直往里走,将他带到小书院。马加大记常武,身穿绉罗的单裖,下着上好的和服裙裤,横佩着珊瑚把的短刀,有约十三四岁的童子侍卫拿太刀站在后边。他悠然地坐在那里,背后有很宽大的壁龛。走廊上有四五个年轻武士肥胖漆黑,好似相扑的力士,身穿蕉布①的裙裤,裤脚提得高高的,带着二尺多长的大腰刀,支着胳膊,端着肩膀,威严地看着这边,好似一声令下,就能将对方制服。因此马加的虎威胜过其主自胤十倍。当下老仆九念次远对主公禀道:"这就是犬田小文吾爷。"引见后退了出去。小文吾进门走到里边,虽然恭敬地叩过头,而常武只是把手放在膝上坐着,并不还礼,拿起放在旁边的扇子召唤说:"到这里来!到这里来!"小文吾还是原地不动,毫无惧色。对常武说:"某因遭不测被贵方扣留,深有一日三秋之感。您大概已听到禀告,某只是想寻找途中丢失的伙伴而来到此地。盗笛之贼既已发现,无须留某在此。请速放某走。"常武点头说:"汝之恳求着实有理。我也很能体谅你的心情。然而自胤对汝有怀疑,碍难尽快解决。他认为,那岚

---

① 蕉布:是用芭蕉纤维织的布,产自琉球。

山笛汝虽说是由船虫所赠，假意接受后而放在壁橱之中，然而是否是她之所赠，并没有证据。不仅如此，当夜船虫被歹徒劫走，他转念又一想，船虫的供词可能是忍不住痛苦而说的谎言。她是否冤枉，是否是被劫走，很难确定。这是其疑之一。另外汝是智勇双全，武艺超群之人，在此用人的战国时代，却不肯择主而仕而到处流浪，实难以理解。此是其疑之二。他想汝不是千叶孝胤之奸细，便是里见或浒我的奸细。命令将汝赶快下狱，如未猜错，当在河原斩首示众，以便使邻国知道我们的武备。我虽不住地谏诤，但真假不明，虚实难辨。如连我都被怀疑，则太令人心寒了。请汝稍待。我将设法斡旋，待解除主公之疑，再随汝之便。"小文吾闻言吃惊，又增添了一层忧虑，虽心如刀绞，但毫无办法，便改变态度说："这意想不到的怀疑，实使人大惑不解。船虫逃跑反而对我生疑，认为她的招供并非事实，真是岂有此理！另外如果认为我是敌国之奸细，可派人去行德打听那里的人。在故乡还有我的老父，我既不为五斗米折腰，岂肯为人做刺客？请您去打听古那屋之子，原是市人、现在已是浪人的为人，他们是不会隐瞒的。望您开恩再谏主公，犹如春冰解冻，消除其怀疑，至感幸甚。"他如此一再恳求。常武不住嗟叹说："汝之所言都有道理。然而行德虽原是我家之旧领地。但如今却是千叶孝胤的领土，是敌地。岂能轻而易举地问清汝之身世？即使去打听，敌地之人的回答，怎能贸然轻信？无论你怎样讲，想尽快放你都是我力所不及的。你就耐心等着吧！"他貌似很亲切，实以花言巧语予以拒绝。小文吾怅然地束手无策，难再搭言。常武安慰他说："犬田君，汝听到过吗？近来有人吟过这样一首歌：

行人走后村雨霁，来则安之且莫急。

第五十四回　常武疑囚一犬士　品七漫话说奸臣 ... 275

性急则难以成事。既然不知住到何时，主房内人来人往，诸多不便。后院有个僻静的住处，从今天起就到那里去，安心养志。衣食之事或其他有何吩咐，可说给老仆。我们还会见面。"他说罢起身，由童仆跟随退到后堂去。小文吾虽然知道常武是假借主命扣留他，但也不便再争论。由老仆九念次领着到静室一看，是两间长九尺的茶室式房间，有浴室和厕所。另外还有个只有三张草席大的小间，室内有盛被褥的壁橱。从庭院引来水管注入水池和洗手盆内。大概是为度夏而修建的。在方格篱笆内开着应时的花卉，小松倚石而立，头上浴着夕阳，不知哪个枝条上有寒蝉在鸣叫。渴了炉上有百年之釜，倦时庭内有信步之地。但纵有美景也无法排遣惆怅之怀。此处三面是墙，南面有门，但有同于无，总是锁着。这样便如无罪而被囚禁，客舍恰似监狱。自那日之后，只有男童每日送来三餐，月中有两三天，几个老苍头来清除院中之杂草和打扫落叶，连个交谈的对象也没有。小文吾真是度日如年，十分焦急，痛苦万状，仰天长叹道："厄运怎么这样苦苦地缠着我？自从在荒芽山遇难，不知其他四友生死存亡，由我带领的两个女子不知去向。故乡有父亲和外甥，父亲年迈，外甥尚幼。思前想后，身虽在此，却无日不心猿意马。佛经所说火宅之烦恼，苦海之风浪，概即如此。但是马加大记出于忌妒而使自己受尽如此欺凌。他是个奸险的小人。诚如古人所云：'大行不顾细谨，大礼不辞小让。'虽不难突破此门而逃出，但又如何出城？如被捉到反而倍受耻辱。"他苦闷得难以忍受，但却又没长翅膀欲飞不得。小文吾犹如笼中之鸟，在暗自呼唤着朋友。在忧思中又到了暮色苍茫的黄昏时候。

　　就这样地秋去冬来，在孤寂的客舍中辞去旧岁，转年到了文明十一年春的三月时光。院内百花盛开，群芳斗妍。但除他自己却无人来观赏。还是只有几个苍头常来除草,其中有个叫品七的老苍头时常向小文吾问寒问暖,虽言语不多,却很朴实。小文吾也毫无隔阂地在其休息时,煎茶共饮,谈论世上的古今之事。品七十分高兴,相处益亲。一日品七独自前来,春季日长,过了晌午他便坐在走廊上小憩。小文吾又到他身边进行慰劳。品七回头看看说:"让您受苦了。在春暖花开的季节,无不令人心情舒畅,悠然自得。看您脸上如带病容,瘦成这个样子。以莫须有之事竟遭此不测,扣留一个过路人,已关了将近一年,实在太可怜啦!毫无办法,无论智者或是好汉,由于前世的因果报应,命运不济,一生抬不起头来,是世间常有之事。最近听说在武藏的大冢,有个叫犬冢番作的好汉,家业被其姐夫霸占,气愤难忍而剖腹自杀。犬冢的独子也不亚于其父,颇有才干。虽不知其详情,据说如今已不知去向。因此不论智者或是勇士,不遇时机便被埋没而无人知晓。然而人的穷通无常,您还年轻,即使被囚禁将近一年,也总会有得到自由之日。如过于悲伤就会使人短命。要放宽心,耐心等待解除厄运的时机。"他如此安慰,小文吾心情稍微舒畅些说:"你说得有理,我也曾听到过犬冢父子的名字。你认识他们吗?"品七听了摇头说:"我虽不认识,但与犬冢的里人糠助有世代之交,他在世时,曾去交谈过,知道些消息。现在世上什么人都有,可不能高声讲话,这里的权臣马加大人,是个居心险恶的人物,什么事都为所欲为,连国主都得让他三分,不知前世有什么因果报应?"小文吾听了趋膝向前说:"愿闻其故,虽然应该谨慎不能随便说,但我是外乡人,没人问我,所以是不会泄露的。请你快说给我听。"在小文吾的怂恿之下,品七搔搔头四下看看说:"您是位谨言慎行的人,就告诉您吧,可切莫泄露。您也许听说过,享德四年秋,下总的千叶家分作两派,交战不休。究其缘故,本国的已故主君

第五十四回　常武疑囚一犬士　品七漫话说奸臣

千叶介胤直尚在弱冠时，千叶的同族原越后介胤房劝主君跟随浒我御所的成氏朝臣。圆城寺下野守尚任劝谏主君跟随镰仓管领〔山内显定和扇谷定正〕，胤直从尚任之议投靠了镰仓管领。胤房非常气愤，加入成氏朝臣一方后，便与千叶的马加陆奥入道光辉一同率领数千军兵，攻陷我国的多胡、志摩两城。大将胤直主君剖腹自杀，胤直之父前千叶介入道常瑞、其舍弟中务入道了心也一同剖腹。自此由成氏朝臣任命陆奥入道光辉之嫡子孝胤为千叶介，驻守千叶城。另外管领方面，于康正元年冬，任用入道了心之长子实胤和次子自胤，驻守武藏的石滨城和赤冢城。于是千叶家就更加分裂，二派互相仇杀。这时千叶家旁系的武士马加记内常武侍奉孝胤，因有过失逃到下总，投靠石滨将军的麾下。他汇报了千叶的情况，一心奉公，不久得到实胤的信任，终于做了重臣，将记内改作大记，显赫一时。此间实胤主君近年多病，有遁世的心愿，想把家业让给其舍弟自胤。马加常武听了，骨子里想，赤冢城中有粟饭原首胤度、笼山逸东太缘连两位老臣，都是同族。其中胤度是在下总志摩的如来堂与主君常瑞了心一同自杀的粟饭原右卫门尉之子，多年跟随自胤。如自胤继承了家业，将那两个人带来，定是最高的权臣。果如是，自己的权势将被削弱，很不光彩。缘连是血气方刚的年轻人，无深思远虑，对付他并不难，所虑者是胤度。他暗自琢磨，难道就没办法吗？自此以后便常去赤冢问候自胤，与粟饭原和笼山两位老臣也交往甚密。一日常武从实胤的宝库中偷偷拿走一只叫岚山的竖笛，揣在怀里去赤冢的粟饭原邸，说有秘事相商，与该主人在密室内耳语说：'某今日前来是奉国主之命，您还没听说吗？据说浒我将军确实将与两管领家言归于好，国主日内想把家业传给赤冢将军〔指自胤〕，虽然要继续仰仗管领的帮助，但如不讨好浒我将军，以后将有诸多不便。因此为今后着想，宜早做打算。要在双方公布修好之前，派人到浒我去以便搞好关系。但是若从石滨去，怕被镰仓知道，如从自胤这里派人前往镰仓是不会生疑的。关于觐见浒我将军的礼物，我家自离开本国，无何贵重宝物，只有这支竖笛是家祖贞胤时的遗物，浒我将军也知道，想进呈此物。至于其他礼品可由自胤随便添些。因此事异常机密，故望汝悄悄去胤度处，传达吾意。'说得活龙活现，把笛子递给胤度。胤度非常高兴，毫不怀疑，表示欣然接受实胤的嘱托，急速奏明自胤，按照所嘱由他去浒我，回来后再向实胤禀奏去浒我的情况。常武暗中高兴把事情办妥，回到石滨城。却说粟饭原胤度，当日就去见自胤，启奏了马加常武传达的实胤的旨意，呈上了那只笛子，自胤不胜感激和喜悦，心想：石滨将军之所谋是对我的爱护和关怀，焉能违背？献给浒我将军的礼物，只有一只笛子未免太少，再送点什么好呢？于是就问胤度，他沉吟片刻说：'某前次出使镰仓，在该地购得长短两口刀，其刃锋锐非比寻常，献给主公，命名为小筱和落叶，不是还由您秘藏着吗？那两口刀正好用作礼品。'自胤点头微笑说：'我倒把那两口刀忘了。这样觐见的礼物就够了。这个差使非你不可，就有劳你去一趟吧！'胤度莞然笑道：'您虽未吩咐，在下也已做好了准备。明日就起程。'自胤很高兴，让在隔壁的近侍取来小筱和落叶双刀，与岚山笛一同递给胤度。胤度接过去赶忙回府，当日命令木工做了两三个装笛子和双刀的箱子，匆忙打点行装，带着上述礼物和两名年轻武士，连同随从约十余人，次日清晨望浒我出发。"

第六辑　卷之三

第五十五回　马大记诳言笼山穷途
　　　　　　粟饭原灭族犬坂留乡

　　品七趁兴长谈马加的隐私，小文吾侧耳倾听深感兴趣，好似春季天长而只有今天日短。当下品七忙喝了两口小文吾所倒之茶，坐在走廊上手里拿着扇子，支着腿接着往下讲："马加大记常武那日晚间，派心腹武士去打听粟饭原胤度是否已经起程。翌日清晨，武士回来禀告说：'粟饭原大人主仆十余人已在黎明时去往栗桥。常武听了，当天便去赤冢城问安。自胤见到他说：'昨天你来传达了国主的旨意，深感欣慰，当即照办。关于所送的礼物除岚山笛，又添了我所珍藏的小筱和落叶两口刀，已令胤度于今晨送往浒我。'常武听了故作惊异地变色道：'这个某全然不知，并未传达过什么旨意。胤度前去敝府，随便交谈。某言及我家主公的珍宝岚山笛，他说该宝自贞胤朝臣已传了六代，但是赤冢将军尚未瞻仰过，您能设法借来让将军一观一定高兴。他这样一说，某便立即应诺。虽是主公珍藏之瑰宝，但并非借给他家，而是主君的堂弟想看，这有何难？说好近日得便，借来送上。为践前约，昨日携宝笛去胤度府上，嘱咐他呈上给您一观，看后立即送还。昨日是公私兼顾还有他事，就回去了。然而那支笛子若无故送给他家主君，实是某铸成之大错，将被治罪。某真糊涂，不该受胤度之骗。'他面有愠色，频频叹息。自胤也十分惊讶地说：'这真是天大的怪事。胤度是我多年来忠实可靠的老臣，不料竟做出这等奸诈之事，其中定有缘故。你能想到什么原因吗？'常武歪着头想想说：'我想不是无缘无故的。近日世间传言粟饭原首胤度，仗着他是千叶的同族，阴谋策划想推倒主君兄弟，霸占武藏七乡和葛西三十个庄的领地。他为成氏朝臣做内应，无时不想叛变。我虽稍有耳闻，但心想也许是仇人的挑拨离间，便将此事丢开不再怀疑。原来竟是真的。'自胤听了勃然变色说：'若有此事，则不可轻忽。来人哪！速传逸东太来晋见。'趁值班的近臣跑出去宣召之际，常武见事情已成，便不露声气地退到中门外的警卫哨所去。

"却说该城的第二位老臣笼山逸东太缘连，听到主君突然召见，便急速跑来参见。自胤将他叫到身边，将胤度之事一五一十地告诉他之后说：'你这就去追赶胤度。他大概已走出七八里路。若已到敌地行动则多有不便。一定要在栗桥这边追上他。但不要轻举妄动，以免后悔莫及。要若无其事地传达我的命令说：有事遗漏要见他，须速归。然后察看他的神色。胤度如无野心，则一定毫不怀疑地回来。他若不听命，仍要去那里，则分明已经叛变。你就可以当机立断，一定要把他抓住带回来见我。倘若有敌方帮助，即使胤度漏网，也一定要把岚山笛和那两口刀带回来。如空手回来，对你也将失去信任，一定要干得漂亮。'缘连毫不含糊地欣然领命，离席退去。常武在警卫哨所的围屏后边，等到缘连走过来，便悄悄将他叫住说：'您接受了重要的使命，做朋友的怎能不为您高

第五十五回　马大记诳言笼山穷途　粟饭原灭族犬坂留乡...281

兴？今有一言相赠。您应该想到如果胤度超过了您,那将会是什么结果。若无胤度谁还能同您并驾齐驱？日后自胤移驻石滨时,某亦将甘居下风。一定不能让他跑掉。'他这样一调唆,缘连立即会意,莞尔笑道:'对您的高见十分钦佩,小弟晓得啦。'说罢赶忙跑到城门下,跨上备好的栗毛战马,望东奔去,四五十名随从喘息着跟在后边。

"再说粟饭原首胤度那日申时许走了六七十里路,当走过杉门乡的一片松林时,听到后边有马蹄声,他漫不经心地往后一看,不料却是缘连在扬鞭呼唤:'喂！粟饭原大人请留步。'喊话间已来到身前,翻身下马。胤度下令牵住他的马,问其来意。缘连喘息稍定,说道:'别无他事,将军遗忘了一件大事,让您立即回去。'胤度听了毫无异议地说:'虽不知何事,让您远路前来传唤,定有大事。回去吧！'说罢立即转身往回走。胤度的随从牵着缘连没骑的马,由原路一同回来。缘连和胤度边走边谈,已到黄昏时分。这时缘连的随从三三两两从后边追来,又走了约七八里路,已有三四十人赶来。胤度惊讶地回顾缘连道:'您为何带了这么些随从？'缘连听了厉声道:'非为别事,而是想斩杀你。'说着拔刀便砍,胤度的肩头被砍了一刀。胤度也拔刀还击,战了两三个回合,因一开始就受了伤,只有招架之功而无还手之力。缘连频频进攻,转眼将胤度杀死。由于事情过于突然,胤度的随从喧嚷着不知是怎回事儿,犹如开了锅的水乱作一团。当下缘连高声喊道:'粟饭原胤度叛逆之心已经暴露,某奉令讨伐,予以斩首。妆等如有异议,则皆格杀勿论。听命,休要动手！'胤度的世代臣仆、年轻武士村主金吉和使主银吾,不愿交出主公首级,拔刀冲过来。其他随从一见难以逃脱,便一齐挥刀,不择对手地进行厮杀。其中金吉和银吾为报主恩,以殊死的决心,从左右夹击缘连,彼此一时都难以脱身。这时树荫内突然出现一个蒙面的歹徒,从丢在路旁的箱子里敏捷地取出岚山笛和小筱、落叶两口刀,挟在腋下想逃走。胤度的持枪侍卫从远处看到,飞速跑过来,大喊:'歹徒哪里走?'拧枪便刺。歹徒将三件宝物往后边一撇,抽出大砍刀迎住,且战且逃,兵器相撞铿锵声盈耳。其间又从树荫里连滚带爬地跑出个蒙面的奇怪贱妇,拿起刀和笛子又躲到原来的树荫里。这边那个歹徒毫不畏惧将对手的枪砍断,然后回刀将持枪侍卫砍倒。在夕阳残照的暮色苍茫之中,与从树荫里出来的那个贱妇互相看看微笑着说:'交了好运。'趁着黄昏便一同逃之夭夭。

"且说笼山逸东太缘连,远见那两个歹徒将笛子和双刀劫走,虽十分焦急,但他正与金吉、银吾杀得难分难解,不得抽身,心慌手乱中,被金吉在鬓角上砍了一刀,伤口有三寸长,十分危险。这时缘连的随从四五人一同跑过来,从前后左右将金吉和银吾围住,终于将他们杀死,取了首级。再说胤度的其他随从们,有的被杀死,有的逃走,虽然现场上胤度的属下已无一人,但由于宝笛、宝刀皆被歹徒劫走,缘连却忧心忡忡,心想:'到何处去找呢? 天色已晚,而且又是在他国领地,后患莫测。'于是赶忙令人掩埋尸体,带着首级,改路当夜在岩槻附近的古庙过夜。他仔细想:'我虽斩杀了胤度,但珍贵的笛子和双刀却被歹徒夺走,难以向主君交代。如果漏杀的胤度随从先逃回去,如实向主公禀报,那么由于我的私愤未将胤度带回而予以诱杀的真相就会败露,那时我将有杀身之罪。总之回赤冢凶多吉少,莫如不回去比较安全。父母均已去世,自己尚无家室,在此用人之世,哪里不可求主而仕,难道只有赤冢才有太阳?'他心里寻思,还是三十六计走为上策,于是那日拂晓便一个人不知去向。天明后随从们发觉,惊慌失措。大家商议一下也无计可施,便带着三颗首级无精打采地回到赤冢，向主公原原本本地禀报了所发生的一切。自胤听了惊得目瞪口呆，不知如何是好，悄悄将马加常武找来，说明了发生的情况，问他：'宝笛既已遗失，主君降罪，该当如何是好？'常武也装作十分吃惊的样子说：'真是极大的不幸。总之丢失宝笛是因胤度而引发的，杀戮其妻、子而向主公请罪，某想对您是不会降罪的，有在下为之说情，请放宽心。'说罢退下。由实胤和自胤降旨：令胤度之长子、年仅十五岁的美少年粟饭原梦之助，剖腹自杀，胤度之妻稻城及其五岁女儿于同日被斩首。不仅是妻、子，其同族和妻党也蒙罪，或被驱逐，或被囚禁，许多人因被迫害而身亡。粟饭原氏的荣辱得失诚如黄粱之梦，无不为之惋惜。其中胤度之妾调布身怀六甲，三年不产。后来医生认为是血块之病，便按病进行治疗。常武听说其妾调布怀着胤度的遗腹子，便想杀之。可怜她的人苦苦哀求，医生也出头作证为她说情，决非怀孕，而是血块，但仍未能解除常武的怀疑。常武让调布连续吃了三天的堕胎药，也未奏效，便认作是血块而将她释放。这是距今十五六年前，宽正六年乙酉冬十一月之事。那个调布投靠一个远亲，住在相模州足柄郡的山乡犬坂。原来那个病并非血块所致，而是怀孕，终于在那年末生下一子。三年后的应仁元年丁亥秋，不知是谁将此事传到常武耳朵里。他大吃一惊，心下不安，便让老仆柚角九念次去犬坂打听虚实。虽探知确已产子，但今已不知其去向。常武急得要命，又派人去打听，终未得到半点消息。

"再说那个笼山逸东太缘连，是千叶家恩顾的家臣，出身世家，年虽尚幼，权势却仅次于胤度，深受赤冢将军的重用。但他欲大智小，年来与胤度关系欠佳，因受常武离间，竟违抗主命，诱杀了忠实的胤度。他立即遭到冥罚，丢了高官厚禄，成了个见不得天日的逃亡者。无论与之是否相识,都无不憎恨和嘲笑他。然而石滨的实胤,年来多病,一切都只听信常武一人。最近又频起遁世之念,把自己当时的领地都让给其堂弟自胤,自己隐退美浓,不久则与世长辞。因此镰仓的两管领,补任二郎自胤为千叶介,驻守石滨城,管辖武藏七乡和葛西三十个庄园,繁荣至今。

"再说马加大记常武,国中凡事都由他专断,权势之大无人与之抗衡。就连主公自胤也得让他几分。岚山笛之事实胤既未怪罪,又让自胤继承了家业,这都是常武之德,自然把权势让给他一些。据某推断,一定是常武偷偷与地方的恶棍并四郎商定,在杀死胤度时劫走了笛子和双刀。当时的那个贱妇可能是并四郎的老婆船虫。其后笛子和双刀便归并四郎所有,虽然可能已将小筱和落叶那两口刀,偷偷拿到外地卖了大价钱,但岚山笛是件古物,与现今的笛子不同,无人识货肯买,同时又有泥金画的和歌,与众不同容易暴露,所以就秘藏了多年。果真如此,不久前在途中袭击阿佐谷的村长、劫走了船虫的那几个歹徒,也一定是马加的奸党,他们都是一丘之貉。您想他怎会拷打船虫使她招供而暴露自己?因此将您扣留于此,是有此疑虑之故。他多年来的这些罪恶,虽无人知晓,但是他的心腹有个叫狙渡增松的年轻侍卫,掌握了马加的机密。马加虽时常赏给他许多钱,但由于他十分恨马加,就将此机密传出去,现已无人不知。但因惧怕其权势,无人敢禀告主公,所以国主还蒙在鼓里。马加狐疑成性,知道增松嘴不牢,便下了毒药,不久增松就在一个晚间睡着觉死了。所以您早晚用餐要格外当心,别被他害了。"二人正在小声谈话之间,男童来送晚饭,不知什么时候已在身后,拉拉听得出神的小文吾的袖子说:"您还不用晚饭?"小文吾回头一看大吃一惊。品七也急忙拿起笤帚,一只手提着簸箕走到门前说声:"开门!"外边才来人开锁,让品七出去又将门紧紧关上。小文吾暗自惊叹,尽管能封住别人的嘴,但是天诱其衷,终被人知,是以隐私之难以隐藏也。默默地面对餐盘,而懒得动箸,仍在感叹不已。

那日已日暮天黑,夜间淅淅沥沥地下起春雨,夜阑人静,远闻钟声益感孤寂。小文吾辗转难寐,独自寻思:"那个常武之为人,虽已大体猜到,不料品七却又详述了他的隐私,实是一大帮助。以后尚需处处留神倍加小心。一想到马加毒死狙渡增松之事,便联想起近日来自己在饭后也时常突然腹痛难忍。因未备药就打开护身袋,拿出秘藏的神授宝珠,搁在心窝儿上,或含在口内,吸口唾液,疼痛立即停止,感到周身清爽,已不知有过几次。一定是中了食物之毒,因有此珠之奇效,才得以安然无恙。以前犬川庄助被大石宪重关在牢里,笞杖的棒伤也曾靠珠子的灵验而立即痊愈。真是太神妙啦!世间之事多是塞翁失马,在户田川的危难中,由于得到十条力二与尺八之助,使我们脱离了虎口。今又因千叶家之尺八,而使我再陷于危难。那个尺八是忠信义烈之士,这个尺八是古朴妙曲的名物,同曰尺八,利害损益却甚异。吾之危难今虽莫解,但与粟饭原相比,却不在话下。然而粟饭原的一条根是否还活着?世间不平之事莫过于此。真着实可怜!"小文吾在胸中不住慨叹。

春去夏来,那个品七以后便没再来打扫庭院,小文吾暗自诧异。一日又来个割草的苍头,便向他问起品七之事,他答道:"您所问的品七,上月的某一天来这里打扫庭院,次日晚间突然感到心不好受,躺下不久便吐了不少血,半夜就死去了。这位老人平素没一点病,连感冒都不得,也许是食物中毒。身体好也靠不住,真是生死有命,实难估计。"小文吾听了虽然感到震惊,但仍若无其事地应和着。他心中暗想:"定是那天送饭来的男童,听到品七的某些谈话禀告了常武,因而将品七毒死,马加害人之心多么狠毒!听说品七与盟兄弟犬饲现八之生父糠助有旧交,彼此相距甚远,内心的悲痛又去向谁倾诉?真是祸从口出啊!"自此以后每当进食时,必先舔舔自己的珠子,以免中毒。

第五十六回　朝开野歌舞暗遗钗儿
　　　　　　　小文吾讽谏高论舟水

马加大记常武于去年七月扣留囚禁了小文吾,他心里也自相矛盾。当时他想,那个犬田小文吾智勇双全,是不能小看的。他如侍奉主君,则必将成为自己的劲敌。然而现在就将他打发走,一旦他辅佐其他诸侯也很不妙。因此就想偷偷将他害死,以除后患。所以就在饭中放毒让小文吾吃,可是竟无效验。他暗中吃惊地想:"这究竟是为何?"又下了六七次剧毒药,但小文吾连片刻都没病倒。常武十分惊讶,心想:"他难道有神仙不死之术吗?纵然今日不死,也不让尔出去,尔又有何作为?"所以将他紧紧关在那里。暂且停止害他的阴谋,不觉过了年又到了次年春天的三月。

确如小文吾所猜测的,打扫庭院的品七,是被常武偷偷毒死的。那日品七与小文吾窃窃长谈,被送饭的男童模糊地听到些,便悄悄禀报常武,常武听了点头道:"我平素让尔等秘密探听,就是为了知道这些。以后无论是谁有讲我坏话的,赶快禀告我。"他这样小声嘱咐着,并从罐子内拿出许多糖果用纸包好送给童仆,从此深恨品七,但因他并无其他罪过,便将他毒死。常武又琢磨:"因为品七的嘴不严,让小文吾知道了很多有关自己的秘密。我多年来有个宏愿,无日不想仿效享德之例,让自胤剖腹,使我子鞍弥吾常尚为此城之主,任千叶介。然而自胤有镰仓两管领的支持,倘若管领以我为不义,派大军来攻,将弄巧成拙,所以这些年便空度时光,一筹莫展。如能设法将小文吾收作心腹,不亚于刘备之有孔明,后醍醐天皇之有楠公①。就这么办。"心下寻思已定,恰好此时有五六名田乐②的女艺人由镰仓来到石滨城。常武是个好色之徒,骄奢淫逸喜好歌舞,他平素拥有许多娇妻美妾,耽于淫乐,但外乡如有歌妓前来,只要自己喜爱,就不吝花费,长期留在他的府内,终日宴饮玩乐。这次邀来的女田乐,其中有个叫朝开野的姑娘,年方二八,姿色艳丽,技艺超群,常武便只将她留在府内。一日让老仆九念次去对小文吾传话说:"自去秋相识,如白驹过隙,瞬息半载。曾经说过主君见疑未释,尽管良药苦口般地进谏也不生效,常武深感汗颜,是以不觉与君疏远,深表歉意。如此长期让您闷在室内定感不快,至少也应时常将您请到主房来散散心。所以几个月来就设法奏请主君,这一点幸蒙恩准。因此今晚想在后堂略备小酌恭候。时刻已到,故命九念次去敦请大驾光临,晤面畅谈是所至幸。"常武还赠送他一套有家徽的黑夹衣和裙裤。

对常武的突然恳切邀请,小文吾紧锁双眉思索,他又想干什么?一定是想害我。然而倘若拒绝便会说我胆怯,以后徒令众人耻笑。只好凭天由命,于是莞然笑道:"突蒙相邀,如再推却,则甚为失礼,

---

① 楠公:指楠木正成,日本南北朝时代的武将,曾奉后醍醐天皇之命举兵大败镰仓幕府军。
② 田乐:是古时插秧时的一种民间歌舞,后来在寺院和舞台上演出,一般是由年轻的男演员扮演。

那就只好遵命忝居末席了。知我羁旅在外,以礼服相赠,也不便推辞,只好穿上去参见,请稍待。"说着退入里间,换上夹衣和裙裤,系好衣带,检查一下腰刀,拔刀是否滑润。腰间插着折扇,真是仪表非凡,装束华丽,手握刀把从侧室走出来,施礼说:"请吧!"九念次在前边带路,踩着踏脚石走过广阔庭院,通过长廊一同来到后堂的走廊。这时马加常武急忙迎出来,握着小文吾的手,让到客席。小文吾再三推辞才面东就座。在互相寒暄问候之际,两个女童梳着镰仓妇女所流行的发型,羞答答地端着茶盘来献茶,茶盘内还装着樱花、红叶等各种形状的点心。然后就由奴婢们端菜,桌上摆满了各种美味佳肴,并频频把盏,款待得特别殷勤周到。常武举杯说:"犬田君!先尝尝是否有毒。前对主君苦谏无效,竟将某之忠心视为胡越相隔的贰心。可惜将世之豪杰长久囚困于此,十分羞愧。然而今日能如此促膝谈心是来之不易的。主君之怀疑已略有减轻,对某数月来之苦心请君谅察。请!请!"说着斟了杯酒,小文吾向前接过,放在旁边没有立即就喝,开言道:"由于意外之故,从去年承蒙供养衣食,今天又摆列珍馐美味予以款待,此皆为贤大夫好客之美意,实不胜欣慰。某本是市井匹夫,近日因故虽带着双刀,但与大人还是有身份之差。某并无使人起敬之德,如此恳切相待实不敢当。"常武听罢说:"您不必介意,请落座。"他再三地劝说,小文吾才持杯归座,把酒偷偷倒在碗内,装作是喝了。菜肴也只是动动筷子,什么也没吃。这时天色已晚,四处张灯,菊花形的银蜡台,烛光闪闪,宛如耀眼的繁星。面对广为收集的和汉工艺的形形色色、大小不等的杯盘,犹如进入珠宝之市。

这时一位年约四十的中年妇女,穿着贴金的夹袄,拉着个六七岁的女孩,同一个二十多岁体格肥胖、身材高大,穿着深蓝色裙裤的男子,走了进来。她给小文吾施个礼,坐到主人身旁。常武回头看看对小文吾说:"犬田君!这是贱内户牧。他是犬子马加鞍弥吾。在他母亲身旁的是小女,名唤铃子。某虽曾有子四五人,但多在襁褓中夭亡。今只有这一子一女。"小文吾听了忙趋膝向前表示感谢并报了自己的姓名。户牧落落大方,但沉默寡言,寒暄已毕,鞍弥吾却很不礼貌地说:"从去岁就闻大名,如雷贯耳。犬田君对君父有所顾忌,不肯会面,深感遗憾。今日同席实一刻千金,何不先消消郁闷?武艺乃有关家业的大事,弓马击剑或枪棒拳法,虽自觉不亚于别人,但还没较量过。上战场是经锻炼的武士之事,这且不谈。望有机会彼此比试一下。"常武听了微笑说:"小孩子不要自己卖弄逞强。机会难得,把四天王们找来同饮几杯。快去,快去!"在侧室伺候马加的股肱年轻侍卫渡部纲平、卜部季六、臼井贞九郎、坂田金平太等一同应声进来叩头后列坐末席,都面对小文吾说:"从前当您来到府上时,因伺候主人,未得见面。某是渡部纲平。某是……"他们各自报名。小文吾十分恭敬地还礼说:"孰人不知列位是不亚于源赖光的四大天王的勇士。久仰大名,实前途无量。"他这样地恭维着,四人却大言不惭地说:"诚如您之慧察,既未不幸遇到砍胳膊的鬼女,也未碰见土蜘蛛的化身①。虽注意野牛,但并不怕鬼童丸②。尽管四方踏遍了大江山路,还未找到酒颠童子③,深以为憾。"他们转着圈子说了一通诳言,大吹大擂。小文吾忍不住掩袖耻笑,咳嗽几

---

① "土蜘蛛"是日本古典剧能乐之一。在源赖光的病榻前出现的僧人是由妖怪土蜘蛛变化的,被源赖光斩杀了。
② "鬼童丸"是日本传说中的妖怪,被源赖光手下的四天王之一渡边纲制服。
③ "酒颠童子"是日本传说中的妖怪,又名酒吞童子,据说住在丹波国大江山及近江国的伊吹山,被源赖光及其手下的四天王除掉。

声就岔过去了。然后又端上各种菜肴,继续推杯换盏,鞍弥吾和纲平等喝得酩酊大醉,都对着小文吾颇为自负,喋喋不休地谈论着武艺和相扑之术。常武加以制止说:"尔等胡乱讲些什么?都是武士之常谈,臭不可闻,有什么值得那样谈得津津有味?真愚蠢,还不赶紧站起来!"。都让他们退下后,只留下季六说:"汝且稍待,尚有吩咐。"然后他微笑着回顾小文吾说:"犬田君!您大概听腻了吧。这些年轻人太不知趣儿,都是酒喝多啦。请不要介意。虽想偶尔为您解解闷儿,但恐未能尽兴。近日从镰仓来了几个田乐的女艺人。其中有个舞技高超的,被留在这里。把她找来再为您助助酒兴。"随着他的话音,在侧室早已准备好的敲大鼓、小鼓和吹笛子的婢子,列坐在走廊上,打扮得都很漂亮。

当下一个十分艳丽的二八少女,身穿贴金的六尺长袖短褂,内套五光十色后襟拖得很长的古式衬裙,薰得异香扑鼻,系着当代少见的宽带子,杨柳细腰随风摇摆,好像亭亭玉立的花朵。好色之徒如果看到必将魂飞天外,为这位玉人宁愿牺牲自己的性命。可是小文吾生来就不好声色,面对来到眼前的这个少女,连眼皮都不抬,心里厌恶,恨不得立即让她离开。田乐的女艺人先向主人夫妇叩过头,又向小文吾叩了头,稍微退后一点儿,面对主客座席的中央坐下。常武满面春风地远看着季六说:"喂!季六,对这样的名艺人,不来个开场白,就如同读《源氏物语》的原著,枯燥乏味。你不仅武艺很好,还擅长猿乐①,所以将你留下。赶快来一段。"季六假借带有几分酒意毫不推辞地说:"主公说得对,在下来一段。"说着取出扇子阔步向前,用双手左右拉开裙子褶,跪在那个少女的左边叩了个头,

---

① 猿乐:镰仓时代的一种带歌舞、乐曲的滑稽戏。

把头抬起来怪腔怪调地说:"东西东西,南北中央,敬告上座的大人君子。这位小女子来自镰仓,名叫朝开野,是当今的名伎。初来乍到又是初学的新手,有什么闪失差错,请列位多多包涵。田乐的节目繁多,举不胜举,有咒师、侏儒舞、田乐、傀儡子、唐术、品玉、轮鼓、八玉之曲、独相扑、独双陆、无骨有骨、延动大领之腰肢、虾漉舍人之足仕、冰上专当之取袴、山背大御之指扇、琵琶法师之物语、千秋万岁之酒祷、腹鼓之胸骨、螳螂舞之头筋、福广圣之求袈裟、妙高尼之乞褪裸、形勾当之面现、早职事之皮笛、目舞之禽体、巫游之气装貌、京童之虚左礼、东人之初上京,但那些都是男田乐所表演的。这姑娘虽也擅长男技,但她的拿手好戏是踩竹竿,走钢丝。今日天色已晚,留待他日奉献。今晚且跳个今样舞,让列位见笑。这是仿效桃花源故事的一段很好听的曲子,名叫《山路之桃》。为其表演忝作开场之白。"说了一通跑回侧室去。逗得女婢们,有的捧着肚子跑出去,有的忍不住笑了出来,有的笑得前仰后合,在四座的一阵欢声笑语中,奏起悠扬的笛声,敲起了大鼓、小鼓。这时朝开野从容起立,体态轻盈优美,唱道:

> 唱的是赞岐州、八嶋坛的海滨,弓削山麓住着个卑贱的妇人。一日她带着个同乡的少女,去游该国的八栗山。从溪水上游流来个美丽的杯子。大概是山里住着隐世的神仙。渴望寻路去探看,远见白云笼罩着山峰却原来是一片三千年前的王母桃林。

声音清澈悦耳,好似佛国的妙音鸟,舞袖翩翩,使人眼花缭乱。她挥动团扇如粉蝶起舞,桃花金钗在烛光下耀眼夺目。曲调的抑扬顿挫和节奏的快慢缓急,实无与伦比,超出一般艺人之上。常武夫妇和铃子等,目不暇接看得目瞪口呆。在隔扇和拉门外边,几个探头观看的奴婢,你推我搡,头擦头眼并眼,悉心地观看。

歌舞演毕,户牧早令婢子拿来一套衣裳,送给朝开野。她就势披在身上,跟着吹笛打鼓的婢子退了下去。四月下旬夜比较短,这时已听到晓钟,东方开始发白。小文吾已很不耐烦,艺人一走就忙向主人夫妇告辞,将待退去。常武不住挽留说:"何必如此心急,这里和那里都是我的家。这处新房是为远眺而建造的。推开那边窗户可以看到墨田河,因此便命名为临江亭。登楼远眺可以看到牛岛和葛西海滨,所以叫对牛楼。请到那里一品清茶。"小文吾不便推辞,拿起身旁放着的腰刀待站起来,不知何时掉下的银制桃花钗,夹在刀的绦带上。他吃惊地回头看看身旁侍立的婢子们说:"这是何人遗失的?是你们的吗?"于是取下来递过去。一个婢子接过去说:"这是朝开野之物。说不定是方才舞蹈时抡掉的。"小文吾听了点头说:"那就请你们一定交给她。"说着起身被带领着登上对牛楼,常武让婢子们把防雨窗都打开了。

当下小文吾四下观看,楼上的东侧挂着一幅匾额,有僧一山落款的四个大字:"对牛弹琴"。左右有一副竹联,上面刻着唐王勃《蜀中九日》诗,字上并未着色。时维初夏,并非易触愁绪的深秋,而这里对小文吾来说却可以看作是望乡台,虽无北地的飞鸿,却可看到在原业平思乡的都鸟。他身倚栏杆凝神眺望,天已破晓,一抹浮云横空,宛如一幅彩色的图画。墨田河前方黑漆漆的牛岛,犹如牛趴伏在水面,那边碧绿的柳岛,好像柳丝在碧波中荡漾。满誓①在歌中

---

① 满誓:室町初期之僧人,生于贵族之家,是足利义满的养子,醍醐寺之住持。

把人世比作朝发而不知夕泊何处之舟，犹如渔翁驾一叶扁舟终生飘浮在碧波之上，时而东划时而西漂。又如远见葛西村的几户人家的炊烟，从南边冉冉升起，而在北边缓缓消逝。极目可见镰田、浮田和行德之浦。旭日东升时遥望家乡，想起孤寂思儿的父亲和亲戚之事，愁思满怀无以排遣。常武安慰他说："您不要如此忧愁。尺蠖欲伸且缩其身，人之富贵荣枯，皆由命运决定。您见到那边的舟船吗？有久系岸边的，也有扬帆破浪的。系舟不能启航，航船难以骤停。您之去留亦同此理。君臣之际，君是舟，臣是水。如将您比作水，水能浮舟而又可覆舟。自胤是愚昧的弱将，良莠不分，岂能知您之才？必被邻国消灭无疑。某亦是千叶之同族，马加光辉之侄，即使取而代之，孰能责怪？某并非不想效享德之例，让自胤剖腹，使我儿鞍弥吾常尚做此城之主，然而尚未得到智勇双全的军师。今后您若能辅佐某，事成之时，定分给您葛西之半郡，望您慨允。"他趋膝向前，恳切地喁嚅耳语。小文吾听了正色说："想不到您同某谈了如此机密之事。某素不学，是以所知圣人之教甚微，但尚可举例推陈其利害。您只谈到水与舟的反覆之理，而不明顺逆之道。当知水浮舟为经，而覆舟为变。倘如只取其变以利己，而不取其经，则是乱臣贼子。君臣有礼，舟车有舵。君臣失礼，则有如舟车之失舵。即使一旦得利，也终不免灭亡。自古以来，臣弑君者，孰能持久？望您去掉不义的妄想，如能做千叶家的诸葛，则将流芳于后世，为子孙增光。某虽好武艺，而无才无识，怎能辅佐他人？若言吾志，宁为忠信之狗，不为作乱之人。"他毫不顾忌地据理回答。常武勃然大怒，拱着手一言不发，过一会儿忽然笑着说："您说得有理，某也是那样想，适才不过是以戏言试探，您远胜过某之所想，切莫介意。且同进早餐，请到这边来！"说着请小文吾下楼。小文吾下了楼梯便与之告别。还是由

第五十六回　朝开野歌舞暗遗钗儿　小文吾讽谏高论舟水... 295

九念次送他回别院。

却说犬田小文吾，独自来到走廊，想净面漱口，当走近净手盆前，看到从主房院内流来的引水竹管中有片树叶，流到净手盆里。他无意地拿起来一看，树叶背面写着字，深感奇怪，翻过来细看写着一首和歌：

　　　路标尽处去径断，山涧桃花逐水流。

仔细寻思："可能是昨晚在酒宴席上演唱桃源仙境的艺伎朝开野所为。若果然如此，那么在我的腰刀旁失落银钗也是有意的。但是否又是马加想诱我入圈套？常武从去年就把我扣留囚禁，而昨日又忽然请我到主房置备酒宴和歌舞款待。虽不知其居心何在，但他早已有叛逆之心，为杀害其主君自胤，想以我为股肱。他的密谋被我说穿，虽然表面上好似接受了我的劝告，但其志未改。是否又想用女色拉我入叛逆之途？尽管我自始就未从其密谋，他还以色情相诱，如我乘怒辱骂，他必加速害我。总之难以逃脱，此乃时运所致，无可奈何。今为义而舍命虽在所不惜，但可叹留下老父无人侍奉，既不能再见到有生死之交的四位犬士，曳手和单节的去向也未找到，谁能将我的情况告诉他们？思前想后，此等世间少有的羁旅悲哀在身，谁还有心再听巴峡之猿啼。虽已下定殊死的决心，但如能逃脱还是以逃脱为佳。所以得小心提防，为了防身，夜间就更不能安然入睡。"他着意加强防范，但自那日之后，一日三餐和其他诸事并无异样，待遇仍同往常一般。同时也没再邀请，一切都好像平安无事，不觉过了十余天。时值梅雨期，淫雨连绵，时下时停，终日只听到房檐的滴水声。已是五月中旬，心中戒意仍未消失，但有时也实在困倦难禁。一日从晚间就打瞌睡,走廊的雨窗也未放下。这是梅雨期少见的晴夜,十四的月光清澈明亮,忽见拉门上投下一个人影。小文吾猛然惊醒,心想:"真是疏忽大意。"连忙抬起头来四下察看,忽听到外面有人惨叫一声扑通倒下。小文吾又吃了一惊,提刀拉开走廊的门一看,却是个偷偷闯进来的歹徒,手里拿着刀仰面跌倒,颈上流出很多血,暗想:"是谁为我将他刺死了呢?"且惊且疑,借着明亮皎洁的月光,拉起尸体仔细一看,带有桃花钗头的银钗,从颈窝中间刺入了咽喉。奇怪的还不仅如此,被刺死的这个歹徒,却是常武股肱的年轻武士卜部季六,心想:"毫无疑问,这是常武想趁我疏于防范,派他来谋杀我,但这个银钗曾见过,据说是那个朝开野的,难道是那个姑娘为我杀死了仇人?她虽是田乐的艺伎,但据说擅长耍轮鼓、耍球、耍飞刀和走钢丝等杂技。这样的演员大概自然也会使袖箭。是否她在相助?"心中疑惑一时难以解除。

此时月影西斜,已是深夜的丑时三刻。小文吾继续思索:"杀死季六如被常武知道,他一定要派众兵来杀我。因此将尸体先掩藏起来,只佯作不知,待常武又想出什么新花招时,再决定是否殊死搏斗。"心下想好后便从山白竹旁找到块合适的石头,拾起来用尸体的衣襟包好,把尸体沉到了泉水的深处。这时月光忽然被浮云掩住,夜色朦胧中有人攀着庭院的松树想跳过墙来,被小文吾一眼看见,心想:"是否又有人来害我,该如何对付他?"便蹑着脚走到门旁的树枝篱笆下躲着。那个歹徒叼着蒙脸手巾的一角,飞身从墙上跳到院内,从树间绕过来,先手扶着走廊往里边看看,将待进屋,小文吾忙跑出来喊道:"歹徒休走!"然后拔刀就要砍。一声惊叫,人从刀下躲过去,向后退了二米远,说:"犬田君!是我。且莫急于加害。"听声音是个女子。小文吾惊讶地把刀收回腋下说:"你是谁?"这时一轮圆月从掠过的浮云中露了出来,借着明亮的月光一看,竟是尚未忘记的朝开野。小文吾并未放松警惕,质问道:"同你只见过一面而未搭过话,此举哪像个女人,贪夜潜来此处越墙相犯,是何缘故?"那个女人羞答答地说:"您之怀疑虽似乎有理,但是看到方才为您杀死仇人的那个桃花钗儿,您心里大概会明白的。因为我们没有说过话,所以才想来见您。我通过导水管流过来的那片树叶,已表述了我的思念之情。您竟装作不知,多么薄情?如果您这么不懂得爱情的话,则宁愿让您亲手将我杀死,我是下定这个决心才来的。您不觉得太残酷吗?您太忍心啦!"她毫不掩抑自己的怨情。小文吾闻听冷笑说:"以轻薄之技度日的艺伎会那样想,可我素不好色,无辜被囚,岂能抛开悲伤而去谈无益之爱?你说的并非实情,而是受他人的指使,用这个手段前来迷惑我。"她一听更加气愤,把脸抬起来看着他说:"只是赠歌您也许会怀疑,您想一个女人把自己的桃花钗儿染满了鲜血,都为的是谁?我的这片爱慕之心,您如不肯接受的话,就赶快杀了我吧!"她毫无惧色地将身子贴在刀上。小文吾忙把刀收回来,提刀转到她的身后,把刀举起来,她也一点儿不怕,引颈合掌一动不动地跪在那里。小文吾看了一会儿,把刀纳入鞘中,但还是左右为难。想了片刻,言词温和地说:"你连死都不怕的痴情,虽已稍解我的疑虑,但是杀身之祸已经临头,这爱是不能持久的,就请你放弃此念,快快回去吧!"朝开野回头看着他说:"您既有此心,何不同我逃走?束手受仇人的折磨而最终丧命,是何等愚蠢。"她这样予以鼓励,小文吾还是不住嗟叹抚额说:"若能逃脱,何以等到今天?越过锁着的院子虽不费难,要想逃出夜间不准出入的城门,谈何容易。"朝开野听了说:"这个也有办法。我被马加大人留了二十多天,内外之事都略知一二。凡出入城者,昼间有昼间的腰牌,夜间有夜间的腰牌。暗中想办法,弄到腰牌出城就不难啦。"如此小声告诉他。小文吾喜形于色说："这虽是可喜之事,但如被发觉,反而弄巧成拙,追悔莫及,切莫轻举妄动。"听到这样关切的嘱咐,她点头说："这虽勿劳您嘱咐,但如此提心吊胆地过日子,越来越危险。我豁出命来,也要在明夜为您弄到那个腰牌,不能等到天明。您要做好准备等着我。"对她的勇敢相助,小文吾十分感激,说道："通过你的帮助如能脱险,是我的天缘未尽。待我为朋友办完所约好之事,安定下来就迎娶你为妻。适才刺杀卜部季六的银钗在此,请你收起来。"朝开野接过去说："盗取腰牌比探睡龙之腮而取珠还难。是盗来腰牌,还是在那里丧命,面临这样生死未卜的大事,这个钗儿还算得了什么? 就当作明天首途给神佛的供品,预祝您一路平安吧!"说着将它投入泉水中,叩拜后站起来说："犬田君! 虽有千言万语,但是夜短情长,一言难尽。如果我在此待到天明,则一切都将成泡影。请您耐心等到明夜,再见啦。"说罢绕过来时的树间,撩起衣襟跃上墙头,施展出表演田乐的熟练技巧,往前一纵抓住松树,转眼间就不见了。

呜呼,艺人中也有隐君子,在歌舞伎中竟有如此有节操的游侠。昔日蝉丸①在逢阪山,亲自弹着琵琶吟咏盛衰得失之理,以解脱自己在尘世中之烦恼。华夏的静御前②,在鹤冈的社坛,吟吉野山之歌,以表达对义经的别离之情,而不怕源赖朝的震怒。更何况千寿③为哀悼重衡而致死,微妙为思慕父亲而削发为尼,都可以说是各得其所。毕竟朝开野暗自帮助小文吾,又生出什么事端,且看下卷分解。

----

① 蝉丸:据说是醍醐天皇的第四皇子,双目失明,擅长和歌和琵琶,住在逢阪山。
② 静御前:是义经的爱妾,容颜艳丽,擅长歌舞。与义经在吉野山诀别后,被押送镰仓。在鹤冈八幡宫对着源赖朝,用歌舞表达对义经的思念。
③ 千寿:也叫千手,是侍候平重衡的艺伎。听到重衡被问斩,便出家为尼,不久也死去。

第六辑 卷之四

第五十七回 对牛楼毛野雠仇
         墨田河文吾逐舟

却说犬田小文吾看着朝开野又越墙回到主房,回到卧室,对明日之事还是放心不下。他想:那个朝开野是罕见的田乐女艺人,不但有男人气概,距离百余步从墙上用钗儿刺杀了季六,无论是技艺还是她那勇敢的侠肠,都在激励着我。今又得到她的帮助,如能从这里逃出去,那真是难得的幸运。然而常武也并非一般的对手,出入城门的腰牌,怎能随便让人偷去?如此事未成,则朝开野将在那里丧命。虽说她是出于情欲,但那样富有侠义心肠的姑娘如为我丧生,实在太可怜啦。但事已至今,又有何办法?与其儿女情长地这样胡思乱想,莫如我们二人都凭命由天,听候明日的佳音。一夜辗转难眠,天亮便是五月十五日。这一日从清晨就下雨,到未时才雨霁天晴。小文吾担心杀死季六之事,如被常武猜到,就必然派众兵来杀自己。唯恐敌人即将到来,所以枕戈以待,终日也未放松警惕。然而三餐茶饭照旧由男童送来,与往日无异,一天很快就过去了。

再说常武日前在对牛楼对小文吾谈了他的密谋,但是小文吾毫无承诺的意向。只想赶快结果他，以除后患，所以便吩咐男童窥伺小文吾的情况。经过十几天，小文吾不分昼夜，防范甚严无隙可乘。这几天才听到男童们禀报，小文吾已有些疲倦，时常在打瞌睡，这才放心，悄悄派卜部季六前来刺杀小文吾。可是到了次日季六还不回来，小文吾却安然无恙，仍在别院的静室。常武疑惑不解，又让男童悄悄去那里窥探。回来禀报说："在泉水附近的草叶上有血污的痕迹。另外泉水也有些异常，水色发红。"常武听了不住叹气，心里想：原来昨夜季六被杀害，小文吾大概将其尸体沉入水中。我要找到尸体以杀人之罪斩杀小文吾，即使派几十人去，自胤也不会责怪我。一时气得肝胆欲裂。然而这日五月十五，是其子鞍弥吾的诞辰，每年照例在城中是宾客盈门，大摆喜宴，不得不把逮捕小文吾之事拖到后天再禀奏。这天从中午宾主们便推杯换盏，尽兴欢乐。他对朝开野表演的田乐很感兴趣，白日未能尽兴，晚间接着张灯玩乐，直到午夜子时，客人们才逐渐离去。父子和主仆们无不烂醉如泥，有的踉跄回到卧室，有的则随处倒下，鼾睡声犹如野猫争牝一般，喧嚣吵闹，不省人事地纷纷睡着了。

再说小文吾，他不知道主房有宴会，白天唯恐常武派人来杀他，一时也不能疏忽。到了夜间就一心惦着朝开野之事。或到屋外站在后门看着，或把耳朵贴在墙上想谛听那边的情况。听到似乎是在对牛楼有笛鼓的伴奏声，原来大摆盛筵，在歌舞玩乐。这是个好机会，对朝开野盗取腰牌十分有利，因此等得越发焦急。夏夜很快就更阑夜深，乐声也听不见了，一片寂静。夜风送爽，只有皎洁的月光洒在树间。当下小文吾回到屋内又想："今夜不管朝开野盗牌之事成与不成，既已那样约好，如不做好准备，她就会认为我毫无诚意。除行囊和斗笠之外我别无他物，但时刻已到还是准备一下为好。"于是他赶忙收拾东西,把衣襟撩起来,扎上手巾,系好绑腿,插好腰刀,提着太刀到走廊一看,十五的月亮已经偏西,月色清澈,数数报晓的钟声已是四更时分。这时在主房那边好似不断有人在喊叫,甚至连脚步声都隐约听得见。小文吾侧耳聆听,是朝开野盗牌之事不成而被捕?还是他们酒醉斗殴?心下十分焦急,坐立不安。过了大约半个时辰,鸦雀无声了。虽然只隔一面墙,却恍若隔世,也没法探听消息。"纵然朝开野现已被捕,我即使想去舍命搭救,也如同辙鲋问于枯鱼之肆,怜麀鹿于肉俎之上,无济于事。"他这样自言自语地坐在走廊上,仍在注视着主房那边。

这时只见有人攀着那边的松树越过院墙,如飞鸟一般向这边跑来。小文吾立即十分担心地召唤说:"是朝开野吗?"说话间朝开野披散着黑发,衣裳被撕破并染着鲜血,右手拿着明晃晃出鞘的利刃,左手提着件东西,已来到面前:"犬田君!让您久等了。好歹已将腰牌弄到手。请看这个!"说着往走廊上一扔,小文吾惊讶地借着屋内的灯光和皎洁的月光拿过来一看,不是腰牌,想不到竟是马加大记常武的首级,小文吾大吃一惊:"这究竟是怎回事儿!"他急切地先问这件事的来由。朝开野莞尔笑着说:"不把缘由讲明,您当然是疑惑莫解的。我本不是女子,现在已无须隐瞒了。宽正六年冬十一月,千叶家同族的老臣粟饭原首胤度,被马加常武以谗言陷害,为笼山逸东太缘连所杀,我就是其遗子,名叫犬坂毛野胤智。隐姓埋名做了田乐的女艺人,便用毛野这个别号取名朝开野①。您也可能听过传说,我父的正妻稻城,兄长粟饭原梦之助,以至年幼的姐姐玉枕,都被常武杀害,连亲戚都受到株连。我家的俸禄已断绝了十五年。

---

① 毛野:音"けの",与开野同音,前边又加个朝字,便为朝开野。

我母是父亲之妾，名叫调布，自有身孕三年不生，由于朋友和医生都说是血块，才捡了条命，被驱逐出去。于是投亲靠友流落到相模州足柄郡的犬坂乡。那年十二月生了我。然而怕被千叶家知道，就告诉人说是女孩，起名叫毛野。过了两三年手头的积蓄用尽，母亲便抱着我悄悄离开那里去了镰仓，但是没有谋生之路。母亲会敲鼓，便被女田乐雇用，以其技艺养育我。但还是怕被马加知道，在八九岁时就让我也进入田乐的戏班，整天地学艺练功，逐渐技艺学成，有了点名气，人们便管我叫朝开野。就这样很不幸地度过了一些岁月。在我十三岁那年秋天，母亲积忧成疾，在她觉得已不久于人世之时，把我叫到枕边，将我的身世和父亲与兄姐之血海深仇以及马加和笼山这两个仇人之事，都告诉了我。自那日之后，我就深感悲痛，满怀仇恨，发誓如不杀死那两个仇人为亡父祭灵，就枉为人子。缘连已不知去向，常武大概还在石滨城，心想先杀了常武再去寻找缘连。虽然这样下定了决心，但是母亲有病脱不开身，只好暂且等待。可怜的母亲就在那年冬天与世长辞。心想服完丧就去石滨报仇。但我生来所学的，无非是耍轮鼓、耍球、走钢丝，或今样和田乐舞，除此之外，连太刀都拔不出来，怎能对付那样的大敌呢？就不得不把复仇的日期往后拖。在此期间假借练习田乐，就夜以继日地习练武功。剑术、拳法、枪、长刀、袖箭、狙击、锁镰等等，虽无人教，但自悟自练已有三年。也许有神佛的帮助，自学已达到二流程度。父祖是千叶家的同族，是真正的武士出身。我自幼不仅做了艺人，生来是男子汉却扮做女人，真是人间的大不幸。但是若非如此怎能接近常武等人。在我宿愿未遂之日只好如此。因此便非心甘情愿地每日从梳妆打扮到言语举止，都得模仿女人。最近随同田乐班的艺伎一起来到此地。天遂人愿，答应仇人常武将我留在主房二十多天。听人传说您的人品,实是世间罕见的英杰,怎能见死不救。心想在我宿愿告成之日,我们一同逃走。于是便在表演歌舞的那天晚间,偷偷把桃花钗儿丢在您的身边进行试探。然后又以桃源之歌表示爱慕之情。昨夜听说常武派季六做刺客,想来谋杀您,我便在后边跟踪,从墙边用钗儿将季六刺死。那时以艳语相戏,是想再对您进行试探。您竟是位不恋女色的大丈夫,实可与柳下惠相媲美。假借盗取腰牌与您约定时日,是想待我杀了父亲的仇人,我们一同逃走。天也,时也,今天是鞍弥吾常尚的诞辰,主客大摆酒宴,直到深夜来客才罢宴离去。常武父子喝得醺醺大醉。不在今宵报仇,还待何时?便提着藏在身边的利刃,一看常武父子和纲平等醉卧在对牛楼。心想先除掉那几个,便登上楼梯,如同潜龙得到了腾飞的时机,悄悄靠近常武的枕边,惊天动地般地高声厉喝:'马加常武尔醒来!昔日因汝之谗言,在杉门路上杀害了粟饭原胤度。某便是其庶出之遗孤犬坂毛野胤智,因出生在相模的犬坂乡,便以乡名代替家号。父仇兄恨在身,现在尔就起来,咱们决一胜负。'报名呼唤后,将枕头一踢。常武忽然惊醒,拿起胳膊旁边的腰刀,将待拔出来时,寒光一闪常武的人头落地,刀尖顺势砍伤了他准备站起来的大腿。在其左右躺着的鞍弥吾和纲平都大吃一惊,嘴里喊着:'不能让这个歹徒跑了!'一齐拔刀迎击,左躲右闪地奋力拼杀。鞍弥吾的刀被击落,吓得要跑,被我从背后劈了一刀,将待仰面跌倒,又被我横着拦腰劈作两段。常武老婆户牧被刀声惊醒,不知发生何事,呼喊着往楼梯上奔来。渡部纲平受了伤吓得提刀要跑,迎头碰到户牧,眼睛一花,以为是来帮我,一刀砍下,户牧惨叫一声从楼梯上仰面跌落下去。她的女儿铃子起来找母亲,口中喊着:'妈妈!妈妈!'可巧她的母亲头朝下正落在铃子头上,颈骨被折断,立即丧生,与户牧躺在一起,马上断气了。纲平这才看清，吓得目瞪口呆。转过身又同我拼杀，被我一刀结果了性命。楼上已没有敌人，心想再惩治一下剩下之敌。便轻轻下楼，踢开每个房间的纸门，尚未醒酒的金平太、老仆九念次、贞九郎和奴仆们仗着人多势众，挥动短枪、棍棒，慌乱中错拿了别人的刀以及其他兵器，步履蹒跚地竞相杀过来。我便纵横无阻地将他们杀败，如同虎入羊群。受了点轻伤的臼井贞九想逃跑，被我劈作两段。回刀将金平太的短枪砍断，泰山压顶般地劈头一刀，将他砍倒在席子上。九念次受了数处伤，摇晃着想逃跑，我从背后抡起太刀，刀光闪处鲜血迸出，他也死于非命。剩下的几个奴仆和侍童到处乱跑，躲到厨房中堆着的米袋后边，把米袋子挤倒，那几个做密探的男童，有的眼珠子被砸出来，有的砸断了肩骨或腰骨。六七个这样地自取灭亡，其余的也都被砸个半死，跪着求饶。本不想无故杀生，便饶了他们。又重新上楼用仇人的血在墙上留书写下五十余字：

为父兄鏖仇，为旧主锄奸。自今而后，知君之为君，勿使繻葛复倒旌。

文明十一年己亥夏五月十六日拂晓
粟饭原首胤度之遗子犬坂毛野胤智十五岁书

然后就提着马加常武的首级到这里来了。"毛野喘息着，说了这些话。小文吾听了不住感叹，说："我自见到您就认为您的言行与众不同，不是一般女子。但还是有眼无珠，您原来就是听人传说的粟饭原大人之子。三年在胎内没有出生而躲过了灾难。是天生的孝烈勇士,让您来伸冤济世,可以说是一大奇事。您生年十五岁,加上胎内的三年虽然是十七岁,却单身消灭了十几个强敌,不但自古以来罕见,恐怕今后也是少有的。虽然想说和想听的事情很多,这里却不是谈话的所在。如不留神天亮了,被城兵围起来捉住,则将后悔莫及。但是又无可逃脱之路,未知您有何高见?"毛野听了点头道:"某在马加处时,每夜都走出卧室察看城内要害和护城河的深浅,以便设法逃脱。请跟我来。"说着把披散着的头发绾起来,拿过仇人马加常武的首级,将其发髻理理系在腰间,把衣襟高高掖在带子上,然后在前边带路,飞身跃上大门的横木,敏捷地跳到外边。毫未费劲儿地把门锁拧断,将大门推开。小文吾对他动作的神速十分惊奇,称赞说:"我真不如您。"二人一同逃出马加宅邸,来到毛野预先察看好的地方:城的后门东侧、土堤旁的树林中。这里的护城河虽不太宽,但也有四丈多。当下毛野取出腰间准备好的绳索,其一端拴了个弹丸似的东西,将其另一端拴在松树上,手握那个弹丸望着河对岸的一棵柳树抛去,不偏不斜,弹丸在树干上缠了三四圈儿,好像系的一样。"咱们过河吧!"说着脚踏在绳索上,如履平地一般跑了过去。小文吾不住感叹,想跟着过去,可是一条绳索怎么也踏不住脚。且呆且羞,在原地踌躇不前。毛野在远处看到,把方才缠在树上的绳子使劲系在树上,又走了过来说:"犬田君还踌躇什么? 请伏在我肩上。"说着将后背对着他,把大过他一倍身躯的小文吾轻轻背起,慢慢走过去,泰然自若,面不改色。小文吾更加惊叹说:"从前在宇治川之战中,筒井明春和一来法师①,挥舞着太刀,渡过桥桁的奇迹,若与您相比也恐怕自感逊色。"小文吾对毛野这等奇迹般地相助,非

---

① 筒井明春和一来法师:见《平家物语》第四卷十一回"宇治桥合战"。

常高兴。

毛野把小文吾渡过河去,拔出刀来砍断绳索,丢在河中,仰望着天空说:"东方已经发白,从陆地走会被追兵截住,莫如一同渡过墨田河,再作道理。"小文吾深表赞同,便一齐踏步前进。这时忽然听到城中人声呐喊和聚众击鼓的声音。二人回头看看,毛野点头道:"大概是没被我杀掉的常武的奴仆们向城主禀报,想派众兵来追击捉拿我们。这又何足惧?但是我还有个仇人笼山缘连尚未找到,何必与追兵恋战。我们赶快一同渡过河去!"小文吾说:"你我所见相同,快走吧!"二人一前一后加快步伐,赶到墨田河岸边,一看无一只渡船。这是武藏和下总之间的界河。河水从遥远的秩父山流来,奔入大海,果然名不虚传,是坂东数一数二的大河。正值淫雨连绵的五月,河水上涨,连浅滩都不见了,怎会有船拴在岸边。沿着河岸找了几遍也未见个船影。天已大亮,遥远听到人马的脚步声,烟尘滚滚从后面追来。毛野和小文吾见此光景,心想:"追兵已经来到,是杀开一条路逃脱,还是渡河?"伫立在岸边,举棋不定。

这时从千住那边有一柴舟顺流而下,距岸边仅有三四丈远。走投无路的毛野和小文吾一眼看见:真乃天助人也。二人连忙招手说:"请等等,想捎个脚儿,到这边来!"可是船夫摇头划了过去。毛野勃然大怒道:"为何求你不肯答应?今天不借也得借。"骂着在水边追出一百多米,船夫还在嘲弄他,弃棹持橹想把船摆开。毛野纵身一跳,相隔三丈多远,竟跃入舟中。船夫十分吃惊,怒气冲冲地拿起棹来想打他。毛野说:"汝太过分啦!"把棹推开,在其胆怯之际,一脚把对方踢倒踏在脚下。想把船划回去,虽不停摇橹,但水流很急犹如箭打,不能进退自如,船失去控制顺流而下。小文吾看到不能再等,便脱下衣服,用单裈的袖子裹好双刀插在腰间跳入水中。

他虽然游得很快，但是浪大流急，尽管他有在行德渡口练就的一手游水的好本领，还是追不上。正在为难之际，从千住划来一艘满载米袋的大平底船。小文吾好歹抓住船舷跳了上去。两三个船夫吓得喊叫说："你这个贼，大清早的就想来偷米，真大胆，打他，把他捆起来！"他们骂着从左右一齐动手。小文吾翻身闪过去，船夫们几次没有击中，反被他双手从两边抓住棹和橹，将对方推倒，奋力夺了过来。他举起棹瞪着眼睛想打下去，船老大赶忙抱住他的胳膊，哆嗦着说："原来是古那屋的少东家，请息怒。"船老大百般劝解，这人究竟是谁，且看下回分解。

第五十八回　厄难初解更逢故人　忠仆继主详告旧忧

小文吾乘怒欲击船夫，不料有人呼父亲旅店的字号加以制止。一看不是别人，却是素日相识的犬江屋的船夫依介，十分惊讶地扔下棹说："依介！久违啦！因万分火急，简捷说来，有一事相求。我从去年为了朋友连遭大难，到处奔跑，更被此地的佞人囚禁，生命危险，受人搭救好歹逃了出来。你看那边，追兵站在西岸摆手召唤。这虽不足惧，但我的再生恩人，方才跳上顺流而下的柴舟，摇橹往南而去。我同他还有要事相商，这样分手就再也难逢了。请快吩咐水手，追赶那只船。我也帮你们摇橹，快！快！"依介听了，回头看看好歹站起来的水手们说："你们都听到了。这位少爷你们也有所耳闻，是行德的犬田爷。今晨未明因被仇人追赶，他为了追朋友涉水过河，不料跳到我们船上，实感幸甚。据说方才有只往南去的柴舟，在这儿虽然看不见，但大家辛苦一下，就能把那只船追上。都来摇橹，听见了吗？"他这样催促着，亲自掌舵。水手们听到犬田二字更加吃惊害怕，谁还敢有异议？道歉说："俺们从春天才来到犬江屋，没见过少爷，多有失礼，请原谅。"一齐摇橹使棹往前

第五十八回　厄难初解更逢故人　忠仆继主详告旧忧...309

划。顺水之舟流急风顺,转瞬间划出十几里路,已经看到品革,也没见到那只船的去向,后边也无敌船追赶。依介四下看看说:"古那屋的少东家,您也看见了,水手们都很卖劲儿,划到这里也没看见您所要找的那个柴舟。我想是船小载轻,已划出很远,徒劳而无功。莫如暂且不要追,同我们到市川去吧。我想告诉您行德之事和市川的情况,身旁人多,船中谈话多有不便。另外也愿闻您从去年到今天的情况。我们昨夜往千住运去干沙丁鱼,回来运的是大豆和小豆,今天就得交给货主,违约会产生许多麻烦。请先进早饭,把湿衣服放在草袋子上晾着。请！请!"说着往烧焦的木灶里添烧柴煎茶,打开放在渔网内的木饭盆给他盛饭,红漆的木饭碗虽然都掉了漆,但待客之心是诚恳的。烤的油炸豆腐黏了点灰,把火筷子当餐箸一式两用,用竹盘子把菜端上来,糠酱腌的紫茄子,奇臭难闻,由于饿极了也吃得很饱。小文吾所担心的是未能找到犬坂毛野,真是知遇和离别都是由机遇所致,实莫可奈何。如不顺水推舟去犬江屋,然后再回行德,那似乎是不惦念老人。但还是一时难以决断,经过再三思考,才依了他的意见。依介很高兴,告诉船夫把船一直往东划去。小文吾虽想让依介说说行德和市川之事,但不能被旁人听到,所以也就不便再问,但心里却忐忑不安。一个人闷闷不乐地坐在船里,那天中午到了市川。依介把货卸到货主指定的河岸,把船划到犬江屋的门边。

　　当下船夫们把舵拉上来,收起橹,卷起苦布,叠好席子,嘶哑的声音吵嚷着。一个年轻的媳妇从屋里边跑出来说:"你们回来啦!比想的回来得早,吃了午饭,歇歇吧。"说着从船里拿出炊具和锅,提着往屋里走。依介将那个女人叫到身边说:"水澪!有稀客到来,赶快煎茶,准备午饭。"让小文吾走在前边让到耳房,热情款待。小文吾不知这里主人的情况，便不住回头往四下观看。这里虽是亲戚的家，但听不到妙音的声音，也看不见大八亲兵卫现在何处，心下十分诧异，急忙想问问。依介提着一壶新沏的茶和茶碗，来到小文吾身边说："今天是梅雨期的一个晴天，已经热了。在船上煎的茶有铁器味，不解渴。先喝点儿茶，一会儿再吃饭。"小文吾听了说："茶饭都不想吃。伯母哪去了？亲兵卫在身边吗？方才你想告诉我这里的情况，究竟是何事？"依介趋膝向前说："您可能不会忘记，大概是六月二十四日之事吧。您送结拜兄弟去武藏多日不归，行德和这里的人都等得十分焦急。因为不放心、丶大法师说他要去大冢看看。七月初二日晚乘船走的，也是过了约定的日期没有音信。所以行德的老东家和妙真都甚感不安，与蜑崎大人反复商量也无计可施。就在那个月初五，您也可能知道那个恶棍舵九郎，不知何时嗅到些许有关房八夫妇之事，以此相要挟想做妙真的入赘丈夫。如不应允便要去掘新坟，向国主诉讼让她吃官司。她身边无人，两人争吵不休。正在危急之际，文五兵卫老爷和蜑崎大人赶来，没容分说将舵九郎捉住痛打了一顿，事情虽然似乎已经解决，但不料却留下了后患。为躲避那小子使坏，按照蜑崎大人的意见，妙真太太同小少爷暂去安房。那天晚间匆忙地由文五兵卫老爷背着小少爷要去送一程。我背着装有所需用的许多东西的包袱，主仆们五个人走出家门。那个舵九郎带了许多恶棍，埋伏在途中，突然把路截住要捉拿我们。蜑崎大人与他们搏斗，文五兵卫老爷和我为了保护太太，也与敌人周旋抽不出身来。就在那天黄昏遭了大难。请看我这前额的伤痕！我从这被砍了一刀，当即昏倒过去。舵九郎乘此机会，抢走妙真太太抱着的小少爷，说若不依从他的话，就把这孩子弄死，举起块石头就要砸。对这种惨无人道的暴行，妙真太太悲痛欲绝。蜑崎大人和

第五十八回　厄难初解更逢故人　忠仆继主详告旧忧...311

文五兵卫老爷杀退了恶棍们，才聚到了一处。舵九郎以孩子作人质，大家实在是束手无策。舵九郎嘲笑着又举起石头，要把小少爷砸得粉身碎骨。这时一朵乌云从天而降，狂风大作飞沙走石。云中有个东西如同磁石吸铁一般把小少爷吸到半空。另外舵九郎也被狂风卷起，从臀部到心口窝儿，如同破竹一般被撕开，尸体掉了下来。这样虽然消灭了强敌，可是尊贵的小少爷竟不知去向。妙真太太哭得死去活来。蟹崎大人和文五兵卫老爷都认为亲兵卫也许是被神仙给藏起来了，只是一时找不到。即使不知去向，也不会和舵九郎一样被杀害，耐心等待会被送回来的。经过这样地不住劝说后，就赶忙找住处。这时我才苏醒过来，幸亏伤势不重，便同妙真太太去了安房。文五兵卫老爷那天夜里就回了市川。因不知您的安危，便连夜乘船去了武藏的大冢。这一段我起初不大清楚，是后来妙真太太详细告诉我的。

"再说文五兵卫老爷，次日〔初六〕巳时许到了大冢。向村里人问及那个额藏，说他已被判处死刑，初二那天在庚申冢附近将要执刑问斩，但又被额藏的朋友犬冢信乃等三人劫了法场。守备丁田町进带领众兵去追捕，由于操之过急，丁田大人在水中被对手杀死。然而仁田山晋五又从后边带兵将他们围住，额藏、信乃等被杀死并枭首示众。而那天晚间又有歹徒，将看守的士兵砍倒，盗走首级不知去向。文五兵卫老爷听了肝胆欲裂，悲痛万分是可想而知的。无人知道您存亡的确切消息，便装作若无其事的样子，回到旅店探听世上的传闻。原来枭首的并非信乃和额藏，而是借用别人的首级，欺骗国主。有人偷偷讥笑仁田山晋五的可耻伎俩。因此怀疑才算消除。那个假首级究竟是谁的，也问不清楚。是否是您的？也没法对旁人说。怎能这样忧伤地常住在旅店里？然而对您和那几个人的安危,以及、大法师的去向,都没问清楚。逗留了五天,在初九的晚间就回行德了。也没人共同商量,与其抱着腿过日子,莫如把情况告诉妙真太太和蜑崎人人。于是便在该月十一日去安房。想不到您平安无事一同来到这里,真是件喜事。另外不如意的事情也真是太多了。可是您从去岁究竟在何处?能把这些事同我讲讲吗?"

小文吾听了很吃惊,不住地叹息。听他说话时不知不觉地往前凑,侧耳倾听,拍着大腿说:"怎么总是事与愿违,徒劳而无济于事?去年的那日我送犬冢等去武藏时,在神谷河畔邂逅一位叫姥雪耨平的渔夫,同犬冢和犬饲一同听他讲了额藏庄助的含冤之事,都不胜愤慨。我们在路旁商量时,犬冢和犬饲都说让我赶快回行德,把那里的情况告诉父亲和其他人,可是我没有听从,心想:我同犬川虽是尚未见面的朋友,却有胜似同胞的因缘,岂能不顾他的大难而离去?今行德无事而这里却发生了万分火急的大事,先搭救庄助再回去告诉父亲和其他人也不迟。便与大家共同协力,终于从九死一生之中救出了犬川庄助。这样总算尽了异姓兄弟之谊。岂料家中也发生了暴风般的灾难。大八亲兵卫不知去向,亦即那里得了一位犬士,而这里又失去一位犬士。这不是塞翁之马,也颇似牧家之牛。为这些事而使父亲担忧,实是我的罪过。其结果又是那样使人莫测。不知被什么凶神缠住今天才回来。父亲不知道原因,一定很恨我。似乎一些没用的话,先同你说说,也可聊以排遣胸中之恨。"于是便从螟六、龟筬的丧生开始,谈到犬川庄助为主报仇的经过,和簸上兄弟与庵八等人之事。还有耨平的仗义、音音的孤忠、力二与尺八的精忠孝友和曳手与单节的贞操节义,这一切都是为了报犬山道节的君父之仇。我同犬冢、犬饲等与他互相帮助,在荒芽山相遇。这时白井派重兵追捕,在杀出重围时,曳手和单节所同乘之马被敌人击中,

第五十八回 厄难初解更逢故人 忠仆继主详告旧忧

发生了意想不到的怪事。因而与犬山、犬冢等失散。为追赶那匹马，经过武藏的浅草，追至阿佐谷的田间，碰到一只受了枪伤的野猪。因杀死野猪而得知并四郎和船虫的隐匿之事。不料为此却被石滨的千叶家权臣马加常武扣留，从去秋就在那里。在处境十分危险、有生命之虞时，被一位叫犬坂毛野胤智的义勇少年所救，好歹逃出石滨。涉水渡墨田河是为了追赶犬坂毛野所乘之船。"小文吾如此扼要地述说了离家后的经历，依介听着既吃惊又不住叹息，把放在前额上的手拿下来说："好险哪！因不知究竟发生了何事，我一直对您有所怀疑，实在对不起。您的这种仗义行为，是众所不及的，并且能安然归来，连我这个途中陪伴主人的都感到光彩。实在可喜可贺！"小文吾听了说："是啊！不料在你的帮助之下终于回到故乡一带。但是一天见不到父亲，便多一天的不孝。还是想快回行德。请借我双草鞋。"说着就要动身。依介赶忙阻挡说："我还有话对您讲，请坐下慢慢谈。咳！说出来只能增加您的悲伤，但又不能不说，就是有关老东家之事。"小文吾听了十分不安，忙问："出了什么事情？真让我着急。快告诉我。"依介擤擤鼻涕说："方才已经说了个头，文五兵卫想把大冢的情况告诉妙真太太，就去了安房。见面一说更是愁上加愁，二人都洒下不少泪水。在此之前，里见将军详细听了蜑崎大人的禀奏，对犬士们的奇异天缘、八房夫妇的勇敢就义和、大法师之事，深为嘉许，因此将犬江亲兵卫的祖母妙真留下，给予不少俸禄，并令两三个奴婢伺候，倍加礼遇。同时命令蜑崎大人，无论如何要探明亲兵卫的存亡信息，并把四犬士〔信乃、现八、小文吾、庄助〕平安带来。听到大冢的消息他再度吃惊。令十一郎去再会、大法师，探听犬冢、犬川等四犬士的消息，无论是吉是凶都要回报。并派出六七个得力的士兵，扮做游历的年轻武士随蜑崎大人前去。文五兵卫老爷为寻找儿子和外孙的去向,也急于请求跟随前往,妙真太太也要求前去。里见将军没有允许,说:'其志虽可嘉,但是老人和妇女行动不便,只会徒劳而无功,文五兵卫据说是神余的忠臣,那古七郎由武的弟弟。因此若不愿再回行德经商,就让他与妙真一起,等待其子归来后,静享颐养天年之乐,从优发给他俸禄。'这样地亲自接见并安慰,二人都感激得落泪,诚惶诚恐地退了出来。

"这是去秋七月下旬之事,因而未能前去。妙真太太便同文五兵卫偷偷商量,一日将我找去说:'我们俩在此逗留多久不得而知。因此想把犬江屋交给你来继承。你多年来忠实可靠,陪同我们到这里也足见你的至诚。一定要把这个家继承好。船桥是我的老家,但自双亲去世后,娘家亲人现已殆尽,只有水溽这一个侄女,尚未婚配。年来虽有些疏远,但总是亲戚关系。想把她嫁你为妻,不知你意下如何?'我对这样意想不到的亲切关怀十分吃惊,不敢立即答复,只得低头不语。文五兵卫老爷说:'妙真只有个好侄女,我也没有亲戚,可是无论如何也不想让小文吾做商人,也愿意收个养子继承古那屋的产业。想把铺子转出去,以免分心。你赶紧回去,要格外小心。那个舵九郎的同伙不是说过要加害我们吗,这一点我很不放心。我们打算禀报国主后,随后回去。晓得了吗?'他这样反复地说。我流着眼泪答应了。次日清晨我就独自动身,不到一日回到这里。然后又去行德向村长传达了文五兵卫老爷的口信。那里很安定,市川这里也未见舵九郎的同伙。于是过了一旬多,文五兵卫老爷和妙真太太带着里见将军派的年轻武士和奴仆多人,坐着轿子回来了。乡里们十分惊讶,多站在街头观看。逗留期间随从们也住在这里。先派人去船桥把太太的侄女叫来,向她说知此事,然后又向村长如实禀告说:'房八和沼蔺都已去世,连孙子大八也被神仙抱走了,从那一天起就不知去向。只有我这个苦命的寡妇,怎能继承家业?因此想收依介做养子,把犬江屋让给他,由他继承主人房八的家业,并把我的侄女水溠嫁给他为妻。我想去安房的亲戚家住两三年,度此残生。这一对年轻夫妇就由村长多关照了。'村长和四邻听了哪里会有异议。有的对房八夫妇的去世表示哀悼,有的对妙真太太所收养子加以祝贺。我拿了转让证立即把事情办好了。这都是妙真太太的洪恩啊!事情办完后,文五兵卫老爷回了行德。也向村长禀报说:'如您所知,小文吾不愿做商人,不能继承父业。他近日去镰仓找亲朋谋事,不知何日归来。我已衰老不堪,懒得操劳营业。因此想去安房亲戚处暂且安身。关于旅店的营业和铺面库房,想转让给所愿要之人。特此向村长禀明。'这样编造了一通也自然没有异议,取得了村长的许可。很快找到了买主,议价成交,获得黄金一百五十两。留下一百两,另以二十两捐给附近的寺院,以为三代的父母和房八、沼蘭等祈祷冥福。又以三十两施舍给乡里的贫民、乞丐,以至仆人,人们无不称赞他的功德。这是去秋九月中之事。哪件事都办得很顺利,文五兵卫老爷十分高兴,便又回到市川,与等待他的妙真太太一起,带着众多随从回安房去了。自此以后,文五兵卫老爷由于几个月来的心机劳累,渐添老衰之症。虽毫无忧伤神色,但躺下就起不来床了。国主得知,虽令医生百般医治,也许是寿命已至,久治不愈。妙真太太十分惊慌和悲伤,精心护理。看着已没有希望,便于今春二月上旬,派人到这里来报信。我听到这个消息很吃惊,赶忙同来人当日赶到安房。妙真太太将我召唤进去,详细说明情况,我更加不安。走近病床问候时,文五兵卫老爷听了说:'是依介吗?你来得正好。到这边来!'我到了他身边,他坐起来说:'我已不久于人世,大概只能见这一次面了。我儿小文吾和外孙亲兵卫存亡未卜。虽不愿就此永别,但仔细一想,他们与伏姬公主有前世因缘,是八行八字的八犬士之一,所以连鬼神也不敢伤他,更何况怨敌残贼,岂能为之加害。因此,即使一旦不幸,处于危难之中,总有一日八人会一同去侍奉里见将军,从而扬名起家,这是毫无疑问的。如果不是我所估计的那样,里见将军怎能以其远胜过其父祖的未来之功而这样地颐养其父母呢?从去秋就由于国主的洪恩,派奴婢侍候,不劳而食,不织而衣,朝夕无感不足。稍有不适,便延名医赐良药,真是无微不至。这等幸运使我许多天都感激涕零。我已经六十有余,岂能贪生怕命,留恋人间?我认为已是死得其时了。倘若小文吾以后知道,要告诉他不可为父亲之死过于伤感。也未留下什么东西,这里有出售行德的家业所得到的一包金子。如有一日小文吾平安地与朋友们归来,他们长期在外不会没有借债,除将其中的十两送给你做纪念外,其余的都交给小文吾。在他回来之前就存在你手中。'临终的遗言很细致,我只是随声应和着,心里非常难过,也顾不得安慰。将待站起来时回头一看,在身旁的妙真太太也泪眼模糊地以袖掩泣,以免哭出声来。从那日去看他老人家的病后,又逗留了十几天,就在二月十五日,文五兵卫老人毫无痛苦,如同睡觉一般地咽了气。有心的人说这天是我佛涅槃的会日,所以他老人家的临终非常安然。国主对老人家的葬礼和七七忌辰的法筵都安排得很体面。我在二月下旬离开那里回来时,妙真太太心地凄凉地说了许多话,想起来很难过,我就不啰嗦细说了,这您是可想而知的。"

小文吾听着不住潸然泪下,捶胸抓心悲痛万分地说:"直到昨天还不知道父亲的死讯,满以为父亲仍健在家中。如今大梦初醒,非常悔恨。倘若去年七月就与曳手等同归故里,何致酿成如此憾事?

自己被囚禁在石滨,也无法通信。但父亲的遗言是由他人转告的,实感心酸。纵然扬名起家,得了高官厚禄,何及仍在贫苦中侍奉我的父亲?这一年来不在您身边,请恕孩儿之不孝。"他如同父亲健在一般,对着东面叩拜请罪。依介安慰说:"虽是应该悲痛的,但今天就是说一千道一万也没用了。先把留下的那包金子给您吧!"说着回头看看喊道:"水澪!水澪!"他女人正在旁边的屋子听着他们的谈话,应声略微拉开点竹门露出半个脸来。依介看着她说:"喂,水澪!快把今春放在你手中的老人家遗留的那包金子拿来。把这个拿去!"他从腰中摸出钥匙袋扔过去。女人伸手拿起来,忙去储藏室把那包金子拿来。依介接过来说:"你也在这稍待一会儿。"然后对小文吾说:"这就是方才说过老人家留下的遗物,请点点收起来。"小文吾接过去说:"去年蜑崎照文大人给我的里见将军所赐的沙金,还剩一大半。我虽不缺盘缠,但既是老人充满慈爱的遗物,就收下充做他日之用。其中不是有十两是给你的吗?你却原封不动地放着,这种至诚之心实深钦佩。"说着打开包取出十两,然后又加了十两递给依介说:"这十两是按照父亲的遗言给你的。另外的十两,是在墨田河蒙你相助的一点薄礼,请收下。"依介听了说:"这是哪有的事情。文五兵卫老爷所赏赐的十两金子姑且收下,这另外的十两我不能收。"经再三推却才好歹收下,同他的女人一齐向小文吾表示了谢意。

当下依介让妻子到身边来说:"犬田少爷,这就是我方才所说的,妙真太太的家住船桥的娘家侄女,我的妻子,名叫水澪,请多关照。"小文吾点头道:"早就闻名,今日见面实感高兴。你们可算得是亲上加亲,十分般配。看到你不禁使我想起沼蔺,犹如见到我的妹妹。你要为依介料理好家务才是。"他回答得毫不见外。水澪羞答答地先向小文吾问安，然后又对文五兵卫表示了哀悼，并对妙真太太的薄命也深表同情。依介沉吟片刻说："不知少爷做何打算？既到这里不如去安房，在这里既无法为老人家扫墓，也见不到妙真太太。去那里一趟，里见将军定会非常高兴。我愿陪您前去，近日咱们就起程。"小文吾听了摇头说："怎能这就去安房呢？虽日益蒙受里见将军的恩德，但是有同一因果的兄弟还没会齐。况且由我照看的曳手和单节丢失，尚不知其存亡，只有耻辱而无寸功，有何颜面去为父亲扫墓？到了那里一定会被人们说是弃友背义，急求荣利。我另有打算，且在此稍事逗留，过了父亲的七七忌辰再说。但是如将此消息悄悄告诉妙真，日后定会抱怨我。所以切莫多言。"他如此加以阻止。从申时许就深戴斗笠，去行德的菩提寺，见了庙里的住持，布施不少钱，恳切拜托要为文五兵卫建立一座石塔，每月和每年的忌辰都要为其父母祈祷念经。

小文吾从次日就开始服丧，每逢七日就去行德新建的父母墓前祭奠。近五十天的七七忌辰很快就过去了，这才按照自己的打算，与依介夫妇告别说："现在可将我的情况详细告诉妙真伯母了。并请转告：小文吾还活着，所以亲兵卫也一定安然无恙。待八犬士相会之日定去谒见里见将军，请多多保重。"说罢就起身不知将去何方，依介夫妇也无法挽留，一直送到村尽头。究竟小文吾离开市川的客栈又遇到什么事情，且待下卷分解。

第六辑　卷之五上

第五十九回　京镰仓二犬士忆念四友　下野州鹛平翁细话赤岩

再说犬田小文吾辞别依介夫妇离开了市川的客栈，想先去行德向已故的父母辞行，便深戴斗笠赶路来到菩提寺。他拿着准备好的鲜花走进了庙门，在坟地前提水净了手，在墓前献水献花，对着只具父名的石塔叩拜祈祷，过了很久才起身将待离去。他心想："万里行程而无投奔的去向，就犹如漂浮在水上的无棹小舟，无法靠岸。前与犬山、犬冢等分开时，心想往信浓路去，可是因为寻找曳手和单节，却独自往东来，至今已有一年光景。因此如今若再到那里去寻找他们，则如同刻舟求剑，徒劳而无功。那么往何处去寻找那四位朋友呢？况且至今也不知曳手和单节的下落，再加上近日心中一直惦念着在墨田河无奈分手的犬坂毛野之事，心乱如麻。毛野的胆量和智慧都远胜于我，是个不可多得的青年。以其出生的乡名为姓，他是否也同我们一样，是有因果缘分的犬士？如果没有猜错，他一定也有状如牡丹花的痣和珠子。虽想问个究竟，但是正处于危急之际，没顾得问就分开不知去向了，深感遗憾。另外仔细一想，犬坂生长在镰仓,那里一定有他母亲的墓,是否那时他偷偷去镰仓啦?即使那里不好藏身,现已去他乡,也仅只相隔两三个月时间,我且去那里悄悄向当地人打听,也许会得知他的去向。再会时将我心中所想的告诉他,如果没有猜错,有证据是有同样因果的犬士,也没枉从去年空度岁月。如能孤雁得侣同归北地,该多么令人高兴。然后再同犬坂去找犬冢等那四位朋友,见面时他是我被扣留在石滨的最好证人。而且即使丢了曳手等,又得到一位犬士,似乎也可稍有光彩。就这样办。"他心里盘算好后,便戴上斗笠赶忙走出庙门去往镰仓。

次日申时许到达那里,住在米町的客店。每天去街头巷尾,或到茶楼、酒肆等众人云集的地方,侧耳倾听世间的传闻。有时也与素不相识的人在闲谈中冷漠地问:"听说此地有个很出名的田乐女艺人,名叫朝开野,可知她的住处?"有的回答不知,有的虽透露了她的报仇之事,但似乎有所顾忌又不肯细说。其中有位老人听小文吾动问,便回答道:"您所打听的朝开野,在杀了许多人的那天,从武藏的石滨逃走,再没回这里来。石滨的千叶将军与管领家关系密切,一定知会这里,现虽未听到下达逮捕命令,但她如虑及于此,就绝不会抱着柴禾往火边跑,不怕逮捕而回到此地。虽不知传闻真假,但那个朝开野并非女子,而是想为父报仇,从小改变男装欺骗了几万人,真是骇人听闻。此地对这件事有所顾忌就是为此缘故。您一点都不知道吗?即使随便打听其住处,也会担风险,时下不但打听不到,而且如被坏人怀疑,诬陷您是其同伙,便将有口难辩。请务必当心!"老者这样耳语加以制止。由于此人的好意,小文吾忽然吃惊醒悟,遂打消此念头。这一日毫无所获地回到客店,独自思索:"果如今日老者所说,镰仓管领是千叶氏的恩家,而不是水火不相容的关系,那么一定会告知常武被杀之事。然而自胤邪正不分,在是非面

第五十九回　京镰仓二犬士忆念四友　下野州鸭平翁细话赤岩

前犹疑不定,如还恨犬坂的话,则不仅胤智而且连我也说不定会被照会缉拿归案。那么住在此地,不但徒劳无功,而且凶多吉少。虽然白来一趟,费尽心思也未找到所要找的人,但也不以为憾。然而自去年三次跑了三处,失散的知己男女七人,一个都没找到,明天又往哪里去寻觅呢?从去秋至今十三个月间,无一日松心,世间不乏忧伤之人,而又有谁胜似于我?"他这样地冥思苦想,诚如俗语所说:"一个人商量没完没了",一日不知面壁思索几次,但除了叹息,毫无良策。忽然他又转念一想:"日本六十六国,虽然幅员辽阔,但也不是无边无际。凡车船之所及,足迹之所至,找遍东南西北四维八荒,不管早晚总能遇到的。"他这样拿定主意后,胸中郁闷也就略微缓解,便打点行装,天亮后准备动身。

按下一桩再说一桩。且说犬饲现八信道在去年七月七日的危难中,留下来抵挡追捕的敌兵,以致与道节、信乃、庄助等失散,彼此不知去向。待杀退追兵,山路崎岖,天黑迷路,艰难地往信浓的方向走了两三天,也未能找到道节等,心下更感不安,心想:"我等虽多次遇到必死的危难,也许是神灵保佑,或是宝珠的奇效,都得以安然无恙。以此推断,犬冢、犬山等四位朋友也一定没被杀害。然而在信浓路上素无相识之人,去无定向,到哪里去寻找他们?其中只有小文吾同曳手和单节一齐脱逃,大概是回了家乡,可确切知其去向。再在此地寻找五六天,如找不到那三个朋友,就且去行德,告知犬田同他商量,除此之外别无良策。"犬饲这样寻思着,虽到处找客店询问,也没见到一位犬士。到七月中旬,心想已经无望,便往行德而去。那月的二十三四到了行德。这里的路熟,直奔古那屋,可是走进院门一看,不料房门紧闭,人影皆无。"这究竟是怎回事儿?"他十分惊讶。从门缝往里一看,屋内空空。没办法,只好退了出来。他又打听邻居,回答说:"小文吾从六月下旬离开家,始终没回来过。其父被安房的亲戚找去,一起住在那里。因此奴婢们都被打发回家,就成了您所看到的那个样子。"现八听了有些莫名其妙,又问:"那么古那屋的亲家,市川的犬江屋有何意外之事吗?"那人摇头说:"犬江屋比这里尤甚,连遭不幸。您还不知道吗?房八夫妇在六月身亡,其年幼之子又被神仙抱走不知去向。因此其祖母非常悲伤,大概是由于无处安身,也去安房的亲戚家至今未归。听说由船夫和做饭的聋妇人看家。十分可怜。"现八听了十分吃惊,真不知都是为何,一时茫然地待在那里,只是心不在焉地回答着。到了无人之处,坐下独自寻思:"古那屋老伯和妙真太太,并非去安房的亲戚家,定是被里见将军找去。这样两位老人似乎可以无忧无虑了。但是他们所最担心的,大概是不知去向的亲兵卫。那么从这里即使去市川的犬江屋打听,主人不在家,说话怪声怪气的船夫和做饭的聋妇人,能知道些什么?然而我又不能独自去安房打听。满以为犬田已回到家啦,可是直到今天,对父亲和邻里都没通音讯,甚是奇怪。难道那时他被杀害了?那么曳手和单节怎样了?只是心里这样想也没法问,因为这里也是敌地。且去武藏,再作道理。"他这样在心里自问自答后,便立即动身。秋季日短,很快天就黑了,搭上那天晚间开的船,连夜赶到江户。心里还惦记着信浓路,就晓行夜宿,顺着这条路往西行,过了岐岨的御坂,还往前走。他相信历尽千辛万苦,总会遇到朋友,所以就在满山红叶时,来到如花的京都附近。既已来到这里,何不去京师看看。心想那里是各路行人聚集之地,便于打听。于是急忙来到京师,在客店住下,每日游览名胜古迹。自应仁以来因受兵火之灾,京师也是徒有其名,不似传说的光景。但京师的风习非同一般,在里巷的许多门上,贴着文学、武艺之师的字样。因此现八也效法时尚于不知不觉中有了新相识，互相往来拜会，这一年就如此过去，在逆旅中迎来了次年春天。

当下现八想："以有限的路费，作无限的旅行，后悔自己实无远虑。我何不也将多年所学的击剑和拳法教给他人，以此糊口，节省逗留的费用。"便与相识之人商谈，入乡随俗是一般人的习惯，所以那人立即答应为他介绍徒弟。起初只是一两人，由于他的武艺得到好评，登门求教的已不可胜数。现八也无久留之意，所以虽然有人劝他买房子，他也不听，租一处房子以院子作练武场，下雨天有请的就到徒弟家去，也能教几个。现八就这样不知不觉在京师住到第三个年头。当文明十二年〔即小文吾从市川去镰仓的次年〕七月乞巧节到来之际，一直没忘掉往事的现八，一天起得很早，心想："自从与四犬士失散后，一直想寻找，东西往返数百里，不料在京师逗留到今天，中间隔了一整年。然而昨晚忽得一梦，犬冢信乃抱着大八亲兵卫，同犬山、犬川、犬田来这里找我。当想同他们述说我的最大憾事时，被钟声惊醒，数了数是深夜丑时。佛经有云，梦是虚幻的，梦幻虽不足信，但深感怅惘，醒来十分不快。我同那五个犬士情同手足，乃刎颈之交，我并非忘恩负义之人。但是由于缺少盘缠，在客舍收徒教艺糊口，好似贪图名利。世间的老幼善恶众多，人命难期。我如果阳寿已尽，这就死去，四犬士事后知道，一定会说我现八是背信弃义，借着失散之际，多年住在京师，图一己之名利。那时谁能为我辩解？那样的话，则将死不瞑目，遗恨千古。还是离开这里，再去东国。虽还想去西国和四国看看，但是我的朋友都出生在关东。不可能越过京师远留西国。其中犬江亲兵卫虽说是被神仙抱走，前年我来此地时，还远去过大和的葛城、大峰，近登过爱宕、高尾、鞍马的深山，也没有找到。这次虽然无论如何想从东海道直去镰仓，但是听说伊势、尾张以东,诸侯割据,新的关卡甚多,行人往返诸多不便。因此还是从近江路奔中山道。"心下寻思已定,便对门人说:"故乡的亲戚突然来信相邀,因此得回东国,请你们告诉其他人。"弟子们听了很吃惊,怎么说也挽留不住,在他们互相转告之际,现八想尽快离去,但众人惜别,为其设宴钱行。这家劝酒,那家摆宴,耽误了不少天。七月已过,八月又过半,现八十分焦急,不住地要告辞动身。弟子们再也无法挽留,凑钱换成银子,送给他作路费。

现八打点好行装,那日清晨与弟子们告别回东国去。弟子们有在前边走,有在后面跟的,不少人送到逢坂山,现八好歹让他们留步,师徒这才分手。那天走了七八十里,在守山里投宿,然后继续往前走,不止一日来到上野的遭坂里,心想:"三年来虽然两次走过这个山村,遭坂①也只是空有其名,自己并未遇到所思念的朋友。从这里去荒芽山路程不远。何不顺路去看看姥雪夫妇阵亡的地方。"于是便走进云雾弥漫的明巍山,只走了半天就来到那座山边,到被焚之处一看,四处是茂密的野草,烧得半焦的长青松树又生枝长叶,草木虽已多半复苏,但是原来的房屋旧址已被埋没,再也没人居住。他自言自语地说:"忠臣孝子、义姑节妇因生不逢时,鲜为人知。虽为主而杀身,但至今恐怕还是个无依无靠的游魂,到处流浪,着实可怜而又可叹。思前想后,实在想念离散的好友。"他在这里徘徊惆怅,嗟叹不已。在天没黑之前又回到原来的路上,独自默默地流着眼泪,那天夜间就住在明巍山边的一家草屋里。他彻夜难眠,心下又想:"从上野去武藏、相模虽是顺路,但是前年秋天已去过下总,是同一条路。这次去下野要登上二荒山,走到陆奥的尽头信步打听。

---

① 遭坂的"遭"字读作あふ,有相逢、再会之意。

第五十九回　京镰仓二犬士忆念四友　下野州鹞平翁细话赤岩

四犬士不会去镰仓那样繁华的地方居住。"于是次日又回到遭坂,渡过高崎川,走过前桥、大胡、室、深津、花轮、梅雨入里。走了两天来到下野州真壁郡名叫网苎的村庄,心想:虽是秋天日短,但太阳尚高,可再走上四五十里路,且在此小憩。他往前走着,在那个村庄的尽头有座茶馆。檐下挂着出售的草鞋,从其空隙往里边看,旁边墙上挂着一杆鸟枪,六七张短弓,心里有点纳闷儿,便解开斗笠带用手提着,坐在折凳上。一个好似店家的老人,把比生柿子汁儿稍黑的煎茶倒在茶碗内,用竹刷搅起不少泡沫,然后放在茶盘内端过来献给客人。现八用右手拿起茶碗,喝了两口,不住地回头看着说:"老伯,为何挂着弓和鸟枪?"店家听了走上前来说:"客官您还不知吗?距此四十多里路到庚申山的那边,人烟稀少。因此往往有山贼抢劫旅客,或有猛兽和妖怪出来害人。每年都有三四个人被害。因此虽说是白日,一个人走路也要从这个村雇个向导保镖。然而在农忙时,村里人都不愿意干。我原是猎户,提起足绪鹞平,这里无人不知。但我已年老不再做打猎的营生,就被旅客雇为向导。那只鸟枪是在当向导时用来防身的。另外那个竹制的短弓,自恃有武艺的旅客,即使不雇向导,也一定要买张弓拿着。因以价廉为本,看着好似很不结实,用一次就得扔,但要好好瞄准却能百发百中,特别是弓弦和箭头都用的是真东西。您如果也想过庚申山的话,就雇我做向导带您去。不然就带着弓箭用以防身。雇向导护送四五十里路,再加上鸟枪的子弹、火药和火绳的租金,定价三百文。弓箭的价钱也一样。两者任您选择。但是请您稍等等,也许还有同路的旅客前来。山路崎岖,又不了解情况,一个人走是万万使不得的。"他这样言词急促地劝说。现八听了冷笑道:"虽不知是否有这等事,但我这几年走过几遍美浓和信浓的山路,既没用向导,也没借弓箭,从未遇到过山贼和猛兽。我不明白那个庚申山是什么恶魔的所在,白天也那么令人害怕。"

赐平听到他如此奚落,睁大眼睛看着他说:"客官您是外乡人,不知究竟便恣意怀疑,似乎有点儿糊涂。为了使您明白,就告诉您吧。话可能长一些,请您仔细听着。那个赤岩庚申山在下野州的安苏郡。距二荒山以西五十余里,距这里有四十里路。从此处网苎里走二里多路,便是上坡的山路。再往上登四里多路至山顶,下山有二里多路。从这里到银山的七八里路之间是沼泽地,路很难走。再往上登大约二十多里路,到达庚申山的第一座石门,当地称之为庚申山狭岩洞,是自然造化的石门。其宽度方圆大约十间,从那里进去,大约三十多米,左右立着两块巨石,各高五六丈,其状如哼哈二将〔即所谓手执金刚的守护神,左辅叫密迹金刚,右弼唤那罗延。见于《正法念经》和《释门正统》等〕,具有巧夺天工之妙,似乎用凿子镂的。从那儿往里边去,无人不怕,几乎没人敢去。附近的中居和松原村之间,有个地方叫赤岩,那里有个叫赤岩一角武远的乡间武士。此人十分骁勇,武艺高强,远近驰名。一日告其门人说:'听说赤岩庚申山在神代时,有稚日灵尊、素盏鸣尊、猿田日子这三位大神,共同商议登上这座山,凿石造室,架桥铺路,曾在此住过。数万年之后,我朝的第四十八代女皇称德天皇的神护景云元年,释胜道据其志愿,开辟下野州的二荒山回来,登上庚申山,亲自参拜了那三位大神。世间虽然这样传说,现今已过了七百一十多年,无人钻过狭岩洞,到山中的那个神秘地方看过。我身为本国的乡间武士,住得这么近,连高山的深处都没看过,无异于一般庄客,好像我是闻风丧胆之辈。我想明天一早登山揭开这个数百年的蒙昧之谜。你们也一定要一齐去。'众人听了都吓得目瞪口呆,异口同声地劝阻道:

'凭先生您的武艺和威力,想这样做是有道理的。但听老人们传说,那里的山路险峻,在山溪上架起的天然石桥,笞深桥滑,非常不好过。另外在那个山中有妖怪,有人说是经历了数百年的野猫,犹如猛虎,变幻莫测。如有人误入山中,会被它立即咬死吃掉。这些事情先生您可能也听说过。您虽然毫不惧怕,但书上不是说,君子不入危邦,孝子不立危墙之下吗?岂止是孝子思亲,亲为其子而不自危,也是慈爱。愿您三思,放弃这个打算。'赤岩听了呵呵冷笑道:'原来你们都胆怯。凡是深山大泽怎能没有鬼魅妖怪?我们学武术是为了什么?昔日平维茂不是在户隐山铲除恶鬼,源赖光也在大江山荡平了妖贼吗?武士如果惧怕魑魅妖怪,那武艺岂不就白学啦?莫如丢下刀枪,去务农经商维持生计。这样说并非我自恃武艺高强,膂力过人,便不纳忠言,而是我以赤岩为姓,而没登过同名的灵山,好似虚有其名。不入虎穴焉得虎子。如果害怕,就不让你们去。明天你们看家,随便聊天等着我。'弟子们被他的气势压倒,再无人敢言。其中有四个是他的高徒,受他夸口的鼓舞,大概感到不去是可耻的,便趋膝向前道:'先生之所言真是卓识高见,某等如梦初醒,心悦诚服。不管他人如何,某等愿随先生前往。请先生海涵。'一角听了十分高兴地说:'汝等说得很好。说明你们学有所获,颇有前途。那么就赶快回去,做好明天进山的准备。'对那四个人自不待言,对其他准备看家的也说好明天上山,于是大家便一哄而散各自回家。

"再说赤岩一角,他前后有三位正室。第一位正室名唤正香,是为众人所称赞的贤妻,善于修内悯奴,素信神佛。丈夫有错,她讽谏而不悖其意,生一子唤角太郎。可惜正香太太,在其子仅四岁那年春天便去世了。于是又在当年夏天娶了个继室名唤窗井,据说也是位美人。然其心地不如前妻。过门那年的初冬时候，丈夫想登自古以来就人所共惧的庚申山而未加劝阻，相信他有武艺，便让丈夫前去，后来十分懊悔。

"闲话休提，却说赤岩次日天尚未明，便同四个高徒身着行装，手中各自带着弓箭，让随从背着午间的饭盒，去登庚申山。那天是十月初三，天气晴朗，气候温暖，世人称之为十月小阳春天气。山麓的野草虽已枯黄，但孤花盛开。耳边听着百鸟悦耳的叫声，钻过狭岩洞在二王石和台石上四处眺望，从这里可将一山之美景尽收眼底，无不感到惊奇。从此往下去，虽仅三四米，岩石险阻，叫做鬼髯耆。再往下走二百多米，对面的溪涧上有座石桥，长约一丈三尺，宽五六尺。他们走过这座巧夺天工的石桥，前面有座天然石门，这大概是第一道正门。由此往东，眼前有两个石洞，高约十二三丈，中间的洞孔直径约一丈二三，长各约九尺许，从整体来看宛如古琴的弦柱。从这里再往前走二百多米，左边的幽谷耸立着一个高约数十丈的巨石，如高塔，如望楼，顶上树丛茂密，无不称奇。再往下走二百多米里面有一瀑布，宽约五六尺，高不可测，与二荒山的瀑布相似，但更为奇妙壮观。

"从这个瀑布旁再往前行六百来米，有五块大石色白且高。从远处瞻望，石上有字，可读作庚申（かのえさる），应称之为文字石。再迤逦而行一百多米，有石门，高约一丈八九，门洞约九尺许。从这第二道石门再前行一百多米，有好似灯笼的大石，高约四五丈。再攀登数百步，往西北方眺望，有似洪钟般的大石，高二三丈，生满青苔，有兔丝缠绕，碧绿苍翠，又是一奇。由此再往下走数百步有座石桥，长七丈有余，宛若铺开一条彩虹，苔滑云蒸，涧水深不见底。想过桥可是头晕目眩，两腿瘫软，寸步难行。门人至此一同劝谏其师说：'先生您胆大勇

第五十九回　京镰仓二犬士忆念四友　下野州鸭平翁细话赤岩...329

敢,武艺高强,进入古人都未曾来过的深山,已走过一半,谁不佩服？再往前走看来风景也大致相同,莫如赶快回去。'众人异口同声地劝阻,赤岩摇头说：'不要说如此丢人的话。不到那个神秘的所在,半途而归,还莫如当初不来。你们在此等候,我独自跑着登到尽头,一会儿就回来。你们瞧着吧！'说着,便把被拉着的衣襟抖开,挂着弓很快过了那座桥,转眼就不见了。门人们与仆从等共五六个人,茫然地站在这边悬崖上,都很担心。

"等了有两个多时辰,太阳早已偏西,而赤岩老爷还没回来。这可非同小可,一定出了大事,弟子们互相凑在一起商量也毫无结果,竟没一个人敢说过桥去找找,都说：'莫如暂且回家,告知夫人,再多派人来寻找。如果在此空磨时间,那就一个人也别想平安返回。快走！快走！'一个人这样一说,众人齐说：'有理。'如同逃跑一般,沿着来的山路,在黄昏时好歹跑回赤岩的家中,将情况禀告其后妻。她听了说：'这可怎么办啊！'悲痛得号啕大哭。

"留下看家的那些门人,听到这个凶讯,也无不惊恐万状。于是便三个一群五个一伙地凑到一起商量,但是大家认为像师父这样有武艺、有胆量又有信心的武士,怎会有生命危险？一定是在山里迷了路,不久就会回来的。于是就劝夫人收起眼泪等一等。有人通宵出来进去的,站在门外迎接。不觉到了天明,虽已旭日高升,但是赤岩老爷还没回来,大家认为已定死无疑。于是便召集村人,足有五六十人拿着弓箭、鸟枪、竹枪等各种器械,由门人们带头登上庚申山。当到达那座石桥边时,竟无一人敢过桥。商量了一阵后,冬天的日影早已偏西,未时已过半。众人纷纷说道：'总之,今天是去不了啦。明天加倍来人再过桥。天色已晚,急有何用？'又白白地回来。那日申时将待钻过狭岩洞时,忽然听到后边有人呼唤。众人吃惊地回头一看,不是别人,竟是赤岩一角。'这究竟是怎回事儿?'弟子们高兴得吵嚷着回来,把他围住,祝贺他平安归来,问他为何至今两天没有回来?赤岩微笑说:'昨天我继续前进,独自过了石桥,四下观看有块像宝库的大石,还有像双重墙壁似的,像屏风似的,也有像衣橱的抽屉似的。其他如舟、如釜,或似鹤、似龟,有各种形状的嶙峋怪石,天造地设之精妙实非语言所能尽述,就是书画也是难以表现的。再往上去有几个岩窟,大概是上古时代穴居的遗址。登临至尽处有三个窟室,就是传说的供奉神灵之处。我骇然往上看,或屹或屼,高二三丈,嶙峋险恶,不得接近。其窟的形状,中间是方形,左边是正三角形,右边是圆形,这大概是象征着天地人三才,其窟口宽约八九尺,这大概是古代供奉稚日灵尊、素盏鸣尊、猿田日子这三位大神之旧迹。在窟口前有并排的三只石猴,其状表示'非礼勿视,非礼勿言,非礼勿听'那三句箴言,也是天然形成的石头,盖因此而名曰庚申山。在《神祇官记》中云:'于庚申日拜此三位大神'。至此多年来的疑念顿解,铭刻肺腑,深信不忘。叩拜神室后,向右攀登数百步,是东峡的险峻峡谷,由此眺望,景观尤为奇妙。从那里下山走四百多米,有块平坦的大石,长十八丈,高一丈有余,无异于天然建立的屏风。从那块平岩的断处下来再向东往下走八百多米,就到了狭岩洞。这就是我回来的路径。然而昨天参拜供奉大神之处后,从东峡下山时,忽然云生足下,瞬息晦冥,咫尺莫辨无异于黑夜。心中迷惑不知何故,无法从平岩断处下去往东走,而错误地从釜石附近奔西南方的崎岖险路往前走,不料脚下一滑滚落到数十仞的山涧之下,幸好涧底只是泥沙,水也未曾过膝,只是伤了右腕,没生命危险。我犹如断了绳的吊桶,心想没人往上提,不到弥勒现世的年月是回不来了。这时天色已黑,就在涧底过了一夜。饥肠辘辘实在难忍，往四下一看，岩石上有岩蘑，就采了充饥。吃饱了看看是否有可攀登之所，这里那里寻找，有藤蔓长垂之处可借以攀登。心下高兴，拉着藤蔓脚蹬石棱，登了半天好歹爬上来。又回到原来的山路，走到这里遥远看见诸位的背影，才把你们叫住。'他一五一十地讲了经过情况。门人、仆从和村人们无不骇叹，祝贺他的幸运，并进行慰问。在狭岩洞内稍事休息，有人把吃剩的饭盒打开让他吃。也有的把他身上被溪水浸湿并多处沾满泥污的衣服换下来，为他护理伤口。但是赤岩的体力与往日无异，对众人的帮助表示感谢，在途中就打发大家回去了。只带着门人和随从回到家里。夫人就像看到丈夫死而复苏一样，高兴得不可言喻。年纪尚幼的角太，天生具有孝心，在幼小的心灵中，从昨天就对父亲未归深感郁闷，彻夜未眠。看到父亲安然归来，拉着袖子安慰，着实可爱。亲朋和邻里们听说他安然归来，无不前来表示祝贺。在十多天里庚申山之事便成了人们的热门话题。家里人来人往热闹非凡，无不夸奖赤岩的刚勇。赤岩毫无惧怕的神色，他说：'那座山只是自古以来人们听着害怕，其实山上无毒蛇猛兽，而有许多药材、银、锡、铜、铅和奇石、蜡石，实是海内无双的神址，另一个世界的仙境。我想定是神代的皇陵。我误落溪水，也能安然归来，所以此山并非魔所，列位自可加以体察。今后如有与我同好者，就请务必登山去看看。'他得意扬扬地夸夸其谈。

"这一段说的是宽正五年冬十月之事，掐指算来已有十余年了。虽说赤岩那里并无异状，可是自此之后在那个山麓时常死人，所以没人敢登山。赤岩家，其后妻窗井在那年十一月怀孕，次年八月也生一子。赤岩很高兴，取名牙二郎。世人之心无论和汉多是继母憎恨前妻之子，但赤岩不知为何，自生了次子牙二郎之后，对前妻所生的角太郎非常憎恨，常无缘无故地责打这个孩子，许多旁人看了都感到心疼。但是十分有孝心的角太，无论怎么挨打还总是与父亲亲近，用他那伶俐的小嘴向父亲赔罪。听到或看到的人都很难过。离赤岩不远有个地方叫犬村，那里也有个乡间武士，当然也是文武双全，姓犬村，名仪清，俗字蟹守。他是赤岩的前妻正香的家兄，角太郎的娘舅。对其外甥无故失去父爱，感到可怜。自己仅有一个女儿，想招角太郎做养子，于是就同赤岩商量。赤岩本不喜爱这个孩子，便毫不吝惜地立即应允，送给了犬村。因此角太郎从六岁就由其舅父母收养。他的孝心无远近之分，在家孝敬养父母，出外则看望其生父和继母。从七八岁时他就勤学读书习字，养父母对他倍加喜爱自不待言，村里人也无人不夸奖他。其养父犬村蟹守仪清自弱冠时就进京择师学文习武，留学多年。他虽精通文武之道，但回里后以隐居为乐，不愿为人之师，只是对角太郎朝夕精心教导，不遗余力，而其子之才又胜过养父，听其一而知其二三，由浅入深进步很快。角太郎年至十五六岁已深通文武之奥秘。一日犬村与内人商量道：'角太郎今春已十八岁。我们女儿雏衣比他小两岁已是二八之年，该让他们成婚了。他们既是青梅竹马的一对，就该让他们终成眷属。明天就是黄道吉日，赶紧为他们做准备。'于是便把两个人叫至身边，把父母的心意告知他们。二人一齐红着脸退了下去。次日犬村先让人给角太郎剃了额头，举行元服之礼，授予养父名中的一个字，名唤犬村角太郎礼仪。让女儿雏衣剪短衣袖，染了牙齿。那天晚间请里人做媒，举办了婚礼，借窗前的翠竹祝愿他们百年偕老，以檐下的青松祝福夫妻二人千秋万代永不变心。村民们无不说这对新婚夫妇十分般配，在乡村是无与伦比的。

"月有盈亏，花有开落，人世间何尝无有乐尽悲来？犬村的夫人因感风寒而卧病在床，吃药和针灸都不见效，年不足五十便与世长辞。由于丧妻的悲伤，犬村也从那年冬天就卧病不起，病了两年多，在今春也成了黄泉之客，享年六十有余。角太在养父母卧病期间，白天终日不离枕边，夜间也通宵衣不解带，夫妇二人都一心服侍，延医治疗，请僧人祈祷，长期不懈，竭尽孝心。但父母寿数已尽，如此孝行也未能奏效。在此之前，赤岩的后妻窗井在其次子牙二郎三四岁时，一日突然死去。此后，赤岩开始纳妾，可是这些年，妾都没待下，有的半年或不到一年就或走或逃，换过几个人。前年秋天有个叫船虫的女人从武藏流浪至此，赤岩只对这个妾十分惬意，没多久便收为正妻，至今已有两年。再说犬村的家里，只剩下那对年轻夫妇后，时常到赤岩来给生父问安。船虫听别人说犬村继承了许多财产，便劝丈夫把角太郎夫妇接来，两家合成一家，以侵吞他们的财产。角太郎毫无觉察，对生父的迎接很高兴。急忙把房产和土地托付给别人，与雏衣一齐到赤岩去同住。但是赤岩并不把他们放在眼里。另外其异母弟牙二郎倔强固执，不把他当作兄长，但他也不与之争执。处在这种夹缝的生活中他还是恪守孝悌之道，实是难能可贵的。这时雏衣自今夏身怀有孕。那个贼人船虫，施展了她的阴谋诡计，硬说雏衣与赤岩有私，而不惜恬不知耻地骨肉相残。虽并无其事，角太郎不得已还是写了休书，把雏衣打发到媒人家去。一对恩爱夫妻生被拆散，其悲痛心情是可想而知的。他的妻子是他义父的女儿，他们又是表兄妹，是亲上加亲，而且雏衣又有了三四个月的身孕，更是难舍难离，但也毫无办法，只好暂寄他人篱下，哭哭啼啼地被媒人领走了。迫害并未到此为止，她对角太郎又加了些莫须有的罪过，终于将其赶出家门，把带去的金银财物和田产都扣留下，他只身一人被赶了出去。也许角太郎感到世态炎凉，便在赤岩村和犬村之间的穷乡僻壤、一个叫返璧的地方结了个草庐。有人从那里来看到过他,表面上是半僧半俗,而实际还不如出家的和尚,十分可怜。我原做猎户时,赤岩是主顾。那位先生最爱吃野味,每月都多次往他家去送肉赚钱。现今虽不做此杀生之事,但从其他猎户手里买来,还是常送到那里去。所以有时碰到他们夫妻,知道得比较详细。"他滔滔不绝地谈论着主顾家的事情,忽然看到飞鸟的影子,吃惊地往外看看说:"净说些没用的,本来想说庚申山的来历,却不料乘兴说了些不该说的事情,耽误您这么多时间,已未时过半,很对不起。"赐平这才充满歉意地收住话题。

第六辑　卷之五下

第六十回　狭岩洞现八射妖怪
　　申山窟冤鬼托骷髅

当时犬饲现八听了赐平的长谈，不住嗟叹道："世间的人真是形形色色，既有如此难得的孝子，也有那样不慈之父。如此贤良正直的孝子，大概看破红尘而想皈依佛门，实在太可惜啦。走吧！"他拿过身旁的斗笠又说："老伯向我详细讲了庚申山的异景奇谈和赤岩与犬村父子之事，使我忘记了多日来的旅途劳累，深感欣慰。偶来此地如能登临灵山，则定会得到许多日后的话题。但此次为了寻人，心情急迫，只好以后再说。然而不走此山路无法到达我要去的目的地。因此便按你的建议买副弓箭带着，请你择好的卖给我。"赐平应声起身，微笑着又往外面望望说："您请看！日影西斜已过了那棵朴树，大概已是申时。即使赶紧走，到神子内村也将天黑了。那个村没有客店。想劝您就住在这里，明天早晨再走，但又好像我想收您店钱，故意说得骇人听闻，好把客人留住。如果无缘无故地被人家这样怀疑，那就太多此一举啦。弓箭就请您自己随便挑吧。"说着随手拿来一些给他看。现八挑好一张短弓递过去。赐平顶着柱子上了弓弦,又拿两只猎箭递给他。其间现八解开腰带拿出钱,付了弓箭钱,将待出去。赐平又嘱咐说:"客官路上要留神,过了神子内村,赶快奔山脚下的村庄。由此到山顶虽大约三十来里路,因是山路,也抵得上四五十里路。倘若变北风,就说不定要下雨。请您当心才是。"他这样地谆谆告诫着。现八对这位朴实忠厚的乡下老人致谢后便与之告别。他系好斗笠带,把猎箭插在背后的腰带上,腋下紧夹着短弓,心下不安地忙向山脚下走去。

却说犬饲现八急忙赶路,并非不顾自身的危险,但是他认为:"茶馆主人所卖弄的那些闲话,无非是生意经,当地的谣传并不可信。走到哪儿天黑了就投宿,又有何难?"便没有雇向导,只带着所买的弓箭,沿山路登上十几里路,刚过了神子内村,便奔向山顶。但正值九月初旬,白天日短已到了黄昏。天色阴暗,又是在山窝里,树下漆黑,看不清路。现八心里十分不安,暗自想:"若早知如此,与其买这个夜间没用的弓箭,莫如买个火把。已从神子内村走过四五里路,进退路一般远。常言说,瞎子也能摸到京师去,黑点怕什么?"他鼓了鼓劲儿,不辨东南西北就摸着走。走到深夜他也没遇到个人,无处打听方向,沿着溪谷大约走了二十来里路,可是并没到达山脚下的村落,只听到牡鹿的叫声,心想:"这样的话一定离村落还远,十分奇怪。"他既吃惊又深感不安,悔不该不听茶馆主人之言。但他又仔细一想:"天这么黑,路又不熟,走这样的山路,莫如在此等到天明。可是也不妥,不妥!留在这里无法抵御毒蛇猛兽之患。还是听天由命,走到天明,不管在哪里总会遇到人的。"于是又忽上忽下地走了几里路,不料来到一座很大的石门附近。这时天空稍晴,初七的残月微照幽谷,借着这点月光定睛四下环顾,很像方才足绪赐平所说的庚申山上的狭岩洞。"这可怎么办?"他惊讶地茫然伫立片刻,又一想:"总之已在深山迷路,想寻路找到山脚下的村庄并不那么容易。所以今宵就且在洞窟里过夜,天亮再下山投村。"他坐在那里想着,把弓箭拿在身边,已是深夜戌时。月亮忽然落下,又是一片漆黑。果然幽谷险恶,四下连鹿声都听不到,山气袭人,夜寒彻骨远胜于村庄。深夜在山中迷路,走得十分疲惫,心想:"若非贪着赶路,何致遇到这等艰难?悔不该不纳良言,把人家当作是无知的村翁,实在太愚蠢了。"但已后悔莫及,一时睡不着,想起朋友之事和养父母与生父在世时的一切,思前想后等待天明。仰望星空,大概已是丑时三刻。忽然隐约看到有两三点闪闪的荧光,从东方投向这边而来。现八感到十分奇怪,暗想:"不是鬼火,便是怪火,定有缘故。"于是急忙拿着短弓,出了狭岩洞,躲在旁边的树后窥伺。

　　这时那个光亮越来越近,越近越大,如同火把一般把附近照得通明。相距只有四五十米,现八目不转睛地仔细看着。很奇怪,那火光并非狐狸、天狗①所致,而是从不知何怪物的两眼中发出来的亮光。那怪物的模样面似猛虎,口似血盆,洁白的牙齿如同倒插的宝剑,几千根长须犹如雪中之柳丝,随风摇曳。然而其形体又几乎与人无异。腰间横佩两口太刀,骑着一匹栗色马。但马是畸形的,全身如同枯木,多处长着青苔,四条腿好似树枝,尾巴犹如芒草。左右有年轻侍卫跟随,一个是铁青脸,一个色如赭石,连头发都是红的,仿佛是画中的天神。那妖怪骑马徐行,主仆好似商量什么,有时高声大笑,往狭岩洞走来。现八看清情况,毫无惧色,心里想:"那个骑马的可能是妖怪之王。要先发制人,迟则受制。如射落其王,余则必逃。即使他们想报仇,一齐上来又有何惧?"拿定主意后,左手拄

---

① 天狗:一种想象的妖怪,有翼、脸红鼻高,深居山中,神通广大,可自由飞翔。

着弓悄悄登上大树，敏捷得如同猿猴一般。他站在选好的树枝上，搭箭拉弓聚精会神地瞄准。妖怪们毫没觉察到，依然悠闲地谈着走近狭岩洞，将待低身进去，现八早已瞄准，"嗖"地射出一支箭来，深深射中了妖怪的左眼，妖怪一声惨叫，从马上摔了下来。两个小妖十分吃惊，一个背着受伤的，一个牵着马，从原路逃跑。这时夜色还很黑，正如现八所估计的，一箭射跑了三妖，便从树上下来，又反复想："那个妖怪遭到突然袭击，虽被吓跑，但我这张短弓是竹子的，箭也非真箭，力量很弱。若非射中眼球，那是很难取胜的。但是那个老妖中那一箭决不会毙命，若打发同伙再来，恐怕我就难以抵挡。换个地方看看彼等还将如何？"他拿着那张唯一可赖以防身的弓和一支箭，钻过狭岩洞后又四下观看，也许是灵山异境的奇迹，虽然并非月亮又出来了，而方才还不辨黑白的星光，在这里却比朦胧的月夜还明亮，大可赖以行动，便一直往上登。一看果如鹍平所说，有台石，也有鬼髯砦的险处。遥望着一丈多长的石桥里见到瀑布、庚申文字石、第二道石门、灯笼石、洪钟石，他泰然自若地踏过二十多米长的第一座石桥。现八深得拳法和擒拿之术，且上树涉险如履平地。前在浒我时，在芳流阁的屋顶上大战犬冢信乃的威名是众所周知的。所以如今在深山登到树上，箭射妖怪毫不手软，在黑暗的深夜，脚下走过溪涧上二十多米长的狭桥也毫无惧色，这都是他人所难以企及的。但夜间远处的东西还是看不大清晰。

过了石桥又往上攀登，前边有几个岩窟，这大概就是鹍平所说的上古穴居的遗址吧。果真如其所言，则供奉神灵的地方一定不远。又往前走，见其中的一个大岩窟里，有人在烧火。走到这里，现八不觉倒退了两三步。既吃惊又奇怪，原来这里也有妖怪。后悔不该随便换地方而进入深处。他镇定一下心神，取出仅剩的一支箭搭在弓上,做好了准备。这时岩窟中传来很微弱的声音:"壮士莫要吃惊,我本不是妖怪,您今晚在狭岩洞附近射了我的仇人一箭,想表示谢意,已等您多时了。另外还有事相求,且请进来烤烤火。"现八听到他召唤,毫无惧色,回头看看心想:"这个家伙甜言蜜语地想诳我进去,他想做什么?且试试看,不妨见机行事。"他这样寻思着,英气勃发高声说道:"这个远离俗世的深山幽谷并非人的住处,你说不是妖怪,那么你是何人?"现八质问着他,那人答道:"是啊!我多年住在这里连我儿子都不知道,但其原因一时是说不清的。请您且进来坐。"现八虽未解除对他的怀疑,但却应声说:"如过于推辞,则显得我胆怯。那么就领教啦!"于是他将弓箭扔下进入岩窟,走到那人身边。那人急忙摆手让他站住说;"壮士请在那边坐。您怀里有宝珠,故而不愿与您坐得很近。方才已说过,您伤了我的仇人,为我出了气。虽是难得的嘉宾,但无何予以款待。就请您随便烤烤火,以御夜寒吧。"说着折柴加火,并让他吃身旁的野果充饥。现八借着火光仔细看那男人,年约三十多岁,骨瘦如柴,面色苍白。身穿浅蓝色绸棉袄,上面带着龟甲形家徽,年深日久已褴褛不堪。看他那样子怎么也不像当代的人。"他怕我护身囊中的珠子,想必是鬼魂,或狐狸变的。"心想不问问何以得知?便趋膝向前道:"你方才说我射的那个妖怪是你的仇人。请问他是什么妖怪?而你又是何人?"那男人叹息着抚额道:"说起来话长,那苦日子算起来已有十七年了。请您耐心听着。方才您所射的那个妖怪,是栖息在这座山上狭岩洞旁的野猫变的。他已经历数百岁星霜,其身大如牛犊,颇似猛虎。他神通广大,此处的山神、土地如同他的奴仆,无不听从他指使。就连木精和多年兽精狸和貉都得听他的,讨好于他。今晚他所骑的马,是千年木精变的。所见的那两个随从,就是山神、土地。因此当野猫被射中坠马时，他们并不想寻找仇人，只是慌忙把野猫扶在肩上逃走了。那两个神的神通没有他大，多年虽受他指使，但并不想真正归顺他。幸好他只负了点伤，就把他救回家去。若是狸和貉，就必定来找您报仇。所以没有遇到那些妖物，也是您的洪福。说来很惭愧，我并非阳世间人。生前是距此山不远的赤岩村的乡间武士，名叫赤岩一角武远。丧生后冤魂不散，留在这里，暂时现身。我出生在世代的武士之家，虽是乡间武士，但武艺并不亚于他人。因深通剑道奥秘，好为人师，所以虽在乡间，却有许多弟子。在宽正五年初冬，我自恃武艺高强，为显露名声，便想来此山看看所供奉的神灵，因为这里自古以来就是为人所惧的所在。劝诱门人同来，可是他们都害怕。经过说服仅有三四名高徒和奴仆随我同来。登上这座深山，想过第二座石桥时，门人们吓得面色苍白，浑身发抖，没到一半就要往回走，并且还不住地劝我。我毫不理睬，独自拄着弓过了石桥。当继续攀登到这个岩窟附近时，忽然阴霾四起，风声飒飒，尘土飞扬，我赶忙抓住石棱唯恐被狂风吹倒。这时不仅辨不清方向，而且被沙石打得双眼难睁，便扔了弓，低头以袖遮目。那个山猫见机从这个岩窟跳出来，从我身后用爪将我仰面抓倒。我滚动着赶快拔出短刀，对扑过来的猛兽咽喉刺去，可是出手有些错乱，只将其前足砍了点轻伤。它毫不在意，使劲咬住我的咽喉，牙齿比刀还尖锐，只那么一口我便受了重伤。转瞬间被它咬断咽喉，将我的尸体拖到窟内饱餐了一顿。门人们都不得而知，见我久不回来，便在那天黄昏回到家中，如此这般地一说，妻子很悲伤。于是次日又召集村人，由门人们领着上山来找。这次又到那座长桥，没人敢过来，就又白白回去了。这时那个野猫变作我的模样，穿上我的衣服，带上太刀，系好行縢，在狭岩洞旁等着。等众人走过去后，将他们叫住，巧言蒙骗。因容貌和言语一点儿不差,所以谁也未曾怀疑。众人都向他祝贺安慰,拉着他回了家。妻子也被它蒙混过去,好似丈夫死而复生,便欢天喜地地热情款待。那个野猫究竟为何要变作我呢？因为我的后妻窗井,当时年方二十二岁,在乡间是美貌无比的佳人,它想霸占她才这样做的。可怜我那后妻窗井,把这个变化莫测的妖兽,当作自己的丈夫,每夜与它同床共枕,日子长了生了个名叫牙二郎的男孩。然而我妻因被兽类糟蹋了身体,阴精渐衰,不足三十岁就死去了。自此以后假一角接连纳了许多妾,恣意淫乐。那些妾妇们没多久有的精气被耗尽,不到一年就死去,有的失宠后便被它偷偷吃掉,而说是逃跑了。其中有个最近来的叫船虫的妾,她诡计多端,贪婪成性,是个行为不轨的淫妇。他们俩是臭味相投,虽被妖邪侵犯也安然无恙。那个妖兽也甚感惬意,很快便将她续为正妻,所以就成了我儿的继母,这也是我的一件恨事。虽然我儿角太郎从小就有孝友之志,误认那个妖兽为父,但是那个妖兽自从生了自己之子牙二郎,就憎恨角太郎,是个非常不慈的继父,每天无故呵责,想偷偷吃他的肉。只因角太郎有前世因缘,神佛保佑,身上也有颗宝珠,那个妖怪对他无可奈何。这时角太郎的娘舅犬村仪清看到这种情况,把他从我家接去收养,并悉心教他学文习武,又将女儿许他为妻。从此角太郎就在其养父家成长,改姓犬村,也是前世的报应。名叫礼仪是以礼让为宗旨,大概这是不乱威仪的名诠自性,并取宝珠的字义。我并非舐犊情深,夸大其词,而他的确胜于我,孝亲且笃仁义,忠信而又知悌,懂礼仪而聪慧过人。他虽是世之俊杰,却被妖邪弄得动辄得咎。其养父母逝世后,那个船虫便施奸计将角太郎夫妇唤到赤岩村。这年孟夏四月,硬说角太郎之妻雏衣与奸夫怀了孕,硬将其夫妻拆散,并把角太郎撵出去,霸占了其养父的财产和田园。

角太郎对养父家的村人说要当和尚。村人可怜他,在返璧那个地方给他结了间草庐让他居住,并馈赠他钱粮。对他施以这样的恩惠,是为了报答犬村蟹守仪清慈善好施的遗德,和被角太郎孝友的诚心所感动。自此角太郎或念经、或坐禅,以无言为戒律,与世人断绝来往。虽由于某种缘故没有断发,也是神明的保护。尽管如此还是恶魔缠身,连雏衣的性命都难保。通过您射伤妖怪,说明事情已有转机。善恶邪正互现,玉石真伪将分。愿您帮助我儿,杀死仇人。"他语重心长地恳切相求,如同午夜山风吹扫树叶一般,催人泪下。

现八仔细听着,心里十分难过,感叹不已。把攥着的拳头伸开,拍膝盖说:"原来您就是今天我在网苎才听到的有名的赤岩。适才在那个村的茶馆中,店主人扯闲话,我偶然听到您的武勇和令郎的孝友。岂知一角这个名字还有真有假。今晚我在狭岩洞旁射落的那个妖怪,竟是假一角,不是神仙谁能知道?然而您死后有灵,住在这里却知道自己妻与子的仇事。既然如此为何不托梦将此情告诉他们呢?"对他这样一问,一角摇头说:"此事最初不是未曾想过,然而角太郎是孝子,妖怪也颇有神通。它不仅相貌、言语应对、起居坐卧,甚至连教武艺的刀法,都同我一般无二。怎能相信梦中之事而怀疑其生父?另外窗井也是如此,怎能不认眼前的丈夫而相信梦呢?不考虑这种人情而那样做,反而会引起妻与子之怀疑,并使他们更处于危境,所以我没那样做。因十七年此冤未伸,所以死而不朽。即使是死后有灵者,时机不到也难以作祟伸冤。今有幸遇到您,是我儿与您有前世的缘分。幽明虽难辨,但明由物显,幽由人陈,人物不作,幽明难分。您要牢记此理,即使枉顾吾儿之庐,只可与之交往,也切莫相告。倘若草率相告,吾儿不但不信,反而对您生疑。但为时也不会太久,稍待时机一到,您就如此这般地转告,他是会顿然醒悟的。此事非常重要。"他这样地反复叮嘱,现八不住点头道:"您的指教甚是有理。据您适才所言,令郎既有神佛护法,又有宝珠在身,已借用义父之姓叫犬村,窃以为必定也是犬士之一,是我的异姓兄弟,因此即使您不相求,我也要奋力相助,消灭那个妖怪,这也是我的意愿。然而没有凭证就如同痴人说梦,怎能使人相信,未知您以为如何?"他如此细心地追问,一角也点头道:"您之所虑极是。某多年来秘藏了两件物证。一件是短刀,就是当时未刺中那只野猫的咽喉而误砍其足的那把刀。那时妖怪忘掉,被我秘藏至今。望您将此刀交给吾儿,用以刺杀仇敌。倘若角太郎不认此刀,还是怀疑,就以我的尸骨作为另一件物证。到无论如何解释也难以释疑时,就以角太郎的鲜血注到尸骨上,能立即凝结,便可弄清是父子。其他就只好由您见机行事了。您是行善的义士,就请您多多关照吧。"他这样地亲切拜托后,便从岩窟深处取来一包准备好的尸骨,是用几个大树叶包好的,连同短刀都交给现八。现八接过来仔细看看,短刀的护手已经无光,锈得很厉害,刀缘已经朽断,刀把上留下的鲨鱼皮就如同晚开的梅花,刀鞘则更是多处外皮脱落,无异于古坟石棺中的残剑。现八耳闻目睹联想起方才所说的往事,不觉泪下。

这时星光稀疏,东山上已经发白。一角仰望外面说:"阳人阴鬼,其道各异,所以不能久谈。即使诬陷您不是人类,也要自重自爱,切莫不加思索地意气用事。今后您要与角太郎互相帮助,扬名起家。但是如一见面便说出珠子之事和说明你们是异姓兄弟,那就会很快被那个妖怪知道,必将难以实现预期的目的。那妖怪神通广大,能知晓几十里外之事。它虽十七年变化容貌住在村中,但似乎还想念山林。每月必有两三次于深夜从家里出来,到此深山游玩。

它今晚就是来此游山,被您射了一箭。这个山麓时常死人就是那个畜生之所为。原来此山是神仙的遗址,既无毒蛇猛兽,也无魑魅妖怪。只有那个妖怪胆大妄为,才常来此游山。您是能铲除那个妖怪之人,所以使登山之人没有祸患、将神址传至后世之日,已为期不远了。还有些事情想告诉您,以便今后留意,但倘若过多泄露天机,则反而会遭神怒。话就到此而止吧。然而为提供一点日后的暗示,我随便编了几句谶语,以作临别之赠言。"现八正色道:"一再亲聆高论明教,当铭刻肺腑决不能忘。望示谶语。"一角微笑道:"某素以武艺为本,虽疏于文墨,但人死后成为幽灵时,胜于在世之日,万理无所不通。请听!"说着吟诵道:

> 相遇讲武,相别诱仇。越全露玉,菊花谢秋。
> 再厄不释,更问骷髅。妖邪亡处,申山应游。
> 八犬具足,八犬未周。穷达有命,离合勿谋。
> 南总虽远,终归一流。

连诵三遍。现八记牢后,谢别一角,把那骷髅和短刀裹在包袱内,背在肩上打了个结,便走出来。一角送至窟门又说:"犬饲君,回去时登到供奉大神之处,然后从平台的断处往东下山。这样路近,很快就到狭岩洞。如想到返璧去访角太郎就可这么走。倘又迷路可看侧柏。从狭岩洞下山二三十里的山路之间,左右都有侧柏。侧柏的树枝都向西,所以易辨东西。我们实是奇遇,此后就再难相逢了。务请多关照吾儿。"现八听了安慰说:"这件事请您放心。冥府人间各异,相别益感悲伤。然而赤岩先生,为子寄骷髅,并吟赠谶语,胜过小野小町看到芒草生自骷髅目中时所吟的'厌芒草'之歌。此谶定有前所未有的灵验。如非生前勇武超群,死后焉能这般有灵验?如此难得的武士,竟为那个妖兽所害,实在可惜!"说着回头再看时,方才还在这里的一角,已无影无踪。

第六十一回　敲柴门雏衣诉冤枉
　　　　　　　辩往事礼仪表薄命

　　却说犬饲现八那日拂晓下山，出了狭岩洞，按赤岩一角武远幽魂的指教，到银山附近越过七八里路的溪谷，在崎岖山路上迤逦走了三四十里后奔向返璧，那日巳时许到了犬村角太郎礼仪厌世隐居暂且存身的草庐。从柴扉外往里面窥视，除圆木房柱、茅草屋檐和两间竹走廊与三尺高的佛龛外，深处虽看不大清楚，但不过仅可栖身而已。在新壁上留着蜗牛爬过的痕迹，院内草叶也无人打扫，可隐约听到蟋蟀的叫声。四下生长的常绿树，可能是在没这座草庐时就有的。虽已是深秋，但东篱无菊，狭小的柴门前也不见五柳。从这些也可想见这家的主人是很清贫的。主人年纪大约二十一二岁，面白唇红，秀眉高个，月牙头的发际漆黑，头发只结了个髻而没绾上去，披散在背后颇像《道成寺》剧中的白河安珍。身上只穿了件浅灰色布衣，披了件黑袈裟，好似离开京都去嵯峨野隐世的泷口赖的模样。屋内对着拉门靠边处放了张念经的桌几，在桌子边铺了个新草垫。他就打坐在上边，颈上挂着一串菩提树的念珠，闭目合十，口里衔着个细松树枝，无疑是维摩诘的苦修。桌上不知是何经文,大约有五六卷。还有一只小铎和相马制的青磁香炉。炉中升起一缕香烟,不待风吹就自然消逝。这犹如人之生命,烟消自灭,则将是功德圆满吧?此人一定是犬村礼仪。现八忙敲柴扉开口道:"请恕某冒昧,我是远来的浪人,名叫犬饲现八信道,同犬村君有要事相谈,请开门。"报了几遍名字,里面的人既不答话,也不睁眼看这边。当下现八心想:"即使是借着遁世而与人绝交,如此呼唤也置若罔闻,想必是在修行之中,不能随心所愿。我不才无昭烈帝三顾茅庐之志,不能急于惊动卧龙。不待其做完功,是难以相见的。"这样寻思着站在门外,不觉过了很长时间,从日影上看已近中午。

这时从对面来了个年轻女人,衣着不似卑贱之人,容颜艳丽,有如耀眼的野花,胜过一般村姑之美。古歌中所歌颂的真间美女①大概也不过如此吧?看样子身体有些笨重,而走起路来却又步履轻盈。面带愁容好似含恨,不知为何又是报然避人,目不斜视地低着头走过来,她并不知道犬饲已站在门前。现八遥遥看到心下猜想:"那个女人不像这一带的。她面貌不丑,深带愁容,好似夕花带雨,月被云遮。而且肚子有点儿大,似乎已有四五个月的身孕。她是否就是传闻的犬村离异的妻子雏衣?到这里来定有缘故。如果为躲避别人耳目来找丈夫,那么看到我一定很不好意思。与其站在这里,不如赶快退到树后,躲开点儿也是一种同情之心。"于是急忙躲到南边十几米以外繁茂的女贞树后。雏衣毫无察觉,来至柴扉前,只是潸然落泪,过了一会儿连擦几次收敛起眼泪,抬起纤细洁白的

---

① 真间美女:传说古代在下总国葛饰郡真间乡有个美女叫手儿奈,因有许多男士向她求婚,而苦恼得投河自尽。

手,敲门呼唤道:"角太郎君!请把门开开。虽然你既已出口便很难挽回,但不同你见面说说,实在难消我心头之恨。你究竟让我在媒人家住到何时?与其这样每天痛苦地过活而最终死去,莫如听你句痛快话再死。以前来过几次,你就借默默修行,既不答话又不开门。真太狠心啦!今天如不说个明白,我就与世永别,即使犬村川之水干涸,我也不活着回去。快把门开开吧!"她把手都敲麻了,苦苦哀求,但里边之人还是不回答。她的丈夫依然默默修行,在消除一切私心杂念,形骸犹如一堆死灰,身不动眼不眨,只有院内草丛中的秋虫,唧唧地替他作答。雏衣实在恨得忍无可忍,提高悲痛的声音说:"你头不抬眼不睁,彼此相距不远,我把嗓子都喊哑了你不会不知道。事已至今,虽不该抱怨这些,但我们的缘分比谣曲《井筒》①中所说的缘分还深。我们是由父母定的亲,并非轻薄的爱恋。结婚以来一向是伉俪情深,胜过戏水的鸳鸯。自转年夏天,小腹有恙,医治和祈祷都无效,不料却因而遭到诬陷。这年春天我父去世,在服丧期间夫妇不能同房。继母便冤枉人说,身怀有孕定是奸夫之种。即便是医生也难以诊断。这都是凶神缠身的不幸遭遇。无论有多大风浪,我都可以披肝沥胆,向神明发誓。我的清白你是知道的。别人对我说东道西的无中生有,你也不分辨是非,就写了一纸休书递给我。然而把我交给媒人家,难道你就能一心无挂地独自过活,这是你的真心吗?不说你也该知道,你和我是表兄妹,你又是我父的养子和女婿,难道你就忘了吗?即使公公和后婆婆说了些不讲理的话,对我且当别论,也不该对既是你舅父又是恩师和养父的家被毁了也无动于衷。若是我的父母还活着,那就好办了。可是被诬到赤

---

① 《井筒》:是能乐的剧目之一,表演纪有常的女儿和在原业平的恋爱故事。

岩来没多久就被赶出去,原来的家也没有了,寄人篱下,就如同靠不了岸的船。我想告诉你即使我出家当尼姑,也想同你一齐死,但却没机会同你说。我来了几次你都没个明确的回答,为谁把门锁得这么紧?那时你对父亲之言毫无办法,虽不嫌弃也得把妻子撵出去。现在你也被赶出来,再也没什么可顾虑的了。在这个偏僻山村的草庐,我就像秋天的萤虫,慕你而来,想见面同你谈谈,外人有何可指责的?你竟一言不发,既不说明道理,对我也毫不安慰,这样地面壁修行,早晚必定因忧伤而死。这完全不是你原来的气质,也不像个男子汉。连你都怀疑我腹内的孩子,我还向谁去表白心中的痛苦呢?难道你还听不见吗?就可怜可怜我,把门开开吧,你太狠心啦!"她连敲带推想进去,但是门锁得很紧,以女人之力是弄不开的。割不断的情缘,诉不尽的怨恨,郁积在心中难以排遣,便倒在树篱笆上,倚在那里呜咽哭泣,然后有气无力地倒在地上不住地叹气,泪流不止。过了片刻,雏衣收敛眼泪站起身来,提提衣襟,把腰带紧紧系了系,又回头看着草庐说:"角太!今生今世再也陪伴不了你啦。这都是前世造孽所得的报应。虽然也不愿分离而杀身,但既是因果报应也就死而无憾。自古以来许多贤人因被黑心肠的人设计诬陷,死于莫须有之罪,而后来总有一天会得到昭雪,更受人崇拜。我并不想跻身于那些先贤之中,但人无忠心焉能舍命?我死后你剖开胸拿出我的心来看看,会解除你的怀疑的。那时你如不忘旧妻,就朝晚念一遍佛,若得到你为我祈祷,则胜过有道的禅师念十遍百遍,或诵写千万卷经文,可使我很快成佛。将来在你百年后,我在莲台等着你。"她悲痛得声泪俱下与丈夫诀别。天都好像为了这诀别要降秋雨,她因见疑而抛开难舍的尘世,决心走向死别之路而断然离去。角太郎虽在庵中看不到妻子的背影,她的话犹如梦野的牝鹿托梦①,所说的尽是肺腑之言。虽然角太郎彻悟到妻子、珍宝及王位,命到临终也不能相随,但是人非木石,孰能无情,方寸已乱,心耳生风,合十的双手抖动着,口衔的松枝好似被飒飒的秋风吹动得摇摇摆摆,脸上显现出断肠的神色。忽然又转念一想,依然寂静地在打坐修行。

却说现八在女贞树后,窃听到雏衣对角太郎的幽怨,感到十分悲痛,嗟叹不止。虽早知其名,但尚未与其夫相见,所以也不便去安慰,只好从旁看着难过而毫无办法。然而他已听到和察觉到雏衣将待寻死,感到十分吃惊,怜悯之情难以自抑,便悄悄跟在背后,心想倘若她去投河,便加以制止,于是从树后出来,在后边快步跟着。这时听远处钟声已是午时。角太郎这才打坐完毕睁开眼睛,扔掉松枝,把条桌推开,突然站立起来。远见外面现八正忙着追赶雏衣,便高声喊道:"犬饲君你等等。庵主已打坐完毕。请到这里来。"现八听到召唤,回头看看,一时难以拒绝,一颗心两边扯着,踌躇片刻,还是回来了。

这时角太郎穿上高齿木屐,把院门锁打开出来相迎。现八由他引路,且在竹廊边上卸下包袱,脱了草鞋和布袜,从茶室的小门进去。角太郎将他让至上座,献茶招待,殷勤地对他说:"适才虽知您偶来造访,但因正在坐功,无暇迎接,望乞恕罪。某是本国人氏,无名小民唤犬村角太郎礼仪。贵客的大名方才已经得知,不知远路光临敝舍有何贵干?某命运不佳,素有遁世之愿。现已脱离恩爱之羁绊,与雅俗也断绝交往,虽还未改换僧装,但心已入毗邪氏之城,欲

---

① 梦野的牝鹿:见于《摄津风土记》中的传说。在梦野有只公鹿向母鹿说梦,母鹿卜此梦对公鹿说:"你如再去淡路的另一只母鹿处,必被舟人射杀。"公鹿以为它是妒忌而不听,在去淡路途中果被舟人射杀。后多用以吟歌。

坐维摩之室。我想贵客来此必有高论,如蒙明教解除迷惑,至感幸甚。且请畅谈。"现八听了合拢衣袖,手放在膝上道:"我是平庸之辈,生于上总,长于下总,虽曾旅居京师,从事武艺,但目不识丁,有五六个异姓兄弟都能文善武,远非吾所能及。然而因有往世的因果缘分,故未被他们所弃,彼此情谊胜过骨肉,誓共苦乐。不料突遇危难,互相离散不知去向。我一意寻找已将历时三年。因此今年离开京师,想去陆奥,来到贵国,昨在网苎茶馆,得知您的孝友和文武之才,以及生养您的两位令尊大人,都是文武双全,实深景仰。想叩门求教,不知您正在修行,频频叫门,甚感失礼。然而您不但没有降罪,反而唤我回来,实三生有幸,我于愿足矣。"相互寒暄已毕,角太郎既欢喜又惭愧地抚首道:"某曾受过庭之训,虽好和汉之学,但因不肖却毫无成就。今拟入佛门为僧,实有不得已的苦衷。生为男子,又是武士,却甘愿做僧人,实欠妥当,以此推想便可知某之薄命。虽是初次会面,但若不忙着赶路,就请畅叙衷肠。千金易得,而断金之友难遇。我们虽不能学孔圣人与华子之交,倾盖如故,白头犹新,只要志同道合,就可一见如故。如志不同道亦不合,虽多年近在比邻,共同头染秋霜,也如同初见,未知以为然否?此言好似对客不恭,但我已把您当作益友。因我昨夜忽得一梦,不知在何处有七只黑白杂毛的大狗。其中有的模糊看不清,有的离得很远。我十分喜爱,便击掌呼唤,有一只巨犬跑了过来,当我将它抱起来时,我也忽然成犬,愕然惊醒。看来颇似庄周之梦蝴蝶,但如今细想起来却并不只是梦幻。您姓犬饲,我继养父家之姓冒姓犬村。同时听您之言,尚有异姓兄弟五六人,就更似乎有因缘。就烦请您告知那几位的姓名。"现八听了感叹不已说:"这实是一大奇梦。我的盟兄弟现共有六人,其名字是:犬冢信乃戌孝、犬川庄助义任、犬山道节忠与、犬田小文吾悌顺、犬江亲兵卫仁,其他大概还有二人,尚未遇到。"角太郎听了甚感惊讶,不觉趋膝向前道:"原来皆以犬为姓,甚是奇怪。这样我已彻悟,我的梦并非一般之梦。那么这六位犬士的盟兄弟,有何因缘呢?"现八含笑说:"述其情虽不难,但尚有所顾虑,因为而今还为时尚早。据我所知,您不是得到一颗宝珠吗?那颗珠子大概自然显示出个礼字。"他这样一问,角太郎更加惊异,睁大眼睛说:"您是如何知道的?我确实有颗宝珠已秘藏多年。"接着又叹息着说:"关于那颗珠子之事,又是一大奇谈。家母名讳正香,生性伶俐,又信神佛,远胜过一般女子。在生我时,听人说若从加贺白山神的神社求颗小石子,装在孩子的护身囊内,即使出牛痘和麻疹也很轻。于是就托去北国经商的捎颗石子来。当把那人拿来的看时,不是石子而是颗珠子。"他说着珠子,用手捻颈上的念珠说:"大约有这个大小,带来的人并不知上面有个礼字。最初发现时都很惊奇,母亲特别崇信是神佛之所赐,便把它放在护身囊内。我在三岁时得了脾疳,很危险,针灸和吃药都不见效,在无法治疗时,母亲私自琢磨把那颗珠子浸在水中,让我将那水喝下。由于慈母的虔诚,宝珠显示了它的奇特灵验。喝一次便进食,喝两次长了肉,喝三次就康复了。这件事是在我懂事后养父母说给我听的。自此之后身体有恙时,便不用药,而靠那颗珠子的奇特效验,无不立即奏效。近年养父母在病中时,我虽然也时常用那颗珠子泡的灵水劝他们喝,但是也许只对我的病有效,而对父母却不灵,也可能是阳寿已尽。但即使没有那种奇效,喝了也可减轻其病痛。今年夏初我和妻子与在赤岩的同父异母的弟弟住在一起。一日吾妻雏衣忽然腹痛,百药无效,我无计可施,便将浸珠子之水让她喝。继母见到那颗珠子,要去抢雏衣拿着的茶碗,雏衣着慌,误将水和珠子一齐喝下去。'这可怎么办?'

雏衣很后悔。我比她还慌张悔恨,茫然不知所措。吐又吐不出来,每次去解手时都让其留神。腹痛虽然好了,但自那日起一连数日,大小解都没排泄出珠子来,便绝望不再问了。这样从五月就经血断绝,腹部渐大,似有身孕,因此便延医诊治,问患何症,大夫说:'脉搏增加,指尖的动脉显露,大概是怀了孕。'说来令人羞愧,我三年来,自从养父母得病,就未与妻共枕。况且从今春末正为养父服丧,焉能夫妇同房?但是雏衣却怀了孕,殊难理解。这时又有人添枝加叶,说是奸夫之种,我岂能对此置之不理?虽然我很怜爱她,但终于把她休了,让她寄养在媒人之家。尽管如此,雏衣是养父母之女,我既是女婿又是养子。而且在搬到赤岩去同住以后,犬村之宅已让给别人住,把奴婢都打发了,纵然有点儿错,也不该同她分手。她素来性情贞顺,毫无二心,对此我了然于怀。本想让她回原来的家住,但又不便明说。我很命苦,从幼时就失去父爱。过了些年虽让我回去,但只是空欢喜一场,又不让我一起住了。我即使流浪街头,犬村的田园也应该是雏衣赖以为生的产业。可是连这个父亲都不退还。我有何颜面对九泉之下的养父说她是个懂得情义的好妻子?因此便无可奈何地遁世为僧,以消除妻子的怨恨,或许亦可使父亲回心转意。于是就每日对神佛祈祷,苦心修行。初次见面就说这些忏悔的话,虽似乎不知羞耻,但是方才雏衣来说的话您都听见了,故而也无须隐瞒。以不便告人之事相告,是因为得到良友而异常高兴之故。有何不妥望乞示教。"他这样毫无顾忌地坦诚相告。现八听着实无法慰藉他的忧苦,只是不住叹息,待他说完后才抬起头来说:"听罢您坦诚相告之言,更证实了您是孝友的君子。上天有灵定会使你们夫妻再次团圆。然而想落发为僧,恐怕是千虑之一失。诚如您所推断的,方才令室雏衣所说之事我都听到了。而且观其神色后私下想,在不得已时自寻短见乃妇人之常情。如有万一,则后悔莫及。所以便想跟在后边看个究竟。尚未走开两三步便忽然被您唤住,未能完成此事。明知令室并未有失贞操而见死不救,似乎不像您所应为。"他这样加以指责。角太郎听了微笑道:"您的疑虑甚是有理,即使雏衣不知我心而想寻死,因有宝珠在其腹内,投水也不会溺死,入火也不会烧伤。我想她腹内之疾,不是怀胎,定是宝珠之故。若因为怕她寻死,便慌忙与她见面,对妻子虽说有信,但对父则负疚于心,难脱不孝之罪。因此没有阻止她。"现八觉得所言也颇有道理,便无话可说。

稍过片刻角太郎回顾窗上日影说:"现已近未时,冗谈过久,耽误了时间。您一定饿了,然而今朝尚未动炊。昨有犬村里人送来的江米团子,拿来权且充饥。"说着从搁板上拿下食盒揭开盖,并拿来筷子让现八进餐。他往地炉内添柴烧茶,然后也拿起筷子一起吃。主客真是一见如故,他们纯洁的心犹如清泉流水,无异于鱼水之交。吃完江米团子,角太郎沏了两碗热茶,一同喝着茶又对现八说:"难得贵客来访,不谈共同之所好,尽述自家忧伤之事,定感郁闷无聊。未知犬饲君以何人为师学的武艺?世间之豪杰有的是天性聪慧,胜过其师,您也必定如是。"现八听了不禁呵呵笑道:"二阶松山城介虽是我师,但我拙笨只学会了拔刀,武学之一技尚且如此,何况文武兼备,更是难上加难。说来令人赧颜,我自幼时酷爱《太平记》,虽能熟读但有多处莫解。其中三力弓(原文是三人拉的弓)长十三束三伏①,要拉到箭头后稍沉一下再放箭,在卷七的三丁②,以及他处多

---

① 伏:是衡量弓箭长度的单位,除开拇指以外的四指宽为一束。一指宽为一伏。
② 丁:是书的页数,反正面两页为一丁。

可见。对这三人拉的弓曾问过老师。在旅居京师时也曾问过懂得古代事物的专家,回答不一。然而有人说:世之所谓三力弓,不仅是强弓之意,弓都是由三人拉的,一人往弦上搁箭,一人按着,一人拉。贵人之弓如果一人拉,那就太强人之所难了〔在《武家故事要言》一书中也有同样记载〕。对这一说也很不理解。弓如果必须由三人拉的话,那就无须叫三力弓了。何况还有五力弓。且据《军记物语》中所载,是指能拉强弓的武士,不只是说贵人之弓。您父子两代都是学者,且精于武艺,关于这些事定有高见,您对上述说法以为如何?"

角太郎听了说:"我父也深知二阶松先生的武艺,时常称赞。连那位老先生都说不好,我怎能晓得?但用三人拉的说法,诚如君论是不值一驳的。我想《军记物语》中所说的三力弓和五力弓,犹如唐山的三石弓或五石弓。为测量弓的力量,在弓的正中系条绳索,把它吊在梁上,弓的两端系上米袋,非强弓是担不了这重量的。关于此事虽见之于唐土之书《书言故事》中的'不学类'一段,但在《梦溪笔谈·辩证篇》中所载更为详尽。在该书中沈存中说〔摘要〕:'挽蹶弓弩,古人以钧石率之。今人乃以粳米一斛之重为一石。凡石者,以九十二斤半为法,乃汉秤三百四十一斤也。今之武卒蹶弩,有及九石者,计其力乃古之二十五石,比魏之武卒,人当二人有余。弓有挽三石者,乃古之三十四钧。比颜高之弓,人当五人有余。复按石重百二十斤,见之于《国语》之注。此是汉秤之分量。后人以一斛称之曰一石,盖从汉时即如此。汉之百二十斤,以宋秤称之相当三十二斤。汉之一斛乃宋之二斗七升。'以上是沈氏之所说。另在《荀子》中见有十二石之弓。还有齐宣王好射三石之弓,而称之为九石。实仅是三石,并非九石。此在《说苑·壅塞编》和《续博物志》中均见之。因此在唐山称之为三石之弓者,即我邦的三力弓。因为是以一斛〔宋之二斗七升〕米之重为一人之力。三人之力即三石也。据此推想,所谓的三力弓,无疑是系三石米的强弓。另外所谓的十三束三伏,只是说其箭之长,一束约五寸。以今之匠尺量之,实是三寸。所谓十三束是六尺五寸之征箭,而实为三尺九寸。还有三伏实是三节。是说其箭竹之长仅为三个竹节。凡武器之长短也叫几束,这是天朝之旧制。十束之剑,其长应知为十握。在近世兵学者流之书中,多是不可取的臆说,切不可疏忽大意。"他这样地含笑作答。现八十分钦佩地说:"古人曾说:'与君一席话,胜读十年书。'由于您的教诲,立解多年之疑。还想顺便请教,在有关剑术之书中,说源氏世代相传的宝刀,有时如兽吼,有时似蛇鸣。因而将那口刀命名为吼丸,此乃众人皆知。请问刀剑也能有声并如兽吼吗?"角太郎答道:"刀剑亦有能吼者。《酉阳杂俎》〔卷六〕的《器奇篇》中说,'郑云达少时得一剑,鳞铗星镖,有时而吼。'他常于居乡时晴日坐着玩弄,忽有一人曾见过如此。另在后燕〔慕容垂〕元年〔晋太元七年〕,有人曾见雄剑之鸣。"现八又接着问:"在《源平盛衰记》以后的军记小说中,将大逆谋反之徒视为朝敌,这样说是否妥当?"角太郎点头道:"您留意得甚是。凡国家之臣民犯大逆之罪者,则是国贼。在唐山的史传中,将其书之为贼。然而谓之为朝敌似乎不妥。敌在字典上音狄,是俗字。敌赦是小儿喜悦,注为笑貌。另在该国的俗语中,称之为敌手者,与此土的对手之意相同。甲乙相争互称之为敌。将大逆的罪人称之为朝敌,是把它当作了朝廷的敌手。可笑作者不学无术,回想自清盛、赖朝,以至尊氏将军,蔑朝家,营自家,擅弄兵权,统治天下,是否因不明顺逆之理而如此倡导?不然便是巴结权势,而创作了这个俗称。"现八听了高兴地说:"我也如是思之。另外在夜战时,用作进攻或后退信号的笛子叫'呼子'。禀报国家大事的急使叫'早打',这是近世以来的俗语。对此二词,汉文如何书写?"角太郎沉吟片刻说:"'呼子'之笛,写作叫子(即哨子)。'早打'与'羽檄'(即鸡毛信)相同,可写作'急脚递'。并见之于宋沈存中之《笔谈》〔卷十一、十三〕内《官政》和《权智》两篇。"对他如此回答,现八更感钦佩说:"还想请教一件冒昧之事,在近世的净琉璃和歌舞伎的剧本中,如父子互不相识,为解其疑,刺破其子之臂,与其亲之血合,如真是父子鲜血相混则凝聚,如非父子,其血则不聚。若在其亲死后,以血注于白骨骷髅之上,其效验相同,妇孺皆知。然而此事之出处不清。究竟出自何书?还是不载之于经典的俗说?请您示教。"角太郎听了笑道:"关于这一点我也略抒管见。在《梁书》〔卷五十五〕的列传《豫章王综传》中,综母吴淑媛,初在齐之东昏侯宫中,受梁高祖之幸,七月而生综。因此宫中多疑之者。其后淑媛失宠,深恨高祖,私告其子综曰:'汝是东昏侯之遗腹'。综将信将疑同恨高祖。便潜赴曲河,参拜齐明帝之陵。但也未弄清自己是否是东昏之种。据当时之俗说,以生者之血沥死者骨上,如相混凝聚则为父子。综窃发东昏之墓,出其骨以己臂之血沥而试之。然后又杀一男沥其血试之,皆有效验。自此常怀异志,四年后谋反。见之于该书卷五十五首页。另于《唐书》〔卷一百九十五〕的《孝友列传·王少玄传》中云:王少玄乃博州聊城人。其父在隋朝末年死于乱军之中。少玄甫十岁时,问其母,父之所在,母如此这般予以回答。少玄悲泣万状,想四处寻找其父之尸,而野中白骨甚多,无法辨认。当时有人指点说:'以子之血渍骨,如相渗则为父尸。'少玄闻言甚悦,见野中之白骨便刺肤沥血,凡一旬有余,遂得父骨,而厚葬之。其刺血之伤虽甚剧,经年余痊愈,时维唐太宗之贞观年中,州府具状上书,不久便被任用为徐王府的参军。以上见之于《唐书》合订本四十一卷的第十二页。此事虽出自唐山之俗说,乃梁唐时之事。但当时的史官,明书其经验,绝非不可信赖之言。此是秘藏之说,不轻对人言,只是对您谈谈而已。"对其所问都是引经据典,有确切根据,现八不住感叹说:"自应仁以来连京都的和汉书籍都有佚失,《四书》都很少有全帙者。因此学问扫地,除五山之僧侣,几无读汉籍者,您今尚年轻,如此博学多才,前程实不可限。"他如此不住地赞许。角太郎听了说:"您过分夸奖啦。王通曾说过:'多言害德。'若被世之博学者听到,将贻笑大方。切莫对外人言。"互相谦虚致谢,欢颜笑语,畅叙多时。

这时外面来了许多人,抬着一顶女人坐的轿子和一顶普通揽座的轿子,停在门前。从前边停下的轿子打开门出来的不是别人,正是赤岩一角武远的刁妇船虫。在镶金嵌玉的外衣里面衬着白绸褂子,金线织花的腰带闪闪发光,戴着熟丝的白帽,手里拿着扇子,很有气派地用下颌示意敲门,一个随从领命不住地敲打院门。毕竟船虫来此又有何话说,且看第七辑便知分晓。

图书在版编目(CIP)数据

八犬传.2,妖猫退治/(日)曲亭马琴著;李树果译.—杭州:浙江文艺出版社,2017.10
ISBN 978-7-5339-5011-8

Ⅰ.①八… Ⅱ.①曲… ②李… Ⅲ.①长篇小说—日本—现代 Ⅳ.①I313.45

中国版本图书馆 CIP 数据核字(2017)第 218764 号

责任编辑:吴剑文
封面设计:人马艺术设计·储平
责任印制:吴春娟

八犬传·贰　妖猫退治

[日]曲亭马琴　著
李树果　译

出版:浙江文艺出版社
地址:杭州市体育场路 347 号　邮编:310006
网址:www.zjwycbs.cn
经销:浙江省新华书店集团有限公司
印刷:上海中华商务联合印刷有限公司
开本:880 毫米×1230 毫米　1/32
字数:286 千字
印张:11.375
插页:8
版次:2017 年 10 月第 1 版　2017 年 10 月第 1 次印刷
书号:ISBN 978-7-5339-5011-8
定价:**48.00 元**(精)

版权所有 侵权必究
(如有印、装质量问题,请寄承印单位调换)